R. Reyes

EL VAMPIRO MAYA

Espeluznante
Descubrimiento

Dedicado a mi madre, a mis hermanos;
y a mi padre que está en el cielo.

Reafirmo mi profunda admiración hacia las culturas azteca, maya y al resto de mi tan adorada cultura Mexicana, que ha sido la fuente de inspiración de esta singular obra.

Índice

Prólogo

Mucho se ha mencionado del origen europeo de los vampiros humanos. Pero jamás se ha dicho de su posible origen en el continente Americano, y mucho menos en una cultura tan ancestral como la maya.

¿Quieres saber el verdadero origen de los vampiros humanos?

¿Sabías que existe un vampiro que puede acabar con la humanidad?

¿Y que en un muy lejano pasado ya lo hizo una vez?

Entra y descubre el misterio.

Capítulo 1: IMPERIO CAE, IMPERIO SURGE

Es el 2 de noviembre de 1524, a tres años después de la caída de la gran Tenochtitlán, a varios días al sureste de la capital de la recién fundada nueva España, al medio día, en una densa, calurosa y húmeda zona selvática (actualmente la selva lacandona, en Chiapas, México) al sur de las pirámides de Bakal-Há (Palenque) un águila real vuela sobre la región, y como mirando por sus ojos, observa hacia bajo una débil nube de humo que escapa de un pequeño poblado ya devastado y destruido por un reciente combate y el fuego. Y a lo lejos de éste, una pequeña caravana de individuos avanzan alejándose a través de un camino rodeado de la densa vegetación, la majestuosa ave sobrevuela unos instantes para enseguida descender y posarse en la rama de un árbol cercano por donde pasan. Esa caravana está formada por un pelotón de soldados españoles que custodian a un grupo de nativos mayas que han sido tomados prisioneros, a los cuales llevan atados a dos largos maderos que a su vez llevan en hombros, seis en cada tronco, mientras que los soldados cabalgan alrededor de ellos. Aunque es pleno otoño, en ese momento el sol es tan ardiente como si fuese el más cálido verano, uno de los soldados que van al frente voltea a mirar al de su lado y expresa:

—¡Capitán! Con este calor del demonio sentid que rostizadme hasta el culo. Desearía quitarme ésta maldita armadura.

El capitán, un hombre de unos treinta años de edad, de piel blanca pero bronceada por el sol, de barba cerrada pero corta, de complexión fornida, con sus ojos cafés obscuros voltea a mirarlo muy seriamente y le responde:

—¡Ja! ¿Y qué preferís soldado? ¿Qué te rosticéis el culo o que de repente en una emboscada los indios desgraciados te lo atraviesen con una flecha envenenada?

—¿O que te lo partan con uno de esos garrotes con piedras afiladas?

Expresa el otro soldado que cabalga del otro lado del capitán; a lo que les responden molesto:

—¡Por supuesto que no! Todavía doledme la herida que hacedme en la pierna uno de esos desgraciados indios que combatimos en ese poblado con un garrote de esos. Pero ¿porque demonios tuvimos que traed prisioneros? y solo traemos mujeres y niños, y únicamente a 12 ¿No sería mejor habedlos matado a todos?

—Tenemos órdenes de Pedro de Alvarado de tomar esclavos para el trabajo —expresa el Capitán—, por eso no los mataremos, pero jamás imaginé que estos desgraciados indios pelearan con tanta ferocidad, y como no se rindió ninguno de los varones adultos, tuvimos que matadlos a todos, pero estas malditas indias de algo servirán.

Son solo ocho soldados que cabalgan, cinco al frente, uno a cada costado, y el octavo, que es un tipo regordete y de baja estatura, barbado y de aspecto desagradable, que cabalga atrás de los prisioneros, y con un látigo los arrea como si fuesen bestias. Una prisionera que va hasta el final de uno de los troncos, de repente tropieza con una raíz y cae de bruces irremediablemente entorpeciendo el avance de su grupo; el soldado del látigo al verla en el suelo de inmediato se le acerca, y desde su montura le lanza unos azotes mientras exclama con odio y desprecio:

—¡Levantaos india estúpida! ¡Levantaos!

¡ZAS! ¡ZAS! ¡ZAS!.

—¡Aaaaaayyyyyy! ¡Aaaayyy! ¡AAAAYYY!.

La cautiva al sentir los latigazos desgarrarle su espalda, lanza fuertes gritos de dolor, y torpe pero rápidamente trata de levantarse, el soldado alza su mano del látigo y está a punto de asestarle un golpe más cuando mira que finalmente la mujer de 35 años, se incorpora en medio de sollozos y reanuda su andar, el despiadado militar detiene su golpe y baja su brazo, mientras que los demás prisioneros en silencio y llenos de impotencia, solo miran de reojo a su compañera y prosiguen su avance con un notable cansancio y sed, mientras que el soldado del látigo se limpia el sudor de su frente con su antebrazo, inhala aire y lo arroja por la boca sintiéndose muy acalorado, y de repente arranca su caballo hacia el frente de la caravana donde está su líder, y al llegar le sugiere:

—¡Capitán! ¡Capitán! ¿Podemos parar unos momentos? Tenemos demasiado tiempo cabalgando y pues… necesitamos descansar y comer algo, yo ya no aguantad la silla, y los caballos estad sedientos y cansados.

El jefe lo mira de reojo por unos momentos, para luego despectivamente sonreír y responder:

—Jaaaajajajajajaja… ¿que no aguantáis la silla? ¿Acaso queréis iros caminando como estos indios? ¡Ellos no se quejan como vosotros! ya desearían estos desgraciados ir en vuestra montura.

Pero en ese momento, el Capitán lanza una mirada al resto de sus soldados y observa en todos ellos por igual un semblante de cansancio, los cuales al mismo tiempo también lo miran a él esperando una respuesta favorable; entonces medita unos segundos, vuelve a ver a su alrededor, respira profundamente y enseguida da una orden:

—Maldita sea… ¡Aaaaaalto soldados! ¡Vamos a detenernos un momento para descansar y comer algo! ¿Listos? desmontad ¡ya!

Los soldados al escuchar la orden, emiten exclamaciones de alegría y alivio, y rápidamente desmotan. El militar que arrea a los prisioneros les hace la señal de que paren y descansen bajando los largos maderos, mientras los soldados encuentran donde sentarse para descansar y comer. Entre risas y comentarios banales, consumen con ánimo sus alimentos, evidenciando estar muy hambrientos por el largo viaje efectuado y por la perversa odisea de esclavizar naturales de la región.

Pero lo que ninguno de ellos sospecharía en esos momentos, es que la mujer a la que el soldado le arrojó los latigazos, uno de esos golpes erró y dio en el mástil donde la mujer se encuentra atada, haciendo que se le desprendiese una astilla, dejando la parte afilada; la mujer se percata de ese fortuito accidente, gracias a que los soldados no se preocuparon por diferenciar y escoger el tipo de madera para llevar a sus cautivos atados, dicha parte filosa del madero es aprovechada por la prisionera, que sutil y discretamente comienza a tallar la soga que le ata las muñecas contra dicha sección para intentar cortarla, es la única oportunidad que tiene para escapar; y llena de miedo pone gran empeño a liberarse, sin dejar de mirar discretamente hacia donde se encuentran sus captores, aprovechando que el soldado del látigo una vez detenido su caballo, desmonta y llevándose una mano al abdomen, con prisa se dirige hacia atrás de un alejado árbol. EL capitán al ver al soldado dice:

3

—¡Mirad a ese mentecato! Por eso le urgía parar, no era que no aguantase la silla, sino que se venía cagando jaaaajajajaja.

Los demás soldados al unisonó sueltan fuertes carcajadas. Mientras tanto la prisionera sin desperdiciar ni un solo segundo prosigue tallando la soga, y como la atadura la une a otra cautiva muy joven, una adolescente de unos 15 años, al librarse ella, las dos se soltarán. Talla con fuerza y desesperación, sabe que no tendrá otra oportunidad como ésta. La otra jovencita trata de ayudarle, al mismo tiempo no dejan de mirar por si regresa el soldado; las muñecas de sus manos les arden fuertemente hasta convertirse en un dolor insoportable que se refleja en sus rostros, pero aún así no se detienen, pues deben que romper esa maldita soga, de ello depende su libertad… y su vida. Pero en esos momentos escuchan unos ruidos en la vegetación, es el soldado que fue a defecar que finalmente regresa, si las encuentra en esa situación… saben que están perdidas. El castrense avanza al mismo tiempo que se faja el pantalón, aunque todavía no alcanza a mirarlas, se acerca peligrosamente hacia ellas, y cuando está a punto de descubrirlas:

—¡Soldado!

Se escucha la voz autoritaria del capitán, y el castrense desconcertado voltea con rapidez:

—¡A sus órdenes mi Capitán!

Responde al mismo tiempo que hace el saludo militar, a lo que su superior le ordena:

—Tomad una bota de agua y dadles de beber a los prisioneros, que los necesitamos vivos para el trabajo.

—¡Está bien mi Capitán!

Responde con disciplina e inmediatamente obedece la orden, bruscamente cambia de rumbo y se dirige hacia donde se encuentran las susodichas botas de agua, toma una y nuevamente regresa directo hacia los prisioneros; pero al llegar con ellos, grande es su sorpresa al ver que no están las dos mujeres de al final de un mástil, abriendo mas sus ojos corre rápidamente hacia el lugar en el cual solo encuentra el trozo de soga roto y manchado de sangre, con rapidez y desesperación lo toma del suelo con su mano derecha, los demás prisioneros sólo lo miran sin decir una sola palabra, el soldado rápidamente voltea a mirar hacia todos lados buscando encontrarlas pero sin éxito, empuña la soga con furia, frunce el seño y apretando con rabia los dientes expresa:

—¡Malditas indias!

Y Corre inmediatamente hacia donde se encuentra el capitán y los demás soldados:

—¡Capitán! ¡Capitán!

El jefe de estar sentado comiendo y conversando plácidamente con otro, al escuchar al agitado soldado que apresurado llega corriendo hacia él, se levante rápidamente de su lugar y le pregunta:

—¿Qué le pasa soldado?

—¡Que se han escapao capitán!... ¡que se han escapao dos indias!

Le responde al mismo tiempo que muestra el trozo de soga roto. El capitán al mirarlo se pone furioso.

—¡Maldita sea! ¡Como seréis tan estúpidos! —y molesto voltea a mirar a sus soldados y se dirige a dos de ellos ordenando con energía—: ¡Méndez! ¡Gonzaga! iros tras ellas y traedlas de regreso, si es que podéis ¡idiotas!

Los soldados asignados rápidamente toman sus armas, sus cascos, corren a montar sus caballos y arrancan velozmente a todo galope, comenzando así la persecución de las prisioneras. Méndez, hombre corpulento, de 35 años, barbado, con una cicatriz en el rostro, hombre vil, sanguinario y muy sagaz, mira hacia la dirección que sospecha que se escaparon las prófugas, de pronto ve a lo lejos a una de ellas ocultándose entre la maleza, aproximadamente a unos 800 pasos de distancia, entonces le dice a su compañero, un soldado joven de 20 años, delgado, de barba muy recortada.

—¡Mirad Gonzaga! ¡Allá van! ¡Vamos! ¡Arre! ¡Arreeee!

Y arrancan sus caballos, mientras que ellas al saberse descubiertas se alarman y corren despavoridas, sin importarles desgarrarse las ropas al pasar entre la maleza, tratan de perderse de los soldados que a caballo desgraciadamente rápidamente les podrán dar alcance. Ellas corren a todo lo que dan, se escuchan sus agitadas respiraciones, sienten que sus pulmones van a reventar y el corazón les late tan fuerte que sienten que se les escapa por la boca. Y en medio de la desesperada huida, la mujer mayor tropieza y cae violentamente sin remedio.

—¡Aaaaahhh!

La jovencita al escucharla voltea y la mira en el suelo, rápidamente regresa a ayudarla a levantarse en medio del pánico que sienten; y de esa manera la mujer en medio de llanto y dolor logra incorporarse para reanudar su huída, pero comienza a cojear de su pie izquierdo, se ha lastimado por la caída, entonces la adolescente la toma su brazo y lo pone sobre su hombro para continuar corriendo.

Mientras que no tan lejos de ellas, Méndez con una sonrisa perversa las observa correr entre la vegetación y burlonamente le dice a su joven compañero:

—¡Mirad Gonzaga! allá van esas desgraciadas indias. Pero esas perras corred como poseídas, si supieran lo que les vamos a hacer… no huirían ¿no lo creéis? Jejejejejeeeee.

—¡Si supieran! Jejejeje.

Gonzaga también ríe en malévola complicidad, a lo que Méndez sentencia perversamente:

—Cuando las tengamos en nuestras manos ¡mmmm! que banquete me voy a dar con la mocilla jejejejejeje.

Expresa con su rostro envilecido por la lujuria, e imaginando a la jovencita entre sus inmundas manos se pasa la lengua por sus labios con una expresión de deseo perverso, a lo que su joven colega le secunda.

—¿Y qué me decís de la mayor? no estad nada mal ¿verdad? Jejejejeje.

—Antes de matar a esas perras, nos daremos un gran festín con ellas jajajajajaaaa ¡árreeeee!

Y arrancan sus caballos llenos de perverso entusiasmo, continuando con su malvada persecución. Pero en seguida Méndez se detiene bruscamente, y le indica a Gonzaga hacer lo mismo:

—¡Esperad Gonzaga! ¡Deteneros!

A lo que este último se frena bruscamente, desconcertado y molesto le pregunta a su compañero:

—¿Porque frenáis? Si ya casi las alcanzamos ¡rápido que no se escapen!

—¡Épaaaaaa! ¡Qué te detengáis digo! que se me ha ocurrido una mejor idea —su colega lo mira desconcertado pero antes de que articule alguna palabra Méndez le explica—: Haced esto más interesante compañero, si las atrapamos ahorita, sería demasiado fácil ¿no lo creéis? Mejor, divirtámonos un poco más con estas indias.

—Pero… ¿Cómo? No entiendo.

—Ponedme atención macho: dejadlas correr un poco más, y

cuando ya no tengan más fuerzas, cuando se encuentren totalmente agotadas, entonces en ese momento las alcanzamos. Y así no tendrán más fuerzas para luchar contra nosotros cuando nos entretengamos con ellas ¿no lo creéis? Jejeje.

A lo que Gonzaga sorprendido le responde:

—¿Sabéis una cosa Méndez? Sois un maldito genio, un maldito genio hijo de puta jejeje.

Y así los perversos soldados dejan de correr a toda velocidad y sólo se limitan a trotar tranquilamente, evitando de esa manera darles pronto alcance a las fugitivas, y confiados en tener todo bajo control, observan burlonamente cómo ellas llenas de pánico, se esfuerzan de sobremanera por escapar. Las mujeres escuchan que los caballos ya no las persiguen a todo galope, y sin dejar de correr voltean hacia atrás para ver qué ha pasado y miran que los soldados están a unos escasos 200 pasos de ellas, pero van solo trotando muy relajados y carcajeándose de verlas huir, a lo que Méndez les grita con cinismo:

—¡No tan rápido indias desgraciadas! Jaaaaajajajaja.

—¡Mirad como corren! Jaaaaajajajaja.

Expresa Gonzaga, mientras las fugitivas no comprenden porque no aceleran, fácilmente podrían haberlas alcanzado en ese mismo instante, pero aunque no se explican porque ese repentino cambio en sus perseguidores, ellas sudando copiosamente y con sus corazones palpitando de angustia y terror, continúan huyendo a toda velocidad. Pero en esos instantes se encuentran con una pequeña loma, la cual suben apresuradamente sin titubear y luego bajan por el otro lado de ésta, con esa inesperada acción los soldados súbitamente las pierden de vista, a lo que Méndez molesto exclama:

—¡Coño! ¡Las hemos perdido de vista! ¡¿No las miráis por ahí?! ¡¿Hacia dónde se fueron?!

—No tened ni idea.

Responde Gonzaga igual de desconcertado, a lo que su compañero exclama:

—¡Rápido! seguid hacia donde las perdimos de vista.

Las aterradas fugitivas al bajar del otro lado de la loma, se encuentran con una zona plana y despejada de vegetación, y al frente de ellas descubren la entrada a una cueva, y sin pensarlo dos veces rápidamente corren hacia ella con la intensión de esconderse allí; pero casi al llegar:

—!GRRRRUUUUUUAAAAARRRRRRR!

Sorpresivamente escuchan un feroz rugido, y sobresaltadas voltean rápidamente hacia el árbol que está a un costado de la cueva, donde descubren a un enorme ¡JAGUAR! el cual les vuelve a rugir, ellas sin detenerse temerosas lo miran sólo una fracción de segundos, y corren hacia el interior de la gruta. Entonces el felino salta ágilmente hacia abajo, ellas consiguen meterse un poco a esa cueva pero el feroz jaguar cae a unos pasos detrás de ellas.

—¡Aaaaahhh!

Las fugitivas al verlo solo gritan aterradas y se abrazan una a la otra, el jaguar las mira fijamente, se comienza a acercar con paso sigiloso hacia ellas, como preparando su ataque; pero ya cuando el animal se dispone a saltar sobre sus víctimas, se escucha un grito:

—¡Ahí están!

El feroz felino voltea para mirar de donde proviene esa voz, es Gonzaga, que junto con Méndez terminan de bajar de la loma y han visto a las prófugas a unos 30 pasos de ellos, el joven soldado exclama:

—¿Pero… qué mierda es eso? ¿Qué es ese animal que está cerca de ellas?

Desmontan con rapidez, entonces el salvaje felino, viéndolos como una amenaza les ruge tratando de intimidarlos, olvidándose de las mujeres. Y sin perder el tiempo Gonzaga nervioso rápidamente saca su espada, nunca había visto semejante animal. El felino trata de intimidarlo y avanza hacia ellos rugiéndole con ferocidad, las mujeres aprovechan la oportunidad y huyen hacia el interior de la cueva. Mientras el jaguar una vez cerca del soldado, hace gestos de atacarlo, Gonzaga trémulo reacciona:

—¡Ájaaaaa! ¡Ájaaaaaaahh! ¡Largaos de aquí bestia!

Al tiempo que le grita, le lanza fuertes tajos con su espada, tratando de herirlo o ahuyentarlo, pero el fiero animal los esquiva fácilmente moviéndose de delante hacia atrás al mismo tiempo que le ruge con ferocidad; como diestro depredador se desplaza en círculo alrededor del nervioso pero aguerrido soldado, buscando una abertura por donde atacar. Gonzaga asustado sigue lanzándole golpes con su hierro, pero el animal es muy ágil y los esquiva con facilidad, pero en un instante, el joven atemorizado retrocede y tropieza en una pequeña piedra y desafortunadamente cae hacia tras, quedando de golpe sentado en el suelo, desesperado le lanza su espada al feroz felino, el cual esquiva fácilmente, ¡qué gran error! el joven torpemente queda desarmado, y a merced del animal que lo mira fijamente a los ojos y comienza a avanzar sigilosa y siniestramente hacia él, preparándose para efectuar su ataque, el joven militar asustado retrocede arrastrándose hacia atrás y lanzándole torpemente piedras y tierra mientras le grita:

—¡No! ¡No! ¡Largo! ¡Largoooo!

Pero el animal sabe que lo tiene a su merced, se agazapa para tomar impulso y en una fracción de segundo, se lanza sobre éste para matarlo, "¡BANG!" en ese preciso instante se escucha una estruendosa explosión de arcabuz que sorprende al animal en el aire y lo expulsa hacia atrás cayendo a varios pasos lejos en un impacto tan violento que lo hace retorcerse y rugir de dolor; no muere de inmediato pero está herido de gravedad, en medio de rugidos de sufrimiento se levanta y rápidamente huye hacia el interior de la jungla; dejando un pequeño rastro de sangre en el suelo, además el estruendoso sonido del disparo, también hace volar a las aves de varios metros a la redonda. Rápidamente Gonzaga con el rostro desencajado por el miedo, voltea hacia atrás y ve a Méndez aún con el arcabuz humeando, que victorioso exclama:

—¡Te di maldita bestia! ¡Te di!

Gonzaga siente que se le regresa el alma al cuerpo, por un instante ya se daba por muerto en las fauces del feroz jaguar a no ser por su compañero que oportunamente asestó el disparo al salvaje felino. Y reponiéndose del susto, tratando de calmar su agitada respiración se levanta y le pregunta a su compañero:

—¿Pero… qué demonios… era ese animal? pareced como un maldito león o… tigre pero… más pequeño y con manchas.

Méndez recargando su arcabuz le responde a su aún asustado e ingenuo joven compañero:

—Yo ya habed visto uno de esos malditos animales meses atrás, los indios aztecas llamadles "Oselotl" y los de ésta región (mayas) llamadles "Balam" o algo así, son muy feroces, rápidos y agiles, ¡ha! y mucho más fuertes de lo que te imagináis, es casi imposible combatirlos con las espadas, tú ya lo habéis comprobado —al mismo tiempo, señala la espada a su colega el cual se apresura a recogerla—. Si no fuese por el arcabuz que los toma por sorpresa, no quiero ni imaginar que nos hubiese hecho ese maldito animal.

En esos momentos termina de recargar su arma e inmediatamente le ordena a su compañero:

—¡Amarrad bien los caballos! que vamos a entrad por esas malditas indias.

El otro aún sin salir de su asombro, obedece rápidamente, asegura los caballos y caminan hacia la gruta, la observa y opina:

—Creo que vamos a necesitar antorchas, para poder ver en el interior.

—Está bien —le contesta Méndez—. Haced una pronto, antes de que estas indias se vayan más dentro, si es que esta cueva es más profunda.

Y el joven soldado momentos después lo logra fácilmente, ya con una tea encendida se aproximan a la entrada. Gonzaga va delante llevando la candela de madera en la mano izquierda y su espada empuñada en su otra mano, y tras de él va Méndez con su arcabuz cargado, listo para lo inesperado. Pero cuando el joven castrense está a punto de poner un pie dentro de la cueva…una misteriosa ráfaga de viento frio surge del interior, que sorpresivamente pasa por su rostro y casi apaga la antorcha, al sentir ese repentino viento helado, a Gonzaga inexplicablemente le provoca un miedo estremecedor, siente que su piel se le pone de gallina y se le crispan los pelos de todo su cuerpo, el corazón se le acelera y las piernas le comienzan a temblar; y un mal presentimiento nunca antes sentido invade su mente y corazón. Nunca antes había experimentado tanto terror, ni siquiera en el campo de batalla, tal sensación le hace vacilar, y haciendo un esfuerzo por disimular ese repentino miedo le comenta a su colega:

—Cr…creo que sería mejor irnos y dejad a esas indias, solo decimos que se cayeron a un barranco y murieron o… que no tuvimos alternativa…y que las matamos.

Méndez nota un tono de miedo y nerviosismo en la voz de su compañero, a lo que le responde furioso:

—¡Maldita sea Gonzaga! ¿Eres estúpido? ¿Que no sabéis que si las dejamos ir, es muy probable que ellas avisadle a otras tribus de nuestra presencia y huyan? o peor aún, que se organicen y nos busquen en gran numero para combatirnos. ¡Coño! ¡Ellas sabed que quedamos pocos! por eso no podemos dejarlas ir ¿qué os pasa? Tenemos que atrapadlas a como dé lugar o… ¿acaso te estáis acobardando?

—N…no… claro que no.

Responde inseguro Gonzaga, mientras Méndez prosigue:

—Vamos por esas perras y hacedles pagar, o… ¿acaso le teméis a la obscuridad? o acaso…¿no gustáis de las mujeres?

A lo que el joven soldado sintiéndose ofendido en su orgullo masculino, con nerviosismo pero resuelto le contesta:

—Claro que gustadme las mujeres… ¡vamos por ellas!

Y con paso enérgico entra, queriendo contrarrestar el repentino miedo que ha sentido. Ya dentro, al avanzar cada vez más y más, miran a su alrededor; se dan cuenta que la caverna es enorme, con estalactitas y estalagmitas por doquier, y prosiguen buscando alguna señal de las prófugas, pero hasta el momento no encuentran indicios de ellas.

—¡Estad muy alerta!

Le advierte Méndez a su temeroso colega el cual avanza vacilante, solo asienta con la cabeza sin dejar de mirar hacia todos lados, no se dan cuenta que cada vez más y más se adentran en lo más profundo de la obscura gran gruta.

Bastantes minutos transcurren en medio de un misterioso y tenso silencio, hasta que de imprevisto Méndez escucha un ruido, a lo que ágilmente voltea y mira a lo lejos una sombra que huye y se esconde detrás de unas piedras.

—¡Allá están! ¡Gonzaga! vamos por esas escurridizas indias.

Rápidamente se apresuran pasando en medio de la obscuridad, ayudándose a ver solo con la escasa luz que les proporciona la antorcha. Varios minutos más tarde, desde fuera de la caverna no se escucha absolutamente nada, en su lugar solo hay un pesado silencio, un tétrico mutismo que perturba, que inquieta, cuando repentinamente se escuchan unos gritos, los gritos de uno de ellos:

—¡Rápido! ¡Rápidoooooooo! ¡AYUDADMEEEEEE! ¡NO! ¡NO! ¡NOOOOOOOO! ¡AAAAAAAAARRRGGGHH!

—Enseguida se oye al otro soldado también gritando aterrado:

—¡No! ¡no!¡NOOOOOO!

Inmediatamente se escucha un estruendoso disparo: "¡BANG!" Y enseguida un derrumbe. Luego todo queda nuevamente en silencio. Pero minutos más tarde, sorpresivamente aparece uno de los soldados saliendo de la cueva, muy mal herido y arrastrándose en medio de dolorosos quejidos:

—¡Aaaauuuggghhh! ¡Aaaaauuuggghhh!

Es Gonzaga, que con su camisola hecha tirones y con grandes heridas en su espalda parecidas a cortes de donde sangra profusamente, su brazo izquierdo esta fracturado, su armadura despedazada y sin su casco, ha perdido su arma; y con una indescriptible expresión de terror en su rostro, sus ojos exageradamente abiertos, casi desorbitados reflejan un pavor inimaginable. A punto de desfallecer, con un gran esfuerzo y mucho dolor, logra salir por completo de allí, el mismo miedo le da las fuerzas para huir, con mucha dificultad se incorpora, camina con paso débil y vacilante hasta llegar a su caballo, pero al intentar tomar la rienda... cae; nuevamente se levanta, toma la rienda y en medio de lamentos de dolor y con gran dificultad por fin logra montar al equino, una vez arriba se inclina hacia delante, pues no puede estar erguido, toma las riendas del otro caballo y sale huyendo de ahí.

Varios días después, un nutrido tercio de soldados con tres cañones, arriban a las afueras de la cueva, el soldado que funge como capitán saca un mapa, lo observa detenidamente y lo compara con la gruta, entonces exclama:

—Esta es —y dirigiéndose a su pelotón exclama—: ¡Preparad los cañones!

Los soldados apuntan las piezas de artillería hacia la entrada de la caverna, las cargan con munición, y el jefe de artillería da una orden:

—¡Preparaos! ¡Apuntad! ¡FUEEEGOOOOOO!

Los cañonazos con estruendosas explosiones se estrellan en la entrada de la cueva provocando un fuerte derrumbe a su vez que levantan una espesa nube de polvo, y de esa manera la sepultan por completo con los escombros, al mismo tiempo que el sacerdote lanza santiguas a la ya derrumbada caverna; esperan a que se despeje la nube de polvo, luego el clérigo coloca una gruesa placa de bronce de uno por dos palmos de medida, que tiene una cruz grabada y con las palabras en latín que dicen: *Malum autem non ab hoc loco* (Que el mal no salga de éste lugar)

Y enseguida se retiran, dejando atrás, donde yacía la misteriosa caverna, una gruesa placa de broce sobre un montón de escombros.

Capítulo 2: LA BÚSQUEDA

Época actual. En la universidad de Guadalajara, Jalisco, México. A la orilla del amplio patio de la facultad de antropología e historia, una joven de 20 veinte años de edad, de 1.67 metros de estatura, complexión regular, piel morena clara, cabello negro y largo, tejido en una larga trenza que le llega hasta abajo de las caderas, avanza cabizbaja con paso presuroso sobre sus zapatillas negras sin tacón, que apenas se asoman debajo de su larga falda negra que le llega hasta los tobillos, mientras lleva en brazos contra su pecho unos cuantos libros y cuadernos que contrastan con su blusa blanca de cuello cerrado. En momentos levanta su mirada y se reacomoda sus gruesos anteojos para ver a su alrededor, busca algo o a alguien entre la muchedumbre de alumnos y maestros que se encuentran en todo alrededor. De repente a lo lejos mira a un hombre de traje azul de aproximadamente cincuenta años de edad, moreno claro, un poco gordo, de 1.80 metros de estatura, pelo canoso y un pequeño bigote, que lleva en una de sus manos un maletín negro y con la otra está a punto de abrir la puerta de un recinto, la joven al reconocerlo, luchando contra su timidez hace un esfuerzo y le llama en voz alta:

—¡P… Profeeeeeeeeee! ¡Profe González!

El hombre al escuchar esa voz se detiene y voltea a mirar e identifica de quien proviene.

—¡Señorita Xóchitl! ¿Que se te ofrece?

Exclama el maduro hombre, al que la joven pupila alcanza y le dice:

—¡Profe! ¡Profe! E… espere, quería preguntarle algo.

—Haber muchacha dime.

—E…es en cuanto al tema de mi tesis, esteeeee… el problema es que… no sé si decidirme por los aztecas o por los mayas ¿Qué me recomienda usted?

El profesor retrae sus labios al mismo tiempo que se lleva la mano derecha a su mentón, medita brevemente y le responde:

—Bueno, vamos a ver… hummm tú sabes que muchos de tus compañeros ya están trabajando en sus tesis referente a los aztecas, pero creo que nadie ha mencionado a los mayas desde el escándalo de la mala interpretación de su calendario. Esa es solo mi opinión Xóchitl, pero usted es la que debe decidir, es su tesis.

La alumna baja la vista unos momentos para pensar y luego responderle:

—Hummm ¡Ya sé lo que voy hacer! ¡Gracias profe!

—Qué bueno que ya te hayas decidido, y no demores eeeeee, tú eres mi mejor alumna y no dudo que harás una brillante tesis.

—Ay "profe" gracias.

Xóchitl apenada y contentan por lo que le dijo se despide de él y se retira. El pedagogo sonriendo y moviendo la cabeza brevemente hacia los lados mira alejarse a su joven pupila, y sigue su camino al interior del lugar.

Más tarde, Xóchitl llega a su hogar y se dirige a uno de los cuartos donde está una puerta entreabierta, se aproxima a ella y toca: "toc, toc, toc."

—¿Se puede Citlali?

A lo que del interior le responde una melodiosa y jovial voz femenina:

—Siiiiiiii, ¡Pasa!

Xóchitl entra sonriente, y encuentra sentada en la cama a una joven de su misma edad, de una frondosa cabellera castaña sujetada con una colita que le llega la mitad de su espalda, de piel morena clara, que la mira con sus grandes y hermosos ojos verdes, su nariz y boca son regulares pero sus labios son muy rojos y carnosos, de 1.69 metros de estatura; vestida con una holgada playera blanca de algodón con el cuello muy ancho que deja al descubierto uno de sus tersos hombros, y abajo cubre brevemente un pantaloncillo de licra negro que deja al descubierto sus piernas torneadas y fuertes, su complexión es atlética pero muy femenina, es una joven muy atractiva. Hay bastantes libros y cuadernos regados por toda la cama, Xóchitl entusiasmada la saluda y se sienta en una orilla del colchón al mismo tiempo que le dice:

—¿Como estas?

—Pues bien, aunque con mucha tarea mira ¿Y tú qué te traes que te veo tan feliz?

Le pregunta la bella ojiverde, a lo que su compañera le comunica con alegría:

—¿Sabes? he estado pensando que… ¡quiero hacer la mejor tesis de todas! quiero que sea muy original, mira…ya muchos están trabajando sus tesis referente a los aztecas, y yo pienso que si la hago referente a los Mayas seguro yo tendré más éxito ¿no crees?

—Pues sí, tú lo has dicho, ya muchos traen a los aztecas, y hasta ahorita no he escuchado a nadie de los graduados que vayan a investigar algo más de los mayas.

Le contesta su amiga, a lo que Xóchitl entusiasmada agrega:

—¡Voy a trabajar en la cultura maya! ¡siiiii!

—Está bien, pero nomas que no sea de su famoso calendario maya y sus trágicas profecías del fin del mundo ¡buuuuuuu!

Citlali alza las manos, abre mucho los ojos y la boca haciendo un gesto irónico de espanto, a lo que Xóchitl bajando su mirada, replica:

—Hay no seas mala Citlali pero... ¿sabes? hummm ¡Esa es la clave!

—¿El calendario?

Pregunta desconcertada la ojiverde, a lo que la joven de anteojos le contesta:

—Nooooo mensa, lo que quiero decir es que de los mayas se ha mencionado muy poco en cuanto al resto de su cultura, entonces es por ahí donde debo de investigar más y de donde creo que podré hacer una gran tesis.

Citlali incorporándose y en actitud de reclamo mira fijamente a los ojos de su joven amiga y le replica:

—En primer lugar… ¡MENSA TÚ! Porque a ti no se te ocurrió antes ¿heeeeee? y lo otro… es buena idea, pero tienes que investigar mucho, o sea, porque sabes que no hay mucho que se sepa de ellos.

—No me estés "mensiando" ¿eeee tarada?

Le contesta Xóchitl en franca actitud retadora.

—¿Tarada yoooooooo? ¡Vas a ver!

Responde inmediatamente la ojiverde a la enfática agresión y toma una almohada de la cama a lo que Xóchitl rápidamente hace lo mismo y se enfrascan en una corta batalla de almohadazos entre risas y gritos.

Instantes después del divertido y desestresante enfrentamiento, las dos yacen recostadas en la cama riendo y un poco agitadas, a lo que Citlali le pregunta a su amiga:

—Oye Xóchitl.

—¿Qué?

—¿Porque nomás conmigo te expresas con confianza? y con el resto de la gente eres muy tímida y muy, muy reservada.

—Ermmm no lo sé, tal vez porque… a ti te conozco desde hace muchos años.

—Deberías de ser igual con los demás, y aparte deberías de vestirte diferente.

—¿Qué tiene de malo mi ropa?

—¡Hay Xóchitl! pues parece que se la quitaste a tu abuelita.

—Pero si es ropa de moda.

—¡Ja! Pero de la moda funeraria, no "manches" amiga, mira… nunca he visto que te pongas otra cosa que no sean esas faldotas negras laaargas, laaaargas, ni tampoco blusas de escote, no me lo tomes a mal pero… vístete más moderna, total tu tía no está aquí, no te va a ver.

—Ya sé, pero… es que éste es mi estilo.

—¡Hay no mmmm... me digas eso! Si tu estilo es de una joven como yo, si somos de la edad.

—Pero… tú tienes bonita figura y estas bien bonita, te pongas lo que te pongas todos los chavos babean al verte, en cambio yo… hasta me han dicho que parezco trapeador con faldas.

—Hay Xóchitl, eso te dicen esas méndigas viejas de tu salón por pura envidia porque eres la cerebrito de tu clase y de toda la facultad, mira, entramos igual y en dos años tú ya estas a punto de graduarte, cuando ésta carrera es de cuatro años. Aunque creo que un cambio de estilo de ropa te caería muy bien y a lo mejor hasta te haces un novio.

Al escuchar eso la joven de anteojos agacha la cabeza y guarda silencio por unos instantes, pero bruscamente se levanta y dice:

—T…tengo que apurarme, tengo que recaudar toda la información necesaria para mi tesis —y de forma presurosa toma sus cosas, camina hacia la puerta y expresa—: Después nos vemos Citlali.

Y sale rápidamente del cuarto dejando a su amiga desconcertada que solo le alcanza a decir:

—¡Espera… ! Está bien, después nos vemos.

Capítulo 3: EXTRAÑO INTERÉS

Mientras tanto, en otra parte del mundo, exactamente en la biblioteca de la universidad de Madrid, España. Un hombre de 26 años de edad, cabello negro, ceja poblada y gruesa, de barba cerrada y muy recortada, complexión muy delgada, de 1.70 metros de estatura, y en el lado izquierdo de su pecho trae un pequeño "Gafete" de empleado donde está grabado su nombre: Manuel de Gonzaga. Discretamente con la mano le hace una señal a un hombre de aproximadamente 30 años de edad, 1.90 metros de estatura, caucásico, pelo rubio muy corto, ojos azules, complexión delgada atlética, que a la señal se le aproxima rápida, discreta y silenciosamente, y le pregunta en voz baja con un marcado acento estadounidense:

—¿Que ser lo que tú tener?

El joven madrileño sin responderle le hace una señal con la cabeza indicándole que lo siga y se dirigen al interior de unas solitarias oficinas, y de ahí, pasan hacia otro cuarto contiguo, el español abre sigilosamente la puerta y entran tratando de no hacer ruido y cuidando que nadie los vea, enciende la luz del lugar y se encuentran con un cuarto sin ventanas, lleno de cajas con papeles y libros, pero con un amplio escritorio que se encuentra hasta el rincón contrario a la puerta, ya dentro, con un tono de voz normal el estadounidense muy intrigado le pregunta:

—Come on (vamos) Manuel! ¡Decirme que tú tener!

Como respuesta el joven Madrileño le muestra un portafolio de aluminio de donde extrae una especie de lámina de algún material plástico muy transparente que contiene en su interior unas hojas de papel muy antiguas y desgastadas, las cuales pone en el escritorio y le responde:

—¡Mirad John! ésta es la carta de un antepasado mío, que fue soldado de Hernán Cortés, y habla de que en una parte de México encontró un enorme tesoro dentro de una gran caverna ¿podéis creer eso tío?

Su compañero no se entusiasma, pues continúa escéptico y le pregunta:

—¿Tesoro? ¿Tú estar seguro?

—¡Claro que lo estoy tío! Mirad, lee esto que te va a encantar.

Y muestra el papel en la lámina que dice:

"En esta carta revelo un secreto que me ha torturado por mucho tiempo: cuando me enlisté para ir a la nueva España en busca de aventuras y riquezas, todo parecía marchar a mi favor, pues aunque participe en algunas feroces batallas contra unos indios llamados mayas, salía avante gracias a los poderosos tercios a los que pertenecía, pero todo cambió el día que por perseguir a unas indias que se nos habían fugado, encontramos una misteriosa caverna, pero lo que descubrimos allí fue algo increíble, un gran tesoro, tan grande que parecía que no cabía en toda esa cueva, era enorme, estaba repleta de oro y joyas preciosas más allá que la más osada imaginación.

Por desgracia allí dentro también descubrimos algo aterrador; pues fuimos atacados por una desconocida y enorme bestia, que no logre verla completamente para saber que era, solo recuerdo una enorme sombra más obscura que la noche, con ojos de fuego y que rugía más feroz que cualquier animal conocido, pero esa bestia mató salvajemente a mi compañero arrancándole los brazos y la cabeza de cuajo con una fuerza sobrenatural, y a mí me hirió de gravedad, pero logré escapar con vida.

Jamás le he revelado a nadie de las grandes riquezas que encontramos allí. Al general del campamento donde fui atendido por mis heridas, sin decirles ni una palabra del oro, les dije lo de la bestia de ahí dentro y el general dijo que podría ser un animal desconocido de esas tierras, tal vez parecida a los leones del áfrica y que podrían haber sido varios, una madriguera, aunque el párroco presente expresó que por los ojos de brillo rojo era el mismísimo demonio y esa su guarida. Sea lo que haya sido, los convencí de que fueran a derrumbar esa cueva para que nadie más la pudiera descubrir, lo cual hicieron al pie de la letra. Yo por mi estado de salud ya no podré regresar a ese lugar. Pues por mis lesiones me dieron de baja, y como recompensa por mis servicios me obsequiaron un par de bolsas con oro de la nueva España, entonces decidí regresar a mi pueblo natal, aquí donde al llegar fui recibido como héroe; pude poner una gran tienda de comestibles y gracias a mi fama me casé con una hermosa doncella hija de un rico mercader. Pero desde mi llegada he padecido una extraña enfermedad por las heridas que me causó la bestia de la cueva, que me ha estado consumiendo con el paso del tiempo, me he gastado toda la fortuna en doctores y ninguno me ha encontrado la cura. Mi esposa me ha abandonado porque no hemos podido tener hijos, ella ha abortado todos sus embarazos, ningún doctor encuentra la explicación, solo un médico anciano dijo que mi semilla también está contaminada con la enfermedad. Además por las noches un desagradable olor se desprende de mi cuerpo parecido al de un perro muerto, que no se me quita con nada, ni el baño diario, ni el más fuerte perfume lo puede combatir. Además todos estos años, he padecido de espantosas pesadillas, donde veo esos aterradores ojos de fuego de esa maldita bestia. Con el tiempo esas pesadillas también las llegó a tener mi esposa. Solo puedo dormir poniendo bajo mi almohada el crucifijo de oro puro que me regaló el párroco del pueblo el día de mi boda. Del cual no me quiero deshacer aunque esté sin un céntimo. Aunque me alimento bien, mi salud está cada día peor, estoy flaco como una tripa de cerdo secada al sol, mi piel se ha vuelto pálida y arrugada y el pelo se me cae a pedazos, parece que he envejecido cincuenta años en solo cinco. Ya que yo no podré tener descendencia, esta carta se la dedico a aquellos descendientes de mis hermanos que lean esto y quieran ir a buscar ese gran tesoro, es tanto que estoy seguro que lo gozarán varias generaciones. No teman por la bestia que me atacó a mí y a mi compañero, ya ha de haber muerto por el derrumbe o por inanición. Por lo cual no tienen nada que temer si es que tienen la osadía suficiente para viajar a la nueva España. Y si es así, os diré que para localizar el lugar exacto de la cueva, me dijo el general que ellos dejaron una placa de bronce sobre ésta, de dos palmos de largo por uno de ancho para impedir que los malos espíritus saliesen de ahí. Además he trazado un mapa que los guiará hasta dónde está ese lugar.

Yo estoy harto de este sufrimiento, nada me lo quita, por lo que he decidido tomar una decisión, y aunque digan que me condenaré, no creo que haya peor condena que la que he vivido todos estos años con esta tortura, ya no resisto vivir más así, el sufrimiento es insoportable. Tal vez me juzguen de cobarde pero si estuviesen en mi lugar, me comprenderían. Les deseo suerte y riquezas.

Alejandro de Gonzaga
a 20 de agosto de 1529.

—Hummm parecer que tu antepasado… ¿haber enfermado de algo muy extraño y peligroso?

Pregunta John, a lo que Manuel responde:

—Sí, es lo que pareced, a lo mejor contrajo alguna enfermedad desconocida de la nueva España, yo creo que habed sido tuberculosis, pero al parecer no resistió más y se suicidó el muy hijo de puta. Pero lo bueno es que dejó un mapa que él mismo dibujó ¡mirad!

Manuel saca otra lamina que contiene el dibujo de un mapa muy antiguo, pero muy bien trazado, hasta parece una obra de arte, el cual contiene muchos detalles que Manuel con entusiasmo le muestra diciendo:

—¿Qué te parece macho?

—¿Estar seguro que ser cierto esto?

Pregunta John aún escéptico, a lo que el joven español le afirma:

—¡Claro que sí! Fijaos aquí, éste mapa indica el lugar exacto donde descubrió ese oro, y explica cómo llegó desde la antigua ciudad México-Tenochtitlán la que es ahora la actual ciudad de México, hasta ese lugar.

Enseguida saca otro mapa, uno del México actual con trazos y señales hechos a lápiz, y lo pone sobre el escritorio mientras le sigue explicando:

—Hace días ponedme a hacer comparaciones y cálculos, y lo que descubrí, si mis análisis son exactos, es que ese dicho lugar estad ¡aquí! —con su dedo índice señala una zona en el actual estado de Chiapas—. ¿Veis que está al sur de palenque? muy cerca del rio… Chaca… max. Es el lugar que calculad estad la cueva del tesoro ¿Sabéis una cosa tío? Aparte de mi antepasado y mi familia ¡Nadie! Pero absolutamente nadie supo de este hallazgo, por lo cual estoy completamente seguro de que nadie habed ido a sacarlo.

John comienza a sentir entusiasmo, pero aún con dudas pregunta:

—Pero si tu familia saber de ese tesoro por tanto tiempo ¿Por qué nadie de ellos ir a sacarlo antes?

—Buena pregunta macho, la verdad… ¡No lo sé! Tal vez por miedo de ir a México, por supersticiones… yo no sabedlo, pero yo a esas supersticiones ¡las mando a la mierda!

—Tener razón superstitions (supersticiones) a la mierda jejejeje.

—Pues yo estad decidido a ir por ese maldito oro si es que existe.

—¿Y si no?

Le pregunta John, a lo que sin perder el optimismo Manuel responde:

—¿Sino? Hummm pues ya es tiempo que alguien se cerciore si ésta antigua historia de mi antepasado es de verdad ¿No lo creéis macho?

—Yes! Yo también querer cerciorarme de eso, aceptar ir contigo, tanto tiempo buscando tesoros y nada, esperar que esta vez encontrar algo.

Manuel sonríe y mira a su actual cómplice a los ojos, y con un extraño brillo repleto de ambición le dice:

—Creedme, algo decidme que este tesoro ser real. Escuchad, podemos viajar a México como turistas y buscad ese lugar, y si es verdad esto, ufff ¡zas! ¡Seremos inmensamente ricos! ¿Comprendéis? ¡Inmensamente ricos macho! Y si no, pues… ya faltadnos unas vacaciones ¿no? Y qué mejor que las playas mexicanas jajajajajaja.

—Yes! yo ir a avisarle a mi esposa ¡yeaaaaaaaaaaa!

Media hora después, el estadounidense llega a su hogar, feliz y eufórico entra a la recamara y exclama:

—¡Stephanie!¡Stephanie! ¡Tenerte una gran noticia!

Una mujer caucásica, de pelo rubio que le llega a los hombros, muy delgada, de ojos azules, de rostro hermoso pero demacrado, yace recostada en la cama y al escuchar a su esposo se sienta sobre su lecho, mientras que John lleno de entusiasmo la abraza efusivamente y la besa en la boca:

—¡"Honey" tenerte una buena noticia!

Stephanie desconcertada por el inesperado entusiasmo de su marido pregunta:

—¡Woaooooo! ¡Mira como venir! ¿Cuál ser esa noticia que tenerte tan feliz?

John responde muy contento:

—Manuel decirme que en México estar un tesoro escondido ¡y vamos a sacarlo!

Al escuchar eso Stephanie se molesta:

—Whaaaaaaat?! ¿Tesoro? ¿En México? Pero… ¿Ustedes seguir con esa tonta afición? Desde que nos casamos tu estar buscando tesoros aquí y allá, y nunca encontrar nada, por esa causa tú convencerme de venir aquí a España y decir porque aquí encontrarías muchos tesoros enterrados, y solamente una vez tú encontrar 20 pesetas y pensar que ser doblones españoles de oro, ustedes no aprender, eso de encontrar tesoros ya no ser posible en estos tiempos, ya todos sacarlos generaciones anteriores, si es que alguna vez haber unos ¡Olvidarte de eso! tú no venir conmigo con tus fantasías de piratas busca tesoros.

John a pesar de escucharla tan pesimista, no pierde el entusiasmo, y tratando de convencerla le explica:

—No "Honey", esta vez aquí si haber algo serio y seguro, Manuel tener una carta de un antepasado suyo que fue un soldado del tiempo de Hernán Cortés, y ser auténtica, yo verla y decir que descubrir un tesoro, uno muuuuuy grande en una cueva de México, donde los indios tener escondidas grandes cantidades de oro puro. Además este soldado dejar un mapa donde indicar exactamente dónde encontrarlo, recordar que los españoles durante la colonia extraer muchísimo oro de México, pero nunca encontrar el famoso tesoro de Moctezuma, y yo pensar que éste ser ese gran tesoro.

Stephanie no se siente ilusionada como su esposo, y muy escéptica responde:

—Mira John, olvidarte de eso, no estamos ya para esos "hobbies" (pasatiempos) tú saber que yo no sentirme muy bien, hace apenas dos años que extirparme el tumor canceroso del seno, pero el doctor decir que yo tener que volver a hacerme nuevos estudios para cerciorarse que no volverme a salir otro.

John tomándola de la cara con ambas manos le dice de forma amorosa:

—"Honey" sí, yo saberlo, y por eso querer ir, porque si encontramos ese tesoro, seremos ricos ¡muy ricos! Y si tú volver a recaer, yo poder llevarte a curar a algún otro país, dicen que en suiza haber nuevos tratamientos, o en América o China, por eso tenemos que aprovechar ésta oportunidad.

Aunque Stephanie se mantiene incrédula, lo que le dice su marido la llena de esperanza e ilusión, con la idea de encontrar otros tratamientos en otras partes del mundo, hace un suspiro y responde:

—Well… si ser así… Okay ¿Qué esperamos?

John se queda mudo unos instantes mirándola atónito, no esperaba una respuesta tan rápido y menos que fuese afirmativa, entonces en su rostro se comienza a dibujar una sonrisa y la abraza con alegría:

—Jajajajaja gracias por aceptar "honey", yo jurar que no te arrepentirás, ya ver que seremos ricos para curarte ¡yiajuuuuuuu! además el aire y el sol de las playas de México te harán mucho bien, ya verás.

John sale de la habitación lleno de alegría y entusiasmo, no puede ocultar la emoción que le genera la idea de buscar tesoros, entonces comienza a recordar el pasado de su vida: que desde su temprana adolescencia siempre tuvo la fantasía de algún día encontrar un gran tesoro que lo haría rico. Ambicionaba el dinero y la aventura más que nada en el mundo, y ahora más que nunca. Recuerda que creció en una familia adinerada, siendo hijo único, su padre fue dueño de un enorme casino en las vegas, pero su madre era alcohólica. El tenia todos los bienes materiales que deseaba, hasta que su padre por ser investigado por las autoridades por un supuesto fraude, se suicidó; y al quedar solos él y su madre, al no saber sobrellevar el negocio, pronto lo perdieron todo, ella remató el casino a un voraz empresario que se aprovechó de su falta de conocimiento y experiencia en el ramo. Pero después de todo su madre como era muy atractiva pues fue Miss Nevada cuando la conoció su padre, a pesar de su alcoholismo, conservaba su belleza, se volvió a casar con otro magnate de clubes, un hombre déspota y arrogante, al cual John detestaba y con el que en su plena adolescencia tenia frecuentes conflictos, discusiones y peleas. Al cumplir la mayoría de edad eso lo orilló a irse de la casa para enlistarse en los "marines". En los cuales solo duró 2 años, pues era constantemente arrestado por indisciplina, pero después se vio envuelto en un escándalo en donde todo su pelotón fue acusado de dispararle a un grupo de manifestantes, entre ellos niños, fueron arrestados y procesados, pero a medias del proceso, misteriosamente este fue interrumpido y los dejaron libres con la condición de que renunciaran a los marines, lo cual todos ellos hicieron sin titubear; después de salir se dedicó a viajar por todas partes de su país y del mundo, yendo a competencias deportivas de alto riesgo pues adora la adrenalina, ya fuese surfear, paracaidismo, motocross, o lo que sea, era un constante buscador de aventuras... ¡Riiiiing! ¡Riiiiing! Riiiiing! De repente suena su teléfono sacándolo de sus recuerdos, mira que es Manuel, enseguida contesta la llamada y acuerdan los preparativos para el viaje.

Y al siguiente día por la mañana, Stephanie se encuentra empacando su ropa y objetos personales, sin olvidar sus medicinas, ya que consultó con el médico y aunque éste le dijo que sí podía viajar, le recomendó que no por mucho tiempo, y que al primer signo de malestar acudiera inmediatamente al Hospital más cercano, y esperanzada Stephanie se une a la aventura y se alista para el viaje.

Capítulo 4: LA INVESTIGACIÓN CONTINÚA

Al siguiente día del otro lado del mundo, en la ciudad de Guadalajara, por la tarde, la joven Xóchitl se encuentra en la biblioteca de la universidad buscando en los libros de historia y arqueología, queriendo encontrar acerca de los mayas algo novedoso. Revisando uno tras otro, pasan las horas pero no encuentra nada que le satisfaga; tal parece que no hay más novedades que esas profecías del calendario maya. Después de buscar y leer por varias horas, la joven de anteojos se encuentra cansada y frustrada, se recarga en la silla haciendo su cabeza hacia atrás y toma un suspiro, luego se endereza y se quita sus lentes para limpiarlos y tallarse sus cansados ojos, en eso una trabajadora de la biblioteca se aproxima a ella y le avisa que ya van a cerrar, a la que le responde afirmando con la cabeza, después toma sus cosas y se retira.

Media hora después llega a su casa, y con un gesto de cansancio deja caer su mochila en el sofá, e igualmente ella se tira en éste, y exclama:

—¡Haaaaa....! ¡Qué día! No encontré nada ¡nada! que me diera pista de algo nuevo o desconocido de los mayas, ¿qué voy hacer? ¿Qué voy hacer? aaaaaahhh estoy tan cansada.

—Pues descansa pero no te rindas amiga.

Se escucha la voz de Citlali a espaldas de ella, a lo que Xóchitl sorprendida gira ligeramente su cabeza hacia su lado y descubre a la ojiverde.

—¡Citlali! ¿Q...qué haces? nomás de chismosa ¿verdad? pensé que ya te habías dormido.

—No, todavía no, pero escuché que entraste y hasta a tus pensamientos muuuuy bien, creo que tengo telepatía jijiji.

Lo dice al momento que toca sus sienes con sus índices, y se sienta al lado de Xóchitl, la cual afirma:

—Tienes razón, no me tengo que rendir todavía, gracias por

27

darme ánimos, ¿sabes? te quiero mucho "mensita".

Responde dándole un abrazo, al que Citlali corresponde también y le dice:

—Y yo a ti también te quiero "taradita".

Xóchitl ríe levemente.

—Una mensa y otra tarada, somos tal para cual jajajajajaja.

Y las dos sueltan una feliz sonrisa, a lo que Citlali expresa:

—Oye Xóchitl ¿Te molestó cuando te dije de hacerte un novio? no me contestaste nada.

Xóchitl se queda seria, guarda silencio, y solo agacha la cabeza con tristeza a lo que Citlali le expresa:

—Ay, disculpa si te hago sentir mal pero, ¡ya amiga! tienes que superar ese temor a los hombres, no todos son malos como… aquellos desgraciados delincuentes que te trataron de violar en la secundaria, afortunadamente no lo lograron, ¡escapaste!

En la cara de Xóchitl se dibuja un semblante de profundo miedo y rencor al recordar aquella vez.

—Disculpa amiga —responde Citlali apenada pero también con indignación—. Y… aparte tu tía le pone la cereza al pastel, metiéndote su amargura contra los hombres desde que estuviste a su cuidado desde que tenías 9 años ¿no?

Xóchitl solo la voltea a ver unos instantes, y perturbada por las palabras de su amiga vuelve a bajar la cabeza con tristeza, a lo que Citlali apenada dice:

—Hay amiga, perdóname, se me soltó mucho la lengua —y conmovida le da un abrazo—. Yo te quiero mucho, eres mi única y verdadera amiga, en la única, única que he podido confiar todo este tiempo, eres una gran amiga y por eso quiero lo mejor para ti.

Xóchitl solo se abraza a su compañera con los ojos un poco humedecidos.

—Gracias Citlali, disculpa pero… eso todavía es muy duro para mí, el recordar a esos malnacidos que seguro me hubieran violado y también asesinado —con rostro visiblemente perturbado continua—, estaba aterrada, ellos eran muchos, no podía zafarme, y como forcejaba con ellos, me dieron tantos golpes en la cabeza que… esos golpes fueron los que me dañaron la vista y más el ojo derecho ¿recuerdas que te dije que duré días sin ver nada?

—Este… si claro, recuerdo eso.

—Hasta los doctores pensaron que quedaría ciega, pero afortunadamente recuperé la vista tiempo después, aunque no completamente... por eso tengo que usar estos lentes, ¡estos malditos lentes! —de repente Xóchitl calla unos minutos, solloza y con tristeza dice—: Si no fuera porque comenzaron a pelearse entre ellos sniff, porque a cual más querían ser el primero en violarme, en desvirgarme, se hizo un tumulto el cual yo aproveché y escapé, ¡corrí y corrí tanto! ¡Tanto! con mi uniforme desgarrado, y casi a ciegas porque la sangre que escurría de mi cabeza me nublaba la vista ¡sniff!

De sus ojos comienzan a escurrir lágrimas mientras Citlali la escucha con detenimiento.

—Corrí y corrí con todas mis fuerzas huyendo de esos malditos que me perseguían como hienas, como una jauría de perros ¡cerdos malditos!... en eso venía el tren, yo corriendo despavorida me dirigía a la vía, la quería cruzar, y los malditos tras de mí me gritaban insultos, amenazas y miles de cochinadas, y cuando el tren estaba a punto de cruzar enfrente de mí, de un salto me arrojé hacia el otro lado de la vía, y logré cruzar un par de segundos antes de que el tren pasara, eso me ayudó a escapar, porque ellos no lo lograron, pero mientras yo me levantaba y continuaba mi huida, desde el otro lado aquellos me seguían gritando amenazas, yo corrí y corrí aterrada por la calle, gritando y llorando de miedo y dolor, la sangre escurría de mi cabeza manchando mi desgarrado uniforme que sostenía con mis manos; la gente solo se asomaba por las ventanas asustadas a mirarme corriendo despavorida, pero nadie me ayudaba, ¡nadie! solo corrí y corrí con el miedo de que de un momento a otro me salieran al paso esos malvivientes, y de repente me sentí mareada, creía que en cualquier momento me iba a desmayar, pero el miedo a ser alcanzada por esos desgraciados me dio fuerza para seguir, no supe como llegué a mi casa. Pero al arribar, mi tía al verme en esa situación, casi desnuda y con la cabeza llena de sangre, en vez de ayudarme, se molestó y me gritó diciéndome que eso me pasaba por andar vestida con la falda tan corta como una cualquiera. Y dijo que ese suceso nadie lo debería de saber por temor al escándalo, por temor al "qué dirán", pero al día siguiente tuvo que llevarme al doctor, porque me quede ciega, pero ella dijo que me caí.

—Hay Xóchitl, pero que estupidez de tu tía.

—Ya sabes que estuve ciega por casi un mes, pero sorprendentemente recuperé la vista, aunque no al cien por ciento. Tenía tanto terror de salir a la calle que pasé más de un año sin salir de la casa, tenia pánico y cada noche tenia pesadillas donde esos malditos entraban a mi casa a atacarme, y… por si fuera poco, sniff en el día a veces tropezaba porque no veía bien, y mi tía me regañaba diciéndome cegatona, inútil, etc. Por eso después me pusieron estos anteojos, ¡Estos malditos anteojos! ¡Como quisiera no tener que usarlos! sniff, sniff.

—C… Cálmate amiga, cálmate ¿sí? Recuerda que… eso ya pasó, y… lo bueno es que no lograron atraparte, ni violarte, ni matarte, y esos malditos cerdos, jamás supieron donde vivías, y de seguro han de haber terminado muertos o en la cárcel, y tu tía después de vender la casa de tus padres se fue de la ciudad a su pueblo, que está muy lejos de aquí tú sabes.

Xóchitl limpiándose las lágrimas, le expresa:

—Sí, tienes mucha razón ¡sniff! ¿Sabes? A veces pienso mucho en mis padres, ¡mucho! Y me duele tanto que hayan muerto en aquel maldito accidente de auto estando yo tan chica, solo tenía 9 años, y recuerdo muy poco de ellos. ¿Sabes una cosa? a veces me pregunto: ¿Cómo sería haber crecido con ellos? ¿Me hubieran tratado mejor que mi tía? ¿Me hubieran dado mucho cariño? ¿Me hubieran festejado mis cumpleaños? Todos los fines de año escolar veía con dolor como a mis demás compañeros de clase los acompañaban sus padres, pero yo… ni mi tía iba porque decía que no le gustaban esos "argüendes".

—Hay Xóchitl, que cosas dices, seguro que sí, siendo tus padres, mucho mejor.

—Recuerdo muy poco de ellos, y ni siquiera me llegaron a dar un hermano.

—Pero amiga, ¡me tienes a mí! que soy casi como tu hermana.

—Hay Citlali sniff, jejeje gracias sniff.

—Y aparte te dejaron un buen dinero del seguro de vida de tus papás, que te ha servido para que sigas estudiando, aunque tu tía lo administró hasta que cumpliste la mayoría de edad, y mira ya estás a punto de graduarte.

—Si tienes razón, pero de ese dinero ya queda muy poco, apenas me alcanzará para mi graduación, no sé que hizo mi tía con tanto capital. Pero de todos modos a veces extraño mucho a mis padres, pero bueno —y quitándose los anteojos para limpiar las lagrimas de sus ojos, le responde—. Ya verás, terminando mi tesis te voy hacer caso, sniff, voy a cambiar de guardarropa y a lo mejor con el tiempo poder conocer algún muchacho.

—Hay amiga siiiiii, y yo te voy ayudar en todo, y a escoger uno bueno, porque hay cada desgraciado.

—¿Oyes Citlali? —pregunta Xóchitl—. Hablando de eso, tú tienes mucho éxito con los hombres, pero solo sales un día con alguno y ya no los quieres volver a ver, ¿porque amiga?

Ante tal pregunta a la ojiverde le cambia el semblante y en su cara se dibuja uno de tristeza:

—Es que…no sé, tu eres mi amiga y todo te he contado pero… hay algo que no te he dicho.

—¿Pues dime?

Pregunta atenta Xóchitl a lo que la ojiverde mirando hacia arriba, hace una respiración profunda y dice:

—¿Tú recuerdas que te conté que a los 15 años yo tenía aquel novio que nos conocíamos desde niños?

—S…si, me acuerdo ¿al que…?

Citlali se pone seria, agacha la cabeza y dice:

—Si… al que mataron.

—Disculpa Citlali no quería…

—Está bien, no te preocupes, de todos modos es cierto —mira hacia arriba, sus ojos verdes se humedecen de lágrimas y siente un nudo en la garganta, pero hace un esfuerzo por no llorar y toma un enorme suspiro para poder hablar y dice—: pero lo que no te he dicho es que unos días antes de eso, sniff, como nos amábamos tanto, planeamos escaparnos a un pueblo lejano donde nos íbamos a casar ¿tú crees? jejeje que locos ¿verdad? sniff. Y pues yo llegué temprano a un hotelito rústico pero muy bonito de ese pueblo, para preparar el vestido de novia que le robé a mi mamá, pero a él en el camino, sniff —hace una pausa y hace otro suspiro para proseguir—. Lo secuestraron aquellos tipos.

—¿Entonces fue cuando iba para contigo?

—Sniff si, a su familia ya la estaban vigilando desde hace días; y esa fue la oportunidad perfecta para esos… ¡perros! ¡sniff!

—Si el recordar te hace daño... no tienes que decir más Citlali.

—No, no, estoy bien, y tú tienes que saber todo de una vez, y pues… a medio camino lo alcanzan y ya sabes, sniff lo secuestran, y yo ese día… me quedé en el hotel, esperé y esperé, tooodoooo el día, yo en ese momento, de manera extraña sentí un vuelco en mi corazón, como un vacio que duele, sentí tanto dolor y tanto miedo, supe que algo muy malo le había pasado, pero no sabía que, solo tenía ese presentimiento, esa angustia que me mataba. Y ahí me quede tirada en la cama, toda la noche llorando, al siguiente día llena de tristeza y desilusión regresé a mi casa y es cuando me enteré de lo que pasaba. Y lo demás ya lo sabes, sus papas aunque entregaron el rescate, esos malditos malnacidos...sniff lo mataron, ¡lo mataron! ya tenían el dinero y ¡lo mataron! ¿Por qué? ¡¿Por qué?! Sniff.

—Tranquila amiga.

—¡Esos perros malditos lo decapitaron!

—Sí pero… ya no tienes que seguir torturándote recordando eso.

—Y pues… sniff, como que desde esa vez no puedo comenzar ninguna relación con ningún otro chavo, no sé, tu ya lo vez, me invitan a salir muchos, y cuando acepto salir con alguno, después ya no puedo seguir una relación, ya no puedo continuar.

—Hay Citlali, ahora te estimo mucho más, mira este… tengo una idea… cuando termine mi tesis, vamos a ayudarnos una a la otra ¿sale?

—Sniff, si, cuentas con migo.

—Y tú conmigo.

Y se abrazan fraternalmente.

—Pero bueno… sniff —Citlali limpiándose las lágrimas le sugiere—: Cambiemos de tema… ¿Y… cómo le vas a hacer con tu tesis?

Xóchitl quitándose los antejos para limpiarlos de sus lágrimas le contesta:

—Pues… no me queda de otra que seguir buscando, mañana no pararé hasta lograr encontrar lo que será el tema de mi gran tesis.

En eso la joven de anteojos, voltea a ver el periódico que está en la mesita de la sala, algo le llama la atención, se inclina para alcanzar ese papel, lo toma en sus manos y lo empieza a revisar detenidamente, mira la foto de una pieza precolombina, es la escultura maya de un ser con cuerpo de humano pero cabeza de murciélago, y al pie de la foto dice: *"figura de una deidad vampiro de los mayas. En la exposición de arte precolombino"*. A ella se le abren los ojos completamente y una expresión de sorpresa y júbilo se le dibuja en el rostro, se incorpora y expresa:

—¡Esto! ¡Esto es lo que ando buscando! ¡Esto es de lo que voy a hacer mi tesis! ¡Siiiiiiiiiiii!

Citlali desconcertada la mira dando brinquitos de felicidad.

—¿Qué es lo que encontraste?

—¡Mira! ¡Mira esto! es la escultura de vampiro de los mayas, de eso es lo que voy a investigar: los vampiros en la mitología y folklor maya ¡Siiiiiiiiiii! ¡Eso es!

La ojiverde toma el periódico y lo mira, a lo que sorprendida sonríe:

—¡Cierto! ¿Cómo no se nos ocurrió antes? ya tienes el tema de tu tesis Xóchitl.

Y las dos se abrazan dando pequeños brinquitos de alegría.

—Mañana voy a investigar todo lo que se pueda acerca de esto.

Afirma feliz e ilusionada Xóchitl.

—Siiiii amiga, y en lo que te pueda ayudar me dices ¿sí?

Exclama solidaria Citlali.

—Si mensa, si. Gracias por darme ánimos.

Exclama contenta Xóchitl dándole de nuevo un efusivo abrazo.

—Hay tarada, para que son las amigas ¿he?

Contesta mirando sonriente a su amiga:

—Jajajajajaja

Y así cada una se dirige a sus respectivas recámaras.

Al siguiente día, Xóchitl con ánimos renovados llega a la biblioteca principal de la ciudad. Minutos después con varios libros en las manos se aproxima a una mesita de estudio del lugar y junto a ella un empleado ayudándole con más tomos. Algunos son muy antiguos, grandes y pesados, la joven de anteojos se acomoda en la silla y comienza a revisarlos.

Pasan las horas, y ella sigue buscando y buscando y no encuentra nada, ya solo le faltan 2 libros de la enorme pila que ha revisado, y cuando está ojeando el penúltimo encuentra algo que le llama la atención; un grabado que muestra a un varón vestido como los antiguos mayas de la época precolombina, pero con cabeza en forma de una especie de vampiro, pareciera que es un hombre con una especie de máscara puesta y en una de sus manos trae agarrada de los cabellos una cabeza humana al parecer recién decapitada debido a que muestra líneas rojas saliendo de su base como simulando sangre que escurre, y en la otra mano una daga de piedra color negro. Y mientras observa ese grabado de repente siente que todo le da vueltas y sin saber cómo ni por qué, pierde el conocimiento.

Sorpresivamente con un sobresalto abre sus ojos y se mira así misma sobre una especie de silla de madera, cubierta por piel de animal de color negro, la cual está sobre una plataforma hecha de troncos atados, que a su vez es cargada en hombros por varios hombres, ella se mira a sí misma vestida con unas ropas de la época maya prehispánica pero de color negro con rojo y joyería de obsidiana y piedras rojas como jaspe, enfrente de su ropa lleva grabada una figura que no le encuentra forma, solamente le distingue una especie de alas de color rojo, y lleva en su cabeza un penacho con plumas negras y rojas, mira sobresaltada a su alrededor una comitiva que desfila llevándola, detrás de ella y a los costados van antiguos soldados mayas armados con lanzas y escudos. A ambos lados de la silla y al frente van 3 mujeres que llevan en sus manos una especie de incensarios de barro que despiden humo que huele a copal, y frente a toda esa gente va un hombre con una vestimenta de los antiguos sacerdotes mayas, pero en su mayoría de color negro y joyas obscuras, y en la cabeza lleva un penacho de plumas negras y rojas, se dirigen camino hacia una enorme cueva en medio de la selva, es de noche por lo cual llevan varias antorchas, mira al cielo y ve que hay luna llena, y desde la silla donde la llevan observa cómo van ingresando dentro de la gruta y ella está a punto de entrar cuando en ese instante…

—¡Señorita, señorita!

Es la empleada de la biblioteca que la sacude del hombro para despertarla, Xóchitl abre los ojos y levanta la cabeza para ver quien la sacude.

—Disculpe, pero no se permite dormir aquí.

Le dice la trabajadora, a lo que la joven universitaria se levanta desconcertada, ve alrededor de la mesilla y se percata de que se había quedado profundamente dormida, se quita sus lentes que los tenía casi caídos para tallarse los ojos con los dedos de la mano derecha, mientras sostiene sus anteojos con la otra, disculpándose al mismo tiempo:

—Perdón, no me di cuenta en qué momento me quedé dormida.

—No se preocupe… con su permiso.

En eso la empleada se retira. Xóchitl se coloca sus lentes, mira su reloj y se sorprende de ver la hora, apurada se incorpora y recoge sus cosas, pero antes de retirarse hecha una ojeada a la mesa y vuelve a ver la imagen en el libro, toma su celular y rápidamente le toma una foto, enseguida se retira.

En la noche, de nuevo en su casa, en el sofá de la sala se encuentran las dos amigas platicando:

—Y… ¿No encontraste nada de la información que buscas?

Le pregunta Citlali a su amiga que le responde:

—Pues más o menos, lo que pasa es que me pasó algo raro.

—¿Raro? Pues… tú eres bastante rara amiguita, por lo cual todo lo que pasa contigo es raro jijiji.

—Ja, ja, ja, muy chistosa, deja te digo, cuando estaba revisando los libros, después de ver casi todos abrí el último de ellos donde encontré la foto de un códice maya, y en esa lamina estaba la figura de un ser, con un cuerpo de humano pero como con una máscara o casco en la cabeza de lo que me pareció de vampiro.

A lo que su amiga se queda mirándola haciendo un gesto de no comprender.

—¿Cual ser?

—Mira, le tomé una foto.

Le responde Xóchitl, al mismo tiempo que busca y le saca de su bolso el teléfono celular y le muestra la foto que tomó, a lo que Citlali la mira detenidamente y expresa:

—¡Huy! Esos mayas sí que tenían una imaginación bastante tétrica, esto me parece que está siendo representado con una máscara, pienso que simplemente es algo así como los antiguos guerreros jaguar o águila de los aztecas, que traían como un casco con la figura del animal, que creo hasta era el cráneo real del felino, y su piel la usaban de uniforme, fíjate también en los danzantes que usan máscaras de animales para hacer la representación, como la danza del venado.

—Hummm si, tienes razón; lo más seguro es que sea algo así, digamos que ¿los mayas se vestían así para pelear? O… ¿hacer sacrificios? Porque es lo que parece. Pero hay una cosa que no encuentro explicación.

—¿Qué es?

Pregunta Citlali con curiosidad.

—Lo malo fue en cuanto yo miré esa foto… no me vas a creer pero sentí de repente un mareo y creo que me desmayé o, me quedé dormida de golpe, no sé; pero en eso tuve un sueño muuuy raro.

Citlali la sigue escuchando con atención, y le explica el sueño. Después ella tiene algo que sugerirle:

—Para mí que te sugestionaste, y te quedaste dormida porque todos estos días no has dormido nada bien tú sabes.

Xóchitl escucha cómo su amiga le encuentra una lógica a lo que le pasó, a lo que Citlali le dice algo más:

—¿Te digo algo? Ahora en la mañana estaba hablando con una compañera y me dijo de un señor que es de ascendencia Azteca y Maya y conoce ampliamente de las dos culturas, ella me dijo que es un "curandero".

—¿C...Curandero?

—Si mensa, esos que te curan de brujerías y de enfermedades con hierbas.

—Sí, ya sé lo que es un curandero, pero ¿crees que esa persona nos podrá decir algo?

—Pues no perdemos nada con averiguarlo.

—Hummm tienes razón, mañana me llevas, digo... ¿te dijeron donde vive?

—Sí, aquí tengo la dirección apuntada, y mañana vamos.

Al día siguiente por la tarde, las dos amigas llegan a una colonia casi a las afueras de la cuidad donde vive mucha gente en su gran mayoría Náhuatl y Mazahuas, las calles en su mayoría están empedradas, pero otras solo tienen tierra, hay casas de ladrillo cocido, pero también hay muchas de adobe con tejaban. Caminando por la calle llegan a una esquina donde encuentran a una anciana que tiene fuera de su casa un modesto puesto de comida con un comal donde tiene quesadillas de distinto tipo y tacos dorados cocinándose, le preguntan por la persona que buscan, y la anciana amablemente les indica donde está, ellas le dan las gracias y siguen hacia el lugar que les dijo. Más adelante arriban a una vivienda de muros de adobe, techo alto y de tejaban, con un viejo portón de madera, la entrada es de arco, está abierto, ellas entran y caminan por un largo pasillo donde hay varias sillas pegadas a la pared donde se encuentran unas cuantas personas sentadas que solo las miran pasar sin decir nada, y hasta el fondo se encuentra una señora de unos 50 años de edad que al mirarlas se aproxima a ellas preguntándoles:

—Hola muchachas ¿Vienen a consulta?

Citlali responde:

—No señora es que… ¿aquí vive don Juanito?

—Si aquí vive, pero está ahorita en "consulta", si quieren esperar su turno.

A lo que le aclara:

—Es que no venimos a consulta, solo queríamos preguntarle una cosa a don Juanito, necesitamos solo un momento y nos vamos pronto.

La mujer desconcertada las observa unos instantes y luego les responde:

—Hummm ta' "güeno", las voy a dejar que le pregunten lo que quieran pero nomás "esperensen" a que salga la persona que está ahorita con él, porque no lo podemos interrumpir cuando está "curando".

—Está bien, aquí esperamos.

Le responde Xóchitl algo nerviosa y emocionada. Pasan unos minutos y en eso se abre la puerta y sale un señor de unos 34 años de edad, moreno, colocándose su sombrero de paja, y dirigiéndose hacia el interior:

—Gracias don Juanito, y sí, pos' como que ya me siento mejor, con su permiso Doña Julia.

El individuo se retira, y en eso la señora les dice al par de amigas:

—¡Vengan vengan! ya pueden entrar.

A lo que las universitarias caminan hacia dentro de la habitación y observan 2 mesas pegadas a la pared, una más grande que la otra, donde hay varias imágenes de santos y de ídolos al parecer aztecas y otros desconocidos para las jóvenes. También hay jaulas donde parece que había algunas aves, una repisa grande con muchas hierbas, en el ambiente se detecta un olor a incienso de copal, en el suelo una mancha en circulo como de quemadura, y más al fondo está sentado en una modesta silla de madera, un hombre de aproximadamente 56 años, tez morena, de 1.70 de estatura, bigote grande y negro con algunas canas al igual que en su pelo antes de que se ponga un modesto sombrero de palma, barrigón, un pantalón blanco y una camisa de manga larga del mismo color.

—Hola, buenas tardes ¿don Juanito?

Pregunta Xóchitl, a lo que el señor afirma con la cabeza y respondiéndoles:

—Si muchachas ¿que se les ofrece?

—Nos dijeron que usted sabe mucho de la cultura maya, porque es de ascendencia maya y azteca ¿es cierto?

—Si claro muchacha ¿Pa' que soy bueno?

—Pu...pues es que estamos, digo... estoy investigando cosas desconocidas de los mayas para mi tesis, y pues... quisiera saber si usted nos puede decir algo acerca de ésta foto.

Saca su teléfono portátil, busca la fotografía y se la muestra a don Juanito, este acerca su cara para ver lo que le muestran.

—Haber, haber, muchacha.

Pero al mirar la foto, en su rostro se dibuja una expresión primero de sorpresa y miedo; luego de enojo, y voltea a mirar a Xóchitl.

—¿De esto es de lo que quieres investigar?

Le responde el hombre alzando la voz con disgusto y señalando con energía hacia la foto del celular —¡No seas estúpida! olvídate de ésta tarugada y ponte a hacer tu dicha tesis de otra cosa, no saben en lo que se pueden meter.

—¿En...en lo que nos podemos meter? N...no entiendo, díganos ¿Por qué? ¿A... a qué se refiere?

—No, no... nada, nada ¡váyanse de aquí! ya no las quiero ver, no saben lo que dicen niñas zonzas, y mejor búscate otra tesis ¡"ámonos"! ¡"ámonos" pa' fuera!

Y las jóvenes desconcertadas, no les queda otra más que salir de ahí.

Ya afuera de la casa, caminando por la calle Citlali enojada expresa:

—Pinche viejillo, parece que vio al diablo, pues ¿no que muy curandero? Que se vaya a ch...

—¡Citlali! —la interrumpe Xóchitl—. ¿Qué vocabulario es ese? nunca te había escuchado hablar así.

—Disculpa amiga, es que este viejo barrigón me hizo enojar, mira, ¡casi nos saca a patadas! méndigo viejillo amargado.

—Está bien, está bien, ya cálmate, yo también me molesté, pero pues.... ni modo, mejor vámonos a la casa, necesito pensar que hacer.

Cae la noche, y ya en el hogar, Xóchitl sentada en el sofá de su casa y cerca de ella su amiga, se mantiene callada, pensativa mirando hacia el techo, Citlali al verla meditabunda le pregunta:

—¿En qué piensas amiga? No has dicho nada desde que llegamos.

Su joven compañera tarda unos segundos en responderle, para luego comunicarle con repentina resolución:

—¿Sabes qué Citlali? he llegado a la conclusión de que si quiero descubrir algo realmente significativo, es mejor que vaya personalmente al lugar de origen, tengo que impregnarme del mundo maya.

Su amiga atónita se le queda mirando sin decir nada, y entusiasmada Xóchitl le dice:

—¡Voy a ir a la región arqueológica maya!

—¿Queeeeee? ¿Hablas en serio?

—¡Sí! no hay de otra, mira, si quiero saber más de esa foto y de que es lo que representa, si es una danza o un tipo de sacrificio o lo que sea y escribir mi tesis, entonces tengo que ir a donde esté una comunidad maya, porque ellos todavía tienen muchas cosas, muchas creencias que nosotros aún todavía no sabemos, y sé que será un gran trabajo, pues los mayas actuales, aún se mantienen de cierta forma aislados de nuestra civilización desde la época de la conquista, siento que se les ha subestimado, y creo que hay muchas cosas más que saber de ellos, de su historia, de su mundo mágico que aún sabemos demasiado poco.

A lo que Citlali haciendo un gesto de duda le pregunta:

—¿Y ya sabes más o menos donde tienes que ir a investigar eso?

—Pues más o menos tengo una idea, pero no estoy segura, deja investigar.

Minutos después están en la computadora, navegando por el internet miran los lugares donde se encuentran las zonas arqueológicas de los mayas, a lo que Xóchitl le parece encontrar algo que le llama su atención:

—¡Mira! qué te parece ir a... ¡PALENQUE!

A lo que su amiga responde con un gesto de desilusión.

—Uuuuuuuhh yo pensé que ibas a decir Cancún, digo...está más cerca del mar ¿no?

—¡Citlali! ¡No vamos a vacacionar! nosotras vamos en plan de investigación.

—Hay, ya, ya pues, bueno… yo nomás decía.

Responde la joven ojiverde y lanza un suspiro de resignación. La joven de anteojos aparentando ignorar esa expresión de su amiga, le comenta:

—Mañana vamos a primera hora a comprar los boletos para el avión.

—¿Ya tan pronto?

—¡Claro! no hay tiempo que perder.

—Está bien, pero… ¿te digo una cosa? Pues no sería bueno que fuéramos solas, puede ser peligroso ¿no crees?

—Hummm creo que sí, tienes razón, y ¿qué es lo que sugieres al respecto?

—Pues pensaba llamarle a mi hermano para que nos acompañara.

—¿A tu hermano?¡Ha! Siiiiii, desde hace mucho no sé nada de él.

—Sí, mi hermano gemelo, andaba estudiando en Monterrey pero ahorita está de vacaciones.

—Ya lo había olvidado, ya casi no me acuerdo de él, sólo recuerdo a un muchacho flaco lleno de acné.

—Jajajajajaja ¿si verdad? Estaba bien "espinilludo" pero ya cambió, espera a que lo veas.

Le responde Citlali haciendo una señal de advertencia con su mano.

—Está bien, está bien, llámale y explícale a donde vamos.

—Sí, espero que pueda acompañarnos.

Al día siguiente, cerca del medio día, llega Citlali a su casa y le toca al cuarto de Xóchitl "toc, toc, toc."

—¡Paaaaasaaaa!

Responde Xóchitl desde dentro de su cuarto. Enseguida la bella Citlali entra, pero junto con ella viene también un joven.

—¡Mira! aquí está mi hermano Germán.

Xóchitl que empaca su ropa, alza la cabeza para mirar a los recién llegados, reconoce a su amiga, pero ve al lado de ella a un joven de la misma edad, pero más alto, de piel y ojos del mismo color que Citlali, pero bronceado, nariz recta, regula, mediana no grande ni chica, 1.85 metros de estatura, atlético, de mirada profunda, pelo castaño claro muy corto, Xóchitl se queda boquiabierta sin decir nada unos segundos muy impresionada, nunca había imaginado que el hermano de su amiga se volviera tan atractivo. Y nerviosamente extiende su mano a saludarlo.

—Ho…hola, Germán ¿como estas?

A lo que el joven muy educadamente corresponde el saludo y le dice:

—¡Hola Xóchitl! bien gracias, ya hace mucho tiempo sin verte.

—S…si ¿verdad?

Xóchitl nerviosa voltea a verse a sí misma y trata de arreglar su apariencia.

—¡Hay q…qué pena! disculpa que ande toda "fodonga".

A lo que Citlali rápidamente opina:

—Pues si diario andas así, ¿porque hoy te fijas?

Xóchitl al escucharla le lanza una mirada fulminante por inoportuna a lo que la ojiverde corrige.

—Esteeeee quise decir que casi nuuuunca andas así, digo, digo, nuuuuuuunca andas así, me extraña que ahora sí, no te preocupes.

—No hay problema, está bien.

Responde el joven Germán de manera amigable, para tranquilizar un poco a la nerviosa universitaria de anteojos, que repentinamente se siente insegura ante este atractivo joven. Pero tratando de cambiar el tema bruscamente, Xóchitl le explica a Germán el propósito del viaje. A lo que el gemelo responde:

—Disculpen… ¿saben? También quise invitar a un amigo y pues… aquí viene conmigo para que seamos más y sentirnos un poco menos solos, digo... si no les molesta.

A lo que Citlali con asombro voltea a mirar a su hermano.

—¿Queeee? ¿Un amigo? ¿Tú crees qué vamos de fiesta o qué?

—No, no; pero si no les parece pues… le digo que se vaya y ya.

Responde Germán, a lo que Xóchitl por curiosidad y sintiéndose incapaz de hacer sentir mal a alguien, le responde:

—Está bien, está bien, siempre y cuando el pague su pasaje y hospedaje y sea respetuoso con nosotras.

—No se preocupen es buena onda. Esperen un momento el está afuera esperando, dejen lo paso.

Las amigas se miran una a la otra con un gesto de curiosidad y emoción y rápidamente Citlali se apresura a arreglarse su cabello y ropa, piensa para sí misma que seguro es un joven tan guapo o más que su hermano. Se escucha la puerta abrir y cerrarse y las voces de dos varones, no se les entiende que dirán, pero se escucha que se aproximan a ellas, que salen presurosas de la habitación mirándose con risitas de emoción, y con un ligero nerviosismo de cómo será el amigo del gemelo, y se apresuran a la sala donde miran a los dos hombres aproximarse y grande es su sorpresa al verlos, y Germán presenta a su amigo:

—Miren él es Javier, mi mejor amigo.

Señalando al joven que esta atrás de él, y entonces hace un movimiento para desplazarse a un lado y así las curiosas damiselas lo mirasen, y grande es su sorpresa al verlo; un joven muy delgado, un poco bajo de estatura de 1.58 metros, con una dentadura bastante grande, en pocas palabras un joven flaco y dientón, de tez morena, pelo negro erizo y corto, su apariencia y complexión se antoja cómica, pero se mira aseado, bien vestido y amable.

—¿El es… tu amigo?

Pregunta Citlali con gesto de sorpresa y marcada decepción, mientras Xóchitl trata de aguantarse la risa.

—Claro que sí.

Responde contento Germán.

—Hola mucho gusto.

El joven extiende su mano caballerosamente a las mujeres, las cuales en ese momento se miran una a la otra, y no pueden contener la risa.

—Jajajajajajaja, mucho gusto, yo soy Citlali.

—Y… yo Xóchitl.

El joven las saluda, aunque desconcertado por la reacción de las muchachas. Y Germán sonríe contento de ver que aceptan a su amigo. Un nuevo grupo de jóvenes aventureros se ha formado para realizar la travesía.

Capítulo 5: ODISEA INESPERADA

Varios días después, la fecha prevista llega. En el aeropuerto de Madrid se encuentran Manuel, Stephanie y John en la espera de abordaje, su equipaje es abundante y después de estar bastante tiempo esperando, al punto del hastío, escuchan una voz de mujer por las bocinas que dice:

—*Pasajeros con rumbo a Palenque Chiapas, México, favor de abordar.*

Era la voz que estaban esperando, presurosos toman sus cosas y se dirigen al avión.

Media hora después dentro del enorme avión Stephanie comienza a sentir sueño y bosteza, una acción de la que la azafata se percata y le ofrece una suave almohada y aconsejándole que duerma se la pone atrás de su cabeza, la delgada rubia accede sin el menor reparo entregándose a un placentero sueño; John se cerciora de que su esposa ya se encuentre dormida para comenzar a platicar con Manuel en voz baja sobre la forma de cómo poder encontrar el lugar anhelado.

Mientras tanto, ese mismo día, pero horas más tarde, en el aeropuerto de la ciudad de Guadalajara, el cuarteto de jóvenes se encuentran en la sala de espera, Germán protesta con su hermana del porqué lleva tantas maletas, aunque Javier mientras ayuda a Germán a ordenar el equipaje de Citlali, en un instante voltea a verla para decirle algo pero... al mirarla queda mudo por su figura, esas bellas piernas dentro de ese pantalón de mezclilla blanco entallado como una malla, que dibuja a la perfección esas hermosas piernas de torneados muslos, que terminan en unas impresionantes nalgas redondeadas, grandes y firmes, boquiabierto sube más su vista para descubrir una breve cintura, con su abdomen descubierto por la corta blusa "ombliguera" de color rojo, que cubre casi únicamente su abultado busto, para terminar en el angelical rostro de la joven gemela, que con su mano mueve su abundante cabellera mientras ojea una revista de moda, Javier queda atrapado por esa visión y pierde la noción del tiempo, pero como si su subconsciente lo traicionara, tragando saliva entre dientes alcanza a decir una palabra:

—¡Glup! ¡Hay madre mía…!

La gemela que tenía su atención en la revista, solo escucha su voz pero no alanza a distinguir lo que dijo, pero voltea a verlo preguntándole:

—¿Dijiste algo Javier?

El joven moreno desconcertado solo alcanza a balbucear:

—E… este… no, digo… sssssi, que estás muy bu… bien preparada para el viaje jejeje… pero no te preocupes yo te ayudo con tus maletas y… ¡en todo lo que necesites!

En esos momentos escuchan la voz que tanto esperaban:

—*Pasajeros con destino a Palenque Chiapas, favor de abordar por la puerta 7.*

Este aviso lo repiten varias veces por el altavoz. Los jóvenes toman sus cosas y se dirigen a abordar. Minutos más tarde el avión despega llevando a los jóvenes universitarios hacia una aventura de la que no sospechan ni en lo más mínimo, que les cambiará la vida por completo y para siempre.

Más de cuatro horas más tarde, el avión proveniente de Guadalajara esta aterrizando en el aeropuerto internacional de Palenque, en medio de una fuerte tormenta, y minutos después Xóchitl y sus amigos salen del aeródromo. Son las 9:30 de la noche, y la tormenta arrecia con relámpagos y truenos, azotando toda la región sin misericordia, el cuarteto de amigos corren hacia un taxi, con sus maletas arriba de su cabeza para cubrirse de la densa lluvia y Xóchitl con un suéter, y rápidamente entran al vehículo de alquiler.

—¡Uffffff! qué fuerte está esta lluvia, de haber sabido, me hubiera traído un saco impermeable.

Exclama Citlali agitada, mientras se acomoda en el asiento y se sacude el cabello que a pesar de haberse cubierto se le ha mojado un poco. Mientras su amiga se acomoda a su lado y a su vez dice:

—Yo tampoco esperaba que estuviera el tiempo así, ¡que tormenta tan fuerte! y esos rayos y truenos… ¡hay! (En ese instante se escucha un fuerte trueno) me asustan y me ponen nerviosa.

Minutos más tarde el taxi llega al hotel indicado, y los Universitarios salen para correr en medio de la lluvia hasta llegar al interior de la recepción, una vez dentro del edificio Germán ve lo modesto, y en mal estado del hotel, y les reclama a las mujeres:

—¿Que no pudieron encontrar otro lugar PEOR para quedarnos?

—No te quejes, ni que fuéramos ricos, si es para lo único que nos alcanzó.

Le responde Citlali a su molesto y decepcionado hermano mientras se acerca al mostrador, donde se encuentra un señor de tez morena, de aproximadamente 56 años, de mediana estatura, gordo, calvo, con un bigote regular, anteojos, y con un carácter seco los recibe:

—Buenas noches jóvenes ¿en qué les podemos servir?

—Tenemos una reservación.

Le dice Citlali. Momentos después los tapatíos se dirigen a sus respectivos dormitorios, y durante el trayecto acuerdan que en una habitación dormirán los varones y en la otra las mujeres. Al recorrer el pasillo miran que en ciertas partes no hay iluminación pues varios focos no funcionan, algunas secciones de la pared están dañadas, al llegar ven que las habitaciones son modestas y frías, carente de lujos, pero bastante amplias, afuera la tormenta no cesa, está claro que durará toda la noche.

Horas más tarde de vuelta en el aeropuerto de Palenque va llegando el vuelo internacional de Madrid España, el trió de aventureros ha llegado en medio de la furiosa tormenta que ha arreciado aún más, al salir llaman a un taxi al cual se dirigen rápidamente, la tormenta es tan fuerte que no se ve ni siquiera mas allá de siete metros, Manuel que mientras camina hacia el taxi cubriéndose con un paraguas, afirma:

—¡Pero qué tormenta! ¡Ufffff! sí que nos vamos a inundar.

En esos instantes se escucha un horrendo trueno muy cerca de ellos: "¡Bruuummmmm!".

—¡Ah!

Exclama Stephanie que se sobresalta, y rápidamente se mete al vehículo, a lo que Manuel expresa:

—¡Coño! ¡Vaya trueno! Como que si hubiese caído un rayo muy cerca de nosotros.

Al escucharlo el chofer responde al comentario:

—Y no se equivoca, ese trueno significa que precisamente el rayo cayó muy cerca de aquí.

—¿Cómo decís?

Manuel pregunta mientras aún se mantiene parado fuera de la puerta del taxi mientras John termina de entrar en este, confiado en la protección que le brinda el paraguas. A lo que el chofer de vuelve a responder:

—Sí, señor, es más; la semana pasada, a un pasajero al salir del taxi nomas camino tantito y le cayó uno.

—¿Queeeeeee? No me joda ¿Estáis hablando en serio? O... ¿queréis asustarnos?

—Enserio señor, el pobre tipo quedó quemadito, quemadito, todo por salirse con un paraguas con muchos picos, y pos'... esas puntas metálicas atrajeron al rayo y le pegó y... lo rostizó.

—¡Bah! esas son gilipolleces, solo lo dice para asustarnos.

Y en cuanto termina de decir eso, repentinamente frente a ellos del otro lado de la calle, surge un intenso destello que los encandila, es un rayo que a unos treinta metros de distancia ha pegado en un árbol, y se escucha el terrible y ensordecedor estruendo, partiendo a ese árbol en dos y lo incendia, cayendo al suelo una de las dos partes. Manuel al ver tal cosa queda estupefacto e inmóvil de la impresión, al igual que sus compañeros, por el contrario el taxista despreocupado exclama como confirmando su advertencia:

—¿Ya lo vieron? y pos' así le cayó al tipo aquel.

Titubeando y sin dar crédito a lo presenciado, Manuel rápidamente en un gesto de espanto, suelta su paraguas bruscamente arrojándolo lejos de él, como si le quemara en las manos, y rápidamente se mete al taxi cerrando la puertezuela, respondiéndole al chofer.

—Bu, bu...bueno total, yo no necesitad paraguas, a mi gustad mojadme, empapadme y disfrutad de la naturaleza.

Stephanie lo mira sin decir nada, pero John en cambio lo ve tratando de contener la risa, a lo que el español exclama:

—¿Y vosotros porque me miráis con esa cara de idiotas? ¡Chofer! ¿Qué esperáis? ¡Vámonos de aquí!

El conductor con una discreta sonrisa solo arranca el auto. Y minutos después llegan precisamente al mismo hotel, donde se hospedaron los tapatíos. Manuel sale del taxi, toma sus maletas tranquilamente y sin preocuparse por mojarse se dirige al hotel con toda tranquilidad, mientras sus compañeros corren y tratan de cubrirse de la tormenta. Cuando entran al hotel Manuel llega empapado a lo que le dice John:

—Tu ser mejor que darte un buen baño, no ser que después resfriarte.

A lo que Manuel con la cabeza aún escurriéndole de agua, tranquilamente responde:

—Estáis muy equivocado tío, yo no me resfrió por cualquier gilipollez, menos con esta lluviecilla que apenas mojadme.

Y se mira completamente empapado, escurriendo de agua. Se internan en el hotel, y aunque miran que es un lugar bastante modesto, por la lluvia y el deseo de descansar del largo viaje de más de 12 horas, no escatiman en el recinto. Stephanie y John toman una habitación y Manuel otra para él solo, una vez que entran, caen rendidos quedando profundamente dormidos.

Capítulo 6: ENCUENTRO

Al día siguiente, ha dejado de llover y una soleada y fresca mañana surge; afuera, muy cerca del hotel; se ha instalado un llamado "tianguis", un mercado al aire libre, donde los habitantes de esa región venden artesanías y comida local. Ahí mismo se encuentran Xóchitl, Citlali, Germán y Javier mirando la variedad de productos que se venden en dicho mercado. Después los varones se apartan de sus compañeras para ver y recorrer por su cuenta dicho lugar. Ellas alegres prosiguen, en ese "mercado" encuentran puestos muy variados de artesanías y utensilios de barro, cobre y madera, pero repentinamente captan un olor, un rico aroma a comida.

—¿Ya oliste eso Xóchitl?

Le pregunta Citlali mientras cierra los ojos y alza la nariz para captar más ese rico aroma, a lo que su compañera responde con la misma inquietud.

—Siiiiii, huele delicioso, vamos a ver de dónde viene.

Caminan hacia la dirección de donde calculan que proviene ese delicioso aroma y a solo unos metros más adelante, encuentran un puesto de comida, aunque pequeño está muy bien surtido de alimentos y con una gran variedad, atendido por una señora de unos 56 años de edad, el lugar está lleno de comensales mientras ellas miran la gran variedad de platillos que, aunque muchos no conocen, se miran y huelen deliciosos, en el momento que observan el suculento paisaje, se les acerca una joven adolescente de unos 16 años, y les pregunta en español si desean comer algo. Se les nota evidentemente que tienen hambre y que ese lugar con los platillos les ha abierto aún más su apetito. Ni tardas, ni perezosas, ellas responden que sí, pero no saben qué comer, y le preguntan a la adolescente que les sugiere, a lo que ella muy amable y servicial les responde nombrándoles los platillos.

—¿Quieren una sugerencia? Miren pues les recomiendo unos tamales de mole, o estos de iguana.

—¿Iguana? —pregunta Citlali sorprendida.

—Sí, están muy sabrosos, a mucha gente les gustan y se nos acaban pronto, por si quieren escojan ahorita antes de que se acaben.

Las amigas se voltean a mirar una a la otra y sonríen a lo que Xóchitl agrega.

—No estaría mal probar, dice que son ricos —le expresa Xóchitl con curiosidad.

—Hummm bien, que nos dé primero uno para probar.

Responde Citlali con un poco de desconfianza pero al mismo tiempo con gran curiosidad. Las damiselas se aventuran a probar el platillo de esta extraña, exótica pero sabrosa gastronomía de la región, después de probar un tamal, siguió otro, y otro. En esos momentos, mientras ellas se mantienen sumidas en llenar sus estómagos, Stephanie seducida por ese mismo aroma llega al lugar, mira alrededor, observa como gran número de personas comen ávidamente, entre ellas las dos jóvenes, se les aproxima y les pregunta:

—Excuse me (disculpen) hola… ¿Quién atender aquí?

A lo que las universitarias sin dejar de masticar voltean, la miran y sin decir nada le señalan a la jovencita del local. Ella le llama, pero la jovencita solo le hace una señal con su mano de que espere, ya que está atendiendo a otras personas, a lo que Stephanie se cruza de brazos, toma aire y lanza un suspiro y se dispone a esperar, voltea a ver al par de féminas que comen de forma tan ávida que le da gran curiosidad:

—Perdonar… ¿Qué estar ustedes comiendo?

Citlali voltea a verla y aún con la comida en la boca le responde:

—Tamales de iguana.

La rubia hace un gesto de incredulidad pero la curiosidad le gana:

—¿E…estar ricos?

—¡Siiiiii! ¡Muy ricos! saben como a pollo.

—Woaooooo ¿sí? ¿Poderme dar a probar un poco?

Las dos jóvenes se voltean a ver una a la otra, se sonríen y amistosamente le responde Citlali:

—Claro güerita, siéntate.

La rubia se alegra, se sienta y sonriendo comienzan a platicar y hacen amistad.

—Yo llamarme Stephanie, soy de Estados Unidos.

—No te preocupes —le responde sonriente Citlali—. Ya nos dimos cuenta.

—Jejeje Ser muy obvio mi acento ¿verdad?

—No solo tu acento güera.

—Well (bueno) pero ahora yo vivir en España.

—¿España? Woaooooo si que has recorrido mundo —responde Xóchitl sorprendida—. Con razón hablas tan bien el español, y supongo que no viniste sola o ¿sí?

—Gracias, venir con mi esposo y un amigo de turistas y... ¿ustedes?

—Nosotras también venimos con mi Hermano —al decir eso Citlali hace un ligero gesto de resignación—: y otro amigo, pero está bien así, por seguridad tu sabes y... ¿dónde está tu esposo?

—Mi esposo ejem... andar por aquí, mirando todo, pero nuestro amigo haber quedado en hotel, estar enfermo porque mojarse con lluvia de ayer que llegamos.

—¿Siiiiii? mira que coincidencia —responde Citlali—. Nosotras también llegamos ayer y también nos recibió la lluvia.

Y así siguen en su conversación, han simpatizado, platican y comen, cuando John pasa cerca de ahí, Stephanie alcanza a mirarlo y le hace una señal alzando su mano para que la vea, su esposo la localiza y se dirige hacia ella haciendo un gesto de alivio y al llegar le reclama:

—Yo preocupado buscarte por todos lados y no encontrarte, y tú aquí feliz solo comiendo.

—No preocuparte, yo estar bien, look (mira) te presento a mis nuevas amigas, ella es Xóchitl y ella es Citlali.

Saludan amable pero tímidamente las universitarias al marido de su nueva amiga

—Oh... ¡mucho gusto!

John al mirar a Citlali queda sorprendido por su belleza y de sus encantadores ojos verdes, por unos instantes queda inmóvil, como congelado, sin reparar en que las otras dos mujeres se percatan de la impresión que le provocó la hermosa ojiverde, Stephanie tiene una emoción desagradable ante tal escena, pero ella solo agacha la vista por unos instantes para esconder su malestar, pues John no la mira a ella así como repentinamente ha visto a la tapatía, y recuerda la misma reacción de él con anterioridad ante otras mujeres, haciéndola sentir celos y tristeza. Pero disimula muy bien y continúa comiendo, luego John pregunta:

—¿Cómo estar la comida?

—Muy buena —le responde Stephanie con una forzada sonrisa—. ¿Quieres pedir algo?

—Of course! (por supuesto) lo que sea.

—¿Lo que sea?

—¡Yes! Yo traer tanta hambre que comer un caballo o toro, o…hasta ese perro que pasar allá.

—well…

Stephanie alza sus cejas en un gesto de conformidad y John pide sin preguntar que es cada cosa, le dan un tamal el cual devora sin chistar y casi al acabarlo, pregunta:

—Mmmmmm que rico, esto estar delicioso ¿de qué ser?

Stephanie le responde:

—Tú no querer saber, así que mejor comértelo.

—¿De qué ser? estar riquísimo.

—Well decirte… es de… iguana ¡lizard!

—!Puaf! ¿whaaaaaat? ¡Puaf! ¿Lizard? No, ¡Cof, cof! ¿Cómo ser posible? Esto ser una porquería.

Ese comentario molesta a Xóchitl, a Citlali y demás personas que están cerca, y voltean a mirarlo con una expresión de desaprobación, Stephanie se percata de eso y trata de corregir a su impertinente marido.

—¡No seas tonto John! Todo mundo saber que la comida Mexicana ser una de las más ricas del mundo, este ser un platillo exótico, y la iguana comerse en muchas partes del mundo, y una vez tú mismo contarme que en Texas también haberla comido.

John voltea y se da cuenta que la gente de su alrededor lo mira con seriedad, a lo que opta por retirarse.

—Okay honey, yo mejor irme al hotel haber si allí comer alguna "hamburguer" o una comida normal.

Con ese comentario vuelve a cometer el mismo error del que lo había rescatado Stephanie, pero esta vez ya no le importa y mejor se retira del lugar, a lo que le pide a su pareja que se vaya también con él, pero ella se niega:

—Ir solo tú, no preocuparte, yo después llegar, ellas me acompañarán.

John se retira mientras que Stephanie trata de suavizar la desagradable impresión que ha dejado su esposo ante sus nuevas amigas.

51

—Disculparlo, no sabe lo que decir, estar cansado por viaje y no dormir bien, y sin comer, ustedes comprender.

—Pero tú estás igual y eres muy amable.

Agrega Citlali, a lo que la rubia responde:

—Ustedes tener razón pero, yo ya haber comido jejeje.

Y las tres ríen olvidando la reacción de John.

Más tarde llegan al hotel. Las universitarias se despiden amablemente de la estadounidense no sin antes haber acordado volver a reunirse, mientras las tapatías suben las escaleras Stephanie se dirige a su habitación en la planta baja, pero antes de entrar a su cuarto se dirige al de al lado, que es el de Manuel: "Toc, toc, toc."

—¿Quién... es?

Pregunta el español al escuchar los toques en su puerta.

—¡Stephanie! ¿Puedo pasar?

—Sí, adelante, entrad.

Al ingresar la estadounidense mira a su compañero recostado con los ojos llorosos, nariz escurriendo, en total un semblante enfermo.

—¿Cómo seguir? ¿Cómo sentirte?

—Aaaaaahhh... ¿Qué cómo... sentidme? Pues... aaahhh para seros más exacto, sentidme como una gran mierda pisoteada por caballos.

—Oh well! para que preguntar; mirar, traerte una sopa que me dijeron que ayudarte, ¡tomarla! y hacerte bien.

—¿Una sopa? Haber deja probadla que no he comido nada desde ayer con este maldito resfriado ¿Y John?

—Fue a comer algo, ¿sabes? Ahora Conocer a unas amigas Mexicanas, decir que ser tapatías.

—¿Tapatías? hummm ¡aaaaa siiiiii! así decidles a las que son del estado de Jalisco.

—Sí, de allá, de donde inventarse los mariachis.

—Aaaaaa si, y ¿acaso también saben cantar?

—No sé ¡tal vez si!

—Ya que me recupere espero conocedlas pronto, saludadme a la más guapa ¿vale?

En eso la estadounidense se retira dejando a Manuel con su sopa. Ya en su cuarto se recuesta en su cama y se queda pensando en voz alta:

—El conocer a esas mexicanas y platicar con ellas hacerme mucho bien, eso hacer que olvidarme de mis molestias y enfermedad. Y en su rostro se dibuja una relajada sonrisa.

Al día siguiente, Manuel sale de su cuarto.
—¡Heyyyyy! ¡Buenos días a todos! Jajajaaaaaa.
Sorprendido John abren la puerta de su habitación y se asoma para mirar que el madrileño está fuera, contento y lleno de energía.
—Hola Manuel ¡Woaooooo! recuperarte mucho.
—Si jajajaja ¡sentidme de puta madre! ¡Como nuevo! gracias a esa sopa que me ha dado tu esposa, ¡mirad! ¡Que del resfriado nada!

Minutos después también Stephanie sale de su cuarto, saluda y felicita a también a Manuel por su recuperación, y mientras su esposo y el español comienzan a conversar en su habitación, ella se dirige a la de sus nuevas amigas, sebe las escaleras, camina por el pasillo y al llegar toca la puerta, y al momento se abre y se asoma Xóchitl a la que se le dibuja una sonrisa al verla, y la rubia le comunica:
—¡Buenos días! Well... yo venir a preguntarles si... ¿querer salir a comer con nosotros?
Xóchitl contenta le responde:
—Este... s... si, si, deja le digo a Citlali y a los muchachos, si quieren nosotros los alcanzamos nomas dime donde van a estar.
—Sí, muy bien mira...
Le dice detalladamente en donde se encontrarán y despidiéndose con alegría y amabilidad la delgada rubia se retira.

Más tarde, en el restaurante que acordaron, ya se encuentran el trío de extranjeros buscando en el menú qué comer, Stephanie continuamente voltea a mirar hacia la entrada del local para ver en qué momento arribarán sus nuevas amigas, a lo que John mirándola en esa inquietud la trata de calmar:
—Tranquila "honey", estar muy inquieta por ver si llegar tus nuevas amigas. Ser mejor tranquilizarte ¿De acuerdo?
Pero ella no hace caso y sigue mirando hacia la entrada. Hasta que de repente descubre unas caras conocidas que arriban al restaurante, son ellas: Xóchitl y Citlali. Pero se percata que junto con ellas vienen otros dos jóvenes varones, uno alto atlético muy atrac-

tivo y otro joven muy delgado, moreno, de dentadura sobresaliente. Ella les hace una señal a las jóvenes que también entran mirando hacia todos lados, por fin la ven agitando la mano, y van hacia ellos. Al llegar se presentan y conocen al español, que éste a su vez, queda sorprendido por la belleza de Citlali, y tanto es su impresión que no puede disimular hasta el punto de incomodarla con una penetrante mirada que no disimula por el momento, también John la mira discretamente con igual fascinación. Pero no solo es Citlali la que llama la atención del trío, pues Stephanie al ver a Germán siente una extraña sensación muy agradable, lo mira muy atractivo y diferente a los demás, le cuesta trabajo disimular la sensación de agrado que le causa pero para sus adentros se pregunta: ¿Cómo es posible? y solo por mirar a ese joven.

Pero a Manuel y a John aunque lo disimulan muy bien, no les agrada la presencia de los varones Mexicanos. Sobre todo a John no le agrada el hermano de Citlali.

Y después de las presentaciones, se disponen a pedir de comer. Manuel pregunta por el platillo que comió el día anterior, a lo que John disimulando una maliciosa sonrisa le pregunta:

—¿Querer de nuevo ese "suculento" platillo? Ok yo ordenártelo, no preocuparte.

Le llama a la mesera y le dice al oído en voz baja lo que quiere para su amigo, ella asienta con la cabeza y se retira, minutos después todos se encuentran comiendo y Manuel una vez con el platillo en sus manos, come con una voracidad y entusiasmo poco vista, John al mirarlo hace un gran esfuerzo por no reír. Mientras que Stephanie mira a su esposo con desaprobación. Ya casi cuando Manuel está a punto de terminar su plato, John aún conteniendo la risa le dice:

—Well, Well Well… Manuel parece que traer mucha hambre.

—Por supuesto que si tío —responde el español sin dejar de comer—mmmm, ñam, ñam, esto está delicioso, mmmm.

John no resiste más y a punto de soltar una carcajada le dice:

—Yo nunca imaginar que a ti gustarte tanto la sopa de armadillo.

Manuel al principio parece no entenderlo, solo después de introducirse un bocado más, piensa lo que le dijo John y pregunta:

—¿Qué… habéis dicho?

—Sopa de ARMADILLO —John enfatiza su respuesta señalando con su índice el plato—. A R M A D I LL O.

Manuel aún con el trozo de comida en su boca voltea a mirar a Stephanie buscando que desmintiera a John, pero ella solo lo mira y asienta con la cabeza afirmando lo que le dijo su esposo, Manuel rápidamente mira el plato y se fija que ahí solo queda un trozo de la cola del animal, al ver eso de un sobresalto se incorpora, escupiendo el bocado, y haciendo que John suelte una carcajada.

—¡Puaff! ¡puaff! ¡No puede ser! ¡Maldita sea! ¿Armadillo? ¡Coff! ¡coff! ¿porqué no decidme? ¡es el colmo coño! coff, coff.

Y corre rápidamente hacia el baño a vomitar. Mientras John no para de reír a carcajadas

—¡Jaaaaaaajajajajaja!

Los demás confusos solo miran como corre Manuel. El estadounidense no deja de reír pero Stephanie preocupada y enojada con John le dice:

—Deberías de acompañarlo en vez de burlarte de él, yo sentirme mal, debimos de haberle dicho antes.

John no le responde nada, no le importa lo que diga su esposa, el se está divirtiendo de lo lindo, a lo que Citlali trata de minimizar la situación para tranquilizar a Stephanie.

—No te preocupes, no es para tanto, déjenlo que aviente hasta las "tripas" si quiere.

Y con ese comentario todos ríen discretamente, a excepción de John que se carcajea sonoramente. Minutos después llega Manuel enojado, pero lo tratan de calmar y le explican que ése platillo es bueno y hasta medicinal, luego de algunos minutos se calma. Más tarde, mientras que un grupo de mariachi toca para amenizar el lugar los jóvenes conversan, a lo que Stephanie les pregunta:

—¿Y ustedes también cantar como mariachi?

—Bueno… Germán si canta.

Expresa Citlali al momento que voltea a mirar a su hermano. Xóchitl también se sorprende, su amiga jamás le había dicho que Germán tuviese esa cualidad, pero el gemelo un poco apenado expresa:

—Pero nomás en la regadera jejeje.

Su hermana lo voltea a ver desconcertada, sabe que él canta muy bien pero no entiende por qué no quiere decirlo, a lo que Germán agrega:

—Pero practico la charrería.

—¿Charrería? ¿Qué ser eso?

Pregunta Stephanie a lo que Germán le responde:

—Es el deporte nacional mexicano, pues es como…

—Ser algo así como el rodeo en los Estados Unidos. Right?

Responde John interrumpiendo, a lo que Germán asienta:

—Sí, es algo parecido pero… con algunas diferencias.

Después de eso, Xóchitl les explica a los extranjeros porque ellos están ahí, de su tesis y de los mayas, al escuchar eso, a Manuel se le ocurre una brillante idea, y es que Xóchitl les podía servir para encontrar la caverna que van a buscar y con ello el oro anhelado, y pensando eso, el madrileño rápidamente la interrumpe:

—Perdonad, entonces… ¿Sabéis todo acerca de los mayas?

—Pues… —desconcertada Xóchitl responde—… bueno, la verdad… todo, todo, no; porque no se sabe gran cosa de ellos, pero he estudiado bastante.

—¿Y sabéis hablar dialecto maya?

—Este… pues… no lo hablo completo pero… si sé muchas palabras, pero dejen aclarar que hay un error… creo que es incorrecto decirle dialecto porque… es un idioma como cualquier otro, pues cuenta con escritura y simbología impresa, sin mencionar sus grandes conocimientos en matemáticas, recuerden que los mayas inventaron el cero en esta parte del planeta.

Los extranjeros quedan atónitos ante la elocuente explicación de la joven de anteojos, a lo que Citlali orgullosa agrega:

—¿Cómo les quedo el ojo heeee? Por eso es mi amiga, bien "inteligentuda" casi como yo jejeje.

Entonces Manuel hábilmente aprovecha la situación y dirigiéndose a Xóchitl le pregunta:

—¿Entonces podéis ayudarnos?

—¿Ayudarlos?

Pregunta desconcertada la tapatía, a lo que el español continúa explicando:

—¡Sí! escuchad, lo que pasa es que nosotros también, digo yo… ¡soy arqueólogo!

—¿Arqueólogo?

—Ssss…si, si, un arqueólogo.

La repentina afirmación de Manuel toma por sorpresa a John y a Stephanie que discretamente se voltean a ver uno al otro confusos por lo que acaba de expresar su compañero, a lo que Xóchitl dudosa expresa:

—Pero Stephanie nos dijo que ustedes venían de turistas…

—Bueno, es queeee…al igual que vosotros, ella y John venid como turistas pero solo para acompañarme.

—Ooooooohhh ¿enserio? Y entonces tú… ¿qué es lo que vienes a…. explorar?

—Eeeerrrmmm bueno… lo que pasa es que… yo venid para hacer la búsqueda de unas ruinas mayas que aún no se han descubierto, y si yo encontradlas pues… seremos famosos, seguro que de ese descubrimiento tu podéis hacer una gran tesis, es una gran oportunidad ¿no lo creéis?

Xóchitl y sus amigos se sorprenden mucho, ella nunca hubiese imaginado tal cosa, lo cual la hizo ilusionarse y volar su imaginación unos instantes para luego entusiasmada le pregunta:

—Entonces ¿tú también sabes de los mayas?

—La verdad yo me he especializao en la cultura griega, soy realmente nuevo en las culturas Americanas y más en la maya, por eso necesito de alguien experto en esa cultura, alguien así como… ¡Tú! ¿Qué decís?

John y Stephanie no pueden creer tal habilidad de improvisación de Manuel, la delgada rubia hace una discreta expresión de desagrado y está a punto de decir algo cuando su esposo disimuladamente le hace un gesto de guardar silencio, a lo que ella se detiene a regañadientes. Mientras la joven de anteojos se queda pensativa unos instantes, siente en su interior una mezcla de emociones, para enseguida responder:

—Bu… bueno yo no soy experta, experta que digamos.

—Pero yo estad seguro que tú sabéis más que todos nosotros ¿no es así?

—No lo sé, tal vez…si.

—Vamos no seáis modesta tía, y decirnos si ¿nos vais a ayudar? Te garantizo que también será tu gran oportunidad.

Ella se queda en silencio pensativa. Voltea a mirar a sus amigos que también la observan con atención, a lo que Citlali le responde:

—Amiga, de ahí puede que si hagas tu tesis… pero si no quieres no.

Xóchitl se sumerge en una mezcla de emociones y pensamientos, pues no esperaba una propuesta de tal magnitud, ella llega a pensar que tal vez esa es una de esas oportunidades que no se dan comúnmente, pero a su vez se siente nerviosa y emocionada al mismo tiempo, y dejándose llevar por la ilusión responde:

—Está bien… ¡Acepto! ¡Acepto ayudarles!

—¡Fabuloso! —y le responde con júbilo Manuel—. ¡Así se hace tía! digo…señorita arqueóloga, ésta será una gran oportunidad para ti y para vosotros.

A lo que la joven de anteojos replica:

—E…espera, pero…con una condición, de que me den el crédito que me corresponda por la investigación si encontramos algo de lo que dices.

—Muy bien, ¡no habed problema!… se te dará el crédito que merecéis ¡vale!

John y Stephanie lo miran atónitos, por la increíble habilidad de improvisación y de mentir de Manuel, tratan de guardar silencio y no desmentirlo, pero la delgada rubia se encuentra contrariada, no le agrada que Manuel engañe a sus nuevas amistades de esa manera, pues les ha tomado rápidamente aprecio, pero sin poder explicárselo no dice nada y se queda callada, y eso también le disgusta porque sabe que con su silencio, también ella se convierte en cómplice de las mentiras de Manuel.

Más tarde, ya en el hotel, Stephanie aún inquieta, y sintiéndose molesta y culpable, entra a la habitación del español.

—¿Qué pasarte Manuel? ¿Qué pretender con mentirles a mis amigas eeeeehhh?

Éste encara a la indignada estadounidense y con cierto enfado le dice:

—¡Pero… si apenas las conocéis!

—¡No importar! yo ver que ellas ser buenas personas.

—Si claro —le contesta el madrileño con tono irónico—. Son unas "tieeeernas palomitas", tú no tenéis porque enfadarte, es por el bien de todos, hasta por el de ellos también.

—Ja, ja, ja ¿De ellos también? No me digas.

Responde sarcástica la rubia cruzándose de brazos, a lo que Manuel le sigue explicando:

—Escuchad, es necesario que tengamos a una persona con los conocimientos de tu amiga para poder encontrar lo que estamos buscando.

—Si claro, como tú decir: una experta en los mayas. Pero yo insistirte que ¡no querer que tú mentirles ni engañarles! así que es mejor que decirles la verdad sino yo hacerlo.

Manuel ante esa amenaza de repente se molesta demasiado, pero se contiene de no explotar y perder el control de lo que ha logrado, hace un esfuerzo enorme y le responde:

—Mira amiga…todo, es para beneficio de todos.

—¿Por qué?

—¿Acaso… no queréis librarte de una vez por todas de la sombra del cáncer?

Al escuchar eso la delgada rubia enojada lo mira fijamente a los ojos y también lo señala con su dedo índice:

—¡Tú no jugar con eso! tú saber muy bien la respuesta.

Stephanie de sentir un fuerte coraje, como por arte de magia se le cambia a una de profunda tristeza que se dibuja en su rostro que torpemente trata de disimular, pero el malvado de Manuel se percata y en su énfasis por convencerla sigue con su argumento:

—Stephanie… solo te pido que no lo arruinéis ¡vale!

La rubia triste, contrariada y con los ojos enrojecidos por contener las lágrimas por recordar su situación de salud le expresa:

—Estar bien, pero…—respira profundamente—… prometerme una cosa.

—Decidme ¿Qué queréis que te prometa?

Pregunta Manuel hipócritamente.

—Yo querer que si lograr encontrar ese tesoro, repartirlo con ellos, darles su parte por habernos ayudado Okay?

—¡¿Queeeee?! ¡¿Estad loca?! —Manuel repentinamente pierde el control, pero rápidamente trata de controlarse y disimular, cierra los ojos y respira profundamente—. Ejem ejem, ¡uffffffff! Ummm, Aaaaaaahhh, perdón, perdón, está bien; os prometo que ellos tendrán lo suyo.

Al mismo tiempo que lo dice, con un sentimiento de avaricia y perversidad piensa para sí mismo: "siiii, ellos tendrán lo suyo, claro que sí, claro que si jejejejeee".

En eso la delgada rubia apuntándolo con el dedo índice le responde sentenciando:

—Tú ya prometer okay? ya prometer.

—Sí, sí, os no preocupéis tía.

Ella se da la vuelta y se retira de la habitación, pero confía en el español, el cual al verse ya solo, se dispone a darse un buen baño caliente.

Mientras que en la habitación de Xóchitl y Citlali, se encuentran los cuatro mexicanos reunidos para conversar lo sucedido. La bella ojiverde que es muy perceptiva le comenta a su amiga:

—¿Realmente crees que el tal Manuel esté diciendo la verdad? Y luego que ¿hasta es arqueólogo?

—Pues… la verdad yo creo que sí —responde la joven de anteojos—. Me pareció muy convincente y Stephanie no lo desmintió, eso significa que sí nos estaba diciendo la verdad o… ¿Tú crees que ella lo encubriría?

—Hummm pues no, no creo; es cierto, ella parece honesta, pero… no sé; porque ya ves que primero nos dijo que venían como turistas pero no mencionó nada de su amigo que fuera arqueólogo.

—Bueno como estaba enfermo, tal vez olvidó mencionarlo; aparte dijo que estaban cansados del viaje.

—Bueno… si es así, tú puedes ser parte de ese descubrimiento y hacer una gran tesis ¿no crees?

—¡Siiiii! eso es lo que me tiene esperanzada.

Germán opina:

—Pues a mi ese tal Manuel y el gringo no me simpatizan nada, no sé, como que me dan "mala espina"

Y Javier expresa:

—A mí tampoco me cayeron nada bien, y esa tal Manuel habla tanto que me parece que es bien hipócrita el buey ese.

—Opino lo mismo —expresa Citlali—. La verdad ese tal John me cayó tan mal, se mira que es un tipo muy arrogante y hasta racista, ¿recuerdas lo que dijo en el puesto de comida ayer?

—¿Qué dijo?

Le pregunta con curiosidad su hermano y Citlali los pone al tanto del hecho, ellos al saberlo no dejan de expresar su desconfianza, y Germán reiterando sus sospechas molesto afirma:

—¿Lo ven? esos dos tipos no me inspiran nada de confianza, a diferencia de ellos la "gringuita" parece buena gente, una paloma entre un par de zopilotes.

Después de conversar, los varones se retiran a su cuarto, y así los 4 se disponen a descansar sin sospechar lo que les espera.

Al siguiente día, en la habitación de Manuel junto con John y su esposa, el español saca la carta de su antepasado y un mapa de

México con trazos y señales, lo extiende en la cama y señalando un círculo trazado en el mapa, y les explica:

—¡Mirad! aquí yo he calculado que es donde encontradse la cueva, cuenta mi antepasado que fue derribada con cañonazos, y calculando que eso pasó ya hace 500 años pues… creo que ya no encontraremos nada que se parezca a una cueva derrumbada, cuando mucho una pequeña loma.

—¿Y entonces nosotros como encontrarla?

Pregunta John preocupado.

—Eso ya pensadlo, mi antepasado decid que en el lugar pusieron una placa de bronce, que seguramente estará ya cubierta por tierra y tal vez por vegetación también, para eso me vine prevenido, y he traído un moderno detector de metales.

Al mismo tiempo abre una de sus maletas y saca dicho instrumento formado por un disco y conectado a un largo tubo, que al final tiene empuñadura y una pequeña pantalla, John y Stephanie lo miran con beneplácito, a lo que Manuel sigue explicándoles:

—Este artefacto, puede programarse para detectar varios tipos de metales, y en este caso podrá detectar exclusivamente BRONCE, para así poder localizar la placa, luego la cueva y después el oro.

Stephanie de repente se lleva la mano a la frente y les dice a los varones:

—Sentirme muy cansada, creer que mejor irme a acostar, mañana ustedes decirme que más acordar, buenas noches.

Sale de la habitación y se dirige a la suya para descansar, dejando al español y a su esposo el cual una vez que se cerciora de que su esposa se ha metido en su habitación regresa y le pregunta a su compañero:

—Todo mirarse muy bien Manuel, pero… existir un peligro.

—¿Cual John?

—Pues que ese lugar estar en medio de la selva.

—Si claro macho ya lo sé, pero no os preocupéis, que estamos preparados.

—Pero en la selva haber bestias salvajes, poder ser peligroso, y yo creer que ser bueno conseguir un arma.

—Hummm sí, tenéis razón, bien; tu encargarte de eso, eres el "ex marine" ¿no?

—No recordarme eso, eso no querer decir que pueda aparecer un arma como por arte de magia, y estamos en otro país, y yo aquí todavía no saber cómo moverme, pero hummm "okay" yo encargarme, y entonces ¿cómo nosotros decirle a los Mexicanos de este plan? ¿Ya pensaste en algo?

—Si ya pensé en algo, pero antes tengo que decirte que Stephanie hacedme prometer que una vez descubramos el tesoro, que tenemos que dadles una parte a los Mexicanos, ya sabes cómo es ella, no sirve para estos "negocios".

—¡Ups! ¿Hacerte prometer? Shit! sí, yo saber cómo ser ella, en el restaurant estar a punto de decirles a ellos la verdad, pero yo convencerla de quedarse callada.

—Hummm, vaya, ella es un problema, quiero que me ayudéis a convencerla de que no les vaya a decirle nada hasta que descubramos el tesoro ¿vale?

—Pero… y si lo descubrimos y ellos verlo ¿Qué haremos?

—Esa es buena pregunta, pero sencillo, les haremos creer que lo entregaremos al gobierno Mexicano como lo dicta la ley aquí en cuanto a los descubrimientos arqueológicos, pero la realidad es que nos lo llevaremos nosotros a otra parte y después ya lejos de ellos, lo tomamos y ¡Taraaaaan! ¡Nos volvemos millonarios macho!

—¿Y si descubrirnos?

—Pues… hummm tendremos que tomar medidas drásticas, tú sabéis.

—¿Vamos a Matarlos?

—John por favor ¿Cuándo vas a dejar de ser tan capullo? No gustadme usar esa palabra, decid mejor que pues hummm…. los quitamos del camino ¿vale? jejejeeee.

—Oooo yes! claro, quitarlos del camino jajajajajaja.

—Entonces… ¡Manos a la obra!

—"Okay" hasta mañana.

John se retira dejando a Manuel en su habitación, el cual a su vez se ocupa de asegurar el mapa.

Al día siguiente, el madrileño manda llamar a todos para reunirse en su habitación, minutos después ya reunidos, le explica a los mexicanos de manera muy diferente lo que le dijo a John, ha ideado un muy buen argumento para que no desconfíen de él más de lo que ya lo parecen. Xóchitl presa de la ilusión por descubrir algo grandioso para su tesis, no piensa que eso puede parecer demasiado bueno para ser cierto, pero a diferencia de la perspicaz de Citlali que ve todo muy extraño. Manuel toma la iniciativa y dice:

—¡Buenos días a todos! os he mandado llamar para informaros de lo que vamos a hacer —los demás lo miran con atención sin decir aún nada, a lo que Manuel continúa—: Habed hecho mis cálculos y, como veréis aquí os traigo un mapa donde tracé el lugar donde podrían estar esas ruinas mayas que os he platicado.

Stephanie voltea a ver a John con un disimulado gesto de inconformidad, a lo que John solo hace una mueca con la boca como diciendo "silencio" y se voltea de nuevo a seguir escuchando a Manuel. Xóchitl y Javier lo escuchan entusiasmados, pero no así los gemelos que comparten el mismo presentimiento de que algo no anda bien, pero aún así escuchan con atención sin decir nada:

—Este lugar estad un poco lejos —afirma Manuel —, por lo cual tendremos que preparadnos para acampar allá.

—P… pero nosotros no traemos nada para acampar.

Responde preocupada Xóchitl.

—No os preocupéis, tenemos una tienda extra que os servirá a vosotros.

La joven de anteojos voltea a ver a sus compañeros a lo que Germán solo se limita a contestarle a Manuel:

—Ermmm… gracias.

—Entonces —responde es el español —. Preparad todo lo que van a necesitar, porque mañana a primera hora salimos a la expedición.

Y después de decir eso toma el mapa para guardarlo mientras los demás se retiran llevándose diferentes impresiones: John entusiasmado, al igual que Xóchitl pero ella por otros motivos; pero otros como Stephanie está con cierto remordimiento, y los gemelos con desconfianza, pero como no tienen bases solidas para justificar sus dudas pues callan.

Al amanecer de la mañana siguiente, se reúnen los integrantes de la nueva expedición. Xóchitl está muy entusiasmada por el anhelo de encontrar el conocimiento que le dará honores y su graduación académica, pero para John y Manuel el tesoro que tanto han deseado. Además no desaprovechan oportunidad para discretamente admirar la belleza de Citlali, su exótica y excepcional belleza los ha cautivado. Y como está prohibido los vehículos automotores en la selva porque dañarían su ecosistema y además les sería imposible avanzar en ellos por la densa vegetación, arboleda y por el terreno irregular, Manuel consigue rentar caballos con los habitantes del poblado, pero le extrañó que al mencionar que irían a la mencionada zona, los pobladores se mostraron temerosos, y les dijeron que nadie va para ese lugar, pero a Manuel le pareció un miedo injustificado lleno de supersticiones. No todos tienen experiencia en montar, pues Stephanie y Xóchitl tienen problemas para subirse a los caballos pero la joven de anteojos es ayudada por los gemelos y la delgada rubia, de mala gana por su marido, pero todos los demás no tienen ningún problema.

Capítulo 7: LA TEMIDA ZONA MALDITA

Al internarse en la selva Germán al sentir el aire de la jungla, hace una respiración profunda y luego expresa:

—¡Aaaaaahhh! nunca había respirado un aire tan puro y fresco ¡que delicia!

Citlali y los demás lo imitan inhalando ese aire originando expresiones de los demás:

—¡Que aire tan chingón! —expresa Javier.

—O yea! —exclama John—. Ser muy puro.

—El aire de la selva lacandona —expresa Citlali—. No por nada es el principal pulmón del país.

—S... si —responde Xóchitl—. Es aquí donde más oxigeno se produce en la nación.

—Aaaaaahhh nunca había sentido un aire tan puro como este.

Expresa Stephanie.

—Pues aprovechadlo tía, aprovechadlo mientras estemos aquí —le responde Manuel.

Pasa ya casi una hora cabalgando en medio de la selva, pero aproximadamente a 7 kilómetros lejos del poblado, se encuentran con una loma, el español revisando su mapa declara:

—Hummm según este mapa... del otro lado de ésta loma encontrarse el lugar, donde tendremos que encontrar enterrada una placa de bronce.

—¿P... placa de bronce?

Pregunta extrañada Xóchitl, al momento que sus compañeros lo miran desconcertados.

—¡Claro! —responde Manuel—. Según investigué, en aquel tiempo, los soldados españoles derrumbaron la cueva y clausuraron el lugar con una placa para... ¡ejem! ¡ejem! que los indios no se reunieran ahí y no se confabularan contra ellos.

—Hummm pues... no le veo sentido a eso pero... todo puede ser posible —responde Xóchitl un poco confundida, pero es más fuerte su ilusión de encontrar algo maravilloso—: Entonces hay que buscar esa placa.

Manuel saca el detector de metales, lo enciende y lo programa para buscar bronce. Y después de casi una hora de estar "peinando" la zona alrededor de la loma, el aparato no da señales de nada, el tiempo pasa y los demás comienzan a sentir hastío. Manuel se comienza a desanimar y lleno de frustración está a punto de abandonar la búsqueda, pero en cuanto camina hacia otro lado; sorprendentemente el detector empieza sonar: "¡Bip! ¡Bip! ¡Bip!". Los demás se ilusionan y llenos de curiosidad acuden con rapidez para ver, mientras que a Manuel y a John les brillan los ojos de codicia y ambición.

—¡Creo que ya encontramos algo!

Grita emocionado Manuel, saca una pequeña pala de su mochila y lleno de avaricia comienza a escarbar, John también se abalanza sobre el lugar, es tanto su deseo que no le importa excavar únicamente con sus manos. Después de unos minutos, el madrileño al encajar su pala, la choca con algo muy duro, y eufórico afirma:

—¡Aquí está! ¡Aquí está! ¡Lo hemos encontrao macho! ¡Lo hemos encontrao! ¡yiajuuuuuuuuuuuuu!

Y rápidamente mete la mano mientras los demás miran con curiosidad, pero al tocar lo que descubrió, a Manuel se le esfuma el entusiasmo y su expresión cambia a una de confusión, entonces saca lo que encontró pero:

—¡Coño! ¿Pero qué es esto? Una cosa de bronce, esto no es una placa.

Y con una creciente furia la arroja a un lado, pero Xóchitl exclama:

—¡Espera! —y se apresura a agarrar ese objeto, y cuando la levanta y la observa con sorpresa les dice—: Esto parece un... ¿porta velas? ¡Siiii! es un porta velas de bronce ¿Se dan cuenta de eso? Esto es algo muy valioso.

—Y... ¿Pero qué hace un porta velas de bronce a medias de la selva?

Pregunta Citlali.

—Tienes razón —dice Germán—. No hay lógica de encontrar eso en medio de la selva.

—Entonces quiere decir que alguien ya estuvo aquí antes que nosotros.

Expresa Javier, a lo que Xóchitl reacomodándose los anteojos para observar mejor el artefacto dice:

—Por lo que veo, éste porta velas, aunque parece muy antiguo, no es tanto, porque parece que es un diseño como de los años sesentas o setentas.

Manuel con desdén responde:

—A mi importadme un duro, eso no vale lo que el tesoro.

—¿Tesoro?

Pregunta desconcertada Citlali a lo que Manuel hábilmente corrige.

—Ermmmm, quise decir... no vale lo mismo a comparación del gran tesoro ARQUEOLOGICO si encontramos las ruinas.

—Pues... sí, eso es cierto.

Responde extrañada Xóchitl, pero de todos modos toma el antiguo artefacto de bronce y lo guarda en su mochila y los demás desilusionados se dispersan, pero Manuel aunque molesto por ese fallido descubrimiento no se desanima, y en vez de desistir, pone aún más empeño en la búsqueda.

—Tiene que estar por aquí, ¡tiene que estarlo!

Exclama al mismo tiempo que retoma el detector de tesoros para seguir con su búsqueda, John vuelve a montar su caballo para seguir dando vueltas por el área. Entonces pasan un par de horas, pero sin suerte; está cayendo la tarde y pronto obscurecerá lo que no es bueno en medio de la selva, y a punto de desanimarse John le comunica a Manuel:

—Debemos parar y buscar leña para encender una fogata antes de que se haga de noche.

El español obsesionado en su búsqueda no le hace caso, a lo que John le vuelve a repetir, pero éste le responde molesto:

—¡Está bien! ¡Coño! haced lo que se os pegue la gana y no molestadme ¡largaos!

John desconcertado se retira, y cuando intenta acortar camino pasando por un lado de la loma para ir con los demás, abruptamente el caballo se resiste a seguir, John se sorprende de la repentina reacción del equino y vuelve a obligarlo a que pase por ese lugar, pero el caballo se niega y retrocede, hasta relincha y repara.

—¡Pero que pasarle a este caballo! ¡Ooooohhh! ¡Oooooooohhh!

El anglosajón trata de calmar al animal. Entonces Manuel al ver eso desconcertado le pregunta:

67

—¿Pero qué coño pasadle a tu caballo?

—Yo no saberlo, ser muy extraño, de repente no querer pasar por esta parte.

Señala John con su dedo índice la zona, entonces Manuel tiene un presentimiento y se le ocurre usar ahí su detector de metales y lo pasa por toda esa parte del terreno, y caminando sobre ese lugar lo mueve de lado a lado sin encontrar respuesta, después de varios pasos, el aparato no reacciona nada y lleno de frustración exclama:

—¡Mierda! ¡Aquí no habed nada!

Y en un arranque de enoja avienta el detector que cae, pero al rodar se oye que suena: "Bip, Bip, Bip". Manuel rápidamente corre a agarrarlo de nuevo, lo pasa por la zona que rodó y vuelve a sonar y sonar y sonar, claramente indica que ahí se encuentra algo, entonces John le avisa a los demás:

—¡Hey! ¡Hey! ¡Venir! ¡Venir! ¡Creer que ahora si encontrar algo!

Los demás ya incrédulos no les hacen caso y Citlali responde:

—A lo mejor ahora encontró un candelabro.

Los demás se comienzan a reír por el comentario y siguen en su afán de hacer una fogata. Pero a John y a Manuel no les importa y comienzan a escarbar, pero no pasan muchos minutos, y como a medio metro de profundidad la pala de Manuel choca con algo y se escucha un ruido metálico, Manuel y John se miran unos instantes desconcertados y con más ahínco se empeñan es seguir escarbando, hasta que descubre una pequeña superficie plana y dura, a lo que los dos se entusiasman y Manuel expresa:

—C… creo que la encontramos… ¡La encontramos tío! ¡La encontramos! ¡LA ENCONTRAMOOOOS! Jajajajajaaaaaa.

Los demás que se encuentran avivando las llamas de su fogata, voltean al escuchar los gritos de júbilo de Manuel y corren a ver qué pasa, y encuentran a los dos eufóricos que ya tienen más parte del objeto al descubierto, entonces se aproximan a ayudar y en un par de minutos descubren toda la pieza, la noche ya ha caído, por lo cual toman una lámpara y apuntando con ésta, descubren una gran plancha rectangular aparentemente de bronce, muy antigua, de aproximadamente 30 x 15 cm. Parece que trae algo grabado pero ya no se distingue por el maltrato y oxido que ha adquirido por el tiempo. y los demás festejan también.

—¡Que la hemos encontrado macho! —A lo que Manuel salta de

alegría abrazando a John—. ¡La hemos encontrado! ¡Jaaaaajaja! mi antepasado no estaba loco, tenía razón ¡era cierto! ¡Era cierto John! somos ricos ¡RICOOOS! Jajajajajajaja.

Citlali al escuchar eso desconcertada voltea a mirar a sus compañeros y luego le pregunta:

—¿Ricos?

Entonces Manuel trata de corregir su imprudente expresión, y para no delatarse improvisa:

—¡Ejem! ¡Ejem!…¡Claroooo! Ricos… ermmm ricos en conocimientos, ¡En descubrimientos! digo así porque seremos famosos en el gremio de la arqueología ¿me entendéis?

—Bueno eso sí, creo.

La ojiverde no queda convencida del todo y su mal presentimiento es más fuerte, pero Manuel dice:

—¡Pronto! debemos de seguir excavando.

—Pero… ¿Ahorita? —pregunta Germán—. ¿No será mejor descansar y dormir y mejor seguir mañana?

—¡No habed tiempo que perder! tenemos que cerciorarnos del te…de si hay algún vestigio arqueológico.

—Bien —responde Germán accediendo a los entusiastas deseos del madrileño y se dirige a los demás—. ¡Hey todos! ¡Comencemos a escarbar!

Entonces los demás a excepción de Stephanie comienzan a ayudar, Manuel indica que lo hagan todo alrededor a la placa de bronce. Pasan un par de horas, han descubierto y limpiado por completo la placa y la superficie de su alrededor, pero bajo ésta se encuentra una superficie de tierra tan dura como el acero, algo extraño e inexplicable, y además, algo más extraño que eso, la placa parece estar soldada, fundida con esa superficie tan dura que ni los golpes con el pico le hacen ni el más mínimo daño, golpean alrededor de la placa o tratan de removerla tratando de incrustar la punta del pico en sus orillas pero no lo logran, y después de intentarlo y proporcionarle varios golpes, se comienzan a cansar. Intrigados y atónitos por ese fenómeno, Manuel observa la placa detenidamente por varios minutos muy pensativo, y repentinamente dice:

—¡Escuchad! Tenemos que quitar esa placa a como dé lugar, y de una buena vez por todas.

—¡Pero estar muy duro! pasarnos horas tratando de hacerlo y nada.

Le responde John cansado y frustrado.

—Pero debe de existid una solución, a estas alturas no podemos desistir, ¡estamos a un paso de descubrir el tes... —está a punto de descubrirse pero calla de repente, voltea a ver a los mexicanos y corrige — ...ermmm el nuevo descubrimiento arqueológico.

—Sí, pero debemos descansar, estamos agotados, mañana podremos seguir.

Afirma Germán visiblemente cansado al igual que los demás, que al escucharlo lo apoyan. Pero Manuel no está de acuerdo, y obsesionado toma el pico y se aproxima a la vieja Placa de bronce, ya frente de ésta golpea a los bordes de la placa pretendiendo enterrar la punta de acero y así poder desprenderla, le da golpe tras golpe por varios minutos, pero a la tierra sobre la cual está la plancha no le hace ni un rasguño, pareciera más dura que el acero, más dura que el diamante, a lo que John le comunica al empecinado español:

—Ser inútil Manuel, tú no poder remover esa placa, estar muy dura, no poder romperla.

Al escuchar eso, una palabra retumba en la mente de Manuel: *"romperla... romperla... romperla..."* entonces súbitamente se le ocurre una idea, toma un poco de tierra con la cual frota sus manos, y sin dejar de mirar fijamente la plancha retoma el pico y con gran esfuerzo lo levanta lo más alto que puede, y con todas sus fuerzas asesta un golpe en medio de la placa, escuchándose su agudo y fuerte sonido del choque de los dos metales: "¡TIK!"

—¿Pero qué hacer? —pregunta John sorprendido—. ¿Estar loco? ¿Querer romper la placa?

—¡Sí! es lo que quiero, ¡rompedla!

Nuevamente alza el pico y le propina otro brutal golpe: ¡TIK!

—Es inútil Manuel —exclama Javier—. No lograrás romperla, ¡Estás loco! jamás podrás sacarla así.

Manuel lo ignora y sigue golpeando sin cesar, obsesionado y empeñado en lograrlo, pero antes de dar otro golpe el anglosajón está a punto de decirle algo más:

—Ya dejar eso Manuel, ser inút...

¡TIK! ¡CRAAACK!

Con el golpe la plancha de bronce de manera sorprendente cruje y rápidamente se le comienza a dibujar una enorme grieta por en medio y enseguida se rompe en dos pedazos, los demás quedan estupefactos, Manuel respirando agitadamente y bañado en sudor, con sus ojos abiertos al máximo como platos exclama:

—Ssss... se... ¿Se rompió? !SE ROMPIÓ! ¡SE ROMPIOOOOO! ¡Lo logré! ¡Lo logreeeeeeee! Jaaaaajajajajaja ¡se rompiooooooo!

Y comienza a dar de brincos lleno de alegría y jubilo ante la mirada atónita de los demás. Pero en ese momento, de manera inesperada, se comienza a sentir un brusco cambio en la atmosfera, de repente un extraño viento helado comienza a soplar, y al pasar a través de las ramas de los árboles produce un tétrico silbido: "uuuuuUUUUUUUuuuuuhhh" "uuuuuuUUUUUuuuuuu" que les eriza la piel a todos.

—Pero... ¡¿qué es este viento tan helado?!

Exclama Citlali desconcertada al mismo tiempo que cruza sus brazos para cubrirse de la fría sensación al igual que los demás. El viento rápidamente comienza a soplar con más fuerza, convirtiéndose en una feroz tempestad que amenaza con arrasar con todo. Y al sentir que la fuerte ventisca amenaza con arrastrarlos.

—¡Pronto! ¡Sujétense de donde puedaaaaan!

Grita Germán al mismo que corre y saca un par de sogas de su mochila y una se la da a Citlali que corre, y junto con Xóchitl se atan a un árbol, mientras él con la otra se amarra a otro árbol cercano inmediatamente cuando comienza a sentir que la tremenda fuerza del viento lo trata de arrastrar. Los demás ya se encuentran abrazados a otros árboles. Ese ventarrón comienza a llevarse hojas, ramas sueltas, tierra y utensilios, la fogata se ve afectada también, y corre el peligro de ser desbaratada y sus maderos con fuego ser arrastrados a la selva. El cielo rápidamente se cubre de negros nubarrones que empiezan a lanzar rayos y truenos.

—¡No puede ser! ¡Se avecina una tormentaaaaaa!

Exclama Citlali al ver el cielo con sus ojos entreabiertos porque no los puede abrir por completo por la fuerza del viento. Y de manera sorprendente una feroz tormenta con rayos y truenos comienza a caer, y junto con la ventisca, empapa todo ahí, apagando rápidamente la leña que estaba esparcida amenazando con incendiar la vegetación. El viento no deja de soplar, al contrario rápidamente arrecia con una fuerza casi de un tornado, tanto que empieza a tirar y arrastrar las tiendas de campaña, y los objetos de alrededor vuelan por los aires, todos desconcertados y temerosos no saben qué hacer, solo se mantienen sujetos a los árboles, que con el viento se mueven y tambalean peligrosamente.

—¡No entender! ¡¿Porque pasar todo esto?!

Exclama sorprendido John. Repentinamente los rayos comienzan a caer con estruendosas explosiones, hasta que uno alcanza a un árbol cercano a ellos partiéndolo por la mitad de forma vertical, a lo que Stephanie y Xóchitl lanzan gritos de pánico, Citlali no menos asustada grita:

—¡Cuidado con el troncooooooooo!

Y en ese momento al incendiado árbol se le desprende una mitad envuelta en llamas, y cae pesadamente cerca de ellos, pero no dura mucho encendido, la misma lluvia comienza a sofocar el fuego.

—¡Coño! ¡Que ese estuvo cerca!

Exclama Manuel que no da crédito a lo que ve.

—¡No puede ser! ¡El cielo estaba totalmente despejado! ¡Es increíble!

Responde Xóchitl todavía sorprendida mientras con una mano sostiene sus anteojos en su cara. Pero Stephanie que se afianza a una rama solo con sus manos, ya no puede más y sin poderlo evitar se suelta, y es arrastrada por el feroz viento y rueda por el suelo sin control mientras grita:

—¡Auxiliooooooo! Heeeeelp! ¡Ayudaaaaaaa!

John y Manuel solo la miran impotentes sin poder hacer nada, temen si se sueltan para ayudarla también serán arrastrados. Pero cuando parece que seguirá rodando sin esperanzas, Stephanie de repente siente que una mano la sujeta con fuerza, voltea a mirar y descubre que es Germán, la ha alcanzado, atrapándola de su mano, y haciendo alarde de fuerza la jala y logra traerla hacia sí, ella una vez en contacto con él, desesperada se abraza fuertemente de su cuello, y él la sostiene pasándole el brazo por su talle, enseguida le pasa un trozo de soga por su cintura para quedar sujeta del árbol, ese acto lo mira John con una mezcla de emociones que ni él mismo puede definir. Pero cuando todos se creían casi a salvo, de manera inesperada la tierra comienza a sacudirse tomándolos nuevamente a todos por sorpresa.

—¡Es un temblor! ¡Un temblooooooor!

Grita Citlali, a lo que Xóchitl responde sorprendida:

—¡Pero aquí no es zona de sismos! ¡Es increíble!

Todos sin saber qué hacer, se sujetan más de los arboles los cuales se mueven peligrosamente de un lado a otro por el viento y ahora el sismo. El extraño temblor hace que una enorme grieta se origine desde el punto donde está la placa y desde ahí se extiende a varios metros abriéndose a los lados, haciendo que las dos mitades de bronce se caigan hacia dentro, la grieta continua abriéndose hasta crear una enorme abertura. Dejando al descubierto la entrada a una gruta y de manera repentina un extraño olor nauseabundo escapa de esa abertura.

—¡Puaff! ¡Pero que es esa pestilencia! ¡Es insoportable!

Expresa Citlali al mismo tiempo que tapa su nariz y boca con una prenda, y los demás por igual, pues el olor alcanza a todos provocándoles nauseas y tos, a lo que Xóchitl contesta:

—¡Guácala! ¡Ese olor es espantoso! ¡Coff! ¡coff!

—¡Apesta peor que mil perros muertos! ¡Coff, coff!

Expresa Germán, mientras Stephanie cree no soportar más.

—¡Coff! ¡Coff! yo tener tremendas nauseas, casi vomitar.

Y lo logra soportar, pero Manuel:

—¡Ese maldito olor me va a hacer vom... buuuuaaaarggh! ¡buuuuuuaaaaaarrrrrggggh! ¡buuuuuuaaaaaarrrrrggggh!

Y sin poderlo evitar, el español irremediablemente arroja toda la comida. Esa asquerosa y nauseabunda pestilencia es insoportable. La grieta se ha abierto tanto que deja al descubierto lo que parece una gruta, pero en eso el terrible terremoto e repente cesa. Y así como abruptamente comenzó el viento, misteriosamente de igual manera deja de soplar, la lluvia deja de caer. Todos quedan estupefactos, confusos, empapados; llenos de polvo, hojas y temblando, sin poder comprender por qué sucedió todo eso. Voltean hacia arriba a mirar el cielo y descubren que se está despejando de manera tan rápida y misteriosa como cuando se nubló. Entonces Se comienzan a soltar de los árboles y tratan de recuperarse. Entonces John sacudiendo su cabeza mojada, saca una linterna que trae entre sus ropas para iluminar a su alrededor. Manuel recoge otra que encuentra atorada en una raíz de un árbol cercano, todos los demás sorprendidos y confusos, se limpian el agua de sus rostros, y con paso lento y temeroso caminan hacia donde estuviera la ya desaparecida placa de bronce, y llenos de asombro, miran la enorme y extraña grieta que se ha formado en su lugar.

Capítulo 8: LA CUEVA MISTERIOSA

Manuel se adelanta, y con la lámpara apunta hacia el interior de la grieta, y grande es su sorpresa al ver que se ha formado una enorme rampa hacia abajo, de no más de siete metros, terminando en lo que parece ser la entrada a una caverna de aproximadamente 2 metros de diámetro. A lo que Manuel le expresa a John:

—¡Esto… es increíble tío! ¡Increíble!

Los demás mudos de la impresión y llenos de curiosidad se aproximan para contemplar más de cerca el inverosímil suceso. Pero de repente:

—¡GRUUUUUUUAAAAAAARRRRRR!

Un potente rugido retumba en todo al alrededor tomando al grupo desprevenidos, que desconcertados voltean a ver hacia todos lados sin poder localizar de donde proviene exactamente. En eso Citlali dice:

—Parece como si fuera el rugido de… ¿jaguar? Pero… muy fuerte.

Mientras que Manuel sin dejar de mirar hacia todos lados expresa:

—Pero pareciera que fuese un maldito jaguar gigante ¡pero qué fuerza de rugir!

—¡Todos prepararse! por si ese animal intentar atacar.

Dice John al mismo tiempo que lleva su mano hacia atrás de su cintura bajo su camisa, para tocar la cacha de su pistola. Mientras que Javier sin dejar de mirar hacia la vegetación toma un machete de una de las mochilas. Y todo el grupo preocupados se mantienen alertas. Y así pasan varios minutos hasta que después de una hora de no escuchan los rugidos Germán con un gesto de alivio expresa:

—Creo que ese jaguar ya se ha de haber ido.

A lo que Manuel vuelve su atención a la recién descubierta gruta y expresan:

—Pues es hora de ver que hay dentro de allí.

—¡Espera! —Germán exclama—. Debemos de tener mucho cuidado, no sabemos cómo está ahí dentro.

—¡Mis lentes! ¡Mis lentes! ¡No encuentro mis lentes!

De repente se escucha Xóchitl, por los rugidos del jaguar nadie se había percatado de que ella ha perdido sus anteojos, que ella busca con preocupación, entonces sus amigos le ayudan presurosos. Momentos después, Germán llega con ella y jubiloso le contesta:

—¡Mira! Encontré tus anteojos colgados de una rama.

Y se los da en las manos, a lo cual ella con torpeza los toma, y le expresar:

—G... gracias Germán.

Saca un pañuelo, los limpia y se los coloca. Mientras tanto Manuel y John con linternas en mano observan la recién descubierta abertura cavernosa.

—Mirad eso tío —le dice el madrileño a John—. ¡Es una cueva! ¡Una cueva! ¿No es increíble?

Xóchitl ya con sus lentes puestos, llena de curiosidad se aproxima a observar y les responde:

—¡Woaoooo! ¡T... tienes razón! el temblor abrió una gruta.

—Sí, y podemos entrar fácilmente.

Contesta Manuel, pero Germán aún sin salir de su asombro expresa:

—Pero...no podemos entrar así como así, tenemos que protegernos, porque por el olor que salió, puede que haya gases tóxicos y muy mortales.

John toma la linterna de Manuel y la apunta hacia el interior para poder mirar y les dice:

—Yo creer, que tenemos que ir con precauciones.

A lo que responde preocupada Citlali:

—¡Esperen! ¡Esperen!... ¿No les parece raro que todo esto haya pasado en el momento que Manuel logró partir la placa? Me está dando la sensación de que hicimos algo mal, como que... cometimos un grave error.

—Yo también pensar lo mismo —Stephanie asustada también opina—. Esto no parecerme nada bien, yo sentir mucho miedo.

A lo que Manuel escéptico y molestos les responde:

—No seáis supersticiosas, eso dicen vosotras porque estáis nerviosas, solo pudo haber sido una coincidencia.

—¡¿Coincidencia?! ¿Coincidencia que sucedieran tantas cosas? En cuanto rompiste la placa se soltó un tremendo ventarrón que parecía un tornado ¡Que casi nos arrastra a todos! Y... de repente se nubla el cielo, un rayo partió aquel árbol, y de pilón tembló, y todo ¡Al mismo tiempo! ¿Y... crees que es coincidencia? ¡Por favor!

Expresa molesta Citlali.

—¡Sí! Mi hermana tiene razón —responde Germán—, son muchas cosas muy extrañas y repentinas como para ser coincidencia.

Los demás a excepción de John comienzan a expresar opiniones parecidas a las de los gemelos. Manuel para tratar de calmarlos les expresa:

—¡Esperad! Todos tranquilizaros por favor ¡vale!ermmmm... aunque pareciera muy raro... creedme que en otras partes del mundo habed pasado lo mismo —los demás lo escuchan desconcertados—. Como en... una excavación que tuve en Grecia, si... en Grecia si, donde sucedió algo similar, con la diferencia que nadie había excavado nada aún, pero los trabajadores que eran muuuuy supersticiosos, huyeron asustados pensando que era un mal presagio, pero los que nos quedamos continuamos y logramos muy buenos descubrimientos. ¡No seáis supersticiosos tíos! vedlo de manera positiva, el temblor nos ahorró vario días o incluso semanas de excavación.

Los demás guardan silencio por unos instantes, tal parece que los ha logrado convencer.

—Pero... ¿En serio van a entrar ahí?

Pregunta Stephanie temerosa y preocupada, a lo que John le responde:

—¡Claro honey! ¡Entrar todos! Para eso venir, y a estas alturas no podemos retroceder, porque poder suceder que otros llegar y descubrir lo que a nosotros nos corresponde y nos roben el tes... —casi completa la palabra pero abruptamente calla, voltea a mirar a todos y discreta pero ágilmente corrige—. ¡Cajum! ¡Cajum...! Y robarnos la gloria, por el gran descubrimiento arqueológico que podemos encontrar ya aquí.

Los demás lo miran sin saber que decir, pero Citlali tiene muchas dudas, sospecha de ellos y más por las repentinas expresiones inconscientes que se les han escapado a John y a Manuel, los mira con desconfianza, tiene un fuerte presentimiento de que algo no está bien, aunque aún no tiene ni idea de qué, pero ese presentimiento es cada vez más fuerte, mientras que Manuel ansioso por lo que tanto desean encontrar, dice:

—Será mejor que entremos de una vez ¡Escuchad! Primero arrojaremos unas cuantas antorchas hacia dentro, así quemaremos los posibles gases que tal vez se encuentren allí dentro.

Los demás titubean unos instantes pero luego aceptan, ningún nunca antes había descubierto una cueva, por lo cual no saben si será bueno o malo, Manuel recoge unos maderos y fabrica unas antorchas con ellos, las encienden y las arroja para dentro de la caverna.

—¡Ahí van!

Exclama al mismo tiempo que las lanza con fuerza lo más dentro posible. El madrileño aunque no es muy valiente ni arrojado, es demasiado codicioso, y eso lo hace pasar por alto sus temores. En eso John se aproxima a él y le da una botella.

—Ser vinagre, con esto mojar una prenda o pañuelo para cubrirnos nariz y boca, para así protegernos de los gases tóxicos.

—Muy bien John.

Le responde Manuel. Y así todos hacen lo recomendado y e cubren boca y nariz con los pañuelos impregnados, a o que Manuel una vez listo dice:

—¿Listo? vamos a entrar.

Y aunque nervioso, es más grande su ambición por descubrir lo que su antepasado afirmó, avanzan con Manuel al frente con una lámpara, y atrás de él John con Stephanie abrazada de su brazo, atrás de ellos Javier trata de aprovechar la ocasión y le dice a la ojiverde:

—¡Ejem! ¡Ejem! Citlali, Si quieres… puedes agarrarte de mi brazo.

Pero en ese instante Germán que va más adelantado, le llama a su hermana:

—Citlali, tú y Xóchitl vengan conmigo para que no se vayan a tropezar.

A lo que la gemela llevándose a Xóchitl de la mano, se apresuran a alcanzar a su hermano dejando atrás a Javier, que solo hace una mueca de molestia y los sigue.

Con paso lento y temeroso, el grupo poco a poco se interna en la cueva. y al estar dentro miran todo a sus alrededor quedando mudos de la impresión, al saberse dentro de ese lugar misterioso y desconocido, la adrenalina comienza a correr por todo su cuerpo, sus respiraciones se hacen cada vez más fuertes y sus corazones se aceleran, les causa una mezcla de emoción y temor. Al llegar hasta donde están tiradas las dos antorchan que arrojaron John toma una y Germán la otra y continúan su avance. Xóchitl temerosa ilumina con una linterna el lugar que la comienza a emocionar cada vez más y más, pero de repente un desconocido y extraño temor comienza a sentir en su estomago, entonces se reacomoda sus lentes para observar mejor a su alrededor y con asombro exclama:

—Pero… ¡Qué lugar! esto es… ¡Enorme! ¡ENORME! una antigua gruta, ¡Muy antigua!

—¿Tanto así Xóchitl?

Pregunta Germán a lo que ella sin salir de su asombro contesta:

—Seguro que sí. ¡Miren! esas enormes estalactitas y estas estalagmitas.

—¿Qué? —Pregunta Manuel— ¿Esta… qué?

—¡Estalactitas! ¿Qué no las miras?

Responde Xóchitl extrañada.

—¡Ha! oooh si, sí, claro, claro lo que pasa es que por ver todo esto no habed escuchado bien, y si es una caverna enorme, el techo ha de tener como unos treinta metros de altura o más.

—¡Sí! —vuelve a responder la joven de anteojos—, pero los extraño es que desde afuera no se ve un enorme cerro, ni siquiera una loma tan grande que concuerde con la altura de esta cueva, y hay estalactitas de varios tamaños desde unos 20 cms. hasta como de 6 metros de largo, ¡Mira allá arriba! las estalagmitas también.

A lo que Germán expresa:

—¡Ho! Sí, pero este lugar está muy húmedo, frio y muy obscuro.

—Es cierto —responde Manuel sin dejar de contemplar todo su alrededor—. Pero avancemos para ver hasta donde llegad ésta cueva.

Y caminan un poco más, cuando de repente encuentran algo que los detiene:

—¡Huy! creo que hasta aquí llega esta cueva.

Expresa Germán al toparse con una pared al final del no tan largo túnel. Los demás se aproximan y confirman la afirmación del tapatío.

—Yo creer que hasta aquí llegar esto.

Expresa John con resignación, Manuel desconcertado pero una creciente molestia y ansiedad se niega a aceptarlo y expresa:

—Pero… ¡No! ¡Esto no puede ser! ¡Esto no puede terminar aquí! ¡Vamos! Buscad alrededor, debe haber más camino por algún lado.

Ante la desesperada sugerencia de Manuel, los demás comienzan a buscar pero después de unos minutos Citlali dice:

—Aquí ya no hay mas camino, hasta aquí llega esta cueva de 25 metros cuadrados.

—Ser cierto Manuel —dice John—. No haber mas camino por ningún lado.

—¡¿Queeeee?! ¡Esto no poded ser! —responde el madrileño con enojo y frustración—. ¡Negadme rotundamente a creer que esto es todo! tened que haber algo más ¡buscad! ¡Buscad!

—¡Pero si esto es todo Manuel! —le responde el gemelo, tratándolo de hacer entrar en razón—. ¿Que no lo ves?

—¡No! ¡No! ¡noooooooo! ¡Tened que haber algo más! No viaje hasta acá para encontrar solo una maldita cueva vacía ¡Coño!

—Aaaaah ¿sí? pues esto es TOOODOOO lo que hay —Germán muestra a su alrededor —.Y no está hueca, tiene montones de piedras y hasta aquí llega.

Entonces Manuel lleno de frustración se enfurece, toma del suelo una piedra del tamaño de su mano, y la estrella contra la pared.

—¡Maldita cueva de mierdaaaaaaaa!

¡ZAZ! ¡CRACK! Después de pegarle, se lleva las manos a la cabeza y se sienta en el suelo impotente, frustrado. Mientras que Germán moviendo la cabeza a los lados con desaprobación lo mira sentarse en el suelo. Pero en ese momento Xóchitl se percata de algo muy extraño, pues de la parte de la pared donde Manuel estrello la piedra, la joven universitaria se da cuenta que surge un extraño destello que llama su atención, con la lámpara señala esa parte, ese destello se hace más notorio con la luz de la linterna, llena de curiosidad se aproxima rápidamente y con la mano trata de despejar ese lugar, lo talla con los dedos y descubre que la pared se desborona con relativa facilidad dejando al descubierto una superficie más dura y brillante, y sorprendida les comunica a los demás:

—¡G…Germán!

El gemelo voltea desconcertado y se aproxima a ella:

—¿Qué sucede?

—Préstame tu pico de mano.

El sin decir nada se lo proporciona, y ella con la herramienta comienza a golpetear la zona alrededor del brillo, y de manera increíble la capa superficial de la pared comienza a caer en pedazos cediendo a los golpes de Xóchitl. Los varones boquiabiertos observan el inverosímil suceso, entonces la joven, después de tumbar como cinco centímetros cuadrados de superficie descubre algo inaudito.

—¿Ven? Esta es una especie de recubrimiento de barro que cubre otra superficie que parece de…¿oro?

—¿O…Oro? ¿Habéis dicho oro?

Pregunta Manuel, que bruscamente reacciona con visible sorpresa en su rostro, y toscamente se aproxima para ver más de cerca.

—¡Oh! tenéis razón es ¡ORO! ¡OROOOOOOOO! —y rápidamente voltea a ver a John y expresa con alegría—. Es oro tio ¡ORO! jajajajaaaaaa.

Y festejan ante las miradas atónitas de los presentes, que ingenuamente se alegran y también sonríen. Entonces Manuel como desesperado saca su navaja y comienza a picotear en la pared.

—¡E…Espera Manuel! Ten cuidado, puedes dañar lo que este ahí cubierto.

Exclama Xóchitl preocupada al ver a Manuel tan fuera de sí.

—¡Me importa un pepino! ¡Esto es oro de verdad!

Dicha expresión desconcierta a los mexicanos que se voltean a ver unos a otros desconcertados, pero al momento lo minimizan. Y mientras el español lleno de ambición continúa escarbando con vehemencia quitando el barro que cubre esa extraña pared y dice:

—¡Vamos! Quitemos toda esta capa, ayudadme para ver lo que hay detrás de todo esto.

Los ayudan. Después de más de dos horas terminan de quitar toda la cubierta, y dejan al descubierto un muro de oro que brilla intensamente con la luz de las antorchas y linternas. Y con gran asombro ven lo que han descubierto.

—¡Por las barbas de mi tía Filomena! Esto es de ¡Oro puro!

Expresa Manuel mirando de arriba abajo esa pared, los demás no dicen nada pues mudos de la impresión solo observan esa pared construida enteramente con tabiques de oro además llena de símbolos y jeroglíficos, a lo que Xóchitl llena de curiosidad se aproxima:

—E…Estos… ¡Son símbolos mayas! E… ¡es increíble! Y aquí también hay símbolos aztecas y… otros que me son desconocidos.

—¿Estás segura de lo que dices Xóchitl?

Pregunta desconcertado Germán.

—Claro, no lo puedo creer, e… es muy extraño.

A lo que Manuel feliz y lleno de euforia le pregunta:

—¿Y podéis descifradlos?

—Esteeeee… —contesta Xóchitl al momento que se reacomoda los anteojos—. Los símbolos mayas y aztecas creo que sí pero… los que están hasta arriba del muro no creo, me son desconocidos.

Citlali se aproxima a ella y le dice:

—Para que los veas bien, te ayudo sosteniéndote la lámpara.

Xóchitl se lo agradece mientras saca un lápiz y una libretita de entre sus ropas para hacer anotaciones. Germán se mantiene cerca de su hermana y Xóchitl, mientras que los demás se alejan para observar a su alrededor. Manuel con su linterna apunta al techo, observa las estalactitas, pero al pasar por una en particular, John se dé cuenta de algo y le dice:

—¡Esperar! volver a apuntar con la lámpara allí —le señala con el índice una estalactita en particular—. Ahí reflejarse un destello con la luz.

El madrileño lo hace, y efectivamente descubre la punta de la estalactita que brilla a lo que dice:

—¿Por eso te entusiasmas tanto? No es más que una gota de agua en la punta de esa estalactita por la humedad del lugar y congelada por el encierro aquí o… ¿Qué pensáis? ¿Qué era oro? jajajajaja.

John ya no dice nada, mientras que Manuel se aleja para dirigirse a donde se encuentra Xóchitl y sus amigos.

Capítulo 9: GRAN DESCUBRIMIENTO

Mientras Xóchitl observa el extraño muro dorado y hace anotaciones en la libretita, desconcertada dice:

—Hummm estos símbolos ya más o menos sé lo que dicen.

—¡Vamos tía! ¿Y pero ya sabéis lo que significad esos garabatos?

Pregunta Manuel ansioso, a lo que la joven de anteojos sin dejar de observar los jeroglíficos expresa:

—hummm creo que si, según lo que he alcanzado a traducir, esto dice así: "He aquí la entrada al inframundo… aquí dentro se encierra un peligro inimaginable para la humanidad" —Xóchitl desconcertada voltea a ver a Citlali, y luego continúa con la traducción—: "Aquí yace… el gran señor… vampiro, el destructor de los hombres de madera. Hombres de maíz jamás entrar, o desatarán…" ¡Cajúm! ¡Cajúm! (tose un poco) perdón… "o desatarán… su propia muerte y su total destrucción." Bueno… eso es lo que dice.

Expresa sorprendida, a lo que el español dice:

—¿Temible Señor vampiro? Pero… ¿qué coño? ¿Habláis en serio? ¿O nos estáis jugando una broma?

A lo que la joven tapatía con su característico tono tímido responde:

—N… no, y… yo no lo inventé… lo traduje tal y… como dice aquí, yo también ¡Glup! (traga saliva por la sorpresa) estoy muy desconcertada… realmente se sabe demasiado poco de un tal ser vampírico de la cultura maya, solo se han descubierto pocas representaciones en las esculturas, pero no se menciona nada más.

—Eso quered decir que habed algo más adentro y más espacio ¿no creéis?

Dice Manuel sintiendo que la codicia lo invade. Pero Stephanie asustada contesta:

—Eso querer decir que atrás de eso haber algo muy malo, ¡no!

82

¡no! esto darme mucho miedo.

—No tener que temer "honey"

Le responde John, a lo que Manuel agrega:

—No tenéis de que asustarte Stephanie, esto solo ser puras supersticiones, en todas las construcciones de distintas culturas ponían esta especie de "amenazas para que los extraños y ladrones no entrasen, pero era solo para asustarlos, no vayáis a creer que esto es cierto ¿verdad Xóchitl?

—Este…—titubeante la joven responde—… creo que Manuel tiene razón digo… como es arqueólogo, creo que sabe de estas cosas y… aunque yo no lo soy todavía, creo también que son solo supersticiones, aunque debo confesar que no me gusta nada lo que dice.

—¡Gilipolleces! ¡Estas son solo gilipolleces! estos ladrillos de oro, supongo que se podrán quitar, presentid que adentro habed mucho mas or… ¡Cajúm! ¡Cajúm! Quiero decir mucho más cosas arqueológicas, estamos a punto de hacer un gran descubrimiento ¡Vamos! Empecemos a destapar esto.

Y junto con los demás comienzan a remover los ladrillos de oro, al principio estuvo difícil, pero después, Manuel logra aflojar uno que estaba a la altura de su pecho.

—¡Mirad! por fin puedo remover este tabique.

Y comienza a removerlo del muro, pero cuando lo logra, del hueco que deja, de repente se escapa un olor muy nauseabundo, junto con un aire muy helado, y todos al percibirlo voltean sus caras con gestos de repulsión.

—¡Guácala! ¡Pero qué feo huele!

Exclama Citlali mientras se cubre su boca y nariz con sus manos, los demás hacen lo mismo, pero el olor rápidamente se va, a lo que Manuel después de toser un poco, con linterna en mano lleno de curiosidad se asoma por esa pequeña abertura y dice:

—Se ve que hay mucho más espacio del otro lado, ¡pronto! seguid quitando estos lingotes.

Minutos después logran retirar la mayoría de los dorados tabiques dejando al descubierto la entrada de un metro de ancho por casi dos de alto.

—Bien, ahora veremos que mas ahí dentro.

Exclama Manuel que es el primero que cruza esa entrada. Y para su gran sorpresa, efectivamente descubren mucho más espacio, la cueva es mucho más grande de lo que habían imaginado, su techo es mucho más alto, tanto que las antorchas no alcanzan a iluminar hasta donde llega, solo miran las puntas de un sinnúmero de estalactitas, solamente cuando apuntan con las linternas logran ver el límite que está muy alto, a lo que Xóchitl expresa:

—Woaooooo, Q... Que grande está la cueva, y llena de estalactitas y estalagmitas.

A lo que Germán también expresa.

—Pero por fuera no se mira una loma tan alta como para el tamaño de ésta cueva.

—Y estar muy fría, y yo sentir muchos escalofríos aquí dentro.

Dice Stephanie al tiempo que cruza sus brazos. Pero el grupo continúa su tímido avance, pero unos cuantos pasos más adelante otra sorpresa los espera, y a unos cinco metros:

—¡Mirad tíos! Un caminito muy parejo con enormes estalagmitas a los lados, pero también unas enormes rocas en forma de…

—¡Unas estatuas!   —responde Xóchitl sorprendida mientras termina de reacomodarse sus lentes—: ¡Son unas estatuas de piedra!

—woaooooo un camino muy bien hecho de piso de piedra con estatuas también de piedra a los lados, pero… su forma es como la de gárgolas o algo parecido.

Expresa Germán. Y todos sorprendidos se aproximan para verlas más de cerca, a lo que Xóchitl dice:

—C… creo que tienen forma de enormes… ¡vampiros!

—Y están bastante grandes —expresa Javier—. Han de medir como dos metros de altura.

Y conforme avanzan van descubriendo más estatuas a ambos lados de ese camino, figuras de piedra de enormes vampiros, con expresiones y posiciones amenazantes, dirigiendo sus frías, agresivas, amenazantes y rocosas miradas al interior del camino, como pretendiendo intimidar a todo aquel que cruzare por ese lugar, los jóvenes exploradores caminan llenos de nerviosismo. Stephanie mirando a las estatuas se aferra más al brazo de su marido el cual en momentos hace gestos de molestia. Sin detenerse pero con paso lento y temeroso el grupo avanza y observan con asombro y temor que conforme avanzan cada vez aparecen más y más estatuas. Están tan concentrados en observar esas figuras que no se dan cuenta cuando se acercan al final del camino, en eso Manuel voltea y con su linterna señala al frente y descubre algo:

—¡Madre mía! Pero… ¿qué es eso?

Expresa lleno de asombro, a lo que los demás voltean hacía donde él y se sorprenden por igual.

—P…parece un… templo.

Exclama Xóchitl anonadada.

—Subamos estos escalones para verlo más de cerca —expresa le español mientras sube por esos extraños escalones de piedra, y al llegar arriba frente a la construcción le dice a los demás—: ¡Vamos tíos! ¿Acaso tenéis miedo? si solo son siete escalones ¡venid!

Entonces los demás con paso trémulo los suben. Aunque Xóchitl al momento de acercarse al primer escalón, temerosa se detiene, y solo ve a los demás subir pero la gemela que está a su lado, al verla detenerse, se queda con ella, mientras ven como Germán y Javier terminan de subir.

—¡Vamos amiga! —le dice Citlali a su amiga de anteojos—. ¡No tengas miedo! ¡Aquí está el tema de tu tesis amiga! ¿No era esto lo que querías?

—S…si —responde Xóchitl tímidamente sin dejar de mirar los escalones—. Pero no sé, de repente sentí mucho miedo pero… tienes razón esto es lo que yo deseaba, vamos.

Y junto con la ojiverde comienza a subir los escalones.

—Shit! Jamás en mi vida haber visto algo igual.

Exclama John sin salir de su asombro al contemplar la construcción más de cerca.

—A mí parecerme muy tétrico, esto asustarme mucho.

Expresa Stephanie preocupada. En eso Citlali y Xóchitl terminan de subir los escalones y esta ultima boquiabierta observar de cerca la construcción y exclama:

—¡M… madre mía! ¿Pero qué es esto? ¡Nunca había visto algo parecido!

—¿Qué opinas de esto Xóchitl?

Le pregunta Germán a lo que ella reacomodándose los lentes responde:

—P… por la forma de la arquitectura y los símbolos, juraría que es… ¡un templo maya! pero… ¿Y esas enormes estatuas de vampiros a los lados del templo?

—Son muy parecidas a las del camino e igual de enormes pero

están completamente negras, son hechas de otro material.

Responde Citlali mientras que Xóchitl con una enorme curiosidad por la arqueología hace que se le olvide su temor y se aproxima a una de las estatuas, y camina a su alrededor para observarla con más detenimiento y expresa:

—Este color negro brillante es porque están hechas de… ¡Obsidiana!

—¿Obsidiana? —pregunta sorprendido Manuel—. Entonces han de valer una fortuna.

—Tal vez si —responde Xóchitl sin dejar de contemplar la estatua—. Pero su valor arqueológico es mucho mayor, es realmente incalculable. Todas estas estatuas por su forma podría jurar que son copia de un vampiro prehistórico que se cree todavía existió en la época de los mayas, de hecho su tamaño real era como el de éstas estatuas.

—Parece como si custodiaran la entrada.

Expresa Citlali aún sin salir de su asombro.

—Yo había visto templos antiguos —exclama Javier—, que a los lados tenían estatuas de leones, de águilas, de gárgolas, de perros, de guerreros, hasta serpientes; pero de vampiros… sinceramente nunca lo había visto antes.

A lo que Xóchitl le dice:

—Y estoy segura que nunca lo veremos en otro lado, hasta ahorita que se sepa esta es la única parte donde las hemos encontrado ¿Se dan cuenta? ¡Es un gran descubrimiento! esto puede revolucionar la historia y todo lo que sabemos de los mayas y aztecas.

Entonces los demás se paran frente a la entrada.

—¡Coño! ¡Esto es imponente! —expresa Manuel al mirar de abajo hacia arriba la enorme construcción.

—Y atemorizante también —dice Stephanie.

Xóchitl al escucharla voltea a ver y dice:

—N…no solo eso, toda la fachada parece la enorme cabeza de un murciélago-vampiro, desde sus ojos, orejas, nariz y la entrada en forma de sus fauces abiertas y los enormes colmillos sobresalen hacia abajo.

Y sin que se percaten Stephanie de repente hace una expresión de malestar, agacha la cabeza y se lleva la mano a su frente, Citlali la mira y le pregunta:

—¿Te pasa algo? ¿Estás bien?

—No preocuparte, solo ser un mareo pasajero, pero… ya estoy mejor, gracias.

Responde débilmente, pero en cuanto termina de decirle, siente que las fuerzas le abandonan y súbitamente se desvanece, Citlali alarmada la alcanza a sostener al mismo tiempo que le grita a los demás:

—¡Ayudaaaaaaa! ¡Stephanie ha perdido el sentido!

Los demás corren en su ayuda, pero John sin que los demás lo noten hace un gesto de malestar y expresa en voz muy baja un discreto:

—Shit!

Y piensa: *"A buena hora a esta estúpida ocurrírsele desmayar"*. Y a regañadientes corre en su auxilio.

—Será mejor que la saquemos de aquí.

Dice Germán, a lo que John fingiendo preocupación expresa:

—Yo llevarla afuera.

—¡Yo los acompaño! —Citlali agrega—: sé primeros auxilios y tu Germán quédate aquí con Xóchitl.

—E… está bien.

Responde su hermano un poco contrariado, a lo que Javier viendo la oportunidad de estar cerca de Citlali dice:

—¡No te preocupes Germán! ¡Yo voy con ellos!

Y entre los tres llevan a Stephanie afuera de la cueva, dejando a Xóchitl en compañía de Germán y al ambicioso de Manuel que despreocupado se dirige a Xóchitl y le dice:

—Stephanie va a estar bien y no os preocupéis, solo concéntrate en lo tuyo.

La joven de anteojos se desconcierta por la falta de interés de Manuel por Stephanie, pero no dice nada y solo mira hacia donde se dirigieron sus amigos, Germán mira su rostro de preocupación y con un tono de consuelo le dice:

—No te preocupes Xóchitl, ella estará bien; Su esposo, Citlali y Javier estarán a su lado.

Y con esas palabras la joven de anteojos se tranquiliza un poco y prosigue con la traducción de los símbolos mayas.

Media hora más tarde, cuando ella se encuentra más concentrada en los jeroglíficos… ¡Bang! ¡Bang! Se escuchan unos disparos desde el exterior de la cueva y enseguida los gritos de las mujeres:

—!AAAAAAAhhh…!

Y nuevamente: ¡Bang! ¡Bang!

—¡Disparos allá afuera!

Expresa Germán alarmado, a lo que Xóchitl dice:

—¡Y esos gritos son de Citlali y Stephanie!

E inmediatamente se lanzan corriendo hacia la entrada de la caverna. Al salir Germán enormemente preocupado busca a su hermana y exclama:

—¡¿Qué pasa?! ¡Escuchamos disparos!

—Una maldita bestia… tratarnos de atacar.

Responde John con voz agitada y aún sosteniendo con ambas manos la pistola que todavía humea y continua mirando hacia una dirección de la vegetación, a la misma que Javier mira con machete en mano, mientras Stephanie y Citlali se encuentran abrazadas llenas de miedo. Germán al verlas pronto corre hacia ellas, y le pregunta a su hermana que es lo que pasó, pero ella no dice nada, está con la mirada perdida, no puede articular palabra paralizada de la impresión.

—¿Qué pasó Citlali? ¡Dime!

Su hermana aún presa del pánico solo balbucea, a lo que Germán angustiado la toma de los hombros y la sacude bruscamente.

—¡Citlali! ¡Mírame! ¿Qué paso? ¡RESPONDE! ¡RESPONDEEEEE!

Con el brusco movimiento Citlali sale de su estado y comienza a hablar:

—Un…un ¡Jaguar! ¡Un jaguar! Llegó… y sin darnos cuenta… ya lo teníamos frente a nosotras… estuvo a punto de atacarnos cuando… John logró sacar su pistola y le disparó.

Xóchitl corre a abrazar a sus amigas y Manuel desconcertado atrás de ellos solo las escucha, mientras John continúa explicando:

—Como decir Citlali, un jaguar aparecer cuando estar nosotros sentados cerca de fogata, no saber cómo pero no darnos cuenta cuando ya tenerlo frente a nosotros, cuando yo verlo, ya estar a un lado de ellas dos, yo decirles en voz baja que no moverse, y mientras el animal mirarlas a ellas, parecer que olerlas, yo lentamente tomar la pistola de mi saco y gritarles que hacerse a un lado, ellas tirarse al suelo, y ser cuando yo disparar a esa bestia, pero…

—¿Pero qué?

Le pregunta preocupado Germán a lo que el norteamericano continúa explicando:

—Yo disparar pero no darle, el jaguar muy rápido y ágil, esquivar, saltar y correr muy rápido, dando vueltas alrededor de nosotros rugiendo mucho, para al final escapar por ahí   —señala con su índice una dirección hacia las penumbras de la selva   —. Yo dispararle dos veces muy cerca, luego dispararle otra vez al huir, pero yo creer que no darle.

—Yo también le lancé el machete, pero tampoco le di a ese méndigo animal.

Expresa Javier aún agitado por lo acontecido. En eso Xóchitl parece que descubre algo, se suelta de su amiga y se aproxima hacia la zona que señalan los demás por donde se escapó el jaguar y comienza a revisar el suelo, a lo que Germán le advierte:

—¡Xóchitl! ¡Espera! ¿Qué haces? ¡No te acerques ahí, es peligroso! puede andar cerca esa bestia.

Y corre y se pone a su lado, y John lo sigue con su pistola en mano. Pero ella buscando en el suelo responde:

—E… es que vi algo pero… no se preocupen, ese animal ya ha de estar muy lejos, pues quedó asustado por los disparos y… herido.

—¿Cómo puedes saber eso?

Le Pregunta Germán, a lo que su amiga expresa:

—Apunta con tu lámpara aquí —señala con su índice una parte del suelo—. No lo mataron, pero lo dejaron mal herido.

Exclama al momento que se incorpora.

—Es cierto —responde sorprendido el gemelo—.Esa es sangre.

John se acerca, observa y expresa con orgullo:

—Yes! Yes! ¡Yo saber que haberle pegado a ese maldito animal!
—y eufórico hace unos gestos retadores y grita hacia donde desapareció el herido felino—: Wanna some more? Come on! Come on bitch! (¿Quieres más? ¡Ven acá! ¡Ven acá perra!) jejejeje ¡maldito! por eso huir, ojalá morirse desangrado.

Y después del agitado acontecimiento, deciden regresar hacia la fogata, después de unos minutos se tranquilizan un poco, a lo que Manuel expresa:

—Ese maldito animal ya no dará problemas, a esta hora yo creo que ya ha de haber muerto desangrado, así que debemos regresar a la cueva para que Xóchitl termine de descifrar los jeroglíficos y descubrir de una vez por todas como podemos entrar a ese "templo" ¡Vamos! ¿Acaso vosotros seguid asustados por ese jaguar?¿Qué esperáis? ¡Vamos!

—Tener razón —John responde—: ese jaguar ya no dar más problemas, y yo estar listo para regresar.

En ese momento Stephanie se levanta para dirigirse con su esposo, cuando de repente siente que todo le da vueltas, y angustiada dice:

—John me siento mal, creo que…

Y repentinamente se desvanece cayendo nuevamente al suelo a lo que John y los demás acuden a su ayuda.

—Shit! (¡mierda!)

Expresa John entre dientes mientras corre y toma a su esposa tratando le levantarle la cabeza con un brazo y tomándole de la muñeca con el otro. Mientras que Citlali la revisa y preocupada expresa:

—Está muy débil, y la impresión del jaguar la hizo empeorar, tenemos que llevarla al hospital.

—Pero ya ser muy noche, mejor ir en la mañana.

Exclama John a lo que Xóchitl dice:

—Se ve muy mal, no podemos esperar hasta el amanecer, tenemos que llevarla ahorita.

—Bien, vamos.

Responde Germán, y se preparan para regresar la pueblo pero Manuel responde:

—Yo me quedo —los demás voltean a verlo desconcertados, a lo que prosigue—: No podemos dejar esto solo, alguien tiene que quedarse aquí.

—Yo también me quedo.

Responde Javier, a lo que Germán sin decir más expresa:

—Bien, ustedes dos se quedan, pero mañana volveremos.

Y terminando de decirlo ayudan a Stephanie a montar a caballo. Y momentos después cabalgan y se internan en la obscura jungla, que de noche se mira más tenebrosa e intimidante, pero usan las linternas para iluminar su camino rumbo al pueblo.

Capítulo 10: NUEVO DIAGNÓSTICO

Una hora después el grupo de jóvenes cruzan la obscura jungla y llegan al pequeño poblado, allí encuentran un rótulo para turistas donde señala la ruta hacia una pequeña clínica de emergencias a la cual se dirigen sin titubear, una vez que llegan rápidamente internan a Stephanie, John entra con ella a una habitación para ser atendida, mientras que los demás se quedan en la sala de espera. Minutos después el estadounidense sale y se dirige en particular a Xóchitl y le dice que Stephanie quiere verla, lo que desconcierta a todos, pero la joven de anteojos acude con prontitud y al entrar a la habitación la estadounidense le dice:

—Hola Xóchitl, yo mandarte hablar para decirles que yo sentir mucho el darles tantos problemas.

Xóchitl con timidez responde:

—Este...n... no te preocupes, no es molestia, todos estamos preocupados por ti, tú eres muy buena y te vamos a apoyar para que te recuperes ¡ánimo!

—Sniff —a Stephanie conmovida se le humedecen los ojos, por esas palabras y le responde—: No Xóchitl, tú y tus amigos ser de verdad las buenas personas, ustedes no merecer más mentiras.

Ante tal expresión la joven tapatía se desconcierta y pregunta:

—¿M...mas mentiras? N...no te entiendo.

—Yo querer decirte que nosotros... no venir a buscar arqueología, nosotros venir...

—¡Señora Stevens! —una voz masculina se escucha a la entrada de la habitación interrumpiendo, y enseguida un hombre entra a la habitación y dice—: Disculpen la interrupción, soy le doctor Armando Sánchez, y le vengo a comunicar que ya tenemos los resultados de sus exámenes y junto con su historial clínico que nos dio, le vengo a comunicar algo muy serio.

—Decirme doctor.

El galeno antes de hablar se dirige a Xóchitl:

—Señorita, ¿Nos puede dejar solos?

—No preocuparse por ella —responde la rubia—. Ser de confianza, poder decirme lo que sea.

—Hummm está bien señora Stevens si así lo desea, pues... sin más rodeos me temo decirle malas noticias pues... —el doctor hace una pausa antes de continuar para luego expresar—: ... según los resultados de los análisis que le acabamos de efectuar, detectamos que... tienen un tumor canceroso en su seno.

La noticia le cae a Stephanie como agua helada dejándola muda; era la respuesta que más temía y sin decir nada solamente cierra sus ojos que rápidamente se humedecen de lagrimas mientras recarga su cabeza en la almohada, ante la mirada atónita de Xóchitl que se lleva las manos a la boca que ha abierto por la inesperada noticia; mientras que el doctor agrega:

—Lo siento señora Stevens, desgraciadamente esta clínica es muy pequeña y no tenemos el equipo para aplicarle el tratamiento que necesita, pero la puedo referir inmediatamente al hospital de la capital del estado, donde la podrán ayudar, y le recomiendo que vaya lo más pronto posible. Hummm pero en cuanto a sus niveles de hemoglobina, yo le recomiendo una transfusión sanguínea, y esa si se la podemos hacer aquí —y enseguida se dirige a Xóchitl—. Si usted se decide donar sangre, tenemos una promoción de hacerles un examen general sin costo alguno a todos los donantes, y dígale a sus amigos si también quieren donar para la señora.

—¡Yo donaré!

Responde la joven de anteojos con decisión sin pensarlo más, a lo que Stephanie dice:

—No tener ¡sniff!... porque hacerlo amiga.

—Está bien, no te preocupes, yo quiero donar.

—Muy bien señorita —responde el médico—. Prepararé todo y en unos minutos le llamaremos.

El galeno se retira mientras que Xóchitl con tristeza mira a Stephanie y le pregunta:

—¿P... porque?... ¿Porque no nos dijiste que padeciste de cáncer?

Stephanie no responde de inmediato, solo traga saliva, hace una pausa y luego expresa:

—Ser esta la tercera vez que pasarme ¡sniff! esto no detenerse, parecer que esta vez moriré.

—N...no digas eso amiga —responde Xóchitl preocupada—. Y... ya verás que te lo quitarán y... te curarás.

—No my friend (mi amiga) ¡sniff! ... mi abuela morir de cáncer de seno, luego mi tía, y después mi madre. Esta ser la maldición de mi familia. Y ahora sniff... yo también morir de esto.

—N...no digas eso Stephanie, no es una maldición, si te atiendes seguro sanarás.

—No Xóchitl, no importar lo que yo hacer, lo que luchar, esta ser la tercera vez, y si quitármelo, volverá otra vez, y otra vez, ¡y otra vez! Y no se detendrá hasta acabar conmigo, yo estar condenada ¿y todavía no creer que ser una maldición? esto es lo que es, una maldición, ¡una maldición! ¡UNA MALDICIOOOOOOON! ¡Buaaaaaaaaa!

Stephanie pierde el control y fuera de sí grita y solloza con rabia, al mismo tiempo que se arranca la Aguja del suero y los demás cables que la conectan a los aparatos, sacude su cabeza a los lados, manotea y patalea con violencia, Xóchitl trata de contenerla tomándola de las manos, pero Stephanie se retuerce en la cama en medio de llanto y gritos desesperados, a lo que la mexicana angustiada grita:

—¡Stephanie! ¡Cálmate! ¡Cálmate! sniff ¡Ayuda! ¡Doctoooooor! ¡enfermeraaaaaaa! ¡ayudaaaaaaaa!

Ante los gritos, rápidamente llegan el galeno y dos enfermeras y sujetan a Stephanie que sigue gritando fuera de si:

—¡Ser una maldición! ¡Una maldición! ¡Buuuuaaaaaa! ¡Buuuuuaaaaaaa!

La rubia forcejea tanto que les es difícil controlarla, a lo que el doctor expresa:

—¡Pronto! ¡Una inyección de calmante!

A lo que una de las enfermeras presurosa llega con una jeringa y rápidamente inyecta a la estadounidense que no deja de efectuar gritos y forcejeos, pero en unos cuantos minutos, comienzan a ser cada vez más débiles y poco a poco deja de moverse, las enfermeras rápidamente la acomodan en la cama y el doctor con voz aún agitada por el esfuerzo se dirige a la angustiada Xóchitl:

—Con este tranquilizante pronto ella quedará dormida, no se preocupe señorita, es normal que una persona reaccione así ante tal noticia, cuando quede completamente dormida le haremos la transfusión que le servirá de mucho, y en cuanto a usted, puede pasar a hacerse los exámenes.

—M… muy bien doctor… voy para allá sniff.

Xóchitl limpiándose sus lágrimas sale de la habitación sin dejar de ver a Stephanie que comienza a dormir sin dejar de balbucear:

—Ser una… maldición, una…maldi…ción… una… maldi…zzzzzzzzzzzzzzzz.

El medicamento rápidamente hace efecto y la delgada rubia queda sumida en un profundo sueño. Cuando Xóchitl llega a la sala de espera, sus compañeros acuden a ella angustiados:

—¿Que le pasó a Stephanie? —pregunta Citlali visiblemente preocupada—. Escuchamos gritos.

—S… solo le dio una crisis, pero ya está bien, creo que mañana la darán de alta.

Responde Xóchitl tratando de no mostrar alarma ni angustia. Momentos más tarde, le hacen los exámenes requeridos y dona un poco de su sangre, después una enfermera le dice que el galeno la cita en su oficina, Xóchitl se desconcierta ante tanto hermetismo, momentos después llega al lugar, se sienta en una silla y espera impaciente. Momentos después aparece el doctor con una carpeta azul en sus manos y acompañado de una enfermera, su semblante se mira serio, lo que hace que Xóchitl tenga un mal presentimiento y tratando de controlar su nerviosismo le pregunta:

—¿S… salieron bien mis… ¡Glup! Exámenes... doctor?

El médico guarda silencio mientras que repasa una vez más los papeles que trae, y enseguida le dice:

—Disculpe señorita… ¿Nunca se había hecho usted ningún examen?

—Hummm no, ninguno desde hace mucho tiempo.

—¿Ha tenido dolores de cabeza frecuentes?

—Esteeeeee… algunas veces, creo que es por el exceso de trabajo, estoy en medio de una tesis usted sabe cómo es eso de preocupante.

—Hummm ¿En algunos momentos su vista se le ha nublado o de repente ha dejado de escuchar por alguno de sus oídos?

—Pues… tengo un problema en mi vista, por eso uso estos lentes jejeje… ¿Que es lo que pasa doctor? ¿Por qué me pregunta esas cosas? Eso me está asustando, dígame de una vez.

El galeno respira profundamente antes de responder:

—Pues… no estoy muy seguro pero… según los análisis, me temo que usted... creo que tiene una forma de coágulo, una especie de tumor muy extraño en el cerebro, del lado derecho. Y pues no sabemos a ciencia cierta porque, pero creo que...

Esa noticia la toma por sorpresa, siente un fuerte golpe emocional en el pecho, queda sin habla, no puede creer lo que le dice el doctor, siente que la cabeza le da vueltas, y de repente pierde el sentido cayéndose de la silla donde permanecía sentada, pero el doctor que se encuentra muy cerca de ella, con una ágil reacción alcanza a sostener su desmadejado cuerpo evitando que caiga al suelo y se golpeara la cabeza, y junto con la enfermera con rapidez la suben a una camilla y la llevan a una habitación.

Minutos después, Xóchitl aparece en medio de la selva, en la obscuridad de la noche, extrañamente invadida por una densa, húmeda y fría neblina, y vistiendo solo la bata del hospital corre aterrada con su respiración agitada y llena de angustia, tal parece que huye de algo, sorteando el terreno lleno de vegetación y enormes raíces, pero extrañamente no se encuentra un solo animal alrededor, ni siquiera los grillos se escuchan, pero con la esquina de su ojo derecho alcanza a mirar a una extraña sombra que pasa fugazmente por su lado derecho, rápidamente voltea para mirarla de frente pero ya no está, enseguida ve otra sombra con el costado de su ojo izquierdo, vuelve a girar su rostro hacia ese lado y nada, desconcertada mira hacia todos lados tratando de descubrir completamente a esa huidiza y fugaz sombra pero no ve nada más, y sin detenerse continua corriendo asustada tratando de escapar de eso, su respiración es cada vez más agitada, inhalando un aire helado, el miedo hace presa de su corazón que cada vez late más aprisa. En un momento que voltea hacia tras, tropieza y se cae abruptamente de cara al suelo, el golpe ha sido fuerte, un poco aturdida levanta su rostro, pero encuentra frente a ella a un hombre de pie, inerte, estático, que la mira fijamente, ella se levanta asustada y con temor le pregunta:

—¿Q...quien es usted? ¿Qué quiere?

Pero como respuesta al individuo se le comienza a desprender la cabeza que cae pesadamente y rueda por el suelo hacia su izquierda; mientras que su cuerpo aún de pie lanza enormes chorros de sangre por el cuello. Ella horrorizada se lleva las manos a la boca queriendo lanzar un alarido que no puede expulsar al quedar muda por la impresión, y súbitamente esa cabeza se endereza, abre sus ojos mostrando unas pupila rojas llenas de sangre y enseguida abre su boca mostrando unos enormes colmillos al instante que se carcajea macabramente:

—¡Huye! ¡huuuyeeeee! ¡Vete de aquiiiiiiiii! jaaajajajajajajaaa.

Ella aterrada, sin poder desprender la mirada de la cabeza, torpemente retrocede unos cuantos pasos y con rapidez gira hacia atrás y se lanza en una veloz carrera gritando aterrada cuando…

—¡Aaaahhh!

De un sobresalto ella abre sus ojos y se endereza sentándose de golpe sobre una cama donde permanecía recostada, bruscamente se da cuenta que estaba soñando, y lo primero que mira frente a ella con su vista borrosa son las caras de Citlali y Germán que permanecen sentados a ambos lados de su cama.

—Tranquila Xóchitl —responde la gemela tratando de calmarla mientras le da sus anteojos—: tranquilízate, creo que tuviste una pesadilla.

Xóchitl tranquilizando su agitada respiración, se coloca los lentes y mira hacia todos lados, se da cuenta que se encuentra dentro de una habitación del hospital y se vuelve a recostar llevándose su antebrazo a la frente y mirando a sus amigos les pregunta:

—¿Q…que me pasó?

—Dice el doctor que habías perdido el sentido, hay amiga, pues al estar sin dormir y ni comer bien, ¿y todavía se te ocurre donar sangre? Oye… ¿a quién se le ocurre heeee?... nos tenias bien preocupados, pero dijo el doctor que estarás bien, te dormiste toda la noche y toda la mañana floja, ya pasa del medio día.

—Pero no te preocupes, aquí estuvimos contigo todo el tiempo cuidándote.

Xóchitl con las palabras de Germán se conmueve, y de repente recuerda la noticia que le dijo el doctor, está a punto de romper en llanto pero ante la presencia de sus amigos se contiene con todas sus fuerzas y solo sus ojos se humedecen con lágrimas y con dificultad responde:

—N… no se hubieran molestado sniff, pero… gracias, no sé que hubiera hecho sin ustedes… sniff.

Y lo dice haciendo un enorme esfuerzo por sonreír.

—¡Hay Xóchitl no llores! ¡Sino es para tanto! —le dice Citlali —. Sino a mí también me vas a hacer llorar, para qué son las amigas ¿he?

—Y los amigos —responde Germán mientras la mira con una sonrisa.

—¡Ándale! —expresa Citlali—. Que el doctor ya dio de alta a las dos, así que ahorita vamos a ir por tus cosas y enseguida regresamos por ti.

Y terminado de decirle, los gemelos salen de la habitación, en ese momento que Xóchitl se queda sola, recuerda lo que le dijo el doctor, lo que le provoca una inmensa tristeza y pesar, no puede contenerse más y cubriendo con sus manos el rostro, rompe en un amargo y fuerte llanto, ahí sentada sola en la cama, llora desconsoladamente, jamás hubiera imaginado que semejante mal le ocurriría, en ese instante se dice a sí misma:

—¿Por qué? ¿Por qué me pasa esto a mí? Si jamás le he hecho daño a nadie ¡A nadie! Todo el tiempo he sido una buena persona, educada, respetuosa, y…yo solo quería una vida tranquila y… feliz, después de tanto, tanto sufrimiento y ahora esto…. ¡Buuuuuaaaaaaaaaaa!

Pasa momentos muy amargos, donde maldice su suerte, maldice su destino. En eso escucha pasos acercarse hacia su habitación, rápidamente se limpia las lagrimas y respira profundo, en eso llega una de las enfermeras que toca la puerta y entra para preguntarle si todo está bien, Xóchitl le dice que quiere ver al médico. Un par de minutos después el mencionado llega y ella le pregunta:

—Disculpe doctor sniff, este… ¿A… mis amigos… les han dicho lo de mi… tumor? Sniff.

—Nosotros no les podemos decir nada a nadie que no sea familiar suyo, a no ser que usted lo autorice señorita.

Responde el médico, a lo que Xóchitl le expresa:

—Entonces no diga nada, yo me encargaré de revelárselo en el momento oportuno.

—Como usted lo desee. Pero le recomiendo que se atienda en cuanto antes señorita.

—¿Hay algo que deba de evitar por lo pronto?

—Pues… hummm según lo que parece, su tumor se ha originado desde hace ya mucho tiempo, solo recomiendo no recibir ninguna sacudida brusca, y cuidarse de no recibir un golpe fuerte en la cabeza, eso podría provocar que se rompiera y se derrame.

—¿Y cómo me daría cuenta si se rompe?

—Hummm… los síntomas serian: Mareo, pérdida parcial o total

de la vista, y como el tumor se encuentra del lado derecho de su cabeza, puede que pierda la visión parcial o total de su ojo derecho y la audición de su oído de ese mismo lado, y podría suceder que hasta se le escape sangre por el oído.

—¿Y si me pasa eso que debo hacer?

—Hummm señorita… de preferencia se debe de evitar a toda costa que eso le suceda, porque de otra manera, si el tumor se rompe… ya no se puede hacer nada, y en cuestión de segundos o minutos puede morir sin remedio. Aunque debo decirle que eso es relativo, por el tamaño, dureza y ubicación del coagulo. Ha habido casos donde algunas personas sufren una ruptura muy pequeña por la mañana sin sentir molestias, y hasta la noche caen muertos. No se puede saber a ciencia cierta cuánto tiempo durará viva una persona después de que se le rompa ese tipo de tumor, de todos modos le recetaré una medicina que impedirá que ese tumor siga creciendo, y para darle más resistencia y no se rompa tan fácilmente mientras llega al hospital de especialidades de la capital. Sinceramente su caso es increíble; es la primer persona que conozco que vive tanto tiempo con un problema de esa naturaleza.

—Usted… ¿podría decirme cuanto tiempo o desde cuándo cree que…tengo con esto?

—Hummm —el doctor se lleva una mano a su mentón meditando su respuesta—. Según mis cálculos, la antigüedad, dureza y veo que es el verdadero causante del problema en su vista ya que sus ojos están perfectamente, su miopía y más de su ojo derecho, se deben a ese tumor, entonces se podría decir que este apareció poco antes que comenzara a padecer de sus problemas de visión.

Xóchitl queda muda ante lo que el médico le revela y medita desde cuando tuvo la necesidad de usar lentes, y repentinamente ella comienza a recordar los fuertes golpes que recibió en la cabeza por parte de aquellos delincuentes, ese recuerdo le provoca un intenso malestar, dolor y amargura, pero sobreponiéndose dice:

—Pues… m… mis problemas de visión comenzaron desde que estaba en la secundaria, a… los 14 años recibí muchos golpes en la cabeza cuando…

—¿Cuándo qué señorita?

—Ermmm C… cuando un automóvil me atropelló… si, me atropelló… salí viva de milagro.

—Me extraña que el médico que la atendió en aquella vez no se haya percatado de eso.

—Es que… yo creo que no lo notaron.

—Bueno eso ya no tiene caso, ahora lo importante es que se vaya a atender INMEDIATAMENTE, puede llegar a la capital en unas cuantas horas.

—N…no se preocupe doctor… iré a atenderme en cuanto antes.

—Se lo exijo señorita, ¡hágalo! Recuerde que con eso corre peligro su vida, y con su permiso me retiro, tengo que atender a más pacientes… ¡Ah! Y tómese la medicina que le receté.

Y diciendo eso el médico se va. Minutos más tarde los gemelos llegan y la ayudan a salir de la habitación. Poco después el grupo de exploradores sale del hospital. Stephanie se ve ya muy mejorada, mientras que Xóchitl tomada del brazo de Citlali avanza callada y pensativa, a lo que Germán que va del lado opuesto de ella le pregunta:

—¿Qué te pasa Xóchitl?

—¿Eh? ¡Oh! N…nada, nada, estoy bien.

—Estas muy callada y extraña.

—Lo que pasa es que… la desvelada, si…si la desvelada me afectó mucho, si eso fue, la desvelada.

—No te preocupes —le dice Citlali en tono reconfortante—. Ahorita vamos a conseguir algo de comer, eso te ayudará.

—Es verdad —expresa Germán—. Además necesitamos ir a la tienda de víveres a comprar lo que necesitaremos para el regreso.

A lo que de repente John dice:

—¡Oh! Ustedes esperar, yo olvidar preguntarle una cosa al doctor acerca de tus medicinas "honey", ir rápido a preguntar, mientras ustedes ir a comprar las cosas yo alcanzarlos en un momento.

Y de esa manera el caucásico rápidamente regresa al interior de la clínica.

—Está bien —responde Germán—. Entonces nosotros vamos por esos víveres y a comer algo.

Y se dirigen rumbo a la única tienda de abarrotes del poblado.

Mientras que dentro del hospital, en un solitario pasillo, John hace una llamada por un teléfono de las instalaciones. Y después de solo unos cuantos minutos, cuelga, mira a su alrededor cerciorándose de que nadie lo haya visto ni escuchado, y rápidamente se dirige hacia la salida. Pero no se percató que a un lado de donde estaba, está la puerta del cuarto de limpieza, que lentamente se comienza a abrir y de esta se asoma la cara un hombre, es el afanador, que con una expresión de asombro, asoma su cara y observa hacia todos lados cerciorándose que se haya ido el caucásico, sale del cuarto, saca su propio teléfono portátil y mientras marca un numero dice:

—Esta noticia la tiene que saber el jefe.

Mientras tanto, los gemelos, Xóchitl y Stephanie salen de la tienda de abarrotes con varias bolsas. Pero en eso Germán que parece buscar algo dice:

—¡Espérenme aquí! ahorita regreso.

—Pero… —expresa su hermana desconcertada a lo que el tapatío insiste:

—Nomas esperen aquí.

Y se dirige a la cantina del pueblo. Al entrar encuentra únicamente al tendero solo, un hombre de tez morena, regordete, de baja estatura, de aproximadamente unos 52 años, cabello negro pero con algunas canas, mediana calvicie y con un enorme bigote. Que parado detrás de la barra limpia unos vasos de cristal con una franela para luego acomodarlos debajo, pero al ver al gemelo, sin dejar de limpiar, con una voz áspera le expresa:

—Viene temprano joven, todavía no abrimos.

—Espere… lo que quiero es que me haga un favor.

—Por su acento veo que es usted turista.

—Sí, andamos de visita.

—Pero le aviso que aquí no se hacen favores —le responde el cantinero autoritariamente—. Todo tiene precio muchacho.

—Solo quiero que me dé una información.

—Es lo mismo, la información cuesta.

—¡Oh! Ya entendí.

En eso Germán saca de entre sus bolsillos un billete y lo desliza hacia el cantinero el cual exclama.

—Uuuuuuuhhh esto no alcanza ni pa' decirle la hora jovencito.

Entonces Germán saca otros dos billetes y se los desliza igualmente, al verlos el bigotón más contento exclama.

—Ándele, así si baila "mija" con el señor —toma los billetes rápidamente—. Haber, haber, dígame… ¿Pa' que soy bueno?

—Necesito saber dónde o quien me puede vender… una pistola.

—¡Shhhhh! baje la voz joven. Eso no se dice así como así.

Germán le repite:

—¿Sabe? O… ¿no sabe?

—Po's…si, si sé ¿de qué calibre la quiere?

—Pues hummm… uno bueno, que sirva para defenderse de las fieras de la selva.

—Pos deje pensar.

A lo que Germán agrega:

—Necesito una para protegerme, una buena.

El cantinero se pone meditativo y luego le responde:

—Espere un momento.

Y se mete en el cuarto de adjunto que es la cocina de la cantina, donde permanece unos minutos para luego salir con un arma en sus manos y le dice:

—Mire joven…de pura "casualidá" un amigo me dejó su pistola en "prenda" mientras me paga, si la quiere se la vendo, ta' buena, es una 9 mm semiautomática.

—Hummm se ve bien pero y… ¿si llega su amigo a pedírsela?

—"Usté" no se preocupe de eso ¡Ándele! ¿La quiere o no? Decídase ya antes de que empiece a llegar la gente.

Mientras que afuera de la tienda, Xóchitl le pregunta a Stephanie:

—Disculpa… ahorita me acuerdo de que en la clínica me ibas a decir algo ¿Nos podrías decir ahorita?

Citlali las mira desconcertada, a lo que la rubia responde:

—Well… yo querer decirles que…

—¡Oh! ¡Aquí estar ustedes!

En ese instante se escucha la voz de John que interrumpe abruptamente, las mujeres voltean hacia donde proviene la voz y descubren al estadounidense aproximándose a ellas, su esposa calla abruptamente.

Momentos más tarde, Germán sale tranquilamente de la cantina y se dirige a la tienda donde solo encuentra a su hermana que impaciente lo espera.

—Pensé que ibas a salir borracho —le exclama la gemela molesta—. Ya hasta estaba pensado en ir por ti.

—¿Cómo cree? Claro que no, ya sabes que no tomo, solo fui a preguntar algunas cosas pero… ¿Y donde están Xóchitl y Stephanie?

—Llegó John y fueron por los caballos hace apenas un instante, yo me quede para esperarte, pero ya vamos con ellos.

En ese momento se les aproxima un anciano de tez morena, sin

101

barba, con vestimenta regular pero con un sombrero de paja viejo y maltratado, con un morral colgando del hombro derecho y huaraches de cuero, les dice:

—Oigan muchachitos.

Los gemelos desconcertados voltean a verlo, a lo que Citlali le responde con una interrogante:

—¿Que se le ofrece señor?

—Ustedes vienen de la zona maldita ¿verdad?

Ante tal pregunta del extraño hombre, los gemelos se voltean a ver uno al otro con una expresión de sorpresa.

—Esas son supersticiones —responde Germán con un tono de desdén—. Pero sí, venimos de esa parte ¿Por qué?

—No deben de seguir ahí, es muy peligroso, no saben en lo que se meten, yo que ustedes me iría inmediatamente.

—Oiga —responde Germán molesto por la advertencia—. No vamos a dejarnos llevar por sus supersticiones, y estamos preparados para los peligros.

—Pero los peligros de los que les advierto, no los podrán enfrentar con un arma.

—¿Queeeeee? Pero ¿como…?

Exclama el gemelo sorprendido por la respuesta del anciano, y a punto de avanzar hacia él, Citlali lo detiene.

—¡Espera Germán! no le hagas caso, ésta gente es muy supersticiosa, mejor vámonos que los demás ya nos están esperando.

Y dirigiéndose al extraño anciano Citlali le dice:

—Mire señor, mejor váyase a tomar su sopita y a tomar un baño que bien que le hace falta —luego se dirige a su hermano—. ¿Que esperamos? ¡Vámonos ya!

—Está bien, está bien.

Y sin dar más explicaciones Germán ayuda a Citlali con las bolsas de los víveres, y se retiran para encontrarse con sus demás compañeros y de ahí partir directo a internarse a la selva. Mientras el anciano moviendo la cabeza de manera negativa solo los mira alejarse.

Pero desde la puerta de la cantina el tabernero también los ve partir, en ese momento se le aproxima otro hombre, uno muy delgado, moreno, de estatura regular, de aspecto sucio, con dientes manchados y con un sombrero de paja maltratado que le pregunta:

—¿Qué pasa patrón?

El cantinero sin despegar la vista de los hermanos que se alejan le responde:

—¿Ves esos dos jóvenes que van allá?

—Siiiii los miro, la chava esa de los ojos verdes está bien chula y re-buenota ¿"edá" patrón? ¿Pero porqué la pregunta?

—Pos' al tipo ese…le vendí tu pistola.

—¿Mi…pistola? ¿La oxidada?

—Si ésa.

—Pero no le va a "jalar", esta tan oxidada que se atasca.

—Pos' por eso se la vendí… ese chavo se ve que no sabe nada de armas, está muy pendejo, pero…—de pronto el cantinero cambia su semblante moviendo la cabeza brevemente de arriba abajo, al mismo tiempo que cambia el tono de su voz a mas inquisitivo—. Algo se traen esos.

—¿Se traen algo?

—Sí, así como lo oyes "Renco", porque me acaba de llamar Paco de la clínica, y me dijo que al gringo que anda con ellos, lo escuchó hablar por teléfono diciendo algo "dizque" de un tesoro.

—¿Un tesoro? ¡Ha cabrón! Eso ta' "güeno" ¿Y qué quiere que haga?

El cantinero mirándolo fijamente a los ojos con un firme tono de voz le dice:

—Quiero que los sigas, los espíes y averigües todo lo que puedas, pero ten mucho cuidado de que no te descubran.

—Ta' "güeno". Oiga patrón pero… ¿hasta "onde" voy a seguirlos? ¿Pa' onde van?

—Hummm según supe, esos andan en la zona maldita.

—En la zo… ¿queeeee? ¡Oiga patrón! pa' allá esta "requete re" peligroso, ya ve lo que dicen, que "naiden" regresa vivo de allá.

—No seas supersticioso Renco, eso decían desde que a unos pendejos los mató un jaguar hace ya más de 20 años, y desde ahí la gente le agarró pánico ir pa' allá.

—Pero… ¿Y si es cierto eso del "jaguar fantasma asesino"?

—No seas pendejo, en ese tiempo ese animal ya era adulto y un animal de esos no dura tanto, segurito que ya no existen ni sus huesos.

—No pos' si tiene razón patrón, esos no duran tanto.

—Además, ya bastante tiempo que no se sabe de ningún jaguar por estos rumbos, a lo mejor ya se han de haber extinguido por aquí ¡ándale! ¡Apúrate cabrón!

—Ta' "güeno" patrón, deje nomás le digo al "Paco" pa' que me acompañe y vamos pa' allá.

—Muy bien, y en cuanto confirmen eso del tesoro se vienen en chinga a decirme.

Y el cantinero se da la vuelta y regresa al interior de la cantina, mientras que el "Renco" rápidamente se va en dirección contraria.

Capítulo 11: REGRESO A LA CUEVA

Los jóvenes exploradores después de una hora de cabalgata, llegan a la zona maldita, ya es de tarde y cansados desmotan, pero notan algo muy extraño, y es que no ven a sus compañeros por ningún lado, eso los desconcierta, a lo que John mirando para todos lados pregunta:

—¿Dónde estar Javier y Manuel?

Y todos comienzan a llamarlos:

—¡MANUEEEEEEELLLLL! ¡JAVIEEEEEEEERRRRRR!

Después de varios gritos se escucha una voz:

—¡Estamos acá arribaaaaaa!

Y miran hacia un árbol enorme, y asombrados descubren a sus compañeros arriba de una de las ramas, a unos siete metros de altura, con linternas y machetes en las manos, Citlali desconcertada les pregunta:

—¡¿Qué hacen allaaaaaa?!

—¡Primero ayúdenos a bajar y les contaremos!

Minutos más tarde, al tocar tierra, Manuel explica:

—En la noche desde que se fueron, no nos dejaban de molestar.

—Pero… ¿De qué hablan? ¿A que se refieren?

Les pregunta Germán.

—¡TOOOOODO! —responde Manuel visiblemente afectado—. Los animales, el viento, ¡Todo nos atacaba!

—Escuchábamos jaguares rugir por doquier —exclama Javier interrumpiendo—. Y algo o alguien nos lanzaban pequeñas piedras de todos lados, luego el jaguar apareció nuevamente ¡no se murió! y trató de atacarnos, y nosotros para ponernos a salvo nos tuvimos que subir a este árbol, pero después un par de aves nos agredían, toda la noche nos tuvieron así, no pudimos descansar ni dormir un solo minuto, ¡Ah! y otra cosa, solo vayan a ver dentro a la cueva.

Mientras que ellos hablan, desde la espesura de la vegetación, unos extraños ojos detrás de un par de binoculares los observan en silencio, es el "Renco" que siguiendo las órdenes de su patrón, junto con el afanador del hospital han llegado a espiar y a vigilar a los jóvenes.

—¿Que es lo que miras Renco?

Pregunta su compañero lleno de curiosidad, a lo que el de los binoculares sin dejar de observar dice:

—¡Shhhhhhhh! Baja la voz buey, no deben ni "tan siquiera" sospechar que estamos aquí, pero… pos' nomas están platicando —y bajando los prismáticos se dirige a su compañero—: "amos" a acercarnos más pa' alcanza a escuchar lo que están diciendo.

—Ahorita no cabrón —exclama Paco—, que nos pueden ver, pero en un poco más de un par de horas ya se mete el sol, mejor esperemos a que obscurezca y ya así nos arrimamos sin que nos puedan descubrir.

—"Ta' güeno" —y volviendo a ver a través de los binoculares dice—: por mientras los veo haber que hacen, ¡hay mamacita!

—¿Qué viste? ¿Qué pasó?

—"Toy" viendo a la güerita de ojos verdes, mmmmmm está bien buena la méndiga, mira nomás que chula cara tiene, que cuerpo, y… que culote tan redondito y sabroso, mmmmm.

Al decir eso se muerde los labios con lujuria, a lo que su compañero se impacienta y dice:

—¡Haber! ¡Haber! ¡Presta pa' verla!

Y desesperado le arrebata los binoculares y al observar a través de ellos exclama:

—¡Hay buey! Si es un monumento, ¡ésa si es vieja! no como la que tengo en casa.

Mientras que los ingenuos exploradores sin imaginar que están siendo vigilados, Germán expresa:

—Ya pronto será de noche, y antes de entrar a la cueva, debemos de encender una nueva fogata.

Y entonces el grupo comienza a recolectar leña.

Horas después cae la noche y una nueva fogata arde en el centro del lugar. Pero dentro de la espesa y ahora obscura jungla, los espías se han mantenido en su lugar, y uno dice:

—¿Ahora si es buena hora pa' acercarnos?

—Ahora si Renco, vamos con mucho cuidado lo más cerca, hasta donde los escuchemos más o menos bien.

Y quitándose su sombrero comienza a avanzar sigilosamente y

detrás de él su compañero. Mientras que en el pequeño campamento:

—Bien, preparen sus linternas y antorchas para ver lo que pasó dentro esa cueva.

Expresa Germán mientras enciende una tea, a lo que Manuel dice:

—¡Esperad un minuto! Tengo que ir a orinar, ¡vamos John acompañadme!

—Pero yo no tener ganas.

Le responde el anglosajón mientras también enciende una antorcha, a lo que Manuel haciéndole una señal con los ojos le repite:

—Vamos tío, solo para que vigiléis que no aparezca un animal mientras orino.

—¡Oh! Okay, esperar aquí Stephanie, ir a acompañar al miedoso de Manuel.

Una vez que se alejan del resto del grupo, se internan entre la vegetación y detrás de un árbol. En eso el Renco y Paco se aproximan muy cerca de ellos, se colocan detrás de un tronco caído de donde los logran escuchar claramente, mientras que Manuel le pregunta a John:

—¡Oye tío! ¿Trajiste los costales y las cosas que te dije?

—Sí, ya traer bastantes costales para sacar todo el oro posible si es que haber alguno.

—¡Claro que habedlo macho! Y la muestra inequívoca es que encontramos la placa de bronce y la cueva tal y como lo menciona mi antepasado.

El Renco al escuchar eso abre más los ojos de la sorpresa, su compañero también impresionado solo le hace la señal de que se mantenga callado e inmóvil mientras siguen escuchando, en eso Manuel y John se alejan y regresan con el grupo.

—¿Escuchaste eso?

Pregunta el Renco profundamente sorprendido, a lo que Paco le responde:

—Sí, sí, los escuche bien, entonces sí están buscando un tesoro, pero todavía no lo han encontrado, pero el gringo dijo que no estaban seguros si lo había.

—Pero el otro dijo que estaba seguro que sí.

—Necesitamos más pruebas, debemos quedarnos más tiempo pa' asegurarnos que realmente encuentren un tesoro.

—"Ta güeno" Paco, pero "amonos" de regreso a nuestro escondite.

Mientras que en otro lado, los exploradores con linternas y antorchas se dirigen a la cueva, de repente escuchan unos extraños chillidos que no alcanzan a identificar, pero en cuanto ingresan al interior, se sorprenden al descubrir el origen de esos ruidos:

—¡Murciélagos!

—¡Vampiros!

—Pero… ¿Cómo es posible?

Pregunta Citlali, a lo que Xóchitl les responde:

—Creo que estos murciélagos al descubrir la cueva, es lógico que la encontraran como un refugio perfecto para ellos, y Manuel dice:

—¿Ya vieron como la cueva estad infestada con todos estos animales?

Mientras dice eso, los roedores alados por la presencia de las antorchas y las luces de las linternas se agitan y comienzan a volar alrededor pasando muy cerca de sus cabezas, los cuales alertas se agachan. Germán agita su antorcha para alejarlos, y accidentalmente logra golpear a uno de esos murciélagos y cae al suelo aturdido y con algunas quemaduras, y se retuerce de dolor unos segundos antes de morir. Xóchitl llena de curiosidad se aproxima al cadáver del murciélago para observarlo, pero Citlali dice:

—¡Espera! ¡No te le acerques!

—No te preocupes —le responde la joven de anteojos—. Ya está muerto.

Y con un pañuelo lo toma para observarlo a la luz de su linterna y exclama:

—Hummm… Vampyrum Spectrum.

—¿Que tú decir?

Le pregunta Stephanie, a lo que Xóchitl repite:

—Vampyrum Spectrum, es el nombre científico de ésta especie, el llamado vampiro de vampiros.

—¿Por qué?

—Porque éste murciélago-vampiro, aparte de cazar otros animales, también caza otras especies de vampiros. Pero esto es muy extraño, porque está casi extinto en esta región, me sorprende que en esta cueva se hayan reunido tantos.

Pero la joven universitaria de repente cierra los ojos, se lleva una mano a la frente y se tambalea un poco, a lo que Germán que está más cerca de ella rápidamente la sostiene de un brazo y preocupado le pregunta:

—¿Estás bien Xóchitl?

—C… creo que me dio un mareo.

Responde la tapatía a lo que Citlali expresa:

—¿Ves? si todavía estas débil por la donación de sangre, mejor vamos afuera, tienes que descansar y comer algo.

Y los gemelos sosteniéndola de ambos brazos la ayudan a salir mientras Manuel en voz baja dice para sí mismo:

—¡Mierda! A buena hora se le ocurre a esta cegatona ponerse mal.

Y no le queda otra alternativa que seguirlos hacia la salida. Afuera Javier al ver a los gemelos que llevan del brazo a Xóchitl desconcertado pregunta:

—¿A ella qué le pasó?

—Le pegó un mareo, todavía está muy débil por la transfusión.

Minutos después, Xóchitl yace recostada sobre una bolsa de dormir, mientras que los gemelos y Stephanie la atienden y le dan alimento a unos metros de la fogata; mientras que Manuel y John un poco más alejados hablan:

—Mira John, creo que tu esposa ni a ti te atiende con tanto cuidado.

—¡Ja! eso no importarme, pero esperar que esa mexicana mejorarse para que siga descifrando los jeroglíficos, sino fuera porque la necesitamos para eso…

—Si… desgraciadamente la necesitamos, pero no desesperaos tío, pronto vamos a prescindir de sus servicios jejejejeje.

—Yes jejejeje.

Mientras que con los demás, Xóchitl les dice a sus amigos:

—Ya no me den tantas atenciones, ni que estuviera tan grave, si ya me siento bien, solo fue un ligero mareo, no se molesten tanto en atenderme.

—Sí pero no te hagas la fuerte — le responde la ojiverde—: Es mejor que descanses y comas bien, para que te repongas por completo.

—Si amiga —expresa Stephanie—: tú cuidarme en el hospital, ahora yo cuidarte aquí.

—No te preocupes Xóchitl —expresa Germán—: Y si necesitas

descansar, pues descansa, al cabo no hay prisa.

—Pero necesitamos que ella descifre los jeroglíficos.

Lo dice Manuel al momento que llega con ellos.

—¡Pero una vez que descanse y se sienta bien! ¡¿De acuerdo?!

Le responde Germán con energía, a lo que Manuel desconcertado responde:

—¡Está bien! ¡Está bien! No hay razón para que os molestéis, solo os quería recordaros.

Y diciendo eso se vuelve a alejar.

—Por lo pronto es mejor que nos preparemos para dormir y mañana continuamos.

Dice Germán, a lo que John y Manuel a regañadientes aceptan, y enseguida se ponen de acuerdo en quien hará guardia y hasta que hora. Germán decide vigilar primero junto con Manuel, y después los relevarán John y Javier, son aproximadamente las once de la noche y todos todavía se mantienen despiertos alrededor de la fogata, a lo que Citlali le dice a Germán:

—Oye hermanito, ¿Porque no cantas una canción? Mira… —y de una de las bolsas que trajeron con los víveres saca una guitarra—… la traje de la tienda de abarrotes.

—Jajajajaja ¿enserio? hay hermanita, Hummm estoy fuera de "condición" pero… bueno, lo intentaré.

—¿No que solo cantar en la ducha?

Expresa Stephanie desconcertada, a lo que Citlali le responde:

—Eso dijo porque es algo tímido al cantar frente gente desconocida, pero esperen a que lo escuchen.

Responde la gemela, a lo que Xóchitl llena de curiosidad también le pregunta:

—¿P…pero enserio Germán sabe cantar?

—Nomas espera a que lo escuches.

Y en ese momento Germán toma la guitarra.

—Nomas eso faltad, que ese capullo saliese cantante.

Dice Manuel entre dientes y en voz muy baja, casi inaudible. Y momentos después, el joven ojiverde comienza a cantar "Serenata sin luna" una canción de mariachi muy romántica, perfecta para esa noche estrellada. Mientras que desde la obscuridad de la jungla el Renco le dice a Paco:

—¿Escuchas a mi "cuñado"? canta bien el cabrón.

—¿Cuñado? Jajajaaaaa ¡ya quisieras! Pero… hay que reconocer

que si canta bien el buey ese.

Mientras el tapatío canta Xóchitl lo mira de forma especial, con esa voz melodiosa y varonil, siente transportarse a las nubes.

Y después del breve concierto, el grupo se retira a dormir mientras que Germán y Manuel toman sus puestos para vigilar. Minutos después todo parece tranquilo y callado, pero Stephanie sueña algo inquietante: de repente se encuentra en el mismo momento cuando se les apareció el jaguar, ella está paralizada del miedo, mientras que el felino ya cerca de ella la huele de abajo a arriba, pero de repente le clava en sus ojos su fiera y penetrante mirada, y sorprendentemente con una siniestra y fiera voz de varón le habla y le dice amenazante:

—Veeeeeteeeeeeee, ooooooo moooooooriiiiiiiiiraaaaaas.

Y abruptamente la rubia despierta sobresaltada.

—¡Oh!

Y se sienta abruptamente de su bolsa de dormir, desconcertada se da cuenta que estaba soñando, y mira a los demás profundamente dormidos, solo ve a varios metros de ella a Germán y Manuel des espaldas, despiertos y sentados cerca de la fogata. Ella se vuelve a recostar, y pensado en esa extraña pesadilla, mira a su lado a John que sin inmutarse duerme profundamente, ella cierra los ojos tratando de volver a conciliar el sueño, y cuando menos lo espera vuelve a quedar dormida.

Cerca de ella, se encuentra Citlali que profundamente pergnota como los demás, pero parece que no tiene un sueño placentero, pues se mira inquieta, respira un poco agitada y su rostro en momentos se pone tenso, frunce el seño y su cabeza la mueve hacia los lados, con una respiración cada vez más agitada. Dentro de su sueño se ve al igual que Stephanie en la situación con el jaguar, y paralizada de miedo ve como el felino se acerca a ella para olerla, luego le clava su feroz y penetrante mirada y de sus fauces sale una intimidante, salvaje y masculina voz que le dice:

—Túuuuu Naguaaaaaaallllllll, túuuu Naguaaaaalllll.

Abruptamente despierta y se levanta sobresaltada, quedando sentada y con sus ojos verdes bien abiertos, su respiración es agitada, y suda de su cara y pecho. Germán la escucha, voltea y la ve despierta, y preocupado se aproxima a ella:

—¿Estás bien? ¿Qué te pasó?

—¡Germán! —ella voltea a ver a su hermano y se comienza a

tranquilizar—. S…si, si estoy bien, solo tuve una pesadilla, pero soñé a ese maldito jaguar.

—Hummm, no lo dudo, tener un animal de esos así de cerca, traumaría a cualquiera.

—Sí, pero soñé que… ¡hablaba!

—Jajaja, en los sueños hasta las piedras hablan.

—Sí pero me decía: "Tú Nagual, tú Nagual".

—Tranquila hermanita, sí que te traumó, pero ya no te preocupes… solo fue un sueño, ¡ándale! vuélvete a dormir, yo me quedaré aquí a tu lado.

—Hay hermanito, gracias.

Ya más tranquila por el apoyo protector de su hermano, la ojiverde se recuesta mirando hacia el cielo unos momentos, para luego decirle algo:

—Oye Germán.

—¿Qué pasa?

—¿Recuerdas cuando éramos niños y que por andar de traviesos un perro estuvo a punto de morderme y tú le lanzaste piedras hasta que lo hiciste correr? ¿Y cuando me viste toda asustada para tranquilizarme me dijiste que siempre me protegerías?

—Jajaja si, ya recuerdo.

—Pero después, cuando ya éramos adolescentes, tú renegabas de estarme cuidando, ¿recuerdas cuando dijiste que tú no eras mi nana?

—Hummm Jajaja —el gemelo hace una pausa, mira hacia el cielo como recordando y antes de contestar lanza un suspiro—, Aaaaaaahhh…Siiii, eran cosas de la edad, ya sabes; yo quería andar con mis amigos, y tenía muy poco tiempo libre por la escuela y el entrenamiento, pero… ¿sabes qué?

—¿Qué?

—Pues… aquí me tienes de nuevo para seguirte protegiendo, eres mi única hermana y como eres mi gemela, eres como… la parte femenina mía.

—Gracias hermanito y tú la parte masculina mía ¿verdad?

—Jajajaja claro que si, anda descansa, que mañana presiento que será un día muy pesado.

La ojiverde sintiéndose reconfortada tranquilamente se vuelve a recostar y se duerme, mientras a unos cuantos metros de ellos, se encuentra Xóchitl recostada pero que también ha despertado y silenciosamente ha escuchado la conversación de los gemelos, y se le escapa una lágrima que se desliza por su majilla que discretamente limpia con su mano. Mientras Germán se retira de Citlali para dirigirse nuevamente a su asiento, inesperadamente escucha un ligero ¡Sniff! Voltea y ve a Xóchitl recostada de lado pero despierta, se acerca a ella y le pregunta:

—¿Estás bien Xóchitl?

Ella al escucharlo, rápidamente se limpia las lágrimas, se levanta sentándose en su bolsa de dormir y responde:

—¿Eh? S…sí, sí, estoy bien, si.

—Me pareció escucharte emitir un sollozo.

—¡Oh! N… no, no ¡cómo crees! Sniff, Jejeje… lo que pasa es que… la noche… está un poco fresca, si, si fresca y eso… me resfrió un poco… si eso es.

—Hummm bueno, oye ¿te puedo preguntar algo?

—Este… sí, claro.

—Yo no sabía la verdadera historia de tus padres, hasta hace poco que Citlali me la contó, y pues… yo creía que siempre andaban de viaje, hasta que supe que murieron en un accidente… ¡Oh no! Perdona por mencionarlo ¡que torpeza la mía!

—Errrmmmm este… no te preocupes —agacha la cabeza unos instantes antes de responder—, eso ya paso hace mucho tiempo, desde que yo tenía 9 años, y… bueno, ya lo superé desde hace muuuuuucho tiempo jejejeje, aparte mi tía se hizo cargo de mí a partir de ese momento y a pesar de todo, creo que ella me termino de criar bien.

—Que… que bueno, si ya recuerdo a tu tía, aunque la vi solo una vez, disculpa lo que te voy a decir pero…. La vez que la conocí fue aquella ocasión cuando te acompañó a la casa para ver el cuarto que ibas a rentar con nosotros, y yo estaba a punto de irme a estudiar a monterrey. Te confieso que no me cayó nada bien, ella me dio la impresión de que era una vieja enojona, controladora y muy amargada. Disculpa pero te estoy siendo sincero.

—Este… no hay cuidado, la verdad… aunque le agradezco que se haya ocupado de mi después de la muerte de mis padres, he pensado que… es una vieja amargada jajajajajaja.

—Jajajajajaja.

Germán ríe junto con Xóchitl a lo que ella continúa:

—Este… pero yo quiero comprender que ella es así porque nunca se casó ni tuvo hijos, y por eso creo que se amargó, no sé.

El gemelo la escucha sin dejar de vigilar a su alrededor, y en un momento voltea para decirle algo pero, de repente su mirada se encuentra con la de ella, quedan inmóviles mirándose a los ojos y Germán descubre en ella una mirada muy tierna, se quedan así unos instantes pero ella reacciona primero y tímidamente agacha su vista y apenada expresa:

—Bu… bueno creo que ya puedo volver a dormir.

—Ermmm ti… tienes razón —Germán reacciona—. Y… yo tengo que seguir vigilando, pero te quería decir que…

Germán está a punto de expresarle algo, cuando:

—¡GRRRRUUUUUUAAAAAAAARRRRRRR!

Un fuerte rugido lo interrumpe, y desconcertados voltean hacia todos lados, y el tapatío molesto exclama:

—¡Ese maldito animal!

En seguida una serie de rugidos se escuchan por todos lados, todos los demás despiertan y alarmados se levantan tomando lo que pueden como armas, a lo que Xóchitl desconcertada dice:

—Los rugidos provienen de todos lados.

John sacando su pistola apunta hacia todas las partes que escucha los rugidos.

—¡Maldito jaguar de mierda! ¡Mira que te pille y te vas a enterar!

Expresa Manuel, pero ninguno de ellos logra ver al felino por ningún lado. Por otra parte, a más de doscientos metros de ellos, el Renco y Paco que yacían dormidos en medio de la obscura vegetación, también despiertan sobresaltados, sacan sus pistolas pero tampoco ven nada. Los rugidos duran varias horas, en momentos se escuchan, y en momentos silencio, hasta que poco antes del amanecer dejan de escucharse los rugidos.

Capítulo 12: VISITA INESPERADA

El amanecer sorprende despiertos los jóvenes exploradores, pues ninguno de ellos pudo dormir por mantenerse alertas a los constantes y numerosos rugidos del jaguar, pero después de dos horas que ya no lo escuchan se tranquilizan, y resintiendo la desvelada, acuerdan preparar algo de comer, se dividen en pequeños grupos para ir a recolectar más ramas secas para la fogata que ya casi se extingue. Xóchitl y Citlali juntas se dirigen a una parte de la espesa vegetación, ya dentro de esta, y la gemela le dice a la joven de anteojos:

—Espérame aquí, voy por unas ramas que acabo de ver de aquel lado, están cerca.

—Muy bien, mientras yo recogeré algunas que he visto por aquí —responde mientras mira a su alrededor.

La ojiverde se aleja dejando a Xóchitl sola, la cual al dar un par de pasos encuentra algunas ramas secas en el suelo, y despreocupada se agacha para recogerlas con una ligera sonrisa en el rostro y pensando para sí misma: "Que suerte, aquí hay bastantes ramas". Y comienza a recogerlas con relativo entusiasmo, pero mientras se concentra en su tarea, inesperadamente una voz femenina dice:

—Vete de aquí Xóchitl.

Al escucharla pronunciar su nombre, con ramas en brazos sorprendida se levanta súbitamente, y grande es su sorpresa al descubrir a unos siete metros frente a ella a una extraña pareja de aproximadamente unos 30 años de edad, un varón de tez morena, de complexión delgada, cabello negro con un corte antiguo, de ceja poblada y bigote. Y a su lado una mujer de tez morena clara, delgada, pelo muy negro, largo y suelto. Ambos están vestidos con ropas formales y elegantes pero antiguas, inadecuadas para la selva y la época, no se les nota sudor ni suciedad. Y el varón repite:

—No entres a esa cueva, vete de aquí.

—Corres gran peligro allí dentro hija.

Expresa la mujer mientras ambos la miran con enorme preocupación. A lo que Xóchitl al escuchar la palabra "hija" siente como si le cayera un gran balde de agua fría, retrocede unos paso de la impresión y suelta las ramas que había recolectado que le rompen un poco su blusa, paralizada trata de decir algo pero solo balbucea, enseguida reacciona y rápidamente se quita sus anteojos, se talla sus ojos y se los vuelve a colocar, pero cuando vuelve a mirar a la extraña pareja, estos ya no están, han desaparecido, parece que se han esfumado en el aire, ella desconcertada voltea hacia todos lados buscándolos sin éxito, ya no hay nadie, como si nunca lo hubo. De repente le llegan a su mente unos fugaces recuerdos de su infancia, memorias olvidadas desde hace ya mucho tiempo, en su mente se ve a sí misma cuando era niña jugando con sus padres en medio de risas y alegría. Entonces se da cuenta de que los que aparecieron eran idénticos a ellos, y atónita expresa:

—¿... Mi... mis padres? Mis padres... ¡Eran mis padres!

Y con sus manos temblorosas cubre su cara y sus ojos se humedecen.

—Sniff, Eran mis padres sniff.

Mientras que Citlali en esos momentos regresa a encontrarse con ella cargando un buen montón de ramas secas, al ver a Xóchitl en esa situación, alarmada suelta lo que lleva y corre hacia ella, y la encuentra con la mirada clavada hacia el frente de ella sin decir nada, a lo que la ojiverde angustiada le pregunta:

—¡Xóchitl! ¡¿Qué te pasa?!

La joven de anteojos al escucharla voltea dejando ver sus ojos bañados en lagrimas y un rostro conmocionado, a lo que Citlali llena de preocupación le insiste:

—¿Qué te paso? Parece que viste a un muerto.

—N... ¡No vi uno sino dos! ¡A mis padres! ¡buaaaaaaaa!

—E... tranquila amiga estás muy nerviosa.

Y la abraza.

—¡Los vi! ¡Te juro que los vi! Y me dijeron que me fuera de aquí, y que no entrara más a la cueva.

Pero antes que su amiga le respondiese algo...

—¡CITLALIIIIIIIII! ¡XOCHIIIIIIIITL!

—¡Es Germán¡ ¡Vamos!

La ojiverde agarra a su compañera del brazo y se apresuran para reunirse con su gemelo, el cual al verlas llegar mira la expresión de su amiga y le pregunta:

—Pero Xóchitl ¿qué te ha pasado? ¿Te encuentras bien?

—No te preocupes no es nada —le responde su hermana—. Luego te platicamos.

Y media hora más tarde, Xóchitl les termina de contar a Javier y al gemelo, a lo que éste ultimo expresa:

—No sé qué decir, pero creo que ésta expedición nos está afectando a todos, la jungla, los animales, el no dormir bien, etc. pero tú Xóchitl tienes que tranquilizarte…

—¡Buenos días muchachitos!

Y repentinamente una voz masculina los interrumpe, el grupo entero desconcertado voltea a ver de quien proviene, y se sorprenden al descubrir frente a ellos a un anciano de aproximadamente unos 70 años de edad, acompañado de un joven varón de un poco más de 20 años. Manuel desconcertado los mira sin comprender como llegaron sin que se dieran cuenta, se levanta de su lugar junto con John y les pregunta:

—¿Pero quién coño sois? ¿Y Cómo habéis aparecido aquí?

—A lo mejor le dijeron en el pueblo —dice Javier.

El anciano solo responde:

—La verdad, al saber que han venido a la zona maldita, pos' fue fácil dar con ustedes.

Entonces Manuel pregunta:

—¿Y porque venid aquí? Si es por trabajo perdéis vuestro tiempo, no estamos empleando a nadie.

A lo que el anciano expresa:

—Nosotros no venimos a buscar trabajo muchachitos, yo soy el guardián de esta zona, y por eso les digo que no pueden quedarse ni seguir excavando aquí.

—Pero nosotros tenemos el permiso del gobierno Mexicano para hacer nuestro trabajo aquí.

Responde el madrileño, a lo que el anciano expresa:

—Pos' seguro que ese permiso es falso, porque como les digo, yo soy el guardián y no doy permisos para éste lugar, está muy, pero muy prohibido, es… es zona ecológica protegida, así que es mejor que se vayan inmediatamente, no tienen idea del enorme peligro al que se están exponiendo, y al que están arriesgando a todo el mundo.

—¿Queeeeee? —expresa Manuel—: ¿Exponiendo? ¿Peligro? ¿A

todo el mundo? ¿Pero qué gilipollez es esta? ¿Acaso queréis tomarnos el pelo tío?

John toma del brazo al español y en voz muy baja le susurra al oído:

—Yo creer que estos tipos tratar de convencernos de dejar este lugar para dejarles el camino libre para el tesoro.

—Sí, eso mismo pienso, no os preocupéis que no lograrán nada.

En eso Manuel se dirige al anciano:

—Mire señor…

—José… soy don José.

—Está bien "don" José, nosotros somos arqueólogos y simplemente venimos a descubrir unas ruinas mayas muy valiosas... en términos arqueológicos claro. Donde sólo podemos encontrar un par de ídolos de piedra y es todo. Pero una vez logrado nuestra búsqueda, nos iremos, pues tampoco a nosotros nos gusta estar aquí con tantos peligros de la selva.

En eso don José les responde:

—Miren muchachitos, tienen que saber que pos' aquí se encuentra enterrado un peligro muy, muy grande, y si lo desentierran… corren el riesgo de morir o algo peor aún; y no solo ustedes, sino toda la humanidad.

—¿Qué?¿queeeeee? Jajajajaja vaya gilipollez —expresa Manuel con escepticismo—. No entiendo lo que queréis decir pero, si pretendéis con esa estúpida idea asustarnos y haced que nos larguemos de aquí, pues estáis completamente loco, nosotros sabemos lo que hacemos y aparte tenemos la autorización del gobierno para hacer nuestro trabajo aquí aunque usted lo niegue.

—Señores esto es muy serio —don José insiste—. Allí dentro se encuentra algo muy, muy malo, y tan peligroso que ni se imaginan.

—Y… ¿En que se basa para decir eso?

—Pos' en que nosotros somos Naguales.

—El español sin saber qué significa eso, desconcertado pregunta:

—¿Naguales? ¿Y qué gilipollas ser esa guarrada?

En eso el gemelo le responde:

—Según nuestras leyendas, los Naguales son una especie de brujos que se transforman en animales, pero eso es solo un mito.

A lo que don José les responde:

—Eso es lo que creen, pero yo solo les vengo a advertir que ya no sigan, y que por su propio bien y el de toda la humanidad se vayan de aquí inmediatamente.

—¿Saber qué? —responde John molesto—. Ya hartarme con sus cuentos, ser mejor que ustedes irse ¿y si ustedes ser eso que decir? ¿Porque no mejor transformarse en algún animal? digamos ¿En perro e irse corriendo de aquí?

—Créanos muchachitos —responde el anciano tratando de hacerlos entrar en razón—. No estoy bromeando, es algo muy serio, deben de largarse antes de que sea demasiado tarde.

—Mejor ustedes largarse ¡vamos!

Y John de repente saca su pistola y les apunta. Al mismo tiempo que Manuel toma un machete y se pone al lado del estadounidense diciendo:

—Sí, será mejor que vosotros os larguéis de aquí lo más pronto posible, sino aunque no os transforméis en animales los mataremos como a unos perros ¡Largaos de aquí!

Al ver la pistola, el más joven se enfurece y trata de avanzar hacia ellos para confrontarlos pero de repente el anciano rápidamente le coloca su brazo frente al pecho deteniéndolo en el acto, pero este solo les advierte:

—¡No sean tercos! deben de abandonar este lugar por su propio bien.

—¡Largarse de aquí!

Grita molesto John mientras les apunta a la cabeza. Don José jala de la camisa a su joven compañero para alejarse, el caucásico sin dejar de apuntarles los ve hasta que se pierden en la vegetación, pero luego se da cuenta de algo y exclama:

—Wait a moment! (¡espera un momento!) Si los dejamos ir, poder regresar con refuerzos.

—¡Mierda! ¡Tenéis razón! ¡Atrapadlos! ¡Alto! ¡Deteneros!

John y el español corren a alcanzarlos y llegan hasta la vegetación donde los vieron entrar, pero ya no encuentran a nadie, miran hacia todos lados buscándolos pero nada, a lo que Manuel desconcertado expresa:

—¿A dónde se fueron estos hijos de puta?

—Parecer que esfumarse en el aire.

Responde el caucásico y llenos de confusión se retiran.

Mientras que un poco lejos de ahí, Paco se mantiene observando a los exploradores, el Renco regresa de defecar y mientras se termina de abrochar su pantalón le pregunta:

—¿Que ves?

A lo que su compañero sin dejar de mirar por los prismáticos, con una ligera sonrisa le responde:

—No me vas a creer pero llegaron con ellos el viejillo de don José y su nieto, pero ahora parece que ya los corrieron.

—¡A cabrón! —responde el Renco sorprendido—. ¿El viejo loco que dice que es Nagual?

—Sí, ese mero, pero no vi como es que llegaron, y así como aparecieron, se esfumaron.

Mientras que con los jóvenes exploradores, Xóchitl preocupada expresa:

—Ese señor se veía muy convencido de lo que estaban diciendo.

Y su ojiverde amiga sorprendida le responde:

—No se pero, sentí algo raro en ellos, no puedo decir que sea algo bueno o malo, simplemente algo muy extraño, aparte el viejito tenía una mirada muy fuerte y penetrante, que sentía que te atraviesan hasta los huesos.

—Siiiiii, a mi me dio algo de miedo.

Expresa Stephanie a lo que Citlali dice:

—Sentí como que al viejito, ya lo había visto en otra parte hummm —guarda silencio unos instantes tratando de recordar cuándo—: ¡Siiiiii! lo vi en el pueblo cuando fuimos por las provisiones.

A lo que Stephanie responde:

—Lo extraño es que yo también tener la sensación de que ya haber visto a ese hombre, pero no recordar dónde, ni cuándo.

En eso Manuel las interrumpe diciendo:

—Pero lo bueno que ya se fueron, olvidemos eso, y pronto preparadnos para regresar a la cueva, quiero volver a ver ese "templo".

—¡Pero no hemos dormido nada! —responde Citlali—. Ya vieron que los rugidos del jaguar o jaguares no nos dejaron dormir.

—Es verdad —expresa Germán—, necesitamos dormir aunque sea unas cuantas horas, y más Xóchitl que no creo que se haya repuesto del todo.

Manuel contrariado medita unos momentos y dice:

—¡Oh mierda! Está bien, está bien ¡coño! dormirán unas cuantas horas y después entraremos ¡¿vale?!

—¡Trato hecho! —responde Javier a nombre de los mexicanos.

Minutos después, mientras los demás duermen, Manuel se cerciora de que lo estén todos realmente, y tratando de no hacer ruido sigilosamente se dirige a sus cosas y de una de sus mochilas saca un radio de onda corta y enseguida se esconde detrás de un árbol enorme.

Capítulo 13: REANUDACIÓN

Varias horas después:

—¡Vamos! ¡Despertad! ¡Despertad todos! que ya habéis dormido bastante.

Manuel habla a sus compañeros haciéndolos salir de su sueño, los cuales despiertan de mala gana.

—¿Cuánto tiempo dormimos?

Pregunta Germán tallándose los ojos mientras se incorpora.

—¡Fueron las horas suficientes! —responde el español—. ¡Mirad! Que la tarde está cayendo, hemos desperdiciado mucho tiempo, preparaos para entrar en la cueva.

Y después de dejar encendida una buena fogata, el grupo preparado con sus linternas y antorchas se dirige a la gruta. Mientras que desde la lejanía, ocultos entre la vegetación, el Renco pernocta plácidamente emitiendo sonoros ronquidos, cuando de repente:

—¡Ándale! ¡Despiértate ya cabrón!

Expresa Paco que lo sacude de un hombro, a lo que el Renco despierta y aún somnoliento responde:

—¡A como chingas! ¡Deja dormir!

—Si ya dormiste todo el pinche día, mientras yo me arrimé con aquellos aprovechando que también se durmieron, pero ¿qué crees de lo que me enteré?

—Pos'… ¿De qué?

—Cuando me arrimaba, el gachupín se alejó de ellos para hablar con un radio que traía y lo escuché que le decía a alguien que estuvieran listos a su señal cuando sacaran el oro, eso quiere decir que si es real eso del tesoro.

—¡Ah cabrón! ¿Tas' seguro?

—¡Segurísimo! ahora si le podemos decir al patrón que sí hay un tesoro de oro, y estos cabrones lo van a sacar, ¡Ah! Y otra cosa, les van a llegar refuerzos para llevárselo, tenemos que decirle al pa-

122

trón de una vez.

—Oye… ¿Y ellos "orita" que están haciendo?

—Deja veo —vuelve a observar con los binoculares—. Hummm ahorita se acaban de meter todos a la cueva ¡Es nuestra oportunidad de ir a decirle al patrón!

—¡Espérate! antes quiero hacer algo jejejeje.

El Renco sonríe con picardía.

Mientras que los exploradores, una vez dentro de la cueva, escuchan una revuelta en el techo, rápidamente señalan con las linternas y descubren que los animales pelean entre ellos, Xóchitl sorprendida exclama:

—¡No puede ser! por lo menos distingo como cinco especies diferentes de murciélagos, esto no lo había visto nunca.

—¡Vamos al templo! seguro también estad infestado de estos bichos en todo su alrededor.

Dice Manuel, y cruzan la parte donde se encontraba el muro de oro, que ya han removido todos los tabiques poniéndolos a un costado y avanzan hacia el mencionado recinto. Pero en esa área no escuchan ningún alboroto, llegan al camino de las estatuas de vampiros, apuntan sus linternas hacia el techo y descubren que no hay más murciélagos-vampiro como en la entrada, a lo que Citlali le pregunta a Xóchitl:

—¿No te parece misterioso que aquí no haya de esos animales?

—Sí, es muy extraño, muuuuy extraño.

—¡Olvidaros de los vampirillos de mierda! —expresa Manuel más ansioso que antes, mientras avanza por el camino de las estatuas—. Lo que importad es que logremos abrid la puerta del templo.

Los exploradores llegan a los escalones, los suben y nuevamente se encuentran frente a la enorme puerta. Mientras los demás miran la formidable construcción Manuel le dice a Xóchitl:

—Creo que hora si podéis traducir estos símbolos, espero que ahora no vuelva a haber ningún contratiempo.

Xóchitl se acerca más al portón, se reacomoda sus anteojos para mirar los símbolos mucho mejor y dice:

—Este… lo intentaré, voy a traducir los mayas, hummm … pues estos dicen: *"El gran Zotznajkú… el Templo sagrado del gran… Kama…zor, El temible amo y señor vampiro"*

Xóchitl impresionada voltea ver a sus amigos que están igual de sorprendidos, a lo que Manuel le dice:

—¿Ser todo? ¿No decir algo más? Vamos tía seguid leyendo.

—Este… —la joven titubea nerviosa antes de responder—: si, aquí hay mas jeroglíficos, y dicen:

"Los curiosos y los no elegidos… jamás atreverse a entrar, o pagarán muy caro violar este sagrado recinto…"

—¡Suficiente! Vamos a abrir esta puerta de una vez.

Expresa Manuel desesperado, a lo que Stephanie reacciona diciendo:

—¡Eso no! ¿No ver lo que decir? ¡Esto ser demasiado! ¡Ya darme mucho miedo! ¡Mejor irnos!

—No seáis supersticiosa Stephanie —responde el madrileño—. Ya dijimos que eso es solo para asustar a los ladrones y saqueadores, ¡John! Traed las herramientas, que vamos a abrir ésta enorme puerta de la mierda.

—Okay.

El ex marine responde y de entre las cosas que traen, saca una barreta de acero y un pico, entonces Manuel encaja la primera entre las dos hojas de la enorme puerta y comienza a jalar, y a jalar pero… no logra nada; lo intenta de todas las formas pero es inútil, a lo que agitado les dice a los demás:

—¿Qué haced ahí solo mirando? ¡Ayudadme con esta maldita puerta de la mierda!

El estadounidense se apresura a auxiliarlo y toma también la barreta, mientras que Germán y Javier tratan con el pico, que lo encajan también en la rendija, arriba de donde se encuentra la barreta. Los cuatro hombres hacen alarde de fuerza por varios minutos, pero la puerta no se mueve ni un solo milímetro, Germán y Javier en un esfuerzo extra le dan un jalón tan fuerte, que el mango de madera del pico se rompe, y el gemelo expresa:

—¡Puffff! ¡Esto es inútil! esta puerta no parece de piedra sino de acero.

—Puf, puf, no abrirse, no pasarle nada.

Dice John agotado, y expresa:

—Esta puerta ser mejor volarla con dinamita para así poder abrirla.

—¡No seáis gilipollas John! —responde Manuel colérico—. La dinamita derrumbaría toda la cueva y nos sepultaría aquí dentro.

124

—Tiene razón Manuel.

Contesta Germán, a lo que John pregunta:

—Pero... ¿Cómo poder abrir esta shit? (mierda)

A lo que Manuel se dirige a la joven de anteojos que se encuentra con Citlali en medio de los escalones al haberse alejado para dejar actuar a los varones.

—Hummm ¡Xóchitl! ¿Creéis que en esos "jeroglíficos" diga la forma de abrir esta maldita puerta? Y... ¿creéis poder descifrarlos?

—Este... pues... yo todavía no terminaba de traducir todos los jeroglíficos pero... puedo tratar de encontrarla haber si dice la manera.

Responde Xóchitl insegura y dudosa, pero incapaz de decir que no.

—¡Fabuloso! —expresa Manuel con alivio—. Entonces hacedlo de una vez y descubrid la forma de abridla ¡vamos tía! Que tú podéis hacerlo.

Xóchitl comienza a subir los escalones pero accidentalmente su pie resbala, y a punto de caer, por reflejo se agarra de una de las estatuas:

—¡Ay!

—¡Cuidado Xóchitl! —exclama Germán al momento que se abalanza sobre ella y la toma de un brazo para evitar su caída—. ¿Estás bien?

—S...si, si estoy bien gracias, pero... creo que me corté.

Dice eso al momento que mira su mano ve que se ha provocado una herida con el filo de la piedra de donde le escurre un hilillo de sangre.

—¡Estas sangrando!

Le dice Citlali preocupada, a lo que Xóchitl responde:

—N...no te preocupes, nnnnno es nada.

—¿Como que no? Se te puede infectar, deja te pongo algo de alcohol.

Y la ojiverde saca de una bolsa que llevan elementos de primeros auxilios y comienza a curar a su amiga. Después Xóchitl se enfoca en revisar los jeroglíficos mientras Germán permanece al lado de ellas. Después de vario minutos, Manuel se comienza a desesperar y le dice a la joven de anteojos:

—Espero que no tardéis demasiado en descifrarlos, y ya os imagino en los titulares de las noticias "Xóchitl la famosa arqueóloga que hizo un gran descubrimiento"

La joven universitaria solo baja la cabeza ligeramente y sin aparentarlo pero las palabras de Manuel la hacen ilusionarse y soñar despierta con esa idea, para luego seguir con más entusiasmo su análisis. Y después de casi un par de horas, ella jubilosa expresa:

—¡Lo logré! ¡Lo logré! ya los he descifrado.

Manuel entusiasmado le pregunta:

—Jajajaaaaa sabía que lo lograrías tía ¿Y qué es lo que esos garabatos decid?

—Emmmm esto... se traduce así:

"La sangre es vida; la sangre es muerte, la sangre es renacimiento."

Y luego esto más:

"La sangre virgen y pura es venerada, adorada y aceptada en lo sagrado... "

Y ya es todo lo que dice.

—¡¿Todo?! —expresa Manuel colérico—. ¿No deciros como se abre esta maldita cosa? ¿No decid algunas palabras mágicas como un "ábrete sésamo" o algo parecido?

—N...no, me temo que no, eso... es todo lo que dice.

Manuel presa de la frustración, la ambición y la desesperación, se aproxima amenazante a la joven universitaria y mirándola con enojo le exige:

—¡Fijaos bien! ¡Tiene que deciros algo!

Xóchitl se siente intimidada por la actitud agresiva del español y temerosa agachando su vista retrocede.

—¡Oye imbécil! ¿Qué te pasa? ¡No tienes que hablarle así a ella!

Exclama Citlali interviniendo rápidamente a defender a su amiga, Germán que se había alejado, también acude, va sobre Manuel y le da un empellón:

—¿Qué te pasa estúpido? ¿Por qué le hablas así a Xóchitl?

Y los gemelos comienzan a empujar y a jalonear a Manuel, luego rápidamente intervienen Stephanie y John y así todo se convierte en una trifulca, una mezcla de jalones, insultos y empujones. En ese momento Xóchitl trata de intervenir para tranquilizar las cosas.

—¡Esperen! ¡Cálmense!

Pero en medio de la riña, ella es empujada, proyectándose de espaldas hacia el portón, por reflejo pone las manos atrás de ella para amortiguar el golpe, pero cuando se apoya en la puerta, sorprendentemente ésta hace un ruido, como un extraño ¡Clic! Y enseguida un extraño crujir. Xóchitl sorprendida rápidamente se separa de ésta y se gira a verla, los demás también al escuchar ese sonido se olvidan de su algarabía, y con una mirada llena de asombro y desconcierto, observan como la puerta en medio de crujidos rocosos y extraños rechinidos, con pesada lentitud se comienza a abrir hacia dentro, hasta que queda franca completamente, ellos quedan boquiabiertos sin saber que decir ni hacer, pero de repente un fuerte olor fétido surge de esa entrada.

—¡Esa pestilencia otra vez! ¡Guácala!

Exclama Citlali tapándose boca y nariz con su ropa, a lo que Xóchitl le responde:

—Sí, pero ésta huele diferente.

—¡Pero igual de apestosa¡

—Esto huele como a… sangre podrida.

—¿Sangre podrida?

—Siiiiii, ese desagradable olor a hierro es por la hemoglobina putrefacta, pero jamás imaginé algo tan fuerte ¡Guácala!

Pero el olor se disipa rápidamente, entonces ellos descubren sus rostros y tratan de reponerse del increíble fenómeno.

—Pero… ¿Cómo la abriste?

Germán asombrado le pregunta a Xóchitl, a lo que ella desconcertada responde:

—N…no lo sé, cuando me empujaron solo me apoyé accidentalmente en la puerta para no golpearme y solo… ¡se abrió!

Todos ellos llenos de asombro observan esa entrada de más de ocho metros de altura, por más de 3 m. de ancho, y las hojas de la puerta se alcanza a ver que tienen como 30 cm. de grosor. Manuel dice:

—¡Vamos! Entremos.

—Y…yo mejor me quedo aquí a esperarlos.

Dice Xóchitl que repentinamente siente más temor que nunca.

—Vamos amiga, no tengas miedo, vamos juntas.

Le dice Citlali a lo que Germán agrega:

—No te preocupes Xóchitl, vienes con nosotros, no pasará nada, es solo un lugar vacío.

—Pues que yo si voy para dentro tíos, que este descubrimiento no perdedlo por nada.

Dice Manuel mientras retoma su linterna, entonces los demás hacen lo mismo y llenos de curiosidad pero con paso lento y temeroso lo siguen y se adentran, al avanzar boquiabiertos miran la misteriosa e inimaginable edificación que tiene un techo igual de alto como el resto de la caverna.

Al avanzar Citlali mira la hoja izquierda del portón, y solo descubre la marca de sangre que dejó la mano de Xóchitl, eso le da un extraño presentimiento, no comprende, pero le dice a su amiga:

—Mira, ahí está la prueba de que te recargaste —pero de repente descubre el vendaje de su amiga en el suelo, lo levanta y le dice a su amiga—: ¡Mira! hasta se te cayó el vendaje, pero ya está sucio, mejor lo guardo en mi bolsa, y tú cuida de no tocar nada con esa mano.

Xóchitl solo asienta con su cabeza sin decir nada y siguen avanzado. Entonces descubren que el lugar tiene un piso plano de piedra, pero lleno de bastante tierra por la antigüedad del lugar, sus pisadas se marcan al avanzar. Pero en esos momentos la linterna de Manuel comienza a fallar y de manera abrupta se apaga, a lo que desconcertado expresa:

—¡Coño! ¿Pero qué pasadle a esta mierda?

Y mientras trata de hacerla funcionar, también la de Citlali se apaga sorprendiéndolos a todos, a lo que su hermano que lleva una antorcha, expresa irónicamente:

—Parece que a éste lugar no le gusta la tecnología.

Entonces Xóchitl saca su teléfono celular, lo trata de encender pero sin éxito, a lo que afirma:

—E… es cierto, ningún aparato funciona aquí.

—¡Miren! más recipientes como los del camino de las estatua vamos a ver si encienden.

Expresa Germán al descubrir varios de los mencionados, en paredes y algunas columnas del lugar, se aproxima a uno con su antorcha, y para sorpresa de todos lo logra encender haciendo que se ilumine ese espacio, y conforme avanzan van encendiendo otro y otro, con lo cual poco a poco descubren más del lugar que los llena de asombro cada vez más. Al encender un recipiente pegado a la pared de la izquierda, se descubre algo que Xóchitl señala con su dedo y entusiasmada exclama:

—¡Miren! ¡Unas figuras en la pared!

Por la luz del fuego quedan a la vista unas pinturas rupestres, pinturas de enorme colorido, con figuras de antiguos mayas de tamaño natural, con jeroglíficos debajo y entre cada imagen, Xóchitl reponiéndose de la sorpresa rápidamente se acerca y llena de entusiasmo y curiosidad se reacomoda sus anteojos para observarlas más detenidamente.

—¡P... pero esto... no puede ser! —expresa la tapatía sorprendida, y desconcertada prosigue—: No me lo van a creer pero... veo que estas pinturas las hicieron con... sangre, y lo que más me sorprende es que todavía huelen a hemoglobina fresca como si las acabaran de pintar.

Los demás llenos de curiosidad se aproximan para confirmarlo, huelen las pinturas y con gestos de repugnancia bruscamente alejan sus rostros.

—¡Guácala! es cierto, huele a sangre fresca y podrida.

Responde Citlali al mismo tiempo que se tapa la nariz y aleja bruscamente su cara y agrega—: Esto cada vez me gusta menos.

Xóchitl después de estudiar las pinturas un poco más, les explica:

—Hummm ¡Aquí esta una imagen de un ser de cuerpo humano con cabeza de vampiro!

—Ser... la misma de la entrada —expresa Stephanie temerosa.

A lo que Xóchitl dice:

—S, pero... más detallada, y bajo sus pies tiene unos jeroglíficos... hummm tal parece que es la representación de una deidad vampiro o algo así.

Al escuchar eso Manuel sorprendido exclama:

—Por las barbas de mi bisabuelo ¿vampiros en los mayas? Jajajaja ¡Pero qué gilipolleces son esas!

—No son "gilipolleces", si aquí está representado eso, significa que fue algo muy serio.

Le responde Germán, a lo que Javier agrega:

—Pa' que veas que los mayas ya se chutaban las historias de vampiros.

Agrega Javier, mientras Xóchitl ignorando esos comentarios, observa fascinada las figuras en el muro, para momentos después decirle a los demás:

—Parece que estas imágenes están en secuencia y nos cuentan como una historia, observen que en esta primer imagen, una especie de sacerdotes mayas sacrifican a una persona enfrente de lo que parece un altar con ese ser sentado en una especie de trono. Luego en esta otra uno de los sacerdotes hincado con la cabeza agachada alza un recipiente con sus manos frente al ser; en esta otra se bebe del ya mencionado. Y en esta otra imagen, el individuo se encuentra en el suelo tomándose del cuello con ambas manos sacando la lengua y con el cuerpo arqueado.

—Parece como que se estuviera convulsionando.

Interrumpe Citlali, a lo que Xóchitl prosigue:

—Sí, eso parece y también en esta otra ya se mira de pie de manera totalmente diferente, como con una actitud de orgullo y valor y con una sonrisa, y muestra en su sonrisa unos colmillos, y en esta otra, la ultima, aparece la figura de un vampiro, y con las alas extendidas, pero del tamaño de un humano.

Los demás llenos de curiosidad se aproximan para ver más de cerca esa desconcertante imagen

—¿Y qué significar eso?

Pregunta con curiosidad Stephanie, a lo que Xóchitl responde:

—Hummm pues… no estoy muy segura, pero… pienso que tiene que ver con lo que bebe del recipiente, tal parece que hace que se transforme en vampiro o algo así, bueno, eso es lo que parece describir estos grabados, pero trataré de descifrar los jeroglíficos que están alrededor de esta pintura.

—¿Transformarse en vampiro? Jajajaaaa Más bien ellos tener unas drogas muuuuuuy buenas.

Responde John con risa irónica, a lo que la joven de anteojos explica:

—La verdad… no dice que tomaron, si era algún tipo de planta alucinógena o parecida, porque tanto en los códices como en piedra, tanto los aztecas como los mayas siempre especificaban con dibujos y explicaciones en sus códices todo tipo de plantas y animales que consumían o usaban a un lado, y aquí no muestran nada de eso.

A lo que Germán agrega:

—Pues por lo que se ve, ese tipo consigue algo a cambio por el sacrificio humano ¿no es así?

—Si, tal parece que si —contesta Xóchitl—. Ya saben que en la antigüedad hacían sacrificios a sus deidades para obtener algo a cambio ya sea una buena cosecha, la victoria en la guerra, la sanación de alguna enfermedad o hasta poderes sobrenaturales.

—¿Dijiste curación de alguna enfermedad?

Pregunta Stephanie haciendo énfasis en ese punto, a lo que Xóchitl responde:

—¡Por supuesto! Mira… aquí explica que al parecer por el sacrificio se le otorgó fuerza, salud y y creo que hasta poder para transformarse en un...vampiro, y muy grande.

—¿En un vampiro? Jajajaaaa ¡No me jodas! No venidme con esas gilipolleces de chupasangres jajajajaja.

Expresa Manuel con burla y escepticismo. Xóchitl se molesta, pero como de costumbre por su timidez e inseguridad solo guarda silencio y agacha la cabeza, pero Germán si le responde al madrileño:

—¡Mira méndigo cabrón de mierda… !

—¡No empecéis a agredirme capullo!

—Tú comenzaste ofendiéndola a ella pendejo ¿Sabes qué? Ya te hemos aguantado muchas estupideces, así que mejor nos vamos y ustedes se quedan con su pinche exploración solos.

Ante tal declaración del Mexicano, Manuel se desconcierta, y rápidamente voltea a mirar a John que con una expresión le dice que corrija y evite que se vayan, a lo que éste haciendo un esfuerzo cambia de actitud y dirigiéndose a los mexicanos les dice:

—E... ¡Esperad! ¡Esperad! D… disculpadme ¿vale? os ruego que comprendéis que éste descubrimiento tenedme muy nervioso pero… ¡cajúm! ¡cajúm! os prometo que no volverá a pasar y… tú Xóchitl… disculpadme ¿vale?

—S…Si, no hay problema, y todos estamos muy nerviosos por esto.

—Está bien —responde Germán—. Pues… yo creo que los antiguos no decían las cosas así literalmente, esto podría ser en sentido figurado, puede significar que no se convirtieran literalmente en vampiros o en algún otro animal pero, para los antiguos era algo así como el poder adquirir las cualidades de estos, ya sea como la agilidad de tigre, la fuerza de oso, oído de coyote y cosas así ¿entiendes "tííío"?

—Bueno...desde ese punto de vista, puede que tenga sentido. Errmmmm ustedes quedarse aquí mientras yo con los demás seguiremos explorando este lugar.

Y de esa manera Manuel se retira con los demás, mientras que Xóchitl disimulando indiferencia continua mirando los grabados y descifrando los jeroglíficos, cuando de repente siente que le pasan un brazo por encima de sus hombros, desconcertada voltea y mira que es Germán que la abraza de lado para reconfortarla y en voz baja le dice:

—No te preocupes Xóchitl, yo te defenderé.

Al sentir el brazo de Germán, por primera vez experimenta un calor extraño que le recorre el cuerpo, y dentro de ella aflora un sentimiento raro pero maravilloso, una sensación de sentirse protegida. Y en ese instante voltea y de manera inesperada su mirada se encuentra con la de del gemelo, quedan inmóviles, pierden la noción del tiempo, ella fascinada ve en los ojos de él una mirada cálida, tierna y varonil, mientras que él en la de ella ve una mirada triste, atormentada por la soledad, pero llena de dulzura, pureza y con un desconocido fuego interno. Los dos quedan enganchados sintiendo sensaciones nunca antes experimentadas, hasta que:

—¡ORO! ¡OROOOOOOO!

Se escucha a Manuel gritar eufórico lo que desconcierta a los demás y corren hacia donde se encuentra el español, y al acercarse grande es la sorpresa de todos al encontrar por todo su alrededor miles de objetos de oro y joyas preciosas por todos lados y Manuel en medio de todo eso, quedan boquiabiertos por la inesperada quedan mundos y boquiabiertos, pero Manuel sacándolos de su asombro le dice al caucásico:

—¡Mirad tío! ¡Montones de oro! ¡OROOOOOOOO!

Para donde sea que iluminan con las antorchas, encuentran cada vez más y más joyas del metal dorado, mientras Manuel lleno de júbilo le dice a John:

—¡Lo encontramos tío! ¡Lo encontramos! mi antepasado de mierda tenía razón, es oro ¡oroooooooo! somos ricos ¡Ricoooooos! ¡Jajajajajajaaaaa!

—Yes! ahora ser ricos ¡yupiiiiii! jajajajajajaaaaa.

Responde John lanzando monedas de oro al aire lleno de alegría. Los demás sin salir de su sorpresa se acercan y conforme recorren e iluminan el lugar encendiendo los restantes antiguos trastes de piedra, y confirman con sus propios ojos todo ese gran tesoro que conforme avanzan los rodea por todos lados, Javier le da un codazo al gemelo que está boquiabierto y le expresa:

—¡Mira Germán! joyas de oro puro de los mayas.

Y sonríe lleno de entusiasmo, a lo que su compañero sonríe, pero sin decir nada. Mientras que Xóchitl reponiéndose de la sorpresa se dirige a Manuel y tímidamente expresa:

—P... perdón por arruinarles la fiesta pero... como es un descubrimiento arqueológico, todo este oro le pertenece a la nación.

—Pero... se supone que es de quien lo descubra, y nosotros lo hicimos ¡Mirad!

Responde Manuel al momento que se les aproxima mostrándoles puñados de monedas de oro en sus manos. A lo que Citlali le dice:

—Si si, pero Xóchitl tiene razón, según las leyes internacionales y de México, como es parte de un descubrimiento arqueológico, pertenece a la nación y se lo debemos de dar al gobierno. Manuel al escuchar eso de repente cambia su expresión y voltea a mirarlos fijamente con una expresión seria, de desaprobación y les responde furioso:

—¡No! ¡No! y ¡Noooooo! —en sus ojos se distingue una mirada llena de codicia desmedida—. ¡He pasado años! buscando este maldito tesoro que me dijo mi ancestro, por lo cual es ¡mío! ¿Lo entendéis? ¡Miiiiiiioooooooooo!

—Entonces... ¿Es lo que realmente ustedes estaban buscando? ¿Un pinche tesoro?

Expresa Germán molesto, a lo que el español voltea a ver a John con una mirada de complicidad, a lo que el estadounidense comprende y rápidamente de entre sus ropas saca su pistola y amenazante les apunta a los tapatíos diciendo:

—Yes! nosotros solo venir por este tesoro, y ahora que encontrarlo, no dárselo a este ni a ningún gobierno ¡arriba las manos stupids!

—¡Malditos hijos de perra!

Expresa Germán furioso al momento que junto con sus amigos levantan las manos, a lo que Citlali furiosa exclama:

—¡Lo sabia! ¡Sabia que algo malo se traían! ¡No son más que unos vulgares ladrones de tesoros!

Xóchitl desconcertada y llena de miedo, instintivamente se refugia abrazándose de Germán, mientras que Javier también dice:

—¡Méndigo gringo "jijo" de la chingada! Te crees muy chingo nomás porque traes pistola.

—¡Pero John! —Stephanie con enorme preocupación se dirige a su esposo y a Manuel—. Ustedes prometerme que si encontrar el tesoro, darles a ellos la mitad.

—Jajajajajaaaaaaaa ¡Tú ser muy ingenua Stephanie! —le responde su esposo de forma desconcertante—. Nosotros no darles nada ¡NADA! jajajajajajaaaaaa.

—¡Pero tu prometerlo! —ella expresa con los ojos mojados de lágrimas por la angustiante situación.

—Shut up! (¡cállate!) tú también ya tenerme cansado bitch!

Y sin decir más, sorpresivamente le da una bofetada a la delgada rubia que cae al suelo, a lo que Citlali le grita llena de furia e impotencia:

—¡Maldito! ¡Cómo puedes hacerle esto a tu esposa!

—Shut fuck up bitch! (¡callete perra!) —le responde el estadounidense—. Ese cadáver viviente ya no ser mi esposa, considerar esto como un divorcio jajajajajaja, come on! Levántate y vete con los mexicanos, tu decidir eso.

En eso él se agacha para tomarla y levantarla de un brazo para arrojarla con los jóvenes mexicanos, momento que Germán aprovecha para de entre sus ropas sacar la pistola que había comprado al cantinero, y rápidamente apuntando a John grita:

—¡Alto! ¡Suelta tu pistola cabrón! ¡Suéltala ahora!

En eso John también le apunta a Germán y le dice:

—¿Con que también traer arma? pero ser muy stupid, yo ser marine, tú no tener oportunidad contra mí, mejor tu tirar tu arma o yo dispararte.

Citlali, Xóchitl y Javier miran desconcertados a Germán, no imaginaban que el traería arma, a lo que éste le responde a John:

—Suéltala o disparo.

En eso Germán da un paso hacia atrás pero tropieza con una piedra y está a punto de perder el equilibrio pero logra sostenerse, pero esa acción permite que John con velocidad relampagueante tome a Xóchitl de un brazo para tomarla de rehén y cubrirse con ella, y le apunta en la cabeza con la pistola diciendo:

—¡Y tu Soltar tu fucken (jodida) arma! o yo volarle la cabeza a esta Ugly bitch (perra fea).

Y ante los gritos de las mujeres, Germán siente una profunda desesperación, no puede dejar que maten a Xóchitl, por lo cual lleno de impotencia y rabia, baja los brazos, a lo que John le dice a Manuel:

—¡Pronto! quitarle el arma a ese estúpido.

Manuel con una sonrisa perversa y triunfante rápidamente ejecuta la orden y le lleva el arma a John, este empuja a Xóchitl arrojándola con ellos, la cual corre a abrazarse de Citlali en medio de un fuerte llanto, mientras que el estadounidense expresa.

—¡Todos afuera de la cueva!

—¿Los vamos a matar?

Le pregunta Manuel, a lo que este responde:

—Todavía no, primero usarlos para sacar muchos costales de oro.

—Jejejejejeje vaya que esta vez tenéis una buena idea John.

Expresa Manuel contento.

Pero una vez que logran salir por completo de la cueva, ellos se llevan una gran sorpresa:

—¿Pero que ser esto?

Exclama sorprendido John al ver todo su pequeño campamento revuelto, y todas sus cosas tiradas.

—¡No puede ser!

Exclama Citlali. Y Manuel lleno de preocupación busca sus pertenecías entre el caos de cosas.

—Tal vez algún animal aprovechar que estuvimos dentro, tal vez el jaguar por buscar comida.

Responde John sin dejar de encañonar a los mexicanos, a lo que Manuel expresa:

—No habed sido un jaguar, porque las cosas no están rotas, ni las ropas desgarradas, pareciese que habed sido personas, pero ¿Quién? Estamos bastante lejos del poblado.

—Pudieron haber sido algunos monos araña —opina Germán mientras se mantiene con las manos en alto—. Esos animales son my curiosos y también buscan alimento.

—¡Tu callarte bastardo! —le responde John con energía—. Nadie pedir tu opinión.

Mientras ellos discuten, refugiados en la obscuridad de la selva "el Renco" y "Paco" cabalgan a toda prisa, a lo que el último le comenta al otro:

—Jajajajaja apuesto que ahorita ya descubrieron todo el revoltijo que les dejamos y que les robamos su comida jajajajaja.

—¡Siiiii! y la belleza de ojos verdes ya no encontrará ropa interior que ponerse jejejeje.

Paco sorprendido detiene su caballo haciendo que su compañero también lo haga mientras que exclama:

—¡¿Queeeeee?! ¿Le robaste ropa interior?

—Siiiiii ¡Mira! ¡Mira! ¡yújuuuuuuu!

Y de la bolsa que lleva, saca una pequeña tanga de encaje color rojo.

—¡Dámela! ¡Dámela!

—¡No! ésta es mía —se la lleva a la nariz para aspirar su aroma—: Y está usada mmmmm que rico, todavía huele a ella, jejejeeeee que sabrosa está ese bizcochito mmmmm.

—¡No seas culero! dame aunque sea una.

—Ta' güeno, ¡toma! Pa' que no estés chingando.

Y de la bolsa saca un sostén de color blanco con estampado de flores y lo arroja a la cara de su compinche.

—!Ah! oye y está grande, de buen tamaño, esa vieja tiene las chichotas bien ricas jajajajajaja.

—Siiiiii está bien sabrosota la méndiga mmmm —el Renco huele nuevamente la tanga—. Está mil veces mejor que las del pueblo.

—Siiiiii pero de esas pulgas no brincan en tu petate jajajajajaja.

—Pos' si brincan o no, ya tengo algo de ella mmmmm jejejejejeje.

Pero de repente: ¡BANG!

Se escucha una detonación y "Paco" cae fulminado de su caballo, desconcertando al "Renco" que grita:

—¡Hay buey! ¿Que fue eso? ¡Paco! ¡Pacoooooo!

El Renco trata de calmar a su caballo que se sobresalta con el repentino disparo, desconcertado y atemorizado se aproxima a su compañero que yace inerte en el suelo, y lo mira tirado boca arriba, con los ojos abiertos pero… con un tiro en la frente, murió instantáneamente, eso asusta a su compañero que nervioso voltea hacia todos lado queriendo descubrir de dónde provino el disparo, y cuando está a punto de huir: ¡Bang! Se escucha otra detonación que lo hace caer abruptamente de su caballo, el cual junto con el otro animal, huyen asustados por la detonación, dejando a sus dos jinetes inertes, tirados en el frondoso suelo. Enseguida se escuchan unos pasos, y a la altura de los cadáveres de los desafortunados jinetes, se mira un par de botas militares negras, y las pantorrillas y rodillas cubiertas con un pantalón de camuflaje tipo militar, junto con un cañón de lo que parece un rifle que todavía humea. El dueño de dichas botas se detiene frente a los cuerpos, parece que los observase en silencio por unos instantes, y enseguida se escucha una carcajada femenina llena de perversidad al mismo tiempo que se retira del lugar dejando los cadáveres de sus dos incautas victimas.

Capítulo 14: REFUERZO PERVERSO

Mientras que con los exploradores, John observa la pistola que traía Germán y comienza a sonreír.

—Jejejejeje stupid mexican.

En eso Manuel les dice a los mexicanos:

—¡Traed los costales! que los van a llenar de oro —y dirigiéndose al estadounidense le dice—: ¿sabeis una cosa John? les tengo a vosotros una sorpresa jejejejeje.

—¿Qué sorpresa?

—Poned atención —saca el radio de onda corta que llevaba escondido en sus ropas y encendiéndolo habla: ¡Primos! ¡Ya podéis venir!

Los presentes se desconciertan por la extraña acción del español y John está a punto de mencionar algo pero Manuel les hace la señal de guardar silencio y esperar. Pasan unos minutos, y de la espesura de la selva surgen unas siluetas de forma humana que conforme se acercan a ellos se distinguen, son tres hombres entre treinta y cuarenta años de edad, uno de ellos se adelanta, un tipo de aproximadamente 40 años, su porte es muy erguido y elegante pero al caminar cojea de la pierna izquierda, de complexión regular, pelo corto y obscuro, un poco más alto y corpulento que Manuel, barba negra de corte de candado con algunas canas, y porta una pequeña ametralladora de asalto y le dice a Manuel.

—¡Aquí estamos! Jejejeeee.

—¡Fermín! qué alivio que estaban cerca.

—Somos cazadores Manuel, siempre estaremos al acecho, siempre al acecho jejejejeje.

Responde otro de ellos, un tipo de complexión regular, de treinta y cinco años, barba negra cerrada pero muy recortada, y porta una escopeta. Los mexicanos desconcertados los miran y Citlali llena de preocupación pregunta:

—Pero… ¿quiénes son ellos?

—Ellos... son mis primos jejejeje —responde orgulloso Manuel—. El de la escopeta es Gonzalo, el tío de la pistola, delgado y bien rasurado, es Sergio. Y este hombre de la AK-47de asalto, es el famosísimo torero Fermín "El Majo" de Gonzaga.

—No decidles detalles de quien soy.

Le responde Fermín molesto, a lo que su primo contesta:

—Tranquilo, es solo para presentaros, pero no os preocupéis, de todos modos estos tíos no van a vivir como para que hablen.

—Ooooooohhh... pero primo ¿porque no nos habéis dicho que tenéis aquí a una mujer tan bella?

Exclama Fermín al momento que descubre a Citlali, a la cual rápidamente se aproxima para contemplarla más de cerca, mientras que Manuel le responde:

—Si queréis podéis tenerla, pero después de que saquemos el tesoro, pero como yo la vi primero, será mía primero ¿te enteras?

—¡Sobre mi cadáver! ¡Pinches perros!

Responde Germán lleno de rabia, aún con sus manos alzadas, al mismo tiempo que desea destrozarlos con sus propias manos hace un impulso de tratar de arrojarse sobre ellos, pero por obvias razones se detiene, a lo que John sorpresivamente le propina un fuerte golpe en la cabeza con la cacha de la pistola que le había quitado, el golpazo es tan inesperado y tan brutal que derriba a Germán y lo deja al borde del desmayo ante los gritos de angustia de las mujeres que observan el cobarde y sorpresivo ataque, mientras que John furioso expresa:

—You shut fuck up, son of a bitch! (Tú cállate hijo de perra) —mientras observa a Germán en el suelo aturdido por el brutal impacto en su cabeza, de la cual se escapa un delgado hilillo de sangre que le escurre por un lado de su frente, y el ex marine le dice—: Por fin tú pagármela maldito.

Citlali y Xóchitl se abalanzan para socorrer a Germán y ayudarlo a levantarse. En ese momento Fermín se acerca a Manuel y le pregunta:

—¿Y este pendejo gilipollas quién es?

Expresa Fermín a lo que Manuel le responde:

—Es el hermano de ese bombón.

—Entonces tendré que matadlo.

El ex torero alza su arma y apunta a la cabeza de Germán, al ver eso Citlali y Xóchitl gritan:

—¡Noooooooo!

A lo que Manuel dice:

—¡Esperad primo! No los matéis todavía, que primero los necesitamos para sacar el tesoro, después, si queréis matadlo lo haréis, pero ahorita los necesitamos vivos, y más a ese que se mira bastante fuerte para sacar más costales.

—Bien, por esta vez te habéis salvado estúpido.

Le expresa Fermín a Germán al momento que con el ceño fruncido lo mira fijamente mientras baja su arma, pero el gemelo no los deja de mirar con infinita furia.

—Oye Manuel —expresa Gonzalo—. En cuanto a ese tesoro del que tanto nos habéis hablado, antes que nada queremos vedlo, digo queremos cerciorarnos.

—Sí, queremos vedlo con nuestros propios ojos.

Dice Sergio, a lo que Fermín se dirige a Manuel y expresa:

—Si primo, nos lo habéis platicado con tanta emoción, que ya lo queremos ver.

—Jajajajaja a que primo tan avaricioso —dice Manuel.

—No más que tú primo jajajajajaja —le responde Fermín.

—Está bien, no os preocupéis, si vedlo es lo que más queréis, entonces primero tenemos que atar a estos mexicanos... ¡John! ayudadnos a amarrarlos a los arboles.

—¡No John! ¡No lo hagas!

Se acerca corriendo Stephanie con su esposo para rogarle que los deje en paz, pero recibe una mala reacción de este.

—¡Y tu también estúpida! ¡Estar harto de ti y de tus malditas enfermedades!

Y al decir eso, le asesta nuevamente una fuerte bofetada en pleno rostro que la derriba al suelo, ante la mirada desconcertada de los demás, dejándola casi a punto del desmayo y con sus labios sangrando por el brutal golpe, luego John la toma bruscamente del brazo y la levanta para arrojarla con los prisioneros.

—¡Atarla a ella también! ¿Si preferir defender a estos mexicanos? entonces ella también correr su misma suerte.

—¡Maldito cobarde! ¡Es tu esposa! ¿Cómo pudiste?

Le grita Citlali mientras es amarrada de espaldas al tronco de un árbol y su hermano al lado contrario del mismo.

—Jajajajajaja ¡ERA! mi esposa. Acabarme de divorciar de ella jajajajajaja.

Momentos después, Xóchitl y a Stephanie yacen atadas juntas de espaldas y sentadas en un tronco, y a los gemelos atados de lados opuestos a un enorme árbol y a Javier en otro muy cerca de ellos. Una vez terminada su perversa tarea Fermín de entre sus ropas saca una botella de licor y exclama:

—Este maldito clima hace que me dé una tremenda sed, ya es hora de beber algo, y esto será bueno antes de entrar a ver ese famoso tesoro jejejeeeeee.

Pero al ver a Fermín empinar la botella, sus primos le piden un poco, luego también la comparten con John, y momentos después los españoles y el estadounidense ríen y festejan al calor del licor. Manuel ya un poco ebrio, se aproxima a Citlali, y con su mano la toma de la cara, acerca su rostro al de ella y con deseo malsano le dice:

—Y tu preciosa ¡hip! mmmmm desde que te vi, he sentido deseos de follarte...

Citlali al sentir el fétido y nauseabundo aliento alcohólico de Manuel, con un gesto de repulsión voltea su cara con brusquedad a un lado, zafándose de la mano del español, al mismo tiempo que ella dice:

—¡Suéltame puerco imbécil!

—¡Déjala pinche gachupín culero de mierda!

Le grita enfurecido Germán al escuchar y ver de reojo lo que sucede, mientras tiene toda la mitad de la cara cubierta de la sangre que le escurre de un lado de su frente, a lo que John le dice:

—¡Ajaaaaa! Tener que decir algo el hermanito defensor —y camina poniéndose frente a él—. ¿Saber una cosa estúpido? voy a matarte con tu misma arma.

Saca la pistola que le quitó, y le pone el cañón a la altura de la sien.

—Estúpido mexicano, despedirte de tu deliciosa hermanita y de tus demás amigos.

—¡Méndigo perro cobarde!

Le responde Germán lleno de furia e impotencia, al momento que solo cierra los ojos esperando la tragedia.

—¡No! ¡noooooo!

Las mujeres le gritan, pero John haciendo caso omiso y sin miramientos jala el gatillo y... ¡clic! pero solamente se escucha el martillo del arma sin detonación pero Germán deja caer su cabeza a punto de desfallecer de la sorpresa, ya se creía muerto, y al momento que John suelta una sonora carcajada:

—Jaaaaajajaja ¡mirar que cara poner! ¡Estúpido! ¿No saber que tú arma estar tan oxidada que no servir para nada? pobre ¡stupid! Jaaaaajajajaja.

Y se retira carcajeándose, mientras los españoles se burlan por igual y continúan bebiendo en medio de risas, contrastando con los gritos y sollozos de sus prisioneros.

Varios minutos más tarde, Manuel después de varios tragos se levanta de su asiento sonriente y con paso vacilante se aproxima a Citlali, al llegar frente a ella, con una mirada llena de lujuria le dice:

—Pero antes de matadlos, yo voy a dadme un festín contigo jejeje-jejejeeeee.

Y en cuanto dice eso, con una de sus manos, acaricia lascivamente el talle de la ojiverde, y la desliza hacia arriba hasta tomar uno de sus turgentes y firmes senos, la joven forcejea inútilmente tratando de evitar ese bajo y desagradable agarre, mientras exclama llena de furia y repulsión:

—¡Suéltame maldito cerdo! ¡Suéltame!

Manuel sin hacer caso, aproxima su sudado y maloliente rostro al de ella para decirle:

—Mmmmmm que ricos senos tenéis, y ahora quiero ver tus piernas, pero será mejor que te tape la boca ¿sabéis que eres muy grosera?

Y le ata un pañuelo como mordaza, pero en eso Sergio le dice:

—¡Manuel! nosotros ya queremos ver ese oro, después te daréis gusto, que al cabo ella no podrá irse pero ¡vamos!

—¡Esta bien primos! Si quieren ver ese tesoro lo verán, vamos, pero antes quiero ver lo que tendré después jejejejeje ¿Queréis ver más de ella?

—¡SIIIIII! ¡SIIIIII! Jajajajaja.

Responden sus primos y John con entusiasmo, a lo que Manuel con mirada llena de lujuria y una sonrisa perversa agrega:

—A petición del público.....

En ese momento saca su cuchillo y le comienza a cortar el pantalón a Citlali, que atada y amordazada no puede hacer nada, solo forcejear inútilmente y sacudir su cabeza a ambos lados tratando de lanzar gritos que se ahogan por la mordaza, y con sus ojos escurriendo de lágrimas y llena de rabia e impotencia. Mientras que su hermano lleno de furia también forcejea y se retuerce en sus ataduras, tratando de zafarse sin éxito. Manuel conforme corta y desgarra el pantalón de la mexicana, se escucha el característico sonido de la gruesa tela de mezclilla cuando se rompe, y enseguida ya casi cortado en su totalidad, de un jalón le arranca el desgarrado pantalón dejándola solamente con su diminuta y blanca ropa interior, y poniendo al descubierto sus bellas, firmes y bien torneadas piernas:

—¡Woaooooo! pero que tenemos aquí, mirad que hermosura ¡que muslos! ¡Qué piel tan tersa! ¡mmmmm!

Expresa Manuel abriendo los ojos como platos mientras se muerde los labios, y un hilillo de saliva apestosa a licor le escurre de su boca, y lleno de lujuria y lascivia, con la mano le acaricia una de las piernas, cuando Gonzalo le grita:

—¡Vamos Manuel! Que queremos ver ese oro antes de que obscurezca.

—¡A como molestáis! ¡Está bien! ¡Está bien! os llevaré —pero antes de retirarse de se dirige a la tapatía, y con un tono de voz lleno de lujuria le dice—: esperadme primor, no te vayas a ir, que regresaré a terminar lo que empezamos jejejeeeeeeee.

Citlali cruzando sus piernas de la vergüenza y con su cara volteada hacia un lado solo lo escucha, y con los ojos cerrados pero escurriendo de lagrimas pues le causa asco hasta verlo. Entonces los españoles entusiasmados, llenos de curiosidad y avaricia se dirigen a la cueva, pero John les dice:

—Yo quedarme aquí, para vigilar a estos mexicanos.

—Muy bien John —le responde feliz Manuel—: vigiladlos bien, que ya volvemos, y recordad que yo primero tendré a la Mexicana ¿te enteras?

—No preocuparte, pero no perder más tiempo que tus primos querer ver el tesoro.

Y así los españoles con caminar vacilante, y tratando de reponerse de la embriaguez, toman unas antorchas y un par de costales y se dirigen al interior de la caverna.

Luego ya dentro, miran la entrada al templo:

—¡Por las barbas de mi tía pilar! Pero ¿qué es eso?

Expresa Fermín lleno de asombro mientras contempla la construcción, a lo que Manuel dice:

—Según la mexicana esa de los anteojos, es un templo maya de un tal señor vampiro ¿creed esa gilipollez? Jajajajajajaja.

143

A lo que Sergio impresionado responde:

—Más bien, esto pareced la guarida del demonio.

—Jajajajajaja ¡gilipolleces! Más bien ser ¡la guarida de la gloria! Jajajajaja porque ahí ser donde se encuentra todo ese oro que os he dicho.

Expresa Manuel mientras suben las escaleras para internarse en el templo.

—Pues se mira bastante intimidante —responde Gonzalo—: Esto estad más espantoso que la boca de lobo.

—Más bien ser la boca de vampiro jajajajajaja.

Exclama Sergio irónicamente, a lo que Manuel expresa:

—Jajajajajaja tenéis razón primo, pues esta boca de vampiro estad repleta de ¡ORO PURO! para mí ser la mina de oro más grande que jamás haya imaginado, y pues… ya lo verán cuando entremos.

Después de decir eso, llenos de nerviosismo y curiosidad ingresan al interior del templo, al avanzar miran hacia todos lados, sin encontrar nada en especial, pero unos pasos más adentro, de repente comienzan a descubrir todas esas grandes cantidades de oro por todos lados, sus ojos se abren a más no poder de la sorpresa, que es tan grande y agradable que Fermín se talla los ojos para ver mejor, no pueden creerlo, quedan mudos, la vista no les alcanza para contemplar tanta maravilla, tanta riqueza que hasta se les quita la embriaguez, a lo que dice Gonzalo:

—C…creo que estoy soñando. Pellizcadme Sergio.

—No estás soñando tío, no lo estas soñando.

Responde Manuel sonriendo con orgullo y satisfacción mientras con la mano les muestra todo a su alrededor el inmenso tesoro.

—¡Me cago en la leche! ¡Esto es la ostia Manuel! ¡Esto es la ostia! Son montones de oro ¡Montones! Jajajaaaaa.

Expresa Sergio lleno de emoción.

—¡Qué esperamos! ¡Tomad lo que podéis! Jajajajaja.

Dice Fermín sonriente y lleno de júbilo, y comienzan a llenar los bolsillos de sus pantalones con monedas y joyas, para enseguida seguir con los dos costales que llevan, en medio de comentarios de alegría y de ideas de cómo gastarán todo ese oro. Momentos después se dirigen hacia afuera arrastrando los pesados costales que los llevan repletos, pero a medio camino Fermín le dice a Manuel:

—¡Esperad primo! ¡Esperad!

—¿Qué pasa?

144

—¿Estás seguro que vamos a compartir todo este tesoro con ese norteamericano "amigo" tuyo?

—Pues... ahora que lo dices... la verdad esa idea nunca me ha gustao, porque nuestro antepasado fue el que lo descubrió, este tesoro es solo nuestro y de nadie más.

—Tengo una idea —expresa Fermín con malicia—. Aparte de los mexicanos y de la esposa del norteamericano... sugiero deshacernos también de ese tal John hijo de puta.

—Hummm, esa idea me ha pasado por la mente desde que encontramos el tesoro, pero debemos ser muy precavidos, John era militar y sabe usar las armas, es mejor tomadlo por sorpresa o dormido.

—¡O borracho!

Dice Fermín, a lo que Manuel expresa:

—¡Eso es! ¡Borracho! fingiremos festejar de nuevo y lo haremos beber tanto licor hasta que se caiga dormido de borracho y ahí lo matamos.

—Y luego a los mexicanos —dice Sergio.

—Sí, pero primero yo me follaré a esa gemelita, que ya la habéis visto lo suculenta que está, esa no se me escapará jejejejejeeee.

—¡Estad dicho! —exclama Fermín—: ¡Manos a la obra! ya saben el plan, fingir festejar más y haced beber mucho al "marine".

Expresa perversamente el español, entonces retoman los pesados costales y arrastrándolos reanudan su avance hacia la salida, a lo que Fermín exclama:

—¡Puff! ¡Puff! Pero que pesados están.

—¡Claroooooo! Como que es oro puro ¿escucháis? ¡ORO PUUUUUUROOOOOOO! jeeeeejejejeje.

Responde Manuel que también hace mucho esfuerzo arrastrando los costales. Una vez que logran salir de la cueva encuentran a John parado, con pistola en mano frente a ellos y con una extraña actitud les pregunta:

—¡Por fin salir! ¿Por qué tardar tanto?

—¡Puff! ¡Puff! ... Es que... estos malditos costales de mierda estad muy pesados, claro como que están repletos de oro.

Responde Manuel con voz agitada mientras se limpia el sudor de la frente con su antebrazo, a lo que Fermín agrega:

—Pero valed la pena, allá dentro habed tanto oro que llenaríamos como ocho enormes barcos cargueros o hasta más.

—Sí, ser mucho oro para mí.

Dice John desconcertando a los españoles, a lo que Manuel corrige:

—Queréis decir NUESTRO ORO, NUESTRO TESORO.

—¡No! —replica John—: ese tesoro… ¡no es para ustedes! ¡Soltar eso y arriba las manos!

—No estamos ahora para bromas tío —Responde Manuel confundido por la actitud de John—. Bajad esa arma que no gustadme que me apuntéis.

—No estar bromeando estúpido y levantar las manos o yo volarles los sesos.

Responde John decidido al momento que le apunta a la cabeza, a lo que Fermín desconcertado expresa:

—Pero… ¿qué pasadle a este tío?

Al decir eso, el ex torero trata de avanzar hacia delante cuando John le dispara frente a los pies: ¡Bang! Y hace que él brinque por reflejo pero por su cojera cae pesadamente al suelo, haciendo que John ría burlonamente.

—Jajajajaaaaa ¡Estúpido renco! Come on!(¡vamos!) ¡Arriba! Y alejarse de los costales de mi ORO.

Fermín con dificultad se levanta para unirse con sus primos apartándose del botín, mientras enfurecido exclama:

—¡Maldito hijo de puta!

—¿Cómo pudiste confiar en él? —reclama Sergio a Manuel con enorme indignación—: ¡sois un verdadero capullo!

—¡Calla! Yo tampoco esperaba que fuera a reaccionar así —y dirigiéndose a John le dice—: no necesitáis hacernos esto, allá dentro habed suficiente oro para todos.

—Suficiente, pero no para ustedes —responde John—: sino para… ¡nosotros!... ¡fiiiiiiiiiiuuuuuuuuuuuufiiiiiiiiiiiiiithhh!

Y de forma desconcertante lanza un silbido en dirección a la densa vegetación, y de la obscuridad de la selva comienzan a surgir varias sombras de forma humanoide, los demás sorprendidos las ven acercarse, y conforme llegan cerca de la luz, se comienzan a distinguir un grupo de individuos portando uniformes y armas militares. En total son seis, cinco hombres y una mujer, uno de ellos casi de la estatura de John, muy delgado, tez blanca, ojos azules, con barba rubia recortada, nariz larga y delgada, de rostro tosco y desagradable, se acerca a John a lo que este le dice:

—Y Pensar que ustedes no llegar a tiempo Jack.

—Siempre a tiempo John, siempre a tiempo y mas por ORO jeje-jejeje.

Y se saludan cálidamente con un abrazo, mientras los demás les apuntan a los españoles con sus armas, a lo que Manuel desconcertado pregunta:

—Pero… ¿Quiénes son ellos?

John irónico responde:

—¡Oh! Sorry, dejarme presentarlos: el —señala al individuo que acaba de saludar—: ser mi gran amigo Jack, aquel cara de asiático ser Kim, aunque le gusta su AR-15 ser experto en combate cuerpo a cuerpo, el saber artes marciales. El cara de hispano que trae el AK-47 ser Jonathan, hablar mejor el español que todos nosotros. EL afroamericano que estar a su lado ser Jeff, y aunque portar ese AR-15 de asalto, ser el médico militar del grupo, no saber cuándo necesitar uno jejejeje. Aquel tipo grande y musculoso de más de dos metros, rubio hasta las cejas, ser Rocco, parecer estúpido pero ser bastante brutal, haber matado gente con sus propias manos.

En eso la mujer, con paso felino, sensual, y mirándolo fijamente se acerca a John, a lo que éste agrega:

—¡Ah! Disculpar, y esta bella dama ser Nastia la mejor sniper (francotiradora) del grupo.

Al tiempo que dice eso, ella le pasa su brazo alrededor del cuello, y alza su pierna para rozar con su muslo la extremidad inferior de John, con su mano libre lo toma de la nuca y le propina un apasionado beso en la boca que el caucásico corresponde con intensidad, Stephanie al ver eso se sorprende abriendo mas los ojos y la boca, e indignada expresa:

—¡Maldito cerdo!

Nastia se desprende de John pero sin dejarlo de abrazar y voltea a ver a la ofendida rubia y le pregunta a su compañero:

—Y a esa tipa… ¿conocerla?

—¡Oh! So sorry, permitirme presentarte a mi esposa Stephanie.

—¡Oh! ¿No haberme dicho que tu ya haberte divorciado?

—¡Oh! Sorry! pero presentir que dentro de muy, muy poco tiempo…yo voy convertirme en viudo jejejeje. Pero antes vamos a deshacernos de los mexicanos y sacar todo ese tesoro.

—¿A estos tipos querer matarlos?

Le pregunta Rocco a John al momento que corta cartucho y apunta a Germán en la cabeza, a lo que John dice:

—¡Esperar! no desperdiciar balas con ellos, dejarme mejor usar mi cuchillo, tener muchas ganas de rebanarle el pescuezo a ese mexicano —y sacando su enorme daga militar se aproxima a Germán, mientras agrega—: pero primero gozaré de su suculenta hermanita antes de matarlos, digo…si es que no molestarte Nastia.

La francotiradora hace un gesto de desdén al responder:

—Si no importarme que todo este tiempo acostarte con aquella (refiriéndose a Stephanie) menos con esa. Nomas no perder tanta fuerza con ella para cuando estés conmigo.

—Jajajajajajaja —John ríe contento—. Que afortunado ser yo, tú no preocuparte, yo también tener mucho para ti.

Se pone frente a Citlali y mirando el cuerpo de la tapatía con inmensa lujuria comienza a desabrocharse el cinturón, Citlali al verlo comienza a forcejear violentamente, su hermano aunque atado del lado opuesto, sabe lo que está a punto de pasar y también trata inútilmente de soltarse, mientras que los demás mercenarios llenos de curiosidad contemplan el espectáculo que está a punto de suceder.

—Jajajajajaja dársela completa "lucky guy" (chico suertudo).

Exclama Rocco que mira a su compañero prepararse para violar a Citlali, mientras Stephanie furiosa le grita:

—¡Cerdo maldito! ¡No te atrevas! ¡No te atrevas!

Pero sus reclamos son inútiles, a lo que John ordena a Jack.

—Taparle la boca a esa estúpida, no querer escucharla más.

Su amigo obedece y le coloca a la rubia un pañuelo como mordaza, sofocando sus gritos y amenazas, y solo escuchándose los apagados gemidos:

—Mmmmjjjjjjjhhh, mmmmjjjjjjjhhhh.

Xóchitl angustiada y con los ojos llenos de lágrimas, observa como John con risa perversa termina de desabrocharse el pantalón, blande su cuchillo para intentar cortar la ropa interior de Citlali mientras ella se retuerce, forcejea y patalea tratando de evitarlo, y Xóchitl rápidamente piensa en qué hacer para evitar la canallada, y de repente expresa con energía:

—¡Alto! ¡Deténganse! ¡Si le hacen algo! No les diré nada del otro gran tesoro que está escondido en la cueva.

Al escuchar eso John sorprendido voltea a verla y con una mirada llena de ambición y codicia le pregunta:

—¿Otro tesoro? —Subiéndose el pantalón, con enojo se dirige hacia ella y la toma de los cabellos bruscamente y le advierte—. No estarnos tomando el pelo maldita espantapájarros ¿eeeeehhh? porque poder pesarte.

Mientras que a Stephanie se le cae la mordaza y lo primero que grita es:

—¡Soltarla maldito cobarde!

Citlali y Germán tratan de gritar pero de sus amordazadas bocas solo surgen sonidos sofocados, a lo que John lleno de furia mira a Xóchitl con odio despiadado y amenazante le dice:

—Pero a ti maldita… más valerte que estar diciendo la verdad o ya saber lo que te puede pasar.

—¡Ay! —la joven se queja por un nuevo jalón que recibe de su verdugo, y con los ojos escurriendo de lágrimas exclama—. L…les estoy diciendo la verdad sniff, ahí dentro las pinturas rupestres hablan de un tesoro ¡sniff! mucho más grande que el que han visto ¡Ay!… el triple de grande sniff.

—Si eso ser verdad bitch, entonces dejarlos vivos, pero si estarnos mintiendo… violaremos a tu amiguita hasta saciarnos, y luego matarlos a todos ustedes ¡¿entender?!

Al decirle la última palabra le da un jalón de cabellos más brusco, provocándole más dolor y terror a la pobre jovencita.

—¡Hay! Sniff, sniff.

Que aunque trata de controlarse no puede dejar de sollozar. Entonces John ciego de ambición le dice:

—Ve a descifrar esos malditos grabados, y descubrir donde esta ese otro tesoro ¡pronto!

La levanta de los cabellos para aventarla hacia delante de él.

—¡Hay!

Exclama de dolor Xóchitl pero antes de seguir le dice algo al enfurecido John:

—Pero… necesito ayuda.

—¿Cuál fucken ayuda tu necesitar?

—Necesito que mis amigos me ayuden para hacer los apuntes y descifrar los grabados.

—Jajajajajajahhh ¿creerme estúpido o qué?

Ninguno de tus amigos moverse de allí, quien sabe que tramar juntos después.

—P…pero necesito que alguien me ayude.

—¡John! —le habla Jack—. Si ella decir que necesitar ayuda, dársela con tal de que pueda decirnos donde está el otro tesoro.

A lo que John pensativo dice:

—Hummm dejaré que ayudarte pero no tus amigos, sino… Stephanie, ya que esta estúpida preferirlos a ustedes, compartir su misma suerte, así que ella ayudarte, así poder servir de algo ese cadáver viviente.

En eso Stephanie con los ojos llenos de lagrimas le grita a John:

—¡Dejarla en paz maldito cobarde!

A lo que John molesto reacciona dándole una fuerte bofetada y le dice:

—Shut fuck up, bitch! (cállate la chingada boca, perra).

Con la fuerza del golpe le voltea su rostro hacia un lado, y comience a sollozar del dolor, mientras que de su boca escurre un hilillo de sangre, pues le ha roto el labio inferior. John vuelve nuevamente con Xóchitl, la mira fijamente a los ojos y poniéndole el cuchillo en la garganta le lanza su amenaza:

—Ya saber, si tu mentir, a ti y a tus amigos, matarlos de una manera mucho muy dolorosa ¿de acuerdo perra?

La joven de anteojos aterrada y con el cuchillo en la garganta, llora y tiembla de miedo, solo asienta con la cabeza y dice:

—E…es verdad, sniff, n…no estoy mintiendo.

En ese instante Germán que ya tiene rato esforzándose por librarse de su mordaza lo logra y esta cae, y furioso grita:

—¡No les digas nada Xóchitl! estos desgraciados cuando lo encuentren de todos modos nos van a matar.

—¡Tu callarte!

Le responde Kim que está cerca del gemelo al mismo tiempo que le pega con la culata de su metralleta en plena cara con tal fuerza que lo desmaya por el impacto. A lo que Xóchitl grita:

—¡Noooooooo! ¡Ya no le peguen por favor!

Javier que se ha mantenido en silencio observando y pensando, de repente interrumpe:

—¡Yo les puedo ayudar!

—¿Tu qué decir bastardo?

Pregunta John desconcertado por la inesperada respuesta del hasta ese momento ignorado joven, a lo que este continúa:

—Lo que digo es que… aunque saquen todo ese tesoro de la cueva, no lo podrán sacar del país, las autoridades o los delincuentes se los quitarán y los matarán a todos ustedes.

John desconcertado voltea a ver a Jack para luego preguntarle a Javier:

—¿Y en que poder ayudarnos?

—Yo tengo muchos contactos en la policía y el gobierno —responde Javier—. Y sé cómo podemos sacar todo ese tesoro del país sin ningún problema, de otra manera lo perderán completamente y hasta la vida.

John se queda pensativo, cuando Kim se le acerca y le dice al oído en voz baja:

—Ese mexicano tener razón, no podemos sacar todas esas grandes cantidades de oro sin que nadie se dé cuenta, y nosotros no tenemos ni la más fucken (chingada) idea de cómo sacarlo del país.

A lo que Jack se aproxima y agrega:

—El estúpido ese tener razón, la policía aquí poder quitárnoslo y correr peligro de que ellos encerrarnos, y hasta de ser asesinados por la misma policía o por los delincuentes.

—Hummm —John piensa unos momentos para enseguida dirigirse a Javier—, y... ¿Qué pedir a cambio por tu ayuda?

—Yo solamente quiero que me dejen vivir, y que me den un pequeño porcentaje del tesoro, digamos unos cuantos costales.

—Y seguro también querer que soltar a tus amigos ¿verdad?

Le pregunta John, a lo que Javier responde:

—Ellos no me importan.

Esa respuesta toma por sorpresa a todos. Citlali, Xóchitl y Stephanie lo miran desconcertadas, Germán aún no se entera, pues apenas está recuperando el sentido por el golpe recibido, a lo que John no menos sorprendido expresa:

—¡Jajajajajaja! ¡Vaya sorpresa! Tener que reconocer que este tipo ser muy listo, agradarme la gente que ser inteligente y hacerse del lado de los ganadores como nosotros jajaja.

Jack se aproxima a John y en voz baja le advierte:

—¿Acaso tu confiar en ese mexicano? mirar que no importarle traicionar a sus amigos, no poder fiarnos de él.

—No preocuparte, mientras nosotros tener el control del tesoro, no temer, dejar que nos ayude a sacarlo del país, pero una vez que lo logremos simplemente... lo liquidamos jejeje, pero primero ponerlo a prueba —en eso alzando la voz se dirige a Javier—: Y...

¿Como nosotros poder confiar en ti? ¿Cómo podemos asegurarnos que no engañarnos y no tramar alguna trampa?

Y Javier sin remordimientos responde:

—Porque para asegurarnos de que esa estúpida cuatro ojos no trate de engañarnos, tengo una mejor idea. Desátenme y les mostraré como amarrar a los gemelos de una manera mejor.

John voltea a mirar a Jack unos instantes, y enseguida da la orden de desatarlo.

Minutos después justo en la orilla del rio, a más de seis metros arriba del cauce, está un enorme árbol del cual se extiende una gruesa rama de más de cuatro metros de larga que sobresale exactamente sobre la corriente acuática, de la cual precisamente cuelgan a los gemelos atados del torso y brazos, unidos espalda con espalda solo con los pies sueltos que cuelgan en el vacío.

—¡Míralos Xóchitl! —le dice Javier con perversidad a su ex compañera—. Ya lo sabes… si fallas, simplemente soltamos la soga, ellos caerán al río y se ahogarán sin remedio ¿cómo la ves?

Xóchitl aún desconcertada por el repentino cambio de Javier solo responde:

—P…pero… ¿Cómo puedes traicionarnos? ¡Si somos tus amigos!

—¡Que amigo ni que la chingada! ¡Amigo el dinero y el oro! ¡Por mi ustedes se pueden ir a la mierda! Mientras yo por ayudarles a ellos, recibiré un buen porcentaje de todo ese oro jejejejeeee.

Capítulo 15: INESPERADO

Pero en otro lugar de la selva, donde yacen los cuerpos de "Paco" y el "Renco", un tenso silencio reina, pero de manera inesperada algo sorprendente sucede, se comienzan a escuchar unos quejidos, y uno de los cuerpos se empieza a mover, es el "Renco" que sorpresivamente abre sus ojos y quejándose de dolor se lleva la mano a su frente, siente humedad, mira su palma y descubre que es sangre, el disparo que recibió solo lo hirió en un costado de su cabeza, con dificultad se incorpora y se sienta en el suelo, mira a su alrededor, su vista está borrosa pero poco a poco se comienza a aclarar y descubre a su lado a "Paco" que desafortunadamente está muerto, entonces el sobreviviente con una mano en la cabeza, se incorpora con mucha dificultad, y con paso vacilante pero apresurado huye del lugar en dirección desconocida.

Mientras tanto en el campamento de los exploradores, cuando los mercenarios están concentrados en Xóchitl y Stephanie, un tecolote sobrevuela el área y enseguida aterriza sobre la gran rama de la que cuelgan lo gemelos, y sin que nadie lo note, extrañamente comienza a desgarrar las fibras de la soga con su pico y uñas. Mientras que abajo en el río, un enorme cocodrilo aparece y se coloca justo debajo de donde cuelgan los gemelos, Citlali mira hacia abajo y al descubrir al enorme reptil abre sus verdes ojos de espanto. Los mercenarios que se encuentran custodiándolos no se percatan pues Jonathan se encuentra contemplando la medalla de oro que lleva colgada de su cuello, Kim lo mira y le pregunta:

—¿Qué ser eso?

—Es una medalla de la virgen de Guadalupe —le responde Jonathan mientras continúa sosteniéndola en su mano mientras explica—: Fue un regalo de mi madre cuando me enlisté en los

153

marines, ella me dijo que no me desprendiera de ella para que la virgen me protegiera y no me fuera a pasar nada malo.

—¡Ja! ¿Y… funcionar? —pregunta Kim con ironía.

—Pues hasta ahora… sigo vivo, pero ya no sé si… proteja también a los que hacen cosas malas.

Pero en ese instante, Kim escucha ruidos en el agua, se aproximan a la orilla de la pendiente y cuando mira hacia el río exclama:

—Shit! ¡Jonathan look! (mira).

Expresa abriendo los ojos por la sorpresa y rápidamente jala del hombro a su compañero, el cual al descubrirlo sorprendido exclama:

—¡What a f…! (que ch…!) ¡Un maldito cocodrilo! y es enorme, ha de medir como veinte pies (más de 6 metros). ¡John! ¡John! come over here! (¡ven aquí!).

El anglosajón que se encuentra con el resto vigilando a Xóchitl y a Stephanie, lo escucha y junto con Rocco caminan con paso presuroso hacia ellos, y cuando está a punto de preguntarles por el motivo del llamado, se asoma a la orilla y descubre al enorme reptil.

—What? ¿Y ese animal de donde salió?

—No lo sabemos —responde Jonathan—. Solo llegó y creo que vio a los gemelos colgando y por eso creo se mantiene allí.

Y en ese instante, el reptil salta de manera impresiónate dejando ver su enorme tamaño, y lanza una dentellada a los pies de los gemelos, pero están tan arriba que no los alcanza, pero Citlali asustada por reflejo recoge sus piernas, y el enorme cocodrilo cae pesadamente al cauce escuchándose sonoramente el agua levantarse, a lo que John sorprendido expresa:

—Shit! ¡Pero qué animal tan grande!

—¡Y saltó como dos metros!

Expresa Jonathan, a lo que John reponiéndose de la impresión expresa:

—¡Ah! Tengo una idea ¡soltar a Xóchitl y a Stephanie!

Camina hacia ellas con paso presuroso y toma bruscamente a la joven de anteojos de uno de sus brazos y la levanta y la lleva a jalones hasta la orilla, para ahí decirle amenazante:

—¡Mirar estúpida! ¿Ver ese cocodrilo?

La intimidada universitaria con los ojos escurriendo de lagrimas y reacomodándose sus anteojos que estaban a punto de caérsele con voz temblorosa y sollozante expresa:

—¡Oh! Sniff s…si, si, ya lo veo.

—Pues si tú mentirnos y no encontramos nada, nosotros cortar esa soga y tus queridos amiguitos caer al río y ellos morir ahogados o devorados por ese animal ¿Tú comprender eso perra estúpida?

—S…sí, sí, sniff.

—Okay, entonces tomar lo que necesitar para que nosotros poder llevarte a la cueva, come on!

El desalmado la empuja bruscamente en dirección a Stephanie, haciendo que casi se derrumbe, ella sostiene sus antejos en su rostro con sus manos para evitar que cayeran. Mientras que los gemelos impotentes cuelgan de la enorme rama, Citlali escucha un ruido extraño arriba de ellos, alza su cabeza y con dificultad busca de donde proviene, y de repente abre sus verdes ojos de la sorpresa al ver al tecolote que poco a poco desgarra la soga sin cesar, entonces ella se comienza a sacudir con desesperación y patalea tratando de despertar a su hermano que sigue aturdido, pero después de varios movimientos bruscos, consigue despertarlo, y con su cabeza y sonidos de su boca amordazada, le indica que mire hacia arriba, Germán al hacerlo también se alarma y los dos llenos de desesperación se sacuden y patalean tratando de llamar la atención de sus captores.

—¡Hey! ¿Qué pasarle a los prisioneros?

Pregunta Rocco al verlos que se sacuden agitadamente y que a base de movimientos de sus cabezas y apagados sonidos de sus amordazadas bocas, les tratan de decir algo, a lo que Kim le responde:

—No hacerles caso, ellos solo tratar de llamar la atención.

Y después de que dice eso, varias de las fibras de la soga se rompen por la acción del tecolote, produciendo un característico crujido, los hermanos desesperados sacuden vigorosamente sus cabezas y logran hacer que sus mordazas caigan de sus bocas; la soga cruje de nuevo, se debilita con rapidez, a lo que ellos gritan desesperados:

—¡Auxiliooooo! ¡auxilioooooo!

—¡La sogaaaaa! ¡Se esta rompiéndoooooo!

Grita Citlali alarmada, John al escucharlos dice:

—¿Pero qué mierda pasar?

—Ellos decir que la soga estarse rompiendo. Eso no puede ser posible.

Contesta Kim, pero peligrosamente por culpa del tecolote que sin cesar picote y desgarra a la soga se le vuelven a romper más fibras y se da un peligroso jalón hacia abajo asustando más a los gemelos, y desconcertando a los mercenarios que ahora sí se alarman por el inexplicable suceso, John que se encuentra a unos treinta metros de distancia del árbol, ha escuchado los gritos de los gemelos, y observa que ellos se mueven extrañamente y entonces les grita sus compañeros:

—Oh Shit! a esa soga pasarle algo ¡Jonathan y Kim! ¡Rápido! ¡Subir al árbol para revisar!

También Xóchitl se alarma, y llena de angustia y desesperación grita:

—¡Citlaliiiiiiii! ¡Germaaaaaaaannn!

Y por instinto corre con desesperación hacia los gemelos para auxiliarlos, tomando a sus captores por sorpresa que no alcanzan a detenerla por su sorpresiva acción, pero Javier rápidamente reacciona y se abalanza sobre ella y la atrapa de los pies, haciendo que ella caiga dramáticamente de bruces al suelo y perdiendo sus anteojos.

—¡Aaaaahhh! ¡Suéltame! ¡Suéltameeeeeee!

Xóchitl ignorando el fuerte golpe que se ha dado al caer, forcejea con desesperación tratando de liberarse de Javier, al cual le cuesta contenerla, entonces Nastia corre para ayudar a sujetarla mientras que John ordena a sus demás compañeros:

—¡Pronto! ¡Agarrar a los gemelos! ¡Que no caigan al rio!

Kim y Jonathan suben al árbol, pero se desplazan lenta y temerosamente, pues viendo abajo en el cauce al enorme e intimidante cocodrilo, tienen temor a caer. Jonathan un poco más hábil se adelanta y sube a la rama de la que cuelgan los gemelos, pero grande es su sorpresa al descubrir allí arriba al extraño tecolote rompiendo la soga.

—What a fuck? (¿Pero qué chingados?)

El ave al verlo, inmediatamente se arroja a atacarlo para impedir que ayude a los gemelos, lo que a Jonathan lo toma por sorpresa y solo se cubre la cara y cabeza con sus brazos y lanza manotazos al ave que lo embiste con ferocidad a picotazos y rasguños.

—Shit! ¡Maldito pajarraco!

Grita furioso mientras lucha por quitarse los ataques del extraño tecolote. Mientras que la soga que ha quedado muy desgarrada, con solo el peso de los gemelos, el resto de las fibras se comienzan a reventar una a una muy rápidamente. Xóchitl que se encuentra inmovilizada pecho a tierra y con sus dos captores encima, al ver que sus amigos podrán caer sin remedio, con una fuerza venida de la desesperación, muerde con fuerza el brazo de Javier.

—¡AAArrrrggggghhh! ¡Mi manoooo!

Y gritando de dolor suelta a la tapatía, ella enseguida empuja a Nastia con una fuerza inusual arrojándola varios metros lejos de ella, todo pasa tan rápido, y en cuanto se libera ella corre despavorida hacia el rescate de sus amigos, los cuales con una expresión de angustia solo la miran correr hacia ellos. Pero en el momento que está a punto de llegar al árbol, la soga desgraciadamente se rompe por completo y los gemelos comienzan a caer al vacío estrepitosamente, Xóchitl sollozando y con enorme desesperación pero sin sus anteojos no ve nada bien, pero en su desesperación por socorrer a sus amigos corre y se aproxima peligrosamente a la orilla, tal parece que en su desesperación se arrojará también al río, pero en eso un enorme brazo se cruza frente su cintura y con enorme fuerza la jala derrumbándola hacia atrás al suelo, evitando que se arrojara al rio, hacia los gemelos, pero ella se vuelve a levantar, cuando los escucha gritar:

—¡Xochiiiiiiiiitl! —Citlali.

—¡Xochiiiiiiiiitl! ¡…ooooooooooooohhh! —Germán.

La joven universitaria, llena de impotencia y dolor, sin poder hacer nada para evitarlo, los mira caer en las turbias aguas del rio, y bañada en llanto solo grita:

—¡Citlaliiiiiiiiiiiii!   ¡Germaaaaaaaan!   ¡noooooooo! ¡NOOOOOOOOOO!

Y por si fuera poco, el enorme cocodrilo se abalanza hacia donde caen los gemelos, ella se levanta nuevamente y de nueva cuenta trata de correr hacia ellos mientras grita desesperada:

—¡El cocodrilooooo! ¡Los va a devoraaaaar! ¡Los va a dev…!

¡ZOC! De repente sus gritos exasperados son callados abruptamente al recibir un fuerte golpe en la cabeza que la hace que caiga al suelo desmayada; y atrás de ella se ve Javier que con una piedra en la mano y lleno de furia dice:

—Eso es por haberme mordido… ¡Maldita perra estúpida!

Mientras que en el rio, los gemelos llenos de desesperación tratan de nadar y salir del agua, pero atados les es inútil, en momentos tratan de sacar la cara a la superficie para jalar aire, pero rápidamente se hunden cada vez más y más y comienzan a tragar agua, sienten que morirán ahogados, abren sus verdes ojos bajo el agua y descubren al enorme cocodrilo acercarse peligrosamente a ellos, y gritan desesperados pero de sus bocas solo salen burbujas, sienten que tendrán un trágico final al ver al enorme reptil que frente a ellos abre sus enormes fauces para destrozarlos; pero para su sorpresa, no los muerde a ellos, sino a la parte suelta de la soga que los ata, y sube a la superficie haciendo que los gemelos saquen sus cabezas afuera del agua, lo que aprovechan para jalar aire, y enseguida el reptil se hunde con ellos y desaparecen de la vista de los mercenarios, los cuales desde arriba al verlos hundirse, los dan por muertos. Pero el reptil de manera muy extraña y desconcertante jala a los hermanos hasta una orilla oculta del rio, los cuales desconcertados, aterrados y casi ahogándose; son sacados del cauce hasta tierra firme, los gemelos una vez sobre la arena de la orilla, tosen por el agua que han tragado y jalan bocanadas de aire:

—Coff, coff.

—Ahhh, Ahhh.

De repente sienten unas manos humanas que los agarran de la soga y los terminan de arrastrar fuera del agua. Todo pasa tan rápido, tan sorpréndete y confuso, que no alcanzan a comprender lo que sucede.

Mientras que arriba con los mercenarios, ellos observan el rio, miran que ya no queda rastro de los gemelos ni del reptil, a lo que Jack dice:

—Ese cocodrilo tener mucha suerte, ahora comer dos en uno.

John le contesta:

—Y pensar que yo estar a punto de comerme a ese bombón, y mirar quien comérsela de verdad.

Mueve la cabeza a los lados con desaprobación y se retira para llegar cerca de Xóchitl que yace en el suelo sin sentido y le dice a Javier:

—Muy bien... y muy a tiempo, ahora llevarla junto con Stephanie y que Jeff reanimarla, esperar que tú no haberla matado, porque todavía nosotros necesitarla viva.

Mientras que Stephanie que permanece atada, amordazada y con los ojos llenos de lágrimas, observa con angustia como Jeff trata de reanimar a la mexicana, pero ella no reacciona, a lo que John molesto expresa:

—Shit Javier! tu haberle pegado muy duro, más valer que ella no morir, de lo contrario, tú irás a buscar ese otro tesoro.

—D...disculpen pero... me mordió muy fuerte esa maldita.

Responde el traidor de Javier mientras que preocupado mira como tratan de reanimarla, no por estima, sino por temor a ser castigado por los mercenarios. En ese momento la jovencita sorpresivamente comienza a despertar, dando alivio a los presentes, pero en cuanto abre los ojos, se lleva una mano a la nuca, se queja de un dolor en la parte de atrás de su cabeza; voltea a mirar a su alrededor y descubre a Stephanie atada y llorando de alegría por verla viva, y ansiosa por llegar a ella, John se da cuenta de eso y ordena desatar a su esposa, la cual una vez libre, se quita la mordaza y corre al lado de Xóchitl y se abraza de ella, las dos rompen en llanto al tiempo que la tapatía con una voz llena de dolor expresa:

—¡Mis amigos murieron! ¡buuuuuuaaaaaaa! ¡No pude hacer nada para ayudarlos! ¡NO PUDEEEEEEEE! ¡BUUUAAAAAAAAAAA!

—No ser tu culpa —le contesta Stephanie tratándola de consolar—. Ser culpa de estos... ¡malnacidos!

Y con profundo odio voltea a mirar a John que solo se voltea con risa cínica. A lo que Xóchitl sin poder dejar de llorar dice:

—Se murió Citlali mi mejor amiga sniff, y Germán... no, no, nooooo ¡Germán! ¡Germán! Yo lo amaba con toda mi alma, ¿por qué? ¡¿POR QUEEEE?! ¡Buuuaaaaaa!

Llora desconsoladamente en el hombro de la rubia.

—Jajajajajaja vaya, vaya, vaya —Ríe John ante la inesperada revelación de Xóchitl, y de forma sarcástica exclama—: La "espantapájarros" estaba perdidamente enamorada de su amiguito ¡Que ternura! Yo estar conmovido, pero… se le murió, que tristeza "bua, bua, bua."

Soltando su AR-15 que cuelga de su hombro, se lleva las manos a su cara haciendo de forma burlona el gesto de tallarse los ojos por el llanto. A lo que Stephanie lo mira con profundo odio y le responde:

—Tu burlarte porque… ¡tú no tener corazón! Tú no saber lo que ser amar a alguien, tú ser muy perverso, tú ser un… ¡cerdo! ser un… ¡bastardo!

—¡Woao! ¡woaoooo! Qué manera de expresarte, nunca haberte escuchado hablarme así "honey" jajajajajaja tú sorprenderme, claro que yo si saber amar, pero yo no ser estúpido, yo amar EL DINERO Y LA RIQUEZA, yes! y ese tipo de amor que tú decir, ser solo para los estúpidos y débiles como ustedes jajajajajaja.

—¡Malditooooooooo! pero tú pagar todo lo que hacer ¡tú pagar! yo jurárlo.

—What? ¿Tú amenazarme? Jaaaajajaja ¡Estúpida! Si tú ser un cadáver ambulante, tú ya deberías de estar muerta desde hace mucho ¿escucharlo? ¡MUERTA! ¡MUERTA! jaaaaajajajajajaja.

Stephanie sin decir nada más, solo se vuelve a abrazar de Xóchitl que llora inconsolable, mientras que el caucásico retoma su arma y se aleja sonriendo cínicamente.

Capítulo 16: LOS NAGUALES

Lejos de la cueva, rio abajo, los gemelos se recuperan en una escondida orilla arenosa. En ese momento voltean a ver de quien son las manos que les han ayudado a salir completamente del agua, es un joven de tez morena, su cara les parece conocida, y Germán confuso expresa:

—¿Quien... coff coff, quien es usted?

—Creo que es el joven coff coff, que llegó con el anciano el otro día...

Responde Citlali al tiempo que ve al joven sacar un cuchillo, con el cual comienza a cortar la soga que los ata mientras les contesta:

—Sí, soy uno de los que fueron a visitarlos, y mi nombre es Braulio.

A lo que Germán le pregunta:

—Pero... lo que no entiendo es cómo ese cocodrilo no nos devoró sino al contrario ¡nos rescató! Es realmente increíble.

—No se preocupen —responde Braulio—. El está de nuestro lado, dejen quitarles la cuerda.

Les expresa el joven mientras termina de cortar las amarras y finalmente liberarlos por completo, Germán se pone de pie y se quita los restantes trozos de soga de sus muñecas, incrédulo pregunta:

—¿De nuestro lado? Acaso... ¿ese cocodrilo... es amaestrado o algo por el estilo?

Citlali se incorpora y se afianza del brazo de su hermano, a lo que el joven moreno les responde:

—No, no es ningún animal amaestrado, es nuestro abuelo, el Nagual.

—¿Nagual?

Pregunta con sorpresa Citlali al mismo tiempo que ven al imponente cocodrilo aproximadamente a nueve metros frente a ellos que callado e inmóvil solo los observa, en eso pasa volando sobre ellos el tecolote que les había cortado la soga, y se esconde detrás de un enorme arbusto cercano a ellos, a lo que Citlali sorprendida dice:

—¡E…ese! ese tecolote se parece al que nos cortó la cuerda.

A lo que Braulio responde:

—Sí, fue necesario que ella lo hiciera para rescatarlos.

—¿Ella?

Preguntan al unisonó los gemelos mas confundidos que nunca, pero contestando su pregunta, del arbusto sale una jovencita, una adolescente de 1.56 metros de estatura, de tersa piel morena como la canela, de cuerpo delgado y ágil, con un rostro bello y jovial, con grandes y expresivos ojos negros, y una sonrisa blanca y fresca, y su cabello es negro y brillante como el azabache, que se lo reacomoda, viste un corto y gastado vestido blanco de una sola pieza, de tirantes delgados con estampado de flores, que le llega arriba de sus rodillas, y camina hasta con Braulio, el cual agrega:

—¿Ven? Ella es Xareni… mi hermana.

—Hola.

La jovencita los saluda amablemente pero un poco agitada mientras termina de acomodarse su cabello. Los gemelos atónitos van de sorpresa tras sorpresa, Germán incrédulo va hacia el arbusto a buscar al ave pero no encuentra nada, y confuso regresa al lado de su hermana expresando:

—¿Pero como…?

A lo que Braulio les dice:

—Como les decía, este cocodrilo es mi abuelo el Nagual, recuerden lo que les dijimos aquella vez.

A lo que Germán expresa:

—Hummm si ya recordamos, pero...

—Si muchachitos… yo soy don José.

Responde el cocodrilo interrumpiendo, al escucharlo hablar, los gemelos quedan atónitos y mudos y ante ellos el enorme reptil se comienza a transformar hasta quedar convertido en humano, en el anciano, agachado, desnudo y con una rodilla en el suelo, Braulio rápidamente lo cubre desde sus hombros con un delgado zarape, el cual el anciano lo afianza con sus manos, y ya cubierto del cuello a las rodillas, se incorpora y se dirige a los hermanos para decirles:

—¿Ven? soy don José… el Nagual.

Eso fue demasiado para los gemelos, pues Germán sin dejar de mirarlo, solo alcanza a balbucear:

—E…el animal se transformó…

—…en viejito…

Citlali termina la oración, al momento que ambos caen hacia tras perdiendo el sentido ante las miradas atónitas de los jóvenes y el anciano, pero este último responde:

—¿Viejito yo? ¡Viejos los cerros y todavía reverdecen! ¡Muchachitos irrespetuosos! y ni aguantan nada.

—¡Hay abuelo! —le expresa la joven Xareni—. ¿A quién se le ocurre transformarse frente a alguien que no conoce de esto? ¡Por favor! Con la caída que tuvieron al río, luego casi se ahogan y por ultimo ¿esto? pues no es fácil resistir.

Expresa la jovencita a lo que el viejo Nagual contesta:

—Ya, ya; ta' güeno, ya deja de recriminármelo ¡Vamos! Llevémoslos a un lugar seguro. Tú Xareni, ayúdame a llevar al muchacho, y tú Braulio encárgate de la muchachita.

El viejo Nagual y la jovencita levantan a Germán y se pasan cada uno un brazo del gemelo sobre sus hombros. Mientras que Braulio se agacha y toma el cuerpo desmadejado de Citlali, al levantarse con ella en brazos, por unos instantes mira su hermoso rostro, luego sin pensarlo recorre con su vista la figura de la gemela, que con la ropa mojada se adhiere a su cuerpo dibujando su bella silueta, contempla el abultado busto donde se marcan sus pezones, su firme abdomen, y remata en sus desnudas, tersas y bien torneadas piernas, que al verlas traga saliva, tal vez nunca había visto una mujer así, pero de repente se ve interrumpido por la voz de don José que le dice:

—¡Braulio! ¡¿Qué esperas?! ¡Ándale! ¡Apúrate!

A lo que el joven responde:

—S…si, si, voy atrás de ustedes.

Y de esa manera se internan en la jungla.

Capítulo 17: SORPRESA

El tiempo transcurre y en pocos minutos cae la noche y en el firmamento aparecen la luna y las estrellas, y dos horas después, en una zona despejada de la selva, a medio camino entre el pueblo y la caverna, comienzan a reunirse un nutrido grupo de hombres a caballo.

—¿Ya son todos "Renco"?

Pregunta el cantinero del pueblo que funge como el líder, a lo que su asistente le dice:

—Pos' creo que ya están todos patrón. Somos como 20 y armados hasta los dientes.

—Muy bien, pos' no necesitamos más, con estos tenemos pa' acabar con esos méndigos "turistitas" rateros, porque ese tesoro nos pertenece a nosotros.

—Si patrón —le responde el "Renco"—. ¡"Amos" a romperles su madre!

—¡Atención todos! —el cantinero se dirige a los demás—. Como ya les dije, hay una bola de "turistitas" que encontraron un tesoro en nuestras tierras, y se lo piensan llevar a escondidas, pero eso no es todo, esos cabrones mataron a uno de los nuestros e hirieron en la cabeza aquí al "Renco"

En ese momento el mencionado se quita su sombrero y muestra a los demás su cabeza vendada.

Eso quiere decir que esos cabrones no se andan con chingaderas y están bien armados, y que el tesoro que encontraron es grande, y nosotros de pendejos... ¿vamos a dejar que se lo lleven?

—¡NOOOOOOOOO!

Gritan todos al unisonó al mismo tiempo que alzan sus armas, y los caballos relinchan nerviosos, a lo que el líder prosigue:

—¡Ya saben el plan! Así que... ¡Ya vamos a partirles toda su madre!

Y eufóricos arrancan sus caballos en dirección a la cueva.

Capítulo 18: AVARICIA DESMEDIDA

Mientras que en el campamento de la caverna, John se dirige a Xóchitl y a Stephanie:

—Muy bien estúpidas, ya bastar de lloriqueos ¡Separarlas! —Les ordena a sus compañeros, y se dirige a Xóchitl—: Ser mejor que tú decirnos de una vez por todas donde estar el otro tesoro o pasarte lo que a tus amigos.

La angustiada y triste jovencita solo llora desconsoladamente sin responder nada, a lo que Javier expresa:

—Déjenme convencerla yo.

—Hummm okay —responde John—, veremos si tú poder.

Javier toma un machete y mirando a Xóchitl con furia se dirige a ella, la toma bruscamente de los cabellos y tira su cabeza hacia atrás con lujo de violencia.

—¡Aaaayyy!

Ella grita de dolor, pero inmediatamente él le pone el filo del machete en su garganta y con voz amenazante le dice:

—¡Mira pinche cegatona de mierda! Nunca me caíste bien, y es mejor que abras el puto hocico y nos digas donde está el otro tesoro, porque si no lo dices, con gusto te rebanaré el pinche pescuezo.

Xóchitl tiembla de miedo, por un momento no dice nada, pero enseguida con sus labios trémulos da una respuesta que sorprende a todos:

—¡Ya no me importa lo que me hagan! Sniff… ¡Ya no me importa vivir! si quieren matarme, ¡mátenme de una vez! ¡Que ya no tengo ganas de vivir! ¡Buuuuaaaaaaa!

—Bueno… si eso es lo que quieres, con mucho gusto te voy a dar lo que pides.

Le responde Javier, y sin soltarla de sus cabellos, levanta la mano del machete amenazante, para propinarle el golpe mortal, mientras que la joven de anteojos, sollozando y resignada, solo cierra sus ojos que escurren de lagrimas sin cesar, esperando el golpe final, ante la mirada angustiada de Stephanie que forcejea inútilmente con los mercenarios que la sujetan y grita:

—!Noooooo! ¡No matarla! ¡noooooo!

Javier está a punto de soltar el golpe letal, cuando sorpresivamente una mano le sujeta la muñeca, es John que le dice:

—¡Stop Javier! si tú matarla, jamás sabremos donde encontrar el otro tesoro. Hummm tal vez ella no tener miedo a morir, pero que tal si en vez de matarla a ella matamos a… Stephanie.

AL decirlo la señala con la punta de su chuchillo, la cual queda muda por unos instantes debido a la sorpresiva respuesta, pero enseguida se repone y dice:

—¡Tú ser un desalmado! ¡Ser un maldito cerdo John! ¡Arrepentirme mil veces de casarme contigo!

—Y yo arrepentirme ¡millones de veces por casarme con un cadáver! —responde furioso el caucásico a su aún esposa y agrega—: Well… sino importarles, entonces torturar a Stephanie hasta la muerte, veremos cuanto resiste.

A su orden Rocco se une para afianzar más a la rubia, mientras John le dice a Xóchitl.

—Si tú no decirnos, dejaremos ciega a Stephanie.

Y al decir eso lentamente aproxima la punta de la filosa hoja al ojo de la rubia la cual los cierra y voltea su rostro sollozando, pero John la toma de los cabellos con fuerza para que no se mueva, y de esa manera Stephanie impotente y con su corazón palpitando fuertemente de miedo, mira como su perverso esposo lentamente le aproxima la filosa punta más y más a su ojo, del cual escurre una lágrima, la punta del cuchillo brilla con un malicioso destello como ansiando atravesar ese frágil tejido, y cuando la punta está a punto de tocar su pupila:

—¡Alto! ¡Alto! ¡Deténganse! ¡No le hagan nada! —Xóchitl no puede permitir que dañen a su amiga y cede—. Les… ayudaré a dar con el otro tesoro.

—Jejejejejeeeeee ¡esa voz agradarme! ¿Ver que ser muy fácil?

Responde John satisfecho, feliz y malicioso.

—Pero necesito que… Stephanie me acompañe —agrega la joven de anteojos—, para que me ayude, porque yo sola tardaría muchos días en descifrar los jeroglíficos para saber el lugar exacto donde se encuentra el otro tesoro.

Después de meditar lo que dice la joven universitaria, John le dice a sus compañeros que sostienen a Stephanie:

—¡Soltarla! Y dejar que se vaya con su amiga la "espantapájarros"

Al ser liberada por sus captores, la rubia corre a los brazos de Xóchitl, la cual la recibe pero sin dejar de mirar a John con mirada triste y acongojada.

—Okay ¡Arriba! ¡Vamos a la cueva!

Y John toma con brusquedad a su esposa de un brazo, mientras que Javier hace lo mismo con Xóchitl y se dirigen al interior de la caverna, entonces el mercenario le dice a sus compañeros:

—¡Vigilar a Manuel y a sus primos! si ellos tratar de escapar... ya saber qué hacer.

Al escuchar eso los mercenarios voltean a mirar a los españoles y con una sonrisa perversa cortan cartucho. Mientras que John y Javier llevan a las cautivas al interior de la cueva.

Una vez dentro del templo, se acercan hasta el muro de todas esas pinturas rupestres, y el estadounidense con desprecio les dice a sus cautivas:

—¡Ya estamos aquí! ¡A trabajar!

Javier empuja bruscamente a Xóchitl haciendo que caiga de rodillas al suelo, John hace lo mismo con su esposa, luego ellos se quedan parados esperando a que ellas comiencen su trabajo, entonces la joven mexicana dice a sus captores:

—N...necesitamos que nos dejen solas para poder concentrarme.

—Jajajajajaja ¿Qué? ¡A callar y a trabajar!

Responde el ex marine. Stephanie lo mira con profundo odio y le dice:

—John... con esa arma apuntándonos, no poder concentrarse ¿A qué temer? nosotras no poder escapar a ningún lugar aquí o... ¿tener miedo de nosotras?

—¡Ja! of course not! (¡por supuesto que no!) —Responde su nefasto esposo y le dice a su compañero—: Lets' go (vámonos) dejarlas solas, y... ¿Cuánto tiempo ustedes necesitar?

—Necesitamos como mínimo... tres horas para traducir todo.

—¡Ser demasiado! darles solo una hora.

—Es muy poco.

Responde Xóchitl preocupada.

—¡SOLO UNA HORA! —repite John molesto—: y nosotros regresar. ¡Let's go Javier!

Y los verdugos se alejan hasta salir de la cueva y llegar con sus compañeros. Mientras que en el templo Stephanie le pregunta a su compañera:

—¡Nosotras estar perdidas! Con sólo una hora tú no poder descifrarlos.

—Con 30 minutos es más que suficiente, pero eso del otro tesoro fue una mentira para evitar que les hicieran daño a mis amigos pero... ¡sniff! ahora ya es demasiado tarde —expresa Xóchitl con enorme tristeza y agacha su cabeza, luego continua—: pero ahora tengo un plan nuevo.

—¿Plan nuevo? ¿Cuál plan?

—Mira, en esto símbolos dice como hacer una especie de ritual o invocación. Desde el principio me llamaron la atención, y me puse a descifrarlos, y aquí dice como invocar y hacer surgir al gran señor vampiro.

—¿Acaso no es al que se referían los jeroglíficos de la primera entrada? ¿El destructor de los humanos?

—Sí, eso decía pero... en estas pinturas dice que el que pida su ayuda lo librará de sus enemigos, les dará salud y un poder inimaginable.

—¿Salud? aún que eso fuera cierto, creo que ya ser demasiado tarde para eso, porque si curarnos, de todos modos John y sus amigos matarnos, sería muy útil que se encargara de ellos, nuestros enemigos, si esto no fuera solo una superstición claro.

—Pues yo quisiera creer que no lo es, deberíamos de tratar, de todos modos no tenemos nada que perder.

—¡Esperar! ¡Esto ser una locura! O una estupidez... eso solo ser una superstición.

—Yo también pienso lo mismo pero... algo me dice que no lo es... algo me dice que esto es verdad, de todos modos no tenemos nada que perder, total...—su semblante cambia a uno de profunda tristeza y dice—: ya estamos perdidas sniff.

—Well... tú saber que yo tener cáncer de seno, aún sin los mercenarios mis días estar contados pero ¿tu?

Xóchitl la mira con una expresión de enorme tristeza y le comunica:

—Te... tengo que confesarte algo —respira profundamente antes de hablar—. Ahhh, en la clínica, cuando me hicieron exámenes por lo de la donación de sangre, después el doctor me llamó para decirme el resultado... sniff, y me dijo que... sniff m... me descubrieron un, un... extraño tumor a un lado del cerebro.

Stephanie queda muda ante la revelación de Xóchitl, la cual conteniendo su llanto continúa diciendo:

—Y me dijo que el coagulo se podría romper si recibo un golpe fuerte en la cabeza, y que podría morir en cualquier momento. Y sabes que recibí un golpe muy fuerte por parte de Javier.

—Sí, ese maldito traidor, ser un pusilánime, un gusano, igual que mi marido digo, mi ex marido.

La joven tapatía solo cierra sus ojos que se humedecen con rapidez empañando sus anteojos, y algunas lágrimas resbalan por sus mejillas al mismo tiempo que traga saliva. Su rubia amiga la mira atónita ante la sorpresiva noticia sin saber que decir, solo sus ojos también se humedecen y únicamente reacciona a abrazarse de ella sollozando y decirle:

—So sorry amiga, jamás imaginar que tú padecer de eso, y aún así tú donar sangre para mí, tú ser muy buena y noble. Tener razón, de cualquier modo... nosotras estar condenadas a morir ¡sniff!

Y se abraza de ella con más fuerza en medio de un corto llanto para luego decir:

—Okay, decirme que tenemos que hacer, yo ayudarte.

—Bien sniff, esto es lo que haremos...

Se disponen a efectuar el ritual, en el altar encienden tres recipientes de piedra que lo rodean, luego Xóchitl dice:

—Pero las pinturas dicen que después de la segunda oración, necesitamos sangre de una mujer virgen. Tú solo repite como la digo yo, porque está en maya.

—Shit! estamos perdidas —la rubia molesta pregunta—: ¿Y dónde vamos a encontrar a una mujer virgen en estos momentos para sacarle la sangre?

Como respuesta Xóchitl solo la mira fijamente a los ojos sin decir nada, a lo que la rubia comprende y sorprendida pregunta:

—¿Querer decir que tú...?

—Sí, mi sangre nos servirá, ¡Vamos! No hay tiempo que perder.

—Woaooooo amiga, estás llena de sorpresas.

Y se disponen a efectuar el extraño ritual, y comienzan a pronunciar una extraña oración en lengua maya, que se traduciría así:

—¡Oh! gran señor que descansas en éste tu sagrado templo, te pedimos perdón por perturbar tu sueño, pero te rogamos nos escuches... ¡despierta y levántate! Y acude a nuestro ruego...

Afuera de la cueva, mientras John le da indicaciones a sus compañeros; unas siluetas humanas se desplazan silenciosamente a pie, ocultándose entre la densa y obscura vegetación hasta posicionarse a casi cien metros de donde están los mercenarios, luego inesperadamente se escucha una voz que les grita:

—¡"Ora" hijos de la chingada! ¡Tiren sus armas y manos arriba! ¡Los tenemos rodeados!

Los mercenarios se desconciertan, alzan sus armas al mismo tiempo que miran hacia todos lados tratando de descubrir el origen de la voz pero no logran ver a nadie. A lo que Jack les responde:

—¿Quiénes ser ustedes? nosotros no querer problemas, solo venir en una investigación, tenemos el permiso del gobierno mexicano para portar armas, nosotros ser profesionales, irse de aquí, no queremos hacerles daño.

A lo que la voz que es la del cantinero les responde:

—Jajajajaaaaaa Permiso ¡mis huevos! ¡No se hagan pendejos pinches gringos! ¡Sabemos lo del tesoro que se quieren robar! ¡Ustedes son los que se van a tener que largar a la chingada de aquí si no quieren quedar como coladeras!

Jack preocupado se acerca a su compañero para decirle al oído:

—Dammit John! ¿No que nadie sabía del tesoro?

A lo que el desconcertado estadounidense responde:

—No tener idea como esos mexicanos enterarse, Shit! ¡Pero nosotros no darles nada! Deja decirles algo —y dirigiéndose nuevamente a ellos en voz alta exclama—: ¡No pueden impedirnos sacar el tesoro! tenemos el permiso y lo entregaremos al gobierno.

—¡No nos quieran ver la cara de pendejos! ¡Ustedes no va a entregar ni madres! —les responde el cantinero—. Suelten las armas ¡ya! y entréguense, y no les haremos nada.

—Shit! ¿Qué hacemos John? —le pregunta Jack muy preocupado—. Nunca decirnos que esto iba a pasar.

—No preocuparse, solo ser gente de pueblo con armas, pero sin entrenamiento militar, ellos no saber pelear como nosotros, fácilmente poderlos vencer.

Mientras dice eso, Nastia con su rifle de francotiradora ha localizado una silueta, la tiene en la mira y dice:

—Esos estúpidos no ser rivales para mí.

Y sin decir más, dispara.

—¡Nastia nooooo!

¡Bang! John advierte demasiado tarde, ella ha accionado su arma, y automáticamente un pistolero del pueblo cae al suelo, aunque no muere, queda herido de gravedad; lo que sorprende y enfurece a sus compañeros, y el cantinero grita:

—¡Fuegooooooooo!

Al escuchar eso los mercenarios huyen para atrincherarse dentro de la cueva al mismo tiempo que sobre ellos cae una lluvia de balas: ratatatatata, ¡bang! ¡Bang!

Nastia recibe un disparo en una pierna:

—¡AAAAAhhh!

Rocco la mira caer al suelo, y rápidamente la toma de una mano y la jala arrastrándola con él. Los mercenarios milagrosamente logran ocultarse y atrincherarse en la entrada de la cueva, al mismo tiempo que John furioso le grita a la arrogante mercenaria:

—¡¿Pero qué mierda haber hecho Nastia?! ¿Acaso tú ser estúpida? Shit!

John se encuentra enfurecido y preocupado, a lo que la mujer, cojeando de su pierna izquierda, pero aún llena de arrogancia le responde:

—Yo Pensar que matando a uno de esos bastardos los iba a asustar y huirían pero…

—¿Huirían? Shit! ¡Pero qué estúpida eres!

Y se desata una feroz batalla entre ambos bandos, envueltos entre sonidos de ráfagas y detonaciones de las distintas armas: ¡Ratatatata! ¡Bang! ¡bang! ¡Ratatatatatata!

Capítulo 19: REVELACIÓN

Mientras tanto, en algún otro lugar de la selva, el anciano y sus nietos recuestan en el suelo a los gemelos que comienzan a recuperar el sentido, Germán es el primero en abrir los ojos y sacude su cabeza.

—¡Auch! —Se lleva la mano a la frente al sentir un ligero dolor, se da cuenta que tiene un vendaje cubriendo su herida, luego mira al anciano y pregunta—: ¿Q... que pasó? Creo haber soñado que usted era un cocodrilo.

—No lo ha soñado muchachito —le responde el veterano—. Es la verdad, ya les dijimos que nosotros somos Naguales, y de esa forma es como pudimos rescatarlos de los cabrones que los tenían colgados y los iban a ejecutar.

En esos momentos Citlali comienza a despertar, sacude su cabeza ligeramente para terminar de recuperar la conciencia, solo mira al anciano responder, a lo que su hermano prosigue:

—Esto no puede ser, aún no lo puedo creer pero... ¿cómo supieron de nosotros? No entiendo.

Ante su confusión, el anciano le responde:

—Nosotros los vigilábamos en secreto, por eso nos dimos cuenta de lo que estaba pasando.

A los gemelos les es muy difícil asimilar lo que han visto, todo ha ocurrido tan rápido y de forma tan confusa e inverosímil, a lo que Citlali le pregunta al anciano:

—Y... ¿Como hicieron eso? ¿Cómo es que nos pudieron rescatar?

—Pos' gracias a mi nieta Xareni —el viejo Nagual al momento de decirlo, señala con la mano a la jovencita, que les sonríe e inclina la cabeza brevemente en señal de saludo—. Ella Tomando la forma de tecolote se mantuvo vigilándolos, y cuando los amarraron como puercos al árbol, ideamos rápidamente la forma de liberarlos.

—Pues... gracias.

Expresa Citlali, pero en ese momento sorpresivamente Germán se acuerda de algo y se levanta sobresaltado exclamando:

—¡Xóchitl! ¡Tenemos que rescatarla! —en eso llegan hasta ellos los sonidos de las detonaciones de las armas por el enfrentamiento que se libra en el área de la caverna, lo que lo desconcierta y agrega—: ¿Y esos disparos?

—¡Es verdad! ¡Y muchos! —responde su hermana también llena de preocupación— ¡parece como si hubiera una guerra allá!

—¡Chingada madre! ¡Tengo que ir a salvarla!

Responde el gemelo mientras mira hacia de donde provienen los ruidos de los disparos.

—¡Esperen muchachitos! —les dice el anciano—. Si vamos ahorita al tratar de rescatarlas, ellos las asesinarán y de pasada a ustedes también.

—¡Pero tengo que rescatarla! ¡Está en grave peligro!

A lo que el viejo Nagual le dice:

—Primero debemos de saber que está sucediendo allá... ¡Xareni! Ve, fíjate y busca la forma de cómo podemos rescatar a esas muchachas, para preparar un plan rápido ¡Ándale! ¡Apúrate!

—Ya voy abuelo.

La jovencita, regresa atrás del enorme arbusto, se escucha a la jovencita respirando profundo, luego una clase de quejido y repentinamente ya no se oye nada; enseguida, del arbusto rápidamente sale volando un tecolote rumbo hacia la cueva. Germán y Citlali desconcertados corren hacia el arbusto buscando a la jovencita creyendo que ella se ha escondido, pero no la encuentran, a lo que Germán sorprendido expresa:

—¿Pero qué?... ¿pero dónde se metió?

A lo que el anciano responde:

—¿Todavía no lo creen verdad? no se preocupen, ella nos dirá lo que está sucediendo allá.

—¡Pero debemos de acercarnos al lugar!

Expresa Germán sin salir de su angustia por Xóchitl, a lo que el anciano le responde:

—¡No! es muy peligroso, en el momento que nos miren de "lejecitos" podrían matarlas. Y no se preocupen por la distancia, podemos llegar rápido volando.

Los gemelos se voltean a ver uno al otro desconcertados sin comprender lo que dice el anciano.

173

Mientras que en la cueva, continúa el enfrentamiento entre los pistoleros del pueblo y los mercenarios, a lo que estos últimos ante las abrumadoras ráfagas de los pueblerinos, se sienten incapaces de salir avante.

—¡Esos malditos! —dice Kim—. Parecer que no acabárseles las municiones.

—Y a nosotros estar terminando —dice preocupado Jack mientras permanece tras de una roca que recibe gran cantidad de disparos—. A mi ya solo quedarme un solo cargador, y si nos quedamos sin balas, esos desgraciados venir por nosotros y matarnos ¡¿Qué hacemos John?!

El norteamericano tirado boca abajo, no responde inmediatamente, se queda callado unos instantes y ante su mutismo, Jack le vuelve a repetir:

—¡¿Qué hacemos?!

En eso John le contesta:

—¡Tener una idea! ¡Atar a Javier! También ir por la "espantapájarros" y Stephanie, las amarraremos, y les diremos a esos malditos pueblerinos que estos ser nuestros rehenes, eso nos hará ganar tiempo para poder negociar con ellos.

En eso Kim y Rocco agarran y comienzan a atar a Javier, el cual furioso protesta:

—¡Hey! ¡hey! ¡Suéltenme cabrones! ¿Ni porque les voy a ayudar a sacar el tesoro del país me hacen esto?

—¡Callarte y no protestar!

Le contesta Kim y rápidamente le atan sus manos tras su espalda, mientras John dice:

—Todos ustedes seguir disparando a discreción para mantener a raya a los pueblerinos, pero tratar de no tirar tantas balas, y tu Jack, acompañarme para traer a las mujeres.

Y así se conducen hacia donde dejaron a Xóchitl y a Stephanie. Mientras en el templo, ellas después de rezar una extraña oración en lengua maya, la rubia escucha pasos que se acercan al templo.

—¡Xóchitl! creo que ellos ya venir.

—No te preocupes, con esto termino el ritual.

Le responde la joven de anteojos y con el cuchillo de obsidiana, se hace un corte en la muñeca izquierda, pone su brazo arriba del círculo negro del suelo, aprieta su mano y deja caer un chorrillo de sangre sobre éste al momento que dice:

—…Y con esta sangre pura y virgen, te llamamos a que acudas ¡Oh gran señor!

Luego Xóchitl lee algo más en su papel y menciona:

—Aquí dice que lo llamemos pronunciando su nombre tres veces con la sangre de una virgen en la boca.

—¡¿What?! Aaaaahhh —la rubia hace una inspiración profunda y resignada expresa—. Okay, ooookay, lo que sea pero ¡pronto que se aproximan!

Le responde decidida al mismo tiempo que voltea a ver hacia la entrada del templo cerciorándose de que no aparezcan sus captores. Entonces Xóchitl le pone su muñeca sobre su cabeza y le dice:

—¡Pronto Stephanie abre la boca!

—Okay, todo sea por esto.

Y sintiendo un ligero repudio alza la cara hacia arriba y abre su boca, mientras la joven de anteojos aprieta su puño y deja caer un pequeño chorrito de sangre en la boca de Stephanie, luego ella la cierra para que no se le derrame ni una sola gota, ni tragarla; pero aún así, le escurre un poco por las esquinas de sus labios, luego Xóchitl derrama el liquido vital en la suya teniendo el mismo efecto, y así las dos con sus labios escurriendo del liquido escarlata, comienzan a recitar un extraño nombre:

—KAMA…ZOR.

La sangre en sus bocas les dificulta pronunciar correctamente, provocando que se les escape aún más el líquido de sus labios. Pero en eso los mercenarios ya han entrado al templo y las miran alcanzan a ver frente al altar haciendo algo muy extraño.

—¡Mirar a esas perras! —expresa molesto John—. ¿Qué estupideces estar haciendo ellas?

—No tener idea, Pero no importar, come on! ir por ellas… ¡hey estúpidas! —les grita Jack molesto—. Pero ¿Que estar haciendo?

Y furiosos se dirigen hacia las féminas que al escucharlos voltean brevemente y se alarman, para rápidamente proseguir con su tarea y sin detenerse vuelven a pronunciar el nombre:

—¡KAMAZOR!

—¡Malditas!

Expresa John que junto con Jack llegan exactamente atrás de ellas y les repite furioso:

—¡Malditas perras responder! ¡¿Que estar haciendo?!

Ellas ignorándolo, pronuncian por tercera vez el nombre:

—¡KAMAZOOOOORRRR!

A lo que John y Jack furiosos por ser ignorados, con lujo de violencia las toman de los cabellos.

—¡Hacerles una pregunta perras! ¡¿Que estar haciendo?!

Furioso Jack toma a Xóchitl con fuerza y la levanta del suelo de los cabellos, haciendo que grite de dolor:

—¡¡AYYYYY!!

John hace lo mismo con Stephanie, interrumpiéndoles abruptamente lo que estaban haciendo. Y John al verles sangre escurrir de sus bocas le pregunta a Stephanie con creciente enojo:

—Pero… ¿qué estupidez estaban haciendo?

—Ser sangre… ¡malditas locas!

Expresa Jack sorprendido al ver sus labios manchados por completo del liquido vital, Xóchitl como respuesta solo pronuncia unas palabras en lengua maya, irreconocibles para ellos. A lo que Jack furioso le pregunta:

—Pero… ¿Qué haber dicho estúpida?

John en tono burlón le responde:

—Creo que la "espantapájarros" insultarte en idioma indígena jaaaaajajajaja.

—¡Maldita perra miope! ¡Ahora verás!

—¡Esperar Jack! —habla John—. No olvidar lo que planeamos con ellas.

—Shit! Tener razón, necesitarlas vivas. Esta vez salvarte maldita perra cegatona.

Y sin soltarlas de los cabellos, las jalan hacia la salida en medio de suplicas y sollozos de las desafortunadas mujeres. Pero mientras se alejan del altar, de repente la atmosfera del lugar cambia, se comienza a sentir un viento muy helado, un extraño escalofrió les recorre todo el cuerpo, el fuego de las antorchas disminuye bruscamente casi al punto de apagarse por un instante, y un ligero y breve temblor comienza a sacudir el lugar, provocando que polvo y pequeñas piedras caigan de arriba de la cueva, los mercenario enormemente desconcertados se detienen mientras miran todo a su alrededor.

—¿Pero qué mierda estar pasando?

Pregunta John, a lo que su compañero le responde:

—Deben ser los ataques de los pueblerinos Shit!

Y prosiguen su avance hacia la salida del templo, pero sin darse cuenta, en el altar, del enorme circulo negro, una extraña y tenebrosa sombra, una especie de masa uniforme mucho más negra que la noche; mas negra que la misma obscuridad, comienza a emerger lenta y misteriosamente, mientras Xóchitl es llevada por sus captores, en un instante voltea y alcanza a descubrirla, sintiendo una gran sorpresa y temor, y con una señal de su mano alerta a Stephanie para que la vea, ella al voltear queda sorprendida como esa sombra va levantándose del suelo hasta obtener un enorme tamaño, de más de dos metros, para luego salir disparada volando hacia arriba, perdiéndose de vista, en ese instante sus captores si darse cuenta, las vuelven a jalar para acelerar el paso. Luego llegan con los demás mercenarios que se encuentran atrincherados, ocultándose de los disparos de sus enemigos que han reanudado los ataques hacia ellos y dice John:

—¿Que pasar aquí? ¿Acaso a esos malditos no terminárseles la balas?

A lo que Jeff agazapado a un lado, con preocupación y enojo le responde:

—Y lo peor ser que nosotros estar siendo atacados con ¡armas americanas! Armas que nosotros mismos les hemos vendido.

—Shit! shit! y más shit! —expresa molesto John—. Esto ser el maldito colmo, Well… aquí traer a estas malnacidas para mostrarlas a esos malditos pueblerinos, para que vean que tenemos rehenes y dejen de disparar.

No termina de decir eso cuando: RATATATATATATATA. Inesperadamente reciben una rápida ráfaga de balas que los toma por sorpresa y los obliga a agacharse y protegerse aún más.

—Dammit! ¡Malditos!

Expresa John al mismo tiempo que se tira al suelo junto con los demás y se cubren las cabezas con sus manos detrás de las rocas. Xóchitl y Stephanie al verse olvidadas por unos segundos por sus captores, se miran una a la otra, aprovechan la situación y huyen a toda velocidad hacia el interior de la caverna de nuevo.

—¡Las rehenes se escapan!

Expresa Nastia al verlas correr, les apunta y les dispara: ¡Bang! El disparo pega en una de las estalagmitas a un lado de las prófugas.

—¡Noooooo! —John que está cerca de ella le ha desviado el rifle haciendo que falle y luego le dice—: ¡Les he dicho que necesitamos vivas a esas perras!

—Shit! —dice furioso Jack—. ¿Ahora que les mostraremos?

—Ya me las pagarán esas malditas —responde John lleno de furia—: de todos modos de ahí dentro no escaparán, las podemos ir a buscar después, pero ahora tenemos que ocuparnos de esos malditos pueblerinos.

Al terminar de decir eso, los pistoleros redoblan su ataque y disparan con mayor ferocidad, escuchándose sonidos de metrallas, pistolas y escopetas, el ataque es tan abrumador que a los mercenarios se cubren sin moverse por varios minutos.

Mientras que en el interior del templo Xóchitl y su compañera llegan corriendo hasta el altar, y desde ahí buscan desesperadas donde esconderse, llenas de curiosidad observan el lugar de donde salió la misteriosa sombra, y repentinamente al mirar en la mesa de sacrificios, descubren un par de recipientes de obsidiana, una especie de platos hondos que ellas no habían visto antes, con curiosidad se aproximan, y ya frente a estos, misteriosamente un par de chorros de un misterioso liquido rojo obscuro aparecen de la nada arriba de los obscuros trastos, y los comienza a llenar, ellas espantadas se abrazan una a la otra y llenas de confusión se miran una a la otra, y casi al llenarse, el par de finos chorros desaparecen, entonces las dos compañeras llenas de confusión se miran una a la otra, se sueltan una de la otra y en eso Xóchitl presiente que tiene que hacer algo, y se aproxima a los recipientes y está a punto de tomar uno pero Stephanie exclama:

—No los toques, poder ser peligroso, mejor escondernos.

Entonces la mexicana sin despegar la vista de los recipientes temerosa retrocede y está a punto de voltearse y huir con su amiga cuando de repente siente algo extraño, ya no ve por su ojos derecho, se desconcierta y rápidamente voltea a mirar a su compañera la cual la observa desconcertada, con su mano primero se tapa uno de sus ojos y luego el otro, a lo que su compañera desconcertada le pregunta:

—¿Qué pasarte amiga? ¿Qué tú tienes?

—Y… ya no te veo con mi ojo derecho…

Responde Xóchitl terriblemente angustiada repentinamente recuerda lo que le dijo el médico de la clínica: *" ...si el coágulo se rompe "... puede que pierda la visión parcial o total de su ojo derecho..."* y de repente siente que algo le escurre por su oído, rápidamente se la toca con su mano y se mira los dedos, su expresión se llena de angustia al ver sangre en sus yemas; entonces recuerda lo demás que le dijo el galeno *"y hasta se le escape sangre por el oído." "si el coagulo se rompe... ya no se puede hacer nada, y en cuestión de segundos o minutos puede morir."*

De manera brutal se da cuenta que lo que tanto temía, recuerda el golpe que le dio Javier en la cabeza al mismo tiempo que se lleva la mano a la nuca, su rostro refleja una enorme angustia y temor y de sus ojos comienzan a escurrir lágrimas. Entonces vuelve a mirar los extraños recipientes y sin decir nada mas, toma uno y comienza a beber ávidamente, entonces su compañera al verla en esa situación hace lo mismo con el otro traste, después de beber ese extraño liquido, se miran una a la otra sorprendidas, pero de repente... comienzan a sentir un fuerte ardor en el estomago, como brasas encendidas que queman sus entrañas, tan fuerte que dejan caer los recipientes al suelo, se llevan las manos al abdomen, se quejan fuertemente de dolor, comienzan a vomitar, el malestar es tan fuerte que no lo pueden soportar, se miran una a la otra asustadas y gritan aún mas, el dolor rápidamente se vuelve insoportable, tosen fuertemente, comienzan a vomitar sangre y enseguida un misterioso liquido negro, entonces se les comienza a dificultar cada vez mas respirar, hasta el punto que sienten que se ahogan; encorvadas, dobladas por su cintura, con una mano en el estomago y otra en el cuello, sin poderlo evitar caen al suelo convulsionándose en medio de ahogados gritos de dolor, y sin dejar de arrojar ese liquido negro por sus bocas, se miran una a la otra con una profunda desesperación, sienten que su final ha llegado, segundos después, cierran sus ojos y exhalan; se dejan de mover terminando tiradas ya sin vida.

Mientras que en la entrada de la cueva los mercenarios siguen ocultándose de las ráfagas de bala de sus adversarios, John lleno de frustración grita dando una orden:

—¡Jack! Ve con Rocco por esas estúpidas, han de estar escondiéndose en el templo, tráiganlas a como dé lugar lo más rápido posible Go! Go! Go!

Jack le hace la señal a Rocco de que lo siga, y juntos se dirigen al templo, mientras que los demás se mantienen disparando a discreción contra los pistoleros. Una vez dentro del templo los mercenarios comienzan a buscar, no tardan mucho cuando cerca del altar miran los cuerpos:

—¿Qué ser eso?

Corren hacia allá, y cuando las miran:

—Shit! ¡No poder ser!

Expresa Jack desconcertado, a lo que Rocco le expresa:

—¿Creer que estar muertas?

—Esperar que no —responde molesto su compañero—: pero si es que si, no le va a gustar nada a John, llevémoslas para que las vean, a lo mejor todavía están vivas.

Las cargan en hombros. Y cuando van acercándose a sus compañeros, John los mira llegar, y sorprendido descubre como bajan a las mujeres al suelo todas desmadejadas e inmóviles, un mal presentimiento lo invade y rápidamente llega con ellos y les pregunta:

—¿Y esto?¡¿Que pasar Jack?! SHIT! ¿Por qué traerlas así? espero que no les hayan hecho algún daño…

—No John —responde Jack interrumpiéndolo—: nosotros no hacerles nada, ¡solo encontrarlas así!

—Shit! ¡Jeff! ¡Jeeeeeeff! Come over here! (Ven aquí)

Le llama a su compañero el cual cubriéndose de las balas corre hacia ellos, y John le dice:

—Revisarlas y decirme que pasarles:

Jeff se aproxima a los cuerpos para examinar sus signos vitales, luego mueve la cabeza de forma negativa y expresa:

—Estas mujeres ya no tener pulso ni respirar, ya estar muertas.

A lo que John dice:

—Pero… ¿cómo pudo ser posible?

—No tener ni idea —continua Jeff que sigue desconcertado—: No saberlo, no tienen daño de ninguna especie, parecer que detenérseles el corazón a ambas, pero ese líquido que tener en sus labios ser muy sospechoso.

—Shit! Shit! y más shit! —expresa furioso John—: Solo esto faltar ¡Ser el colmo! cuando necesitarlas vivas, estas estúpidas arruinarme el plan muriéndose ¡Perras estúpidas! ojalá pudrirse. No hay alternativa, tenemos que huir hacia dentro del templo, tal vez tengamos suerte y encontremos otra salida. Lets' go now! (¡ya vámonos ahora!).

Mientras tanto desde afuera de la caverna, Xareni en su forma de tecolote observa desde un árbol todo lo que pasa en el interior, mira como a Stephanie y a Xóchitl les cubren con ropas el rostro, a lo que expresa:

—¡Oh no! ¡Esas son las amigas de los gemelos! Esto no les va a gustar nada ¡Ay!

Una bala perdida pega muy cerca de ella, haciendo que salte asustada y aprovechando el impulso alza el vuelo y se aleja del lugar a toda velocidad. Mientras que los mercenarios huyen rápidamente hacia el templo sin imaginar lo que adentro les espera, algo que si supieran, desearían mil veces ser acribillados por los pistoleros, que vivir lo que está a punto de ocurrir.

Capítulo 20: MALA NOTICIA

Momentos después, donde se encuentran los Naguales con los gemelos, Germán voltea a mirar hacia arriba y algo le alegra:

—¡El tecolote! Digo… ¡la muchacha! Digo… ¡su nieta! ¡Creo que ahí viene!

—¡Nos traerá noticias de cómo esta Xóchitl y Stephanie! ¡Y ver cómo las rescatamos!

Expresa Citlali muy esperanzada. En eso llega el ave y aterriza atrás del arbusto, para enseguida salir ya transformada en la nieta de don José, los gemelos se emocionan, esperanzados de escuchar buenas noticias de Xóchitl, Germán impaciente le pregunta:

—¿Las viste? ¿C…como esta Xóchitl?

Xareni voltea a mirarlos con un semblante de tristeza que torpemente trata de disimular, y titubeando responde:

—S…si, las vi.

Ante tal expresión los gemelos sonríen llenos de júbilo, pero al ver el semblante serio y lleno de preocupación de Xareni, esa alegría se les esfuma inmediatamente. Presintiendo algo malo, Germán nervioso insisten:

—¿Y… están bien?

Ella guarda silencio unos momentos, baja la cabeza, titubea en continuar, a lo que don José le expresa con firmeza:

—¿Qué te pasa Xareni?¡Dinos como están!

La jovencita con una mirada llena de tristeza y preocupación, voltea a ver a su abuelo y de nuevo a los jóvenes gemelos, lo que hace que ellos se angustien ante la demora de ella, a lo que su abuelo le replica con energía:

—¡Xareni! ¡Ándale! ¡Habla de una vez!

Ante la enérgica exigencia de su abuelo, ella con dificultad expresa:

—S…sus amigas…Xóchitl y la gringa ¡glup! (traga saliva)…están… Ahhh —respira profundo para enseguida decir su respuesta—. Están muertas.

Ante tal noticia, los gemelos quedan mudos, sienten como si les cayera un balde de agua helada, Germán boquiabierto, impactado por la repentina y trágica noticia no alcanza a articular palabra, a lo que su hermana reponiéndose más rápido se dirige a Xareni:

—¿E…estás segura de eso?

—¡¿Cómo las viste?!

Le pregunta su abuelo con energía, a lo que la jovencita con tristeza continúa:

—Hay un enfrentamiento a balazos de los mercenarios gringos, contra unos pistoleros del pueblo, escuché que para pelearles el tesoro. Los mercenarios se atrincheraron dentro de la cueva y… vi como del interior Ahhh —mira hacia arriba mientras hace una profunda respiración para continuar—. Ellos sacaban los cuerpos de sus amigas hasta cerca de la entrada, los gringos estaban muy molestos, decían que así muertas no podrían usarlas de rehenes. No sé como murieron pero…así es… lo siento.

Termina agachando la cabeza. Germán está conmocionado, su mente no puede creer lo que acaba de escuchar, y cae sentado en el suelo con la mirada perdida, mientras que su hermana no puede contenerse, rompe en llanto y se abraza de su hermano diciendo:

—¡Noooooooo! ¡Xóchitl nooooo! Buaaaaaaaaaaaa.

Su hermano sigue sin reaccionar, con la mirada perdida, petrificado, y de sus ojos sin parpadear, solo comienzan a salir lágrimas que escurren por sus mejillas, y solo balbucea:

—¿Xo… Xo… Xóchitl…mu…mu… muerta?

Mientras su hermana llora amargamente en su hombro, él poco a poco comienza a reaccionar a la trágica noticia:

—¿Muerta? Mu… muerta… —en su rostro poco a poco se comienza a dibujar un gesto de intenso sufrimiento y dolor, hasta llegar al punto de ya no poder contener el llanto, y habla mientras mueve la cabeza de forma negativa—, no sniff…no es cierto no... ¡NOOOOOOOO!

Y furioso se levanta y toma a Xareni de los hombros con violencia, y con sus ojos llenos de lagrimas la mira fijamente a los de ella y le grita fuera de sí:

—¡¡¿ESTAS SEGURA DE ESO?!! ¡Dime que es mentira! ¡DIME QUE ES MANTIRAAAAAAAAAA!

La jovencita es sacudida por el agarre de Germán e intimidada solo balbucea:

—E…es verdad, p… perdón, lo siento.

—¡Suéltala Germán! ¡Suéltala! Buuuuaaaaaaaa.

Le grita Citlali en medio de su llanto, al mismo tiempo le agarra las manos tratando de hacer que deje a la atónita de Xareni. Al mismo tiempo don José y su nieto intervienen también para ayudar a calmarlo. A lo que Citlali le sigue gritando a su hermano:

—¡Ella no tuvo la culpa! ¡A mí también me duele! ¡Me dueleeeee! ¡Era mi mejor amigaaaaaaa! ¡Buuuuaaaaaaaaaa!

Y sin dejar de sollozar, se abraza del cuello de su hermano, a lo que él soltando a Xareni, con los ojos escurriendo de lagrimas, lentamente se comienza a abrazar de su hermana expresando:

—Xóchitl…mi Xóchitl… Buaaaaaaaa ¡Mi Xóchitl! ¡Buuuaaaaaaaa!

Y lloran con profundo dolor. Pero enseguida, Germán suelta a su hermana y enloquecido dice:

—¡Esos malditos perros! ¡Voy a matarlos! ¡¡¡VOY A MATARLOS!!!

Y furioso se dirige con rumbo desconocido buscando la ruta a la cueva, siguiendo el sonido de los disparos, pero los demás lo detienen.

—¡Espere muchachito! De esa manera también a usted lo matarán.

Le dice don José al mismo tiempo que lo detiene.

—¡Me vale mierda! —Expresa Germán lleno de furia y dolor—. ¡Pero me llevaré por delante a unos cuantos de esos bastardos" jijos" de la chingada!

Citlali compartiendo el mismo sentimiento de su hermano expresa:

—Y yo también por lo menos mataré a uno de esos.

—¿Y cómo los matarán? ¿Con palos y piedras? —les replica don José—, ¡Ellos traen armas de alto poder! No lograrán acercarse a ellos ni a 20 metros cuando los dejen como coladeras ¿y luego qué? Escuchen ¡Ya están muertas! Ya no pueden hacer nada por sus amigas.

Esa última frase se siente como mil saetas que se clavan en los agobiados corazones de los gemelos, y mudos caen sentados en el suelo mientras don José continúa:

—Perdón por ser tan duro, pero… ya es demasiado tarde, ya no podrán revivirlas, disculpen y siento mucho que haya pasado así y… comprendo que quieran despedazar a esos mercenarios con sus propias manos, pero… de la forma que lo quieren hacer no lo lograrán. Si quieren vengarse de esos tipos, pos' primero tenemos que hacer un plan.

Los gemelos sintiéndose impotentes y destrozados, solo se abrazan y lloran amargamente. Los Naguales conmovidos, los rodean tratando de consolarlos.

Mientras tanto en la cueva.

Capítulo 21: SORPRESA ATERRADORA

Mientras que fuera de la caverna, los pistoleros del pueblo ya no reciben respuesta a sus ataques, entonces el jefe desconcertado toma unos modernos prismáticos militares, y con ellos observa al interior de la gruta y de esa manera se da cuenta de que los mercenarios han huido hacia el interior, a lo que ordena:

—¡Alto el fuegooooooo! ¡Esos pinches gringos ya se "pelaron" mas pa' dentro!

—¡Patrón! ¡Patrón! Hay que aventarles unas granadas pa' acabar con ellos de una vez por todas.

—¡No seas pendejo "Renco"! —le contesta molesto el cantinero—. Si les aventamos granadas, tumbaremos toda la cueva, y ya no podremos sacar el tesoro.

—Aaaaahhh no pos' si, tiene razón patrón, el tesoro es lo importante ¿"edá"?

—Lo es todo "Renco", lo es todo. ¡Haber! Prepárense pa' vigilar, vamos a mantener en sitio la entrada, vamos a esperar un tiempo hasta que esos cabrones, se rindan y decidan salir.

—¿Y si no salen patrón?

—Pos' entraremos por ellos, pero primero tenemos que esperar.

—Ta' "güeno" patrón.

—Ese tesoro va a ser ¡Pa' nosotros! Y no lo vamos a dejar ir, claro que no.

—Si patrón, nomas pa' nosotros jejeje.

Mientras tanto, dentro de la caverna los mercenarios recorren la cueva para encontrar una escapatoria pero sin éxito, a lo que Jack frustrado dice:

—Shit! Parecer que no haber ninguna otra salida en esta maldita caverna, y aquellos malditos pueblerinos no nos dejarán salir vivos.

Por otro lado Gonzalo lleno de frustración y enojo exclama:

—¡Nunca debimos de habed venido a buscar este maldito tesoro!

y... ¡tú Manuel! Nos dijiste que sería fácil ¡Ja! Si claro, nunca debimos de haberte escuchado. ¿No habéis pensado que ese maldito norteamericano ambicioso te iba a traicionar?... ¿y menos que esos malditos pueblerinos hijos de Pancho Villa se iban a enterar de esto? eres un capullo Manuel ¡Un maldito capullo hijo de puta!

—Ya no habed tiempo de arrepentimientos —responde Manuel bajando la cabeza, y con un terrible sentimiento de frustración le dice—: ¡A mí es que al más le pesa que todo este plan se haya ido a la mierda! pero... ahora tenemos que encontrar la manera de salir de aquí a como dé lugar ¡te enteras primo!

—¡Vamos! No desanimáis —Responde Sergio—: Tal vez por algún lado de esta maldita cueva encontremos otra salida.

Entran en el templo, observan todo el lugar.

—¡John! —exclama sorprendido Jack—: ¿y dónde está todo el tesoro?

El caucásico mira todo a su alrededor y se da cuenta que no hay nada de oro donde lo encontraron, a lo que atónito le responde:

—P... pero n... no ser posible, si estar seguro que aquí mismo haber montones y montones de oro y joyas... pero ahora solo haber montones de piedras y tierra.

—Tal vez estar más adentro del templo.

Responde Kim, a lo que aún incrédulo John exclama:

—Pero yo estar seguro que el oro encontrarse aquí por todas partes, pero esto no... entender, Shit!

—Tal vez los nervios te hacen ver mal y a lo mejor si está más adelante.

Expresa Jonathan. Entonces ansiosos recorren todo el interior del templo y no encuentran nada de oro, ni siquiera un gramo. John no encuentra explicación porque cómo tanto, pero tanto oro, haya desaparecido como por arte de magia, Pero cuando se acercan al altar, John descubre las vasijas de obsidiana tiradas en el piso con el extraño líquido derramado, lleno de curiosidad toma una de esas, la observa detenidamente y enseguida le dice a Jack:

—¡Mirar! Esta vasija todavía tener un líquido... parecer de color rojo muy, muy obscuro, y todavía estar fresco... Jack ¿pensar lo que yo? —al momento que dice eso le muestra la vasija a su compañero mientras le pregunta—: ¿Acaso esto poder ser un veneno y que esas infelices tomarlo para suicidarse?

—Todo poder ser posible John, pero esto no parecerse a ningún veneno conocido.

—Haber una forma de comprobarlo.

—Shit! (¡mierda!) ¡Yo no probarlo! Hell not!... ¡No ser estúpido!

—Of course (por supuesto) que tú no Jack, pero dárselo a mi "gran amigo" Manuel jejeje.

—Gran idea jejejejeje.

Y ambos sonriendo perversamente lo voltean a mirar y apuntándole con sus armas John le ordena:

—¡Tomar! Probarlo.

El español, temeroso agarra la vasija que bruscamente John le da, mientras le apunta con su arma de asalto a la cabeza, al mismo tiempo los demás mercenarios hacen lo mismo, y John le dice:

—Tu probarlo o volarte los sesos.

Manuel contrariado y temeroso, mira todas las armas que le apuntan, observa el contenido, con mano temblorosa el dedo lo pasa por el fondo del traste que se impregna del liquido para luego sacarlo, mira de cerca esa substancia liquida y espesa en su dedo, mira de nuevo las armas que le apuntan y traga saliva deseando con todas sus fuerzas que no vaya a ser veneno, y es cuando Fermín se arrima a él y con ligera ironía le dice:

—¡Animo primo! de todos modos estos tíos te matarán, la única salvación es comprobar que no sea veneno.

Manuel temblando de miedo y rabia, se queda con la mirada fija en el liquido unos instantes, pero sorpresivamente el dedo lleno del liquido se lo mete rápida y bruscamente en la boca a Fermín tomándolo desprevenido, y en un instante embadurna todo su dedo en el interior de la cavidad bucal de su primo, el cual apenas alcanza a reaccionar retirando su cara pero ya demasiado tarde, y desesperado escupe, tratando de arrojar el liquido, al mismo tiempo que se aleja de Manuel con paso vacilante y le dice:

—Pero que... ¡puaff! ¡puaff! ¡Maldito... hijo de puta! ¡¿Queréis envenenarme?! ¡Eres un maldito traidor!

Y lleno de rabia se abalanza sobre Manuel y lo toma violentamente del cuello con ambas manos para estrangularlo, los demás primos intentan intervenir, pero John los detiene apuntándoles con su arma a la cabeza y les advierte:

—Stop! O yo dispararles.

Entonces Sergio y Gonzalo, llenos de impotencia se detienen en seco, y solo miran la lucha entre Fermín y Manuel, mientras los estadounidenses ríen divertidos por el espectáculo que contemplan, lanzan exclamaciones de ánimo a los rivales, avivando mas la pelea. Manuel se suelta de la presa de Fermín, se propinan unos cuantos golpes pero Fermín lleno de furia se comienza a imponer y vuelve a tomar a Manuel del cuello, esta vez comienza a apretar con más fuerza, trata de asfixiarlo, Manuel comienza a sentirse impotente de librarse de la presa, pues lo estrangula con tal potencia que siente como si fuesen dedos de acero que aprietan salvajemente su garganta, su respiración se acorta cada vez más y más, hasta llegar al punto de que ya no puede jalar aire, siente que sus ojos se salen de sus orbitas, que le van a explotar, adquiriendo un color rojo. Involuntariamente su lengua se comienza escapar de su boca sin poder evitarlo, comienza a dejar de luchar, pues las fuerzas le abandonan cada vez más y más; mientras que Fermín, con mirada asesina, no deja de apretar cada vez más y más el cuello de su primo. Cuando Manuel siente que inevitablemente morirá, repentinamente Fermín lo suelta, se lleva sus manos a su propio cuello, y comienza a toser con fuerza, mientras que Manuel sentado en el suelo jala bocanadas de aire y toca con sus propias manos su dañado cuello, mientras que los espectadores se sorprenden ante la inesperada reacción de Fermín, que cae al suelo sin dejar de toser fuertemente, a lo que Jeff expresa:

—Yo creer que eso si ser veneno, ya estarle haciendo efecto.

Fermín comienza a vomitar sangre; después el extraño líquido negro, se convulsiona desesperado, mientras que Manuel tosiendo se recupera y presencia como el ex torero se retuerce en el suelo con las manos en el cuello mientras le grita:

—¡Maldito traidor! juro que os mataré Manuel os lo…juroooooooo ¡aaaarrrrggggggggghhhhhhh…….!

Al decir eso, queda totalmente desmadejado y cerrando los ojos expira, mientras que Manuel en represalia le dice:

—¡Púdrete en el infierno maldito hijo de puta! coff, coff, coff.

Jack se acerca a revisar los signos vitales de Fermín y le dice a John:

—Este bastardo ya estar muerto jejeje ¡ganarte la apuesta!

—Eres un hijo de perra Jack, ¡toma tus cinco dólares! de todos modos aquí haber muchísimo más. Ahora sabemos que aquellas estúpidas haberse suicidado.

A lo que Kim pregunta:

—Lo que no entender es ¿ellas de donde sacar ese veneno?

John contesta:

—Poder haber sido de algunas plantas o de hongos venenosos que poder haber recolectado de la selva momentos antes, o tal vez traerlo desde el pueblo, realmente no saberlo, pero eso ya no importarme, lo que molestarme es que esa maldita "espantapájarros" morirse antes de descubrir el otro tesoro que ella decir.

—¿Creer que ser verdad eso que ella decir?

Pregunta Nastia un poco escéptica, a lo que John le responde:

—Yo creer que si decir la verdad, esa estúpida sabía mucho de estas cosas, y no creer que ella mentir al ver a sus compañeros en peligro, pero ahora esa maldita llevarse el secreto a la tumba, pero aún sin ella lo encontraremos, pero debemos buscar la forma de solucionar el maldito problema de los cerdos pueblerinos.

Mientras Manuel se dirige al cuerpo de Fermín y le asesta un par de patadas mientras furioso le expresa:

—¡Perro maldito! Coff, coff, ¡casi me matas! qué bueno que habéis muerto antes, tú nunca habedme caído bien desde que eras torero, eras un pendejo arrogante hijo de puta ¡ojala te pudras en el maldito infierno primito de mierda!

—No preocuparte, tú también pronto alcanzarlo.

Le dice John a Manuel mientras le apunta en la cabeza con su arma, a lo que el español le responde:

—Pero John… si éramos amigos. Y… yo os dije lo de este tesoro.

—Tu haberlo dicho Manuel, éramos amigos… hasta que apareció mi mejor amigo: el oro jaaaaajajajajajaja.

Los demás mercenarios también ríen burlonamente, pero de repente se ven interrumpidos cuando inesperadamente una extraña y enorme sombra negra pasa volando a varios metros arriba de ellos a gran velocidad haciendo que todos sorprendidos y desconcertados por instinto miren hacia arriba.

—¿Pero qué mierda fue eso?

Expresa Fermín, pero cuando apenas termina de decirlo, repentinamente esa sombra reaparece de nuevo, y pasa velozmente muy cerca de ellos con tanta velocidad y fuerza que hace que ellos se tiren al suelo llenándolos de alarma.

—Oh shit! ¿Qué ser eso?

Expresa Jack desconcertado mientras mira hacia arriba, todos rápidamente se levantan y apuntan con sus armas al techo y John les responde:

—No saberlo, pero estar alertas.

Pero en eso la enorme sombra voladora nuevamente pasa, pero esta vez por sorpresa atrapa al herido de Gonzalo, y como si fuera un muñeco de trapo, y con velocidad relampagueante se lo lleva ante los ojos atónitos de los demás, se pierde en las alturas y obscuridad del techo de la caverna, y solo escuchan sus gritos aterrados:

—¡Auxilio!   ¡Auxiliooooooo!   ¡Ayudenme!   ¡Ayudenmeeeeeeeeee! ¡No! ¡No! ¡Noooooooooo! ¡Aaaaarrrrrrgggggghhhh!

Llenos de incertidumbre y desesperación tratan de localizarlo, y voltean hacia todos los ángulos de arriba, pero no logran distinguir nada en la obscuridad de ese alto techo, mientras Manuel desesperado grita:

—¡Gonzalooooooo! ¡Gonzalooooooooo!

Los estadounidenses aún sin salir de la impresión, apuntan sus armas hacia arriba, sin lograr ver nada, pero de repente a un lado de Sergio, se escucha que algo cae al suelo, y al iluminar con las antorchas, se alarman al descubrir que es la cabeza de Gonzalo, que aún tiene colgando de su cuello las venas, ligamentos y músculos, como si fuese arrancada de cuajo con una fuerza descomunal y desconocida, el cadavérico rostro con los ojos medio abiertos reflejan una mirada sin vida pero con profundo terror, entonces Kim toma una de las antorchas y la lanza con toda su fuerzas hacia la dirección de donde cayó la cabeza, iluminando por unos instantes esa sección del techo, descubriendo una espantosa escena, una especie de enorme ser obscuro como una sombra, mas negro que la obscuridad, con enormes alas y figura humanoide, cuelga de cabeza sujetado del techo como los vampiros comunes, pero este no se le nota realmente una forma definida por su obscuridad, solo que es enorme, solo se distingue unos ojos con un destello rojo, unas enormes fauces y unos largos colmillos con los que devora el cuerpo del español que sostiene con lo que parecen sus brazos como si fuera un pedazo de jamón, la escena es dantesca y todos quedan congelados de la impresión ante tan abominable espectáculo, pero en el mismo instante que el obscuro ser se ve descubierto por la luz del fuego, les ruge furioso y les lanza el cuerpo semi-despedazado de su víctima, y se escapa volando perdiéndose en la obscuridad, y mientras que la antorcha cae, los mercenarios se hacen a un lado para evitar que el cuerpo caiga sobre ellos; Jack aterrado mira como el cadáver se desploma pesadamente a su lado levantando un poco de polvo y lo salpica de sangre, está pasmado, trata de decir algo pero su labio le tiembla y solo balbucea, pero se esfuerza por hablar y con dificultad solo dice:

—Fu…fu… ¡Fuegooooooo! ¡fuegooooooooo!

Y al escuchar eso sus demás compañeros comienzan a disparar hacia arriba a diestra y siniestra, lanzan ráfagas a todos los lugares donde escuchan pasar volando el extraño ser sin saber a ciencia cierta si le provocan algún daño.

—¡Mostrarte de frente malditooooooooo! ¡Mostrarte!

Grita Jack con desesperación, mientras dispara al techo. En eso de forma inesperada esa sombra desciende de golpe sobre el suelo provocando que el lugar se estremezca, a unos treinta y cinco metros frente a los mercenarios, los cuales boquiabiertos lo observan de abajo a arriba, distinguiendo solo una obscura silueta más negra que la noche, más negra que la obscuridad, es tan negra que se distingue claramente de entre la penumbra, entonces el ser avanza y conforme da un paso hacia el frente se acerca más hacia la luz de las antorchas cercanas y en ese instante comienza a cambiar su obscura silueta, que comienza a aclararse revelando su verdadera apariencia, los mercenarios paralizados lo ven de abajo a arriba y observan que posee un cuerpo humano, desde sus piernas, tronco y brazos, la estatura del ser es considerable pues parece medir más de dos metros y medio de altura, al mismo tiempo ven que viste ropas parecidas a la de los antiguos mayas, desde sandalias de cuero, un elegante taparrabos de color rojo con negro, y porta un collar muy ancho que le cubre el pecho del mismo color del resto de su vestimenta, y brazaletes de cuero, pero al mirar su rostro ven que su cabeza no es humana, es la de un vampiro animal pero con el hocico alargado, orejas grandes y puntiagudas al igual que su nariz, tiene bello en su cabeza, erizo y de color rojo obscuro, en eso abre sus fauces dejando ver unos enormes colmillos blancos que aún sangran, mientras que en su espalda se repliegan lentamente unas enormes alas tan obscuras como él, parecidas a las de los vampiros pero de un tamaño inmenso, y sus ojos brillan como llamas de fuego, con un color rojo, que reflejan una inmensa ferocidad, y un toque inimaginablemente siniestro, intimidante y aterrador. Entonces esa extraña criatura lanza un fuerte y feroz rugido que no es ni de humano ni de animal, pero tan aterrador que cimbra hasta los huesos a los presentes. Tan fuerte que toda la cueva se estremece, los mercenarios sienten que todos los vellos de sus cuerpos se erizan, y solo quedan paralizados temblando sin poder controlarse, con ese aterrador rugido Manuel y Nastia se orinan en sus pantalones sin poder evitarlo, John boquiabierto mira que a Jack repentinamente su pelo se le encanece de golpe. Al dejar de rugir esa bestial criatura, con su siniestra mirada de brillo rojo los observa, y en sus fauces se dibuja lo que parece una perversa sonrisa, John con mucho trabajo logra articular palabra y expresa:

—P…p…pero… ¿Qué… ser eso?

—E….es el mismísimo demonio.

Responde Manuel sin dejar de temblar.

—S…Solo ser un maldito bromista disfrazado —expresa Jack disimulando su miedo—. ¿Y con ese estúpido disfraz tratar de intimidarnos? ¿Que esperar bola de inútiles? ¡Fire! ¡Fireeeeee!

Y a la orden, los mercenarios con sus manos temblorosas torpemente alzan sus armas y comienzan a dispararle al extraño ser, las luces de las ráfagas destellan mortalmente, y su ensordecedor sonido retumba en toda la caverna, pero el macabro ser solo se sacude al sentir los múltiples impactos de bala.

—¡Fuego! ¡Fuego! ¡Le estamos haciendo daño!

Expresa Jack mientras no paran de disparar, hasta que de repente ese ser lanza un rugido:

—¡Gruuuaaaaaaaaarrrr!

Y desaparece inexplicablemente, dejando a los mercenarios atónitos, y detienen su mortal ataque, que solo deja un fuerte olor a pólvora quemada en el lugar.

—Whaaaaat? ¿D…desapareció?

Expresa John profundamente sorprendido, lleno de confusión, y los demás miran a su rededor y desconcertados buscan encontrar al ser, pero no hay ni rastro de él, a lo que Jack dibujándosele una nerviosa sonrisa de alivio en su rostro dice:

—Jajajajaaaaa ¡Lo destruimos! destruimos a ese payaso, lo hicimos polvo jajajajajajaja.

Y feliz choca las palmas con sus demás compañeros.

—¡Bien hecho! ¡Bien hecho! hicimos polvo a ese hijo de perra.

Cuando comienzan a sentir alivio por haberse deshecho del extraño ser, de repente los interrumpe una fuerte y espantosa carcajada parecida a la masculina, pero muy cavernosa, con un tono perverso que retumba en toda la cueva, se escucha tan aterradora que nuevamente les pone los pelos de punta:

—JAAAAAAJAJAJAJAJAAAAAAAhhh.

Luego se escucha una extraña voz cavernosa, con un tono de ultratumba y profundamente siniestra, que les dice:

—¡Estúpidos humanos! ¿Creen que con sus armas me harán daño? JAAAAAAJAJAJAJAAAAAAAhhhhhh.

Esa carcajada la escuchan retumbar con eco por toda la cueva, sin poder localizar un punto de origen, pues proviene de todos y de ningún lado, John presa del miedo exclama:

—¡Malditooooooo!

Entonces de repente no se escucha más, un silencio sospechoso toma lugar. Los mercenarios aprovechan para recargar sus armas con las últimas municiones que les quedan, la confusión y desesperación los invade, y se mantienen viendo hacia todos lados empuñando sus armas ya recargadas y listas, con sus respiraciones agitadas y sudando copiosamente por la tensión, miran hacia todos lados nerviosos, pero sin encontrar ni escuchar nada, parece que ese ser desapareció de facto.

Repentinamente se escuchan unos enormes pasos cerca de ellos, alarmados voltean hacia todos lados pero no ven nada, entonces boquiabiertos descubren que en el suelo unas misteriosas huellas se marcan con fuerza, como si alguien caminara, pero no ven a nadie, Kim y Jonathan sin poder creerlo se tallan los ojos. Todos están confundidos, mientras esas huellas se dirigen y acercan a uno de ellos… a Jack, y de repente éste siente que una fuerza invisible lo toma del cuello con una fuerza descomunal que fácilmente lo levanta en vilo, haciendo que sus pies se desprendan a casi un metro del suelo, Jack desesperado hace una expresión de estar asfixiándose, patalea y con su arma en la mano inconscientemente aprieta el gatillo y dispara al suelo, los demás huyen alarmados a esconderse detrás de piedras y enormes estalagmitas para evitar ser alcanzados por un proyectil, mientras que al desafortunado de Jack por la fuerte presión que sufre en su garganta sus ojos se desorbitan, su boca se abre y su lengua se sale, lleva sus manos a su cuello pero no lo alcanza a tocar, de repente comienza a soltar sangre por su boca, luego de manera increíble su cabeza comienza a desprenderse de su cuerpo como si alguien la jalara con una fuerza descomunal, hasta que es arrancada de cuajo ante la aterrada y desconcertada mirada de los demás mercenarios y españoles, su cuello lanza chorros de sangre por las arterias desgarradas, que salpica espeluznantemente todo a su alrededor, y que al caer al frente, hace que se dibuje la cabeza, hombros, pecho y brazos del extraño ser, descubriendo que es él quien sostiene el cuerpo del desafortunado mercenario con una mano y con la otra, la cabeza; la cual una vez desprendida, la tira como basura hacia un lado. Entonces el ser se vuelve completamente visible, solo con el rostro, hombros y pecho cubiertos de sangre y su rostro escurre del liquido vital de su víctima, y en ese momento, de sus fauces surge una enorme lengua que limpia todo ese liquido vital de su rostro y pecho con una perversa expresión de deleite, los mercenarios salen de su aterrador asombro y comienzan a dispararle de nuevo.

—Fu...fu... ¡Fuegooooo!

Grita Jeff, y enseguida se escuchan las terribles descargas que vuelven a iluminar con sus mortales destellos alrededor: Ratatata, ratatatatatatatata, ratatatatata, pum pum, bang bang bang.

El ser, sin inmutarse por el ataque de los aterrados mercenarios, con sus dos manos toma el cuerpo de su desafortunada víctima, lo inclina como si fuera una botella, para así poder beber la sangre que aún escurre a chorros por el cuello del cuerpo del desafortunado Jack. Luego con unas enormes y puntiagudas uñas negras que crecen de su mano izquierda, le penetra el pecho y le extrae el corazón bañado en sangre, el cual de un solo bocado lo devora, entrecerrando los ojos hace un gesto de sentir profundo placer al ingerirlo, luego tira al suelo los restos de su víctima como basura, los disparos que le lanzan lo atraviesan como cuchillo en mantequilla pero sin provocarle daño alguno. Y los mercenarios ya presas del pánico siguen disparándole sin cesar.

—¡Fuegooooo! ¡Fuegooooo!

Grita aterrado John. Y el perverso ser cínicamente solo se carcajea con sus fauces escurriendo de sangre, entonces de repente se vuelve hacia los mercenarios, gruñe extrañamente y tensa los músculos de su cuerpo empuñando las manos, y de manera inexplicable las balas que lo atravesaban como mantequilla, ahora comienzan a rebotar como si golpearan en el más duro blindaje, en medio del ensordecedor ruido de los disparos, solo se miran los destellos de las ráfagas y las chispas de las balas junto con el sonido que provocan al rebotar en el cuerpo del ser. Y a los mercenarios rápidamente uno a uno se les comienzan a terminar las municiones, solo en lugar de sonidos de disparos se comienza a escuchar unos vacios ¡Clic! ¡Clic! en señal de que las armas han quedado sin balas. Asustados y nerviosos rápidamente se buscan inútilmente entre sus ropas mas municiones. Kim al verse ya sin una sola bala, con sus manos temblorosas, su corazón palpitando fuertemente, y su respiración muy agitada, saca su enorme cuchillo de batalla, lo mira unos instantes, luego mira al ser y con más miedo que valor, se abalanza al ataque sobre él lanzando un grito de ataque:

—¡YIIIIIAAAAAAAAAAAAAAHHH!

—¡No Kim! ¡NOOOOOOO!

Le grita John pero es demasiado tarde, pues su compañero se arroja sobre el ser intentando encajarle su enorme cuchillo que casi tiene el tamaño de un machete, pero el obscuro personaje le atrapa la mano, dejando a Kim atónito con sus ojos abiertos como platos, entonces el bestial ser rápidamente atrapa al mercenario del cuello con la otra mano, y con una fuerza descomunal le arranca el brazo de cuajo desde el hombro, lanzando chorros de sangre, y hace que este lance un espantoso alarido de dolor, y sin darle más oportunidad lo calla arrancándole la cabeza brutalmente. Para enseguida lanzar a un lado al cuerpo como pesado fardo ya sin vida. Los demás al ver tan increíble y espantosa acción y al verse sin municiones, sin pensarlo dos veces John grita:

—Hu… hu… ¡Huuuuyaaaaannnn!

Los demás corren a toda velocidad para escapar del lugar, a lo que la espeluznante criatura de ojos de fuego, se vuelve a carcajear.

—JAAAAAAAAAAJAJAJAJAAAAAAAAAAA.

Despliega sus enormes alas y vuelve a alzar el vuelo, mientras los demás corren despavoridos hacia distintas direcciones, buscando salir de ahí, pero ninguno encuentra la salida por ningún lado a lo que Manuel expresa:

—¡Estoy seguro que por aquí estaba la salida!

Por otro lado Nastia grita:

—¡Come over here! (vengan por aquí).

Tal parece que encontró una ruta por la cual corre, y sus demás compañeros la siguen, pero pronto salen hacia un claro y….

—¡No es posible! ¡Volvimos al mismo lugar!

Expresa Manuel y vuelven a ir de nuevo por otro camino, para enseguida volverse a encontrar de regreso en el mismo sitio. Desconcertados se miran y:

—¿Otra vez? ¡Creo que nosotros solo estar dando vueltas en círculo!

Dice desesperado John y vuelven a intentarlo; pero mientras buscan inútilmente la escapatoria, nuevamente escuchan esa macabra carcajada que les eriza la piel y les crispan los pelos.

—Jaaaaaajajajajajajaaaa JAAAAJAJAJAJAJAAAAAA.

Se llevan las manos a la cabeza tapándose los oídos, esa macabra carcajada es tan insoportable que los vuelve locos, Sergio arrancándose los cabellos de la desesperación grita:

—¡Calla! ¡Maldita bestia! ¡CALLA!

Y repentinamente como si le obedeciera, la macabra carcajada se deja de escuchar, voltean hacia todos lados sorprendidos, y de repente los mercenarios desenvainan sus cuchillos volteando hacia todos lados, y nuevamente huyen hacia distintos lados para encontrar la salida cada uno por su cuenta. En medio de la huída, la cueva ahora parece un laberinto de rocas y enormes estalagmitas, repentinamente al enorme y musculoso Rocco se le aparece Kim que apenas unos minutos habían decapitado, sin un brazo, pero con la cabeza en su cuerpo, como si no hubiera pasado nada, con la mirada perdida y la boca ensangrentada le dice:

—Rocco, amigo… ayudarme a encontrar mi brazo, por favor...

Entonces el soldado desconcertado le pregunta:

—P….pero… ¿Y tú no haber muerto asesinado por esa bestia?

—Noooo…yyyyo… e s t o y…b i e n.

Y cuando Rocco confuso se le acerca más, repentinamente Kim comienza a carcajearse macabramente a lo que el musculoso mercenario se desconcierta y retrocede:

—Q…. ¿Qué? E…esa risa…

Pero de repente esa risotada cambia de tono, convirtiéndose en la espeluznante carcajada del sanguinario ser:

—Jajajajajajaaa, JAAAAAJAJAJAJAAAAAA.

Al mismo tiempo que se hace visible, y aparece la figura del obscuro y perverso ser al lado del cuerpo de Kim con la diestra sosteniendo la cabeza y con la otra encajada en la espalda del cadáver del mercenario, tratándolo como si fuese un muñeco de ventrílocuo. Ante tal visión Rocco aterrado trata de huir, pero rápidamente es interceptado por el siniestro ente, que salta sobre él y cae sobre su espalda y lo derriba, luego lo toma del cuello, lo levanta del suelo como aun pluma y lo lanza con fuerza sobrehumana contra una estalagmita, rompiéndola en pedazos; el golpe es tan brutal que le causa heridas a Rocco en la espalda y le rompe un par de costillas, pero el musculoso mercenario se levanta con las manos en el costado quejándose del dolor, ve que la perversa sombra se acerca a él caminado, mirándolo con esos fieros ojos de fuego, y Rocco viéndose desarmado con desesperación le lanza un golpe de puño, a lo que el bestial ser lo detiene y atrapa en seco con su mano, el musculoso mercenario le lanza otro puñetazo con su otra mano, y el ente hace lo mismo con facilidad, con los dos puños de Rocco en su poder los aprieta con tal fuerza y brutalidad, que las manos del mercenario comienzan a crujir, rompiéndose espantosamente, haciendo que este lance gritos y se retuerza de intenso dolor, trata de zafarse sin poder lograrlo ni siquiera un poco, el perverso y misterioso ser sonríe y le dice:

—¿Y tú creerte más fuerte que yo? Jajajajajajaa eres menos que una cucaracha para mí, humano jajajajajajaja.

Jala las manos del desesperado estadounidense, y lo lanza contra una enorme estalagmita que está a más de 20 metros de distancia, estrellándolo brutalmente, Rocco queda semi-inconsciente, con las costillas y sus manos rotas, enseguida logra abrir un poco los ojos solo para ver que el ser se abalanza sobre él para morderle el cuello, y le arranca todo ese lado provocándole un intenso dolor que lo hace gritar intensamente, dejando que borbotones de sangre salgan de su yugular y se derramen por su cuerpo, lo cual hace que el ser al verlo, se adhiera al cuello con frenesí, para a beber el liquido vital y terminar con la vida del desafortunado Rocco, del cual sus gritos se escuchan cada vez más y más débiles.

Por otro lado, Nastia llena de pánico corre tratando de encontrar la salida, se detiene unos momentos a un lado de una tea, su respiración es muy agitada y su cuerpo suda copiosamente; desesperada, llena de pánico mira hacia todo su alrededor para percatarse que no hay nadie, y valiéndose de la luz de la antorcha se busca con desesperación entre sus ropas, trata de encontrar alguna bala para recargar su rifle. En eso mira que la enorme sombra pasa volando sobre de ella, y con más desesperación busca una munición y afortunadamente logra encontrar una, con rapidez la introduce en su rifle recargándolo, y con rapidez lo apunta hacia arriba, buscando que pase de nuevo la sombra, la cual ya no se ve ni se escucha por ningún lado. Nastia mientras apunta a todos lados a su alrededor, no se percata de algo, y es que su sombra que se proyecta por la luz de la antorcha, a sus espaldas lentamente comienza a crecer cada vez más y más, y comienza a tomar una forma diferente, y sin que ella se percate, silenciosa y misteriosamente, la sombra comienza a levantarse del suelo hasta que toma la macabra forma del obscuro ser con sus ojos de fuego. De repente ella presiente que algo está detrás de ella, de repente siente mucho miedo, su corazón comienza a palpitar con mayor fuerza, su respiración se agita, y afianza mas su rifle y de forma relampagueante se voltea hacia atrás de ella, descubriendo esa sombra, con rapidez trata de dispararle pero el ser agarra el cañón del arma, se lo arrebata y la empuja, haciendo que ella caiga al suelo y le dice con esa cavernosa voz:

—Ustedes son los humanos más estúpidos que he conocido ¿Aún no han entendido que con sus instrumentos no me podrán hacer ningún daño? tienen demasiada fe en sus armas —la mira detenidamente mientras ella se mantiene petrificada sentada en el suelo—. Y aunque son más avanzadas que las de las últimas víctimas, son iguales, siguen lanzando metal con explosiones de fuego, humanos… me divierte su estupidez jaaajajajajajaja. Y… ¡Tuuuuu! Mujer guerrera, has usado tu destreza para hacer actos egoístas y perversos, pero en el fondo eres cobarde ¡eres débil!

—N…no, no, ¡noooooooo!

Nastia temblando de sus piernas y manos con torpeza se levanta del suelo para escapar; pero el malvado ser fácilmente la pesca de un pie y la levanta en vilo como una insignificante hoja, en medio de gritos de suplica de la hembra, entonces él toma el rifle y le entierra la punta en la rodilla atravesándosela, sobresaliendo todo el cañón por el lado opuesto de la pierna, haciendo que ella lance gritos desgarradores de dolor, mientras que el ser alza su brazo por encima de su cabeza para encajar el arma en una enorme estalagmita dejándola a ella colgada de cabeza, a casi dos metros sobre el suelo, Nastia no deja de gritar por el intenso dolor que le causa estar así, con sus manos trata de alcanzar su rodilla pretendiendo zafarse, pero le es inútil.

El perverso ser, entonces en ese preciso instante, le lanza un zarpazo que le desgarra el chaleco antibalas arrancándoselo, al igual que la camiseta militar y hasta el sostén, dejándola completamente desnuda de todo su pecho y torso, entonces, con sus enormes fauces le muerde salvajemente uno de sus senos y se lo arranca de cuajo provocando un dolor indescriptible en la mujer, y la sangre le escurre profusamente, luego con su mano le desgarra el otro, la mujer grita de intenso dolor, sus lagrimas escurren de sus ojos hacia sus cejas, luego de la misma forma y para el final, las garras de su mano derecha las entierra lentamente donde estaba el pecho izquierdo, atravesando la caja torácica, para tomar el corazón palpitante de la desdichada víctima y extraerlo, al momento que Nastia muere irremediablemente, el ente alza el corazón frente a él, lo contempla deleitándose como todavía palpita y le escurre sangre, y enseguida lo devora engulléndolo de un solo bocado, cierra los ojos de deleite al sentirlo pasar por sus fauces y su garganta, por ultimo con una mano levanta el cuerpo de Nastia, y con la otra mano sacando sus enormes uñas negras, extrañamente al crecer con los dedos unidos forman una sola hoja tan filosa como bisturí, y tan grande cono una guillotina y le lanza un rápido tajo al cuello decapitándola limpia y completamente en el acto, la cabeza cae y rueda por el piso, y del cercenado cuello comienza a escurrir más sangre, la cual el espeluznante ser bebe ávidamente. Ya una vez consumida hasta la última gota, suelta el cadáver e inmediatamente alza el vuelo en medio de espeluznantes carcajadas, dejando tan solo colgando el cuerpo cercenado de la infortunada Nastia y su cabeza en el suelo llena de tierra. Solo se mira la sombra del ser cruzar volando en medio de carcajadas de satisfacción.

Por otro lado, se encuentra Jeff, que lleno de temor se desplaza sigilosamente a través de las rocas y estalagmitas, trata de no hacer ruido para no llamar la atención del ente, y sigue buscando la salida cuando escucha un extraño sonido, curioso se dirige hacia donde proviene, avanza sigilosamente, da vuelta en una enorme estalagmita y al asomarse, lo que mira le congela hasta los huesos, pues descubre al horripilante ser de espaldas, bebiendo la sangre del cuerpo ya sin vida de Rocco que yace recargado en un montón de escombros, Jeff aterrado no sabe qué hacer, entonces lentamente comienza a retroceder, pero siente que sus piernas le tiemblan y están a punto de doblárseles, pero una vez que logra ocultarse de nuevo, cierra los ojos para controlarse, respira silenciosa y profundamente, un sudor frio escurre por su frente, abre sus ojos y mira a su alrededor y a un lado suyo descubre una enorme piedra del tamaño de una sandia, y tratando de no hacer ruido, sigilosamente la toma con las dos manos, y nuevamente se dirige hacia el espeluznante ser que está concentrado bebiendo la sangre de su víctima, sigilosamente avanza, trata de controlarse lo más posible, con cada paso que da se acerca más y más al espeluznante ente, su corazón palpita muy fuerte, le cuesta trabajo controlar su exacerbada respiración, y sudando abundantemente de su frente, se acerca peligrosamente, ya se encuentra a tan solo siete pasos del ser, alza la enorme piedra por encima de su cabeza, para asestar el golpe, pero apenas da un paso más, cuando de manera inesperada el ser voltea su espantosa cabeza hacia tras 120 grados para verlo y le clava su mirada con esos horripilantes ojos de fuego que emiten un espeluznante destello rojo, que inexplicablemente lo deja completamente inmóvil, paralizado, sin poderse mover ni un milímetro, quedando como congelado, como una estatua con la piedra alzada por encima de su cabeza, tan solo pudiendo mover sus ojos y respiración, y que lo hace agitadamente por la desesperación de no poderse mover y sudando frio. A lo que el ente con su cavernosa y espantosa voz le dice:

—¿Creíste que no me daría cuenta de ti?

En eso suelta a su víctima, se incorpora y gira su cuerpo hasta quedar al mismo sentido que su cabeza, y sin dejarlo de mirar fijamente a los ojos… misteriosamente se eleva lentamente en el aire, levita para dirigirse al paralizado y angustiado Jeff que siente que su corazón late mucho más fuerte, y su respiración es mucho más agitada por la desesperación de no poderse mover ni escapar, tiembla al verlo acercarse y lanza pequeños pujidos de aflicción y de impotencia al no poder ni hablar:

—Mmmmjjjhhh, mmmmjjjjjhhh.

El bestial ser, ya frente de su presa, baja de su levitación y tranquilamente toma la piedra de las manos del mercenario y le dice:

—¿Y con esto me ibas a atacar? ¡Estúpido mortal! ¿Crees que

esto me hará daño? JAAAAJAAJAJAJAJAJAJAJA. Ahora pagarás tu estúpido atrevimiento, solamente has escogido la manera cómo quieres morir.

Y sin dejar de mirarlo fijamente, con esa perversa sonrisa dibujada en sus sangrantes fauces, con la piedra en sus manos, repentinamente le asesta un brutal golpe en la cabeza, con tal fuerza que el cráneo de Jeff cruje espantosamente, quedando destrozado de un solo golpe, pero a pesar de recibir tan brutal impacto, su cuerpo no se mueve un solo milímetro, pues está paralizado por la influencia de la mirada del ser que le asesta otro golpe, ¡y otro! ¡y otro! en medio de perversas carajadas que lanza, dejando el cráneo de Jeff despedazado, como una sangrienta masa de carne molida, con mucha sangre y la materia encefálica escapándose por la grietas provocadas en su cabeza, pero también por los ojos y nariz del individuo debido a los crueles impactos, luego el ser deja de ejercer su espeluznante influencia paralizante y el cuerpo de su víctima cae al suelo desmadejado, como muñeco de trapo, ya sin vida, por ultimo con su enorme pie, le pisa la cara remoliéndola en gesto de remate, dejando salir más sangre y masa encefálica, y sin dejar de carcajearse en signo de victoria y burla hacia sus víctimas.

—JAAAAAJAJAJAJAJAJAJAAAAAAAAAAhhhh.

En esos momentos Manuel, Javier y John; aterrados por escuchar los gritos de los mercenarios que van muriendo uno a uno en las garras del siniestro y sanguinario ser, y las carcajadas de este, cada uno por su lado buscan desesperadamente la salida, y en un momento accidentalmente casi chocan uno contra el otro encontrándose en un punto de la cueva, los tres se sorprenden al verse, a lo que Manuel grita a John:

—¡Maldito traidor! tenía la ilusión que ya te hubiese descuartizado ese ser.

—Yo también pensar lo mismo de ti, pero no necesitarlo, matarte yo mismo.

Y con esa respuesta John se abalanza sobre Manuel pero Javier lo detiene y les dice:

—¡Ey! ¡Ey! ¡Deténganse! ¡Deténganse chingado! olvídense de eso, ahorita lo que necesitamos es escapar de aquí o ese mendigo monstruo o lo que sea, si nos encuentra nos va a romper la madre a todos.

Los otros dos se detienen y John expresa:

—Ufffffff, tú tener razón, después arreglarme contigo Manuel.

Y en eso escuchan que algo vienen corriendo hacia ellos y se alarman, cuando de entre la obscuridad sale una figura humana que se dirige hacia ellos con velocidad y por la sorpresa gritan:

—¡AAAAAAhhhh!

Pero es Jonathan que aparece, y casi choca con ellos, a lo que Manuel exclama:

—¡Pero qué susto de mierda nos habéis dao!

A lo que el joven mercenario dice:

—Yo también creí haberme topado con él, pero ustedes todavía están vivos.

—¡Pronto! —dice Javier preocupado—. Que no hay tiempo ¡tenemos que encontrar la puta salida antes de que ese cabrón monstruo nos encuentre a nosotros y nos haga mierda!

A lo que Jonathan dice:

—Bien, el último grito y carcajada se escucharon de aquel lado —señala a su derecha—. Yo vengo de acá —señala hacia su espalda—, entonces creo que debemos de ir hacia el lado opuesto de los gritos, para tratar de encontrar la salida y no encontrarnos con ese maldito monstruo.

Y así los cuatro juntos corren hacia la dirección indicada. Pero cuando avanzan unos cuantos pasos, de repente escuchan unos pasos apresurados que se acercan hacia ellos muy rápidamente, John les hace la señal de guardar silencio y rápidamente recogen piedras del suelo, y se agazapan a un lado de una enorme estalagmita y en cuanto escuchan a esos pasos llegar a ellos, salen al ataque:

—¡AAAHHH!

Gritan pero detienen su ataque al ver quien es:

—¡Mierda! ¡Sergio! —expresa Manuel con sorpresa y alivio por encontrar a su primo todavía vivo—. ¡Hijo de puta que susto nos habéis dado! Pesamos que eras el maldito monstruo ése cara de vampiro.

—Yo también lo creí con vosotros, uffffff casi me cago del susto, pero sigamos buscando la salida antes de que ese hijo de puta nos encuent...

¡CLAAAMMM¡ ¡CRAC! Sergio es callado abruptamente por unas enormes manazas que desde atrás rápidamente aparecieron a los lados de su cabeza y con un brutal aplauso se la aplasta como si fuera una frágil fruta, escuchándose un escalofriante crujido al romperse el cráneo que revienta, al mismo tiempo bota masa cerebral y una gran cantidad de sangre que sale disparada por su boca, nariz, y alrededor de sus ojos que saltan de sus orbitas y quedan colgados de sus nervios ópticos.

—¡AAAAAAAhhh!

Sus aterrados compañeros por la sorpresa gritan aterrados al mismo tiempo que son salpicados por la sangre y masa cerebral, y por instinto de un salto retroceden, y algunos de ellos caen sentados al suelo para levantarse como resorte llenos de pavor, para enseguida quedar paralizados por la impresión mientras ven las enormes manazas que se abren dejando ver el cráneo y rostro de Sergio aplastado en forma vertical, bañado en su propia sangre y con los ojos colgando de sus cuencas y escurriendo de liquido vital, haciendo que el cuerpo caiga ya sin vida, aunque los músculos de sus brazos tiemblan todavía. Dejando al descubierto al perverso ser que estaba atrás del desafortunado individuo. Los sobrevivientes quedan petrificados de terror por lo que ven, pero luego reaccionan y tratan de huir, pero el perverso ser les dice:

—¡No irán a ninguna parte! ¡No pueden escapar de miiiiiii!

Y les lanza su siniestra mirada que los va paralizando de uno a uno, primero a John, luego a Manuel, a Javier; pero Jonathan instintivamente se esconde atrás de sus compañeros cerrando los ojos, evitando ser paralizado a lo que el ente le dice:

—Es inútil que te escondas.

Al decir eso el siniestro ser camina hacia ellos, y es cuando el ultimo mercenario sale de entre los demás para escapar, pero no da ni tres pasos cuando en una fracción de segundo, por reflejo voltea a mirar al ser, el cual solo eso necesitó para clavarle su mirada e inmovilizarlo por completo, pero el mercenario con la inercia de su carrera, su medalla de oro que cuelga de su cuello se mueve quedando al descubierto, y con el reflejo de la luz de las antorchas lanza un destello que encandila al abominable ser y rápidamente se tapa los ojos con su brazo al mismo tiempo que ruge furioso y exclama:

—¡¿Que es esa joya?! ¡Ese destello! Gruuuaaaarrrrrrrr.

En ese breve momento sorprendentemente Jonathan y los demás recuperan su movilidad, y además hacia su lado derecho a unos cincuenta metros aparece nada menos que la salida de la cueva, a lo que Manuel expresa:

—¡La salida! ¡La salida tío! ¡Corramos hacia ella!

El mercenario mira su medalla y antes de que el ente quite su brazo de su rostro, sin perder tiempo se la arranca de un jalón y se la lanza con todas sus fuerzas, este la pesca en el aire con su mano derecha, pero al tenerla en sus garras siente que le quema la palma, y la suelta bruscamente, rugiendo de dolor y rabia.

—¡Aaaarrrrggghhh! ¡Malditooooo!

En esos momentos los individuos corren despavoridos rumbo a la salida con todas las fuerzas que tienen. Solo se escuchan sus veloces pisadas y agitadas respiraciones. John, Manuel y Javier casi al tocar la salida escuchan al ser rugir:

—¡Gruuuuaaaarrrrrr!

Esa sentencia los llena más de pavor y se arrojan hacia la salida de un salto, cayendo afuera en el suelo. Pero Jonathan aún va más atrás, a lo que los demás desde afuera le gritan:

—¡Vamos tío! ¡Vamos!

—¡Ya casi llegas cabrón! ¡Ya casi llegas!

—Run! run! buddy Ruuuunnn! (corre corre amigo correeeeee!)

—¡No   podrás   escapar   de   miiiiiii! ¡GRRRRUUUUUAAAAAARRRRRR!

El terrible monstruo, alza y extiende su mano izquierda abre su palma y los dedos apuntando al aterrado mercenario y de manera inexplicable Jonathan comienza a sentir una terrible fuerza invisible que lo comienza a jalar hacia atrás, su avance se vuelve cada vez más y más lento, como si corriera en cámara lenta, como si sus piernas se desplazaran en el fango de un pantano, de repente la salida se comienza a alejar cada vez más y más, siente que le comienza a faltar el aire, siente que esa fuerza magnética lo jala del cabello con tal potencia que le dobla el cuello hacia atrás, hasta llega a percibir el fétido aliento del ser casi en su espalda, la fuerza es tan grande que siente que está a punto de ser arrastrado hacia atrás, pero el miedo lo hace sacar fuerzas de flaqueza, pero entre más se esfuerza, más lento corre y más fuerte es la oposición; desesperado ve la salida que se aleja cada vez más y más, y angustiado extienden sus brazos tratando de alcanzarla, pero sorprendentemente logra sentir una ligera brisa de aire fresco, evidenciando que está muy cerca. Pero en ese instante el ser, alza su brazo derecho y saca sus enormes garras al tiempo que dice:

—Ya me cansé de jugar ¡GRUUUUUAAAAARRRRRRR!

Con su mano con las garras extendidas que forman una sola hoja, lanza un rápido y fuerte tajo de forma horizontal en dirección al mercenario, y de manera inexplicable dicha fuerza cortante se proyecta fuera de sus garras varios metros hacia delante con la velocidad del rayo, y corta una estalagmita a su paso y enseguida alcanza a Jonathan que como un fugaz y mortal destello lo atraviesa limpiamente a la altura de la nuca, aparentemente Jonathan solo siente una extraña y ligera punzada que le atraviesa el cuello, pero instintivamente siente que es algo mortal, lo que hace que abra los ojos de pánico, y al dar el siguiente paso, ya a un metro de la salida, de una manera increíble su cabeza se desprende de su cuello por completo, proyectándose hacia delante y cae al suelo, y enseguida su cuerpo se desploma ya sin vida, lanzado chorros de sangre de las yugulares cercenadas.

—¡Mierda! ¡Se le cayó la cabeza!

Exclama el español asustado mientras mira la testa rodar hacia ellos, haciendo que se levanten horrorizados.

—Shit! pero algo cortársela.

Exclama John en cuanto se incorpora, enseguida algo sale disparado del interior de la gruta, encajándose en un árbol que está enfrente pero alejado de la entrada.

—¡¿Pero que fue eso?!

Expresa Manuel, a lo que llenos más de curiosidad que de miedo, se aproximan al árbol, y descubren que es la medalla de oro de Jonathan, que ha quedado encajada en el tronco casi en su totalidad.

—Pero… ¿Cómo?

Exclama Javier sorprendido al ver eso, mientras que Manuel dice:

—Es de oro, por lo menos ésta me la llevaré.

Con su mano la agarra de la cadena, pero de un jalón esta se rompe, entonces la trata de tomar de la parte sobresaliente e intentar sacarla, pero la suelta y dice:

—¡Mierda! ¡Está muy caliente! Y muy enterrada, no la puedo sacar.

En ese momento una voz masculina se escucha salir de entre la arboleda interrumpiéndolos que les dice:

—¡Alto cabrones! ¡Manos arriba o les volamos la pinche cabeza!

Los tres sobrevivientes desconcertados obedecen y alzan las manos, se habían olvidado de los pistoleros del pueblo, que surgen de entre la vegetación apuntándoles con sus armas, a lo que John expresa:

—Shit! estamos perdidos.

Pero Manuel al verlos acercarse, rápidamente se le ocurre una idea y les dice:

—¡Señores! ¡Oh! ¡Qué bueno que los vemos! ¡Ayudadnos por favor! nos tenían de rehenes allá dentro, pero escapamos.

A lo que el cantinero le dice:

—Y ¿Cómo es que pudieron escapar heeeee?

Al preguntarle eso le pone el cañón de su metralleta AK-47 en la nariz, a lo que Manuel se pone nervioso pero tratando de controlarse responde:

—Eee…es que…nosotros somos arqueólogos, pero… inesperadamente descubrimos un TESORO, pero esos maleantes habednos espiado y apresadnos. Pp…pero después se empezaron a pelear entre ellos mismos por el ORO y… nosotros aprovechamos para escapar.

—¿Oyó eso patrón? —expresa entusiasmado el "renco"—. Dijo TESORO y ¡ORO!

—Sí, ya lo escuché —responde el cantinero, y nuevamente se dirige a Manuel—. Entonces… ¿tú dices que se pelearon por el oro?

—Ss…si, si — tembloroso responde el español y explica—: Se enfrentaron entre ellos y creo que no quedó ni uno solo vivo ¡mirad!

Señala al cadáver del infortunado Jonathan mientras dice:

—Ese era el último de ellos.

—¿El ultimo? pero y a ese… ¿quién chingados le mochó la cabeza?

Pregunta el cantinero sorprendido, a lo que Manuel le responde:

—Emmmm no lo sabemos pero… el que lo hizo también ya está bien muerto.

El cantinero duda por unos instantes de las declaraciones de Manuel, a lo que este anticipándose dice:

—A nosotros no nos importa ese enoooorme tesoro de ORO PURO Y JOYAS que encontramos allí dentro, nosotros solo buscad descubrimientos arqueológicos para "conocimiento" de la humanidad y…

—¡Ya cállese el hocico!

Le grita enfadado el cantinero al momento que le da un culetazo con su arma en el rostro, haciendo que Manuel lo voltee, y escupe sangre al suelo pues le rompió el labio inferior, el cantinero enseguida se dirige a sus compañeros:

—Hummm haber... ¡"Renco", "Perico" y Filemón! quédense aquí pa' vigilar a estos pendejos, mientras nosotros entramos a ver como quedo allá dentro y ver ese tesoro.

—Ta' güeno patrón —Contesta entusiasmado el "Renco" luego se dirige a sus nuevos prisioneros que les ordena con energía—: ¡Órale cabrones! ¡Jálenle pa' acá!

Y se llevan al trió de sobrevivientes con las manos en la cabeza, para sentarlos en el suelo a unos treinta metros alejados de la cueva. Mientras el resto de los pistoleros, recargando sus armas se adentran en la peligrosa caverna.

No pasan más de cinco minutos cuando de repente desde el interior se escuchan unos aterradores gritos:

—¡No! ¡noooooooo!

—¡AAAAARRRRRGGGGGHHH!

—¡DISPAREN! ¡DISPAREEEEEN!

"Ratatatatatata, ratatatatata"… Y luego se escucha un espeluznante y feroz rugido.

—¡GRRRUUUAAARRRRGGG!

Seguido de más alaridos de los pistoleros, para luego quedar todo en silencio. Manuel se tapa los oídos para no escuchar esa masacre, pues ya ha tenido demasiado. Javier y John agachan la cabeza sabiendo lo que les iba a suceder a los pueblerinos. Sus captores al escuchar todo eso, se sobresaltan y se ponen nerviosos, y "Perico" le dice a su compañero:

—¡"Renco"! Asómate pa' ver que pasó allá dentro.

Su compinche contrariado le responde:

—¡¿Queeeeeeee?! ¡Ni madres! ¡Ni que estuviera pendejo! ¡Yo no! asómate tú.

—Pinche miedoso —responde molesto "Perico"—. Pos' yo voy, mientras ustedes vigilen a estos.

Y decidido se dirige a la entrada de la cueva, al llegar primero mete la cabeza para asomarse al interior y grita:

—¡Patrón! ¡Patroooooon! ¡¿Dónde están?!

En el interior solo se escucha el eco de su voz, pero enseguida como respuesta otro raro sonido:¡taj! Y de repente el cuerpo de

"Perico" cae desmadejado de pecho al suelo, solo le miran desde la cintura a los pies que es lo que permanece fuera de la entrada, el "Renco" sin moverse de su posición le habla a su compañero:

—¡Perico! ¡Perico! ¿Pos' qué te pasó? ¡Responde!

—Hummm de seguro este pendejo ya se desmayó por no tragar desde la mañana, deja lo reanimo con una pinche patada en el culo.

Expresa Filemón molesto, enseguida se acerca a su compañero y lo jala de los tobillos pero... grande es su sorpresa al descubrir que el cuerpo yace sin cabeza.

—¡Hay nanita! —asustado suelta rápidamente los pies del cadáver y con brusquedad retrocede como impulsado por un resorte y expresa—: también lo decapitaron, ¡esta es obra del mismísimo chamuco! ¿O tu qué piensas Renco? Renco, ¡Renco...!

Al no tener respuesta de su compañero, voltea a verlo y se sorprende al descubrir que éste ya va huyendo del lugar a toda velocidad mientras grita:

—¡A la chingada con el tesoroooooo!

Corre hasta internarse en la espesa jungla, Filemón inmóvil solo lo observa huir para enseguida exclamar:

—P...pos' yo también me largo de aquí.

Tira su arma y corre a toda velocidad detrás de su compañero olvidándose de sus prisioneros, los cuales atónitos solo los miran perderse en la obscuridad de la selva, y enseguida se escuchan unos caballos alejarse a todo galope.

John, Manuel y Javier quedan como los únicos sobrevivientes, se incorporan y el tapatío dice:

—¡Y...yo también me largo a la chingada!

—¡Y yo! —expresa John incorporándose—. ¡A la mierda con el tesoro!

—¡Mierda! yo tampoco deseo quedadme aquí.

Exclama Manuel ya de pie, y enseguida corren a tomar los caballos restantes, y arrancan rumbo al poblado, dejando atrás la cueva y sus alrededores sumidos en un pesado silencio, único testigo de la espeluznante y despiadada masacre que se llevó a cabo en ese espeluznante lugar.

Capítulo 22: GRAN DECISIÓN

Mientras que en la zona de la selva donde se encuentra los gemelos junto con los Naguales, aunque se encuentran un poco más tranquilos, aún se sienten muy tristes y acongojados, el anciano y sus nietos han encendido una fogata en la cual han preparado un poco de té de hierbas, la joven Xareni les ofrece tomar un poco para ayudarlos a tranquilizarse, y mientras que Germán con los ojos aún húmedos le pregunta a don José:

—¿Y... como vamos a... sniff hacerles pagar a esos perros o... por lo menos recuperar los cuerpos de Xóchitl y Stephanie? Sniff.

—Hummm —el viejo Nagual medita unos instantes para enseguida responder—: Pos' primero les diré que he percibido que esos mercenarios ya no serán amenaza, dentro de esa cueva hay algo que en estos momentos de seguro ya acabó con todos ellos, y de la forma más despiadada jamás imaginada.

—¿Que es lo que hay allí dentro?

Pregunta Germán con curiosidad, a lo que el viejo Nagual le contesta:

—Dentro de esa cueva se encuentra un ser muy poderoso, pero también muy perverso. Ahí se encuentra el despiadado... Kamazor.

Los gemelos no comprenden, a lo que Citlali pregunta:

—¿Kamazor? ¿Quién es ese?

—Es...nada menos ni nada más, que el temible señor vampiro —Los gemelos desconcertados se miran uno al otro sin comprender; a lo que don José antes de proseguir respira profundamente—: Aaaaaahhh... creo que mejor les voy a contar desde el principio muchachitos, acomódense que la historia es un poco larga.

Los gemelos y los nietos del Nagual, se reacomodan en sus lugares para estar más cómodos, llenos de curiosidad ponen su atención en don José que les cuenta:

—Cuando la segunda humanidad, los llamados hombres de madera caminaban por la tierra, como ellos no tenían sentimientos, no se acordaban de sus creadores ni los veneraban, los dioses decidieron exterminarlos y decidieron enviar a Kamazor para realizar esa tarea.

—¿Hombres de madera? —pregunta Citlali sorprendida—. Ahora entiendo lo que decían los jeroglíficos que descifró Xóchitl: "...el verdugo de los hombres de madera."

En eso don José prosigue:

—Eso mero muchachita, y Kamazor fue el verdugo de ellos, el que los exterminó.

—Y... ¿él los mató a... todos? Quiero decir... ¿a toda esa humanidad?

Pregunta Germán con creciente interés, a lo que el viejo Nagual les responde:

—Claro muchachito, los mató a tooodos ellos cortándoles la cabeza. Pero después de completada su perversa misión, cuentan los antiguos que tanto matar a los humanos y probar su sangre, algo le pasó a Kamazor, pues al probar la sangre humana, al sentir su sabor, le gustó tanto que se envició con ella, aparte dicen que bebiendo la sangre humana sintió que se hacía más fuerte y poderoso, mientras que los dioses se sorprendieron al ver que logró exterminar a todos los hombres de madera, pues tenían sus dudas de que él solo lo lograra, pero entonces al verlo gozar el matar y beber la sangre de los humanos, se dieron cuenta del gran cambio de Kamazor, se había envilecido, por lo cual se preocuparon y pensaron que de esa manera buscaría exterminar a las próximas humanidades que crearan. Kamazor se había convertido en una amenaza, entonces decidieron enviarlo al inframundo, de donde no pueda salir y hacer daño a la humanidad para alimentarse de ella. Después surgimos nosotros, los hombres de maíz.

—¡Ah! Entonces nosotros somos los de maíz.

Exclama Germán sorprendido, a lo que don José le reafirma:

—Sí, muchachito.

—Entonces la advertencia en los jeroglíficos de la cueva era para nosotros —dice Citlali—. Porque decía: "los hombres de maíz jamás entrar".

—Eso es verdad —afirma el viejo Nagual—. Esa advertencia era muy clara, pero pos' no hicieron caso, la curiosidad y estupidez de ustedes y de sus compañeros fue más fuerte, pero en fin; ya es demasiado tarde para reclamos.

—Perdón, pero jamás imaginamos eso, es que todo mundo piensa que esas solo son supersticiones, además John y Manuel jamás iban a renunciar a explorarla, porque ellos lo que realmente buscaban era el gran tesoro de oro que encontramos dentro.

—¡Pero si ahí no hay ningún tesoro! ¡Ni nada oro! —don José responde sorprendido—. Hummm eso fue obra de ese maldito vampiro, que a conocer las debilidades y ambiciones humanas astutamente con su poder les hizo creer que había un tesoro ahí dentro, para hacer que entraran y llegaran hasta él, hummm la perfecta carnada.

—Entonces ¿lo del tesoro fue solo un engaño? Siiiii, ya recuerdo, cuando Manuel y sus primos salieron con los supuestos costales de oro, al abrirlos descubrieron solo piedras comunes, pero ellos pensaron que por no ver bien adentro del templo se equivocaron y agarraron rocas, y John creyó que lo trataban de engañar.

Expresa Citlali convencida, entonces cambiando de tema bruscamente le pregunta a don José:

—Pero... ¿Por qué hombres de maíz?

—Sencillo —le responde don José dirigiéndose a ella—. Porque a nosotros los dioses nos crearon de ese grano, por eso el maíz es una planta sagrada que debemos cuidar y venerar. Y no andar haciendo experimentos con ella, que dizque modificándolos genéticamente, que esto y lo otro, eso solo destruye al maíz y nos destruye a nosotros mismos al comerlo de esa manera. Bueno... continuemos con el relato ¡Ejem! ¡ejem! como les decía: Pos' entonces Kamazor como era de esperarse no quedó conforme con la decisión de los demás dioses, y se enfureció al quedar limitado solo al inframundo sin poder salir a la superficie, obligado a quedarse allí por tiempo indefinido hasta que los dioses decidieran. Y dicen que juró que algún día escaparía de ahí y se vengaría de los dioses que lo aprisionaron. Pero al principio de nuestra humanidad, otros hombres descubrieron accesos al inframundo y de alguna manera lograron tener contacto con él, conocieron su poder y buscaron adorarle para que este les ayudara para obtener riquezas y el poder para vencer a sus enemigos, y por medio de ofrendas de sangre y carne humana de los sacrificios, conseguían que Kamazor les diera ese poder, nosotros no sabemos cómo pero según, en recompensa los convertía en vampiros humanos, en los temibles...

ZOTSAJAU.

—¿Zotsajau?

Pregunta Citlali, a lo que el viejo Nagual responde:

—Sí, los reyes de los vampiros humanos, los lideres, los más fuertes, poderosos y sanguinarios de todos ellos. Los cuales comenzaron a surgir por cientos y se propagaron por todo el mundo para sembrar el terror, muerte y destrucción en todo lugar donde llegaban.

Germán que se mantenía callado por su tristeza, reponiéndose un poco, le pregunta:

—Pero... ¿Y entonces que hicieron las demás personas?

Don José se incorpora y camina un poco hacia la derecha, mira el cielo lleno de estrellas, y luego responde:

—Po's... los antiguos reunieron a grandes guerreros, a los más fuertes y valientes para combatir a los Zotsajau, pero estos no eran adversarios comunes, eran mucho más fuertes y poderosos que cualquier ser humano, y los guerreros aunque eran muy fuertes y hábiles, comenzaron a caer decapitados, y hasta despedazados salvajemente por esos perversos vampiros, los antiguos dicen que poseían una fuerza de 15 a 30 hombres, increíblemente veloces, muy crueles y sanguinarios. Además de que se transformaban en enormes vampiros animal y volaban velozmente cazando a los guerreros. Las armas convencionales no les hacían nada, esos seres eran inmortales, nada los dañaba ¡Nada! parecían ser invulnerables a todo, parecía que nuestra humanidad estaba condenada a ser exterminada por esos sanguinarios vampiros, por esos Zotsajau, entonces nuestros ancestros en medio de la angustia y desesperación, se dieron cuenta que necesitaban ser mucho más superiores como guerreros, y buscaron formas de lograr un nivel superior para poder combatirlos —los cuatro jóvenes, permanecen callados escuchando atentamente, mientras que don José continua su relato—: No sé cómo, pero nuestros antepasados comenzaron a buscar en nuestras capacidades ocultas, probaron de todo, y estudiando a la naturaleza y a nosotros mismos, poco a poco, descubrieron que podían alterar su forma física, desde cómo lograr la transformación a voluntad en cualquier animal deseado, a tomar la apariencia de otra persona, y hasta poder transformarse en un elemento.

—Entonces —interrumpe Germán preguntando con curiosidad—. ¿Eso que se dice de que ustedes los Naguales de que además de poder transformarse en animales, que también se pueden convertir hasta en bolas de fuego… es verdad?

Don José escuchándole hace una pausa, respira profundo y le responde:

—Miren…

Se acerca a la fogata, hace unas cuantas respiraciones profundas, luego con despreocupación mete su mano derecha dentro del fuego, a lo que Citlali alarmada exclama:

—¡Cuidado! ¡Se va a quemar!

—¡Shhhhhhh!

Le dice Xareni poniéndose el dedo índice frente a sus labios en señal de decirle que guarde silencio, mientras que el viejo Nagual sin sentir ningún dolor ni molestia, saca la mano con la palma en forma cóncava hacia arriba, y en el centro de la mano lleva posada una llamarada, que inexplicablemente arde desde en medio de su palma, los gemelos quedan boquiabiertos ante semejante espectáculo, sorprendidos, sin poder articular palabra, mientras don José lleva su mano frente a él y tranquilamente les dice:

—Como lo ven, pa' poder convertirse en una bola de fuego, primero tienen que hacerse amigos del fuego y dominarlo pa' que no los queme, aprender de él y de esa manera ya poder convertirse también en el fuego mismo.

Al momento que dice eso la llama de su palma se propaga cubriendo toda su mano, enseguida recorre su brazo hasta cubrirlo por completo hasta el codo, convirtiéndolo en una enorme antorcha. Citlali de la sorpresa se lleva las manos a la boca que abre por la impresión. Germán se talla los ojos pare ver lo increíble, a lo que don José expresa:

—Y así es como un Nagual se puede convertir en una bola de fuego.

Y al momento que dice eso, la llamarada en su brazo comienza a apagarse rápidamente, dejando su miembro intacto, sin ningún daño ni quemadura. Los gemelos están muy sorprendidos, boquiabiertos y sin decir nada, hasta que Germán reponiéndose de la sorpresa reacciona y dice:

—¡Uff! Si no lo veo no lo creo.

El viejo Nagual agrega:

—Y no solo en bola de fuego, también podemos convertirnos en un ventarrón, en un pequeño tornado, etc. Es decir en los elementos de la naturaleza. Aunque eso ya es el nivel más alto como Nagual, es muy difícil, y no todos lo logran, pero posible para algunos. Y a esta facultad de transformación la llamaron Nagualismo. Y una vez que nuestros ancestros descubrieron como convertirse en Naguales, comenzaron a combatir con éxito a los vampiros en cruentas batallas, donde murieron miles de los nuestros, pero lograron exterminar hasta el último Zotsajau. Y después destruyeron el último templo subterráneo de Kamazor, aunque los Zotswiiniik huyeron a varias partes del mundo, esos ya no representaban una fuerte amenaza contra la humanidad.

—¿Zotswiiniik? —Pregunta Xareni desconcertada.

—Sí, no se los había mencionado a ustedes antes pero… son los vampiros humanos convertidos por los Zotsajau, son peligrosos, pero no tan fuertes como sus creadores, porque a los Zotswiiniik, el ser humano común los ha logrado eliminar.

—Disculpe —expresa Germán aún incrédulo—: pero… eso de transformarse es ilógico digo… aunque ya los vimos, aún me cuesta trabajo creerlo, o sea… para la ciencia eso es imposible.

—Pos' pa' la ciencia de ustedes hasta ahora es imposible —le responde don José—. Pero recuerden que también para la ciencia era imposible que el ser humano volara, al igual que cualquier artefacto más pesado que un ave y ¡Miren ahora! aviones que pesan ¡Toneladas! surcan los cielos todos los días.

—Bueno… en eso tiene razón.

Responde Germán, a lo que don José prosigue:

—El Nagualismo es arte y ciencia; una ciencia miles de años más antigua que la actual.

—¿Y cómo una persona? o sea… ¿Nosotros podríamos ser Naguales?

Pregunta Citlali intrigada, a lo que el anciano le responde:

—Solo piensen que el ser humano es mucho más de lo que cree que realmente es. Ustedes así como se ven, que parecen unos chicos modernos estúpidos, ignorantes y superficialitas…

—¿Que pasó don? —responde Germán—. No nos "defienda".

A lo que el viejo prosigue:

—Bueno…pos' ustedes son mucho más de lo que ahora creen ser. Conociendo y dominando tu mente, cuerpo y espíritu, puedes alterar tu organismo y así alterar la forma de tu cuerpo logrando así asimilar el de otras especies o… elementos.

—Parece fácil, pero para nuestra lógica es… ¡Prácticamente imposible!

Responde Germán A lo que don José le replica con energía.

—¡Es difícil pero no imposible! por desgracia muchas generaciones han perdido el interés en este arte, y eso es lo que ahora me preocupa, que no haya suficientes Naguales para combatir a los nuevos Zotsajau.

—¿Pero porqué no hay más de ustedes?

Pregunta Germán, a lo que don José primero lanza mas maderos a la fogata, se vuelve a sentar para dirigirse a los gemelos:

—Lo que pasa es que, después de que los Naguales terminaron hasta con el ultimo Zotsajau, y destruyeron el último templo de Kamazor, se dieron cuenta que ya no tenían rivales, entonces se sintieron los seres más invencibles de la tierra, el poder los cegó, los envileció, se llenaron de arrogancia y soberbia, y comenzaron a competir entre ellos mismos para demostrar quién era el Nagual más fuerte, y eso originó una feroz rivalidad, y comenzaron a tener enfrentamientos sangrientos entre ellos mismos, y también no permitían que nadie más se convirtiera en Nagual, los mataban inmediatamente antes de que lo lograran, y comenzaron a aterrorizar a las poblaciones, se convirtieron en los verdugos de los humanos que antes habían defendido, atacando y matando a gente inocente, por eso las personas que antes los admiraban, comenzaron a temerles, a odiarlos y a despreciarlos, y la rivalidad entre los mismos Naguales, provocó que casi se extinguieran, solo muy pocos sobrevivieron y fueron aquellos que jamás desearon abusar de su poder y no atacar a la gente, los que no se corrompieron tenían que mantener en secreto su identidad de Nagual, tanto con los demás Naguales como con el resto de la población, por peligro de ser perseguidos ya sea por unos o por otros, y hasta ahora gracias a esa mala fama, somos mal vistos, temidos, rechazados y hasta odiados por las personas. Pero actualmente nos refugiamos en la incredulidad de la gente, pues ya nadie cree en nosotros, pero eso a su vez ha hecho que nadie se interese en ser Nagual, por eso estamos casi extintos, yo mismo no he sabido de algún otro aparte de nosotros.

—Y… ¿Entonces de donde piensa sacar más Naguales?

Pregunta Germán.

—Todo ser humano tiene el poder de llegar a serlo, pero hay personas que lo pueden lograr más fácilmente que otras, esas personas son Naguales en potencia y... he visto esa facultad muy desarrollada en... ustedes.

Los gemelos se miran uno al otro desconcertados.

—Pero... ¿porque nosotros?

Pregunta Citlali, a lo que el viejo nagual les responde:

—Porque ustedes por ser gemelos tienen doble poder, una cualidad muy admirada desde la antigüedad maya, y aparte yo he detectado un espíritu Nagual muy fuerte en ustedes, podrían convertirse en Naguales más fuertes que nosotros, por eso les pido que se unan a nosotros y se conviertan en Naguales.

—¡Sí! ¡Sí! ¡Anímense! —expresa Xareni mientras mira a los gemelos con entusiasmo, en especial a Germán—. ¡Acepten! son bien venidos con nosotros, y yo te ayudaré, digo... les ayudaremos.

—Si, y les ayudaremos en todo lo que necesiten.

Responde Braulio al mismo tiempo que ilusionado mira a Citlali.

—¿Como la piensas ayudar? si tú todavía no puedes lograr transformarte del todo.

Le dice el anciano a Braulio, el cual avergonzado agacha la cabeza, a lo que su abuelo prosigue—: Tienes que volver a intentarlo, tienes que lograrlo Braulio.

—¿Qué es lo que le pasa?

Pregunta Citlali llena de curiosidad, a lo que don José responde:

—Lo que pasa es que Braulio en su primer intento, al ver que su cuerpo se comenzaba a transformar en animal se asustó tanto que regresó a su forma humana y no lo logró, como que quedó "trabado", y desde esa vez ya no ha podido volver a transformarse.

Braulio se mantiene callado cabizbajo, Germán interrumpiendole expresa:

—Espere, pero... pues yo no creo que me pueda transformar, digo... yo no creía en esto hasta que los vi a ustedes, pero la verdad, todavía me cuesta trabajo creerlo ¡de verdad! es algo que ha roto muchas de mis concepciones de la realidad y... ahora me dice que... ¿También nosotros debemos transformarnos? Yo la verdad yo no creo que yo pueda hacerlo.

Don José con una sonrisa tranquila le responde:

—Si tú no crees, no podrás hacer nada, el primer paso es que creas que es posible, de otra manera no podrás lograrlo.

Los gemelos guardan silencio pensativos, se miran uno al otro sin saber que responder a lo que don José agrega:

—Sé lo mucho que les dolió la pérdida de sus amigas y en especial la muerte de... Xóchitl ¿Verdad?

Al escuchar ese nombre, una profunda tristeza los invade, y sienten un fuerte vuelco en el corazón, Germán aprieta sus labios reprimiendo un deseo de llorar, pero a Citlali se le humedece los ojos, a lo que don José agrega:

—Si se transforman en Naguales, podrán honrar su memoria, y podrán recuperar el cuerpo de ella, de otra manera corren el riesgo de también ser asesinados por Kamazor al entrar a la cueva, como lo fueron los mercenarios, ¿Qué me dicen muchachitos?

—Los gemelos se miran uno al otro, luego Citlali voltea a mirar al anciano y le responde:

—Pero usted dice que se necesita mucho tiempo para llegar a ser un Nagual.

—Si —le responde don José—, pero existe un ritual secreto muy antiguo, que se inventó en la época de la invasión de los primeros Zotsajau, para convertir a una persona en Nagual en un solo día. ¿Aceptan o no?

—Pues... ¡yo si acepto!

Responde Citlali con decisión, al momento que se levanta de su lugar empuñando su mano a la altura del pecho. Germán por el momento no responde nada, se mantiene sentado, callado, pensativo; con la mirada fija en el suelo, su mente se llena de recuerdos y de imágenes de Xóchitl, de las veces que la miraba reacomodándose sus anteojos, de su sonrisa tímida, de cuando la abrazó, de las escasas veces que la miró a los ojos. El pensar que muy tarde se dio cuenta que la quería y que la perdió antes de decírselo, siente un profundo pesar en su corazón, sus ojos se humedecen y una lágrima rueda por su mejilla, Citlali al mirarlo así se conmueve, sabe muy bien en lo que está pensando su hermano, que de sus labios se escucha un susurro que menciona tan solo una palabra:

—Xóchitl...

Pero enseguida, con su antebrazo se limpia con rabia sus lagrimas, y se levanta empuñando su mano derecha y dice:

—¡Por la memoria de Xóchitl! ¡También acepto convertirme en Nagual!

Y después de decir eso mira a su hermana, que lo ve con los ojos humedecidos, pero junto con una sonrisa que se le dibuja en su boca, y con sus manos le toca el hombro y el brazo al gemelo. Don José, sintiendo alivio y satisfacción les dice:

—¡Muy bien muchachitos!…sabia que lo aceptaría.

—¡Sí! ¡siiiiiii!

Exclama Xareni contenta mientras que aplaude y se limpia las lágrimas de la emoción, y Braulio también sonríe ilusionado, luego don José dice:

—No hay tiempo que perder, debo prepararlos para que se conviertan en Naguales mañana, así que es mejor que se duerman; hummm pero como ustedes todavía no están acostumbrados a dormir a la intemperie, es mejor que los llevemos al poblado, está muy cerca de aquí, a menos de una hora a pie, para que ahí descansen mejor, ¡apresurémonos que se avecina una tormenta!

Los gemelos y los nietos, siguen al viejo Nagual que camina en dirección al pueblo, mientras unas inmensas y negras nubes se agrupan en el cielo amenazando con desatar una fuerte lluvia.

Capítulo 23: LA HUÍDA

Minutos después, la lluvia se desata con fuerza en la región, mientras que Manuel, Javier y John que cabalgan a todo galope a través de la jungla por fin logran llegar hasta el pequeño poblado, y sin decirse nada uno al otro, toman distintas direcciones. Mientras que Manuel y Javier se dirigen al centro del pueblo, John se desvía al hotel. Una vez frente a este, detiene su caballo, observa aliviado el edificio por unos instantes, al desmontar con su pierna toca accidentalmente la bolsa del lado de la montura y siente que tiene algo dentro, entonces con curiosidad la revisa, abre sus ojos de la sorpresa al descubrir lo que lleva dentro: una pistola. Con discreción voltea hacia todos lados para cerciorarse que nadie lo vea, rápidamente la toma y la esconde entre sus ropas, y enseguida ahuyenta al caballo dándole una palmada y rápidamente se dirige al hotel, mientras que rayos y truenos surcan el cielo iluminándolo, anunciando que la tormenta arrecia, John rápidamente se dirige al interior del hotel, en la recepción se encuentra a una mujer, a la que le dice:

—¡Señorita! Yo tener una habitación aquí... y haber dejado unas cosas guardadas y... ¡pronto! please! llamar al aeropuerto para conseguirme un boleto en el primer vuelo a Estados Unidos lo más pronto posible.

La recepcionista lo escucha mientras masca chicle y tranquilamente lima las uñas de sus manos, alza su vista, lo mira con desconfianza y le exclama:

—Hummm por supuesto señor... permítame un momento.

En contraste con la desesperación y angustia que John demuestra, la mujer despreocupada y con tranquilidad toma el teléfono y hace una llamada, luego de hablar unos minutos le contesta:

—Malas noticias señor, en el aeropuerto me dicen que por ahora todos los vuelos están suspendidos por el mal tiempo, hasta mañana al amanecer saldrá un vuelo para donde usted quiere.

—!Shit!

Exclama el estadounidense furioso, lleno de frustración da un golpe con el canto de su puño en el mostrador, a lo que la recepcionista le responde:

—Tranquilícese señor, no es el único que quiere tomar un vuelo, hay mucha gente esperando salir.

Entonces John, tratándose de controlar le dice:

—Okay, okay, señorita... ¡Aaaaahhh! —respira profundamente antes de responder—. Reservarme un lugar en ese vuelo ¿okay? y... ¿poderme dar la habitación por esta noche? Pagarle el doble si quiere.

—Errrmmm muy bien señor, aquí están las llaves y le llamo al confirmar su vuelo.

—Thank you.

John trata de calmar su nerviosismo y se retira. Una vez dentro de su habitación, el teléfono que se encuentra en una pequeña mesa al lado de la cama timbra; rápidamente John lo toma, es la recepcionista que le avisa, pero al escucharla su semblante cambia de esperanzado ha decepcionado, a lo que responde:

—¿Queeeee? ¿Mañana hasta las siete? —con enojo aprieta los dientes diciendo una pequeña exclamación—: ¡Shit!... O... okay señorita, well... reservarme un lugar, thank you so much (muchas gracias).

Después de colgar, trata de calmarse, y se prepara para dormir mientras amanece y llega la hora de partir. Apaga las luces dejando encendida solo la lámpara que esta sobre el buró de al lado de la cama, finalmente se recuesta boca arriba en el cómodo lecho, no sin antes sacar su pistola y ponerla bajo la almohada; piensa en todo lo que ha sucedido. Ahora lo único que le importa es huir de ese lugar, esperando con ansias el amanecer, siente que la noche será muy larga. El cree no poder dormir mientras escucha los relámpagos, la lluvia y el viento que arrecian en el exterior, a lo que dice para sí mismo:

—Maldita hora que ponerse el mal tiempo, ahora tener que esperar hasta mañana, Shit! aparte de perder ese gran tesoro por esa maldita bestia ¡dammit! (maldita sea) pero que extraña y sanguinaria era, las armas no hacerle nada y en cambio eso matar a todos; todavía no entender como pudimos salvarnos. Pero en cuanto ama-

221

nezca tomar el primer vuelo y largarme en cuanto antes de este maldito lugar.

Apaga la luz de la lámpara, y vuelve a recostarse boca arriba mientras coloca las manos detrás de su cabeza y cruza sus piernas estiradas, mientras comienza a decirse a sí mismo con una sonrisa que se dibuja en su rostro:

—Hummm pensándolo bien, no todo estar perdido... ahora yo poder cobrar los tres seguros de vida que sacarle a la inútil de Stephanie en tres países diferentes; y ella ser tan estúpida de pagarlos por mi jejeje. Después de todo no estar tan mal haber venido, haberme deshecho de esa maldita cadáver viviente, y aunque no convertirme en multi-millonario, de todos modos seré rico jejejejejeje.

El cansancio lo comienza a vencer y minutos después, queda profundamente dormido.

Capítulo 24: TEMIDO SURGIMIENTO

Las horas nocturnas transcurren en un silencioso suspenso, y mientras que los gemelos y sus compañeros los Naguales duermen, se llega la media noche en medio de la tormenta que no cesa. A muy lejos del poblado, en la zona maldita de la selva, dentro de la cueva, muy cerca de la entrada yacen los cuerpos inertes de Xóchitl y Stephanie, pero de repente y de manera inexplicable, el cuerpo de la tapatía se comienza a mover, abre sus ojos, desconcertada mira hacia todo su alrededor, y enseguida levanta su torso quedando sentada en el terregoso suelo, voltea a mirar a su alrededor, y a un lado de ella descubre a su compañera la rubia, la cual también comienza a despertar, a lo que le habla:

—¿Te encuentras bien Stephanie?

Ella atónita voltea a verla y responde:

—C…creer que sí, pero… ¿Qué pasar? ¿Cómo llegamos aquí?

—Parece que… nos desmayamos y nos trajeron casi afuera de la cueva.

Y en ese momento; miran las cabezas y cuerpos de Jonathan y "Perico" que murieron en la entrada.

—¡Ay!

Y con tremenda agilidad dan un enorme salto y se levantan alarmadas, y Stephanie le dice:

—¿Asustarte ese cadáver?

Xóchitl desconcertada responde:

—Bueno, la verdad solo me sorprendió verlo ahí. Pero realmente… no siento miedo, esto es muy extraño.

—Yo tampoco sentir miedo, como tu decir esto ser muy extraño…

Responde la rubia. En ese instante dentro de la cueva, en el templo, cerca del altar, Fermín también comienza a despertar, abre sus ojos y desconcertado mira hacia todos lados, se sienta, sacude su cabeza y se lleva una mano arriba de la frente mientras se incorpora por completo, recuerda lo antecedido y alarmado mira hacia todos lados buscando a los demás, pero al ya no escuchar ni ver a nadie, se tranquiliza pero al mismo tiempo se llena de confusión; todo está en silencio, se da cuenta que está solo, muy solo.

Camina unos instantes pero, es cuando comienza a escuchar unas voces, lo cual lo sorprende, avanza sigilosamente hacia afuera del templo, pero mientras avanza a la salida, por el camino se encuentra con cuerpos salvajemente mutilados y cabezas regadas por todos lados, reconoce a las de los mercenarios, y a los cuerpos de sus primos, a excepción de Manuel, a lo que atónito exclama:

—¡Mierda! ¿Pero qué habed pasao aquí? seguro entraron los pistoleros mexicanos y se armó una carnicería.

Y después de decir eso se dirige a la salida.

Mientras que afuera, Xóchitl se lleva las manos a su cara y se percata que no trae algo importante y exclama:

—¡Mis anteojos! ¡He perdido mis anteojos!

—Vamos a buscarlos, por aquí han de andar.

Expresa Stephanie que se dispone a ayudarle, pero la universitaria que voltea a ver hacia todos lados, cierra primero un ojo para ver con uno solo, luego hace lo mismo con el otro y sorprendida le dice:

—¡E... espera!... creo que... veo perfectamente... sin necesidad de mis antejos y... mi ojo derecho esta... bien, muy bien.

La rubia se desconcierta al escuchar eso y entonces pegunta:

—¿Estar bromeando?

—No, no es broma, te juro que veo muy bien, demasiado bien, a parte... —se toca su oreja y al verse sus dedos sorprendida exclama—: y... ¡he dejado de sangrar de mi oreja! es más; veo muy claramente en la obscuridad, hasta miro una oruga que sale de abajo de una hoja que esta como a 60 metros allá enfrente, a un lado de aquel árbol.

Expresa Xóchitl al momento que señala con su índice, Stephanie voltea hacia allá y sorprendida dice:

—Yo... ¡mirarla también!

Al decir eso, boquiabierta voltea a ver a su amiga, ambas se encuentran muy desconcertadas, y en ese momento atrás de ellas desde el interior de la cueva escuchan una voz que les dice:

—¡Coño! ¿Pero cómo es que seguid vivas?

Ellas al escucharlo, rápidamente voltean a verlo y se alarman:

—¡El primo de Manuel!

Y sorprendidas, por reflejo extrañamente saltan varios metros hacia atrás, e inconscientemente se ponen en guardia desafiantes, al mismo tiempo que Fermín también da otro enorme salto y se pone a unos cuantos metros frente a ellas, tales acciones sorprenden a los tres, que se miran unos a otros desconcertados y de repente se dan cuenta de algo más, las uñas de sus manos han crecido enormemente en forma de enormes garras, pero de color negro brillante y que lentamente se vuelven a retraer quedando de forma normal:

—¿Pero qué putas es esto? ¿Qué me ha pasado?

Pregunta Fermín desconcertado.

—No lo sé.

Responde Xóchitl sin dejar de mirar a los otros dos.

A lo que agrega Stephanie:

—Yo tampoco entender lo que pasar pero sentirme perfectamente bien, mucho muy sana y… fuerte.

—Y yo… ¡Ya no cojeo! —expresa Fermín que enormemente sorprendido mira y toca su pierna—. Pero… ¿que nos ha pasao? Acaso… ¿estamos muertos?

—Afortunadamente no lo estamos —responde Xóchitl sin dejar de mirar sus manos de donde salieron esas enormes garras negras—: Creo que seguimos vivos, y creo que hasta más que nunca.

—Pero… ¿no entender?

Responde Stephanie sin salir de su asombro.

—¡Vengan! —les dice la tapatía—. Creo que adentro está la respuesta.

Y así se conducen al interior de la caverna. Hasta adentrarse en el templo donde Xóchitl les muestra las pinturas rupestres y cuando les explica su significado Fermín dice:

—¡Coño! Entonces eso quered decir que nosotros…

—¿Ser vampiros?

Interrumpe Stephanie con una pregunta, a lo que Xóchitl les dice:

—Pues según lo que dicen estas pinturas… me parece que sí, pero aquí dice que somos una especie muy exclusiva de vampiros, somos…

En eso su explicación se interrumpe por la enorme sombra negra que pasa volando por encima de ellos.

—¡Mierda! ¿Pero qué es eso?

—¡La sombra! —expresa Xóchitl alarmada—. ¡Pronto! escondámonos.

Sin estar conscientes de que las cosas han cambiado para ellos, corren y se esconden en un pequeño rincón, pero les es inútil pues la sombra vuelve a pasar por encima de ellos a lo que Xóchitl les dice:

—¡Rápido! Agachen la cabeza, tocando con la frente el suelo, no nos atacará, así dice en los jeroglíficos. Los demás sin decir nada lo hacen, pero aún así en esa posición, sin levantar la cabeza, observan a ras del piso que el ente aterriza de golpe bruscamente frente a ellos, haciendo que el suelo se estremezca con el impacto, ellos sin atreverse a levantar la cabeza, solo miran sus sombrías piernas avanzar a ellos, pero más grande es su sorpresa cuando escuchan nuevamente la cavernosa y espeluznante voz del ser que les dice:

—No teman, no les haré daño, pueden levantarse.

Los tres incautos, atónitos se voltean a ver uno al otro, el ser les ha hablado claramente con su voz cavernosa, pero de su tono es diferente al que usó con los mercenarios, este ahora es calmado, y se podría decir que hasta amable. Mientras se levantan, boquiabiertos miran como ese ser de estar obscuro por completo como una sombra, cambia de color distinguiéndose claramente su forma humana, con cuerpo de varón musculoso, lo miran de abajo a arriba, de una enorme estatura, de unos dos metros y medio de altura, piel morena parecida a la de los antiguos mayas, calza unas sandalias de una extraña piel hechas al estilo de los antiguos, elevando mas sus miradas ven que porta un taparrabo típicos de los mayas pero mucho muy elegante, muy vistoso, de color negro, café, rojo, amarillo y azul; con adornos y símbolos muy extraños, en sus antebrazos trae unos brazaletes de piel, su fuerte pecho en gran parte está cubierto por un enorme collar-pechera con diseños parecidos a los de la cintura, pero se alcanza a distinguir pequeños símbolos en forma de cráneos humanos. Pero se sorprenden mucho más cuando ven su rostro, no es humano, sino que toda su cabeza es completamente de forma de vampiro, parecida a la del llamado Vampyrum Spectrum, con orejas enormes que terminan en pico, al igual que su nariz sobresale de la punta de su hocico en enorme forma alargada y puntiaguda, y sus ojos dejan de brillar con ese

226

rojo destello, para dar lugar a unos ojos parecidos a los humanos de color negro intenso y brillante, pero con una feroz y espeluznante mirada, el color del pelaje de su cabeza es rojo obscuro. Ante tal sorpresa Xóchitl le pregunta:

—¿Q... Quien es usted?

Ante tal pregunta, el extraño ser, primero los mira detenidamente uno a uno, y enseguida con su cavernosa e intimidante voz les responde algo que los sorprende:

—¡Yo soy aquel que fue enviado a destruir a los hombres de madera! ¡Soy el verdugo de la humanidad! ¡Soy el amo y señor vampiro! yo soy... ¡KAMAZOOOOOR!

Su nombre retumba macabramente con eco, la cueva se cimbra al mismo tiempo que un viento frio inunda todo el lugar y la llama de las antorchas se achican hasta casi extinguirse para luego agrandarse bruscamente de nuevo, terminando el temblor, a lo que Stephanie pregunta:

—¿Entonces usted ser quien convertirnos en...esto?

—Jajajajajaaaaaaa Los he convertido en lo que ustedes me pidieron, les he otorgado un gran privilegio, les he dado un gran poder, el poder que ningún ser humano jamás haya soñado, los he convertido en ¡Zotsajau!

—Y... ¿qué ser eso?

Pregunta Fermín atónito.

—Quiere decir algo así como... rey vampiro.

Le responde Xóchitl, a lo que Kamazor dice:

—¿Así lo traducen en tu lengua actual? Jajajaja. Ustedes son los principales, los más fuertes y poderosos, los reyes de los vampiros humanos Nicté.

Xóchitl desconcertada por como la llamó dice:

—Yo... no soy Nicté, yo me llamo Xóchitl.

—Ahora eres Xóchitl pero déjame mostrarte algo.

El enorme vampiro alza su mano y la lleva sobre la cabeza de la confundida joven, y en cuanto toca su frente, ella tiene una especie de visión. Se mira de la misma forma como en el sueño que tuvo en aquella biblioteca, pero esta vez logra entrar en la cueva, que llevada en la silla que cargan en hombros varios hombres, atraviesan por el pasillo de la cueva que descubrió con sus amigos, pero este está bien acondicionado, con piso de piedra pulida, enormes pilares a los lados con vasijas de piedra con fuego para iluminación del lugar, enormes estatuas de vampiros gigantes hechas de brillante obsidiana y otras de una piedra de color rojo, son bastantes distribuidas a ambos lados del pasillo, en posición de sentadas y alertas, con las alas semi-extendidas y las fauces abiertas mirando hacia el interior del pasillo, alternadas por el color. La conducen hasta llegar al templo el cual abre sus puertas al llegar ellos, y avanzan hasta llegar frente al altar, donde está la enorme plancha de piedra plana y lisa, la piedra de sacrificios, con figuras de cráneos y rostros de vampiros grabados a su alrededor; atrás de esta se encuentra un enorme trono de piedra también con figuras de cráneos gravadas en todo su alrededor a casi dos metros de altura.

Una vez llegado ahí, bajan la silla y ayudan a Xóchitl a bajar con enorme respeto y reverencias, mientras que el sacerdote maya recita oraciones e invocaciones en su idioma, las mujeres con el incienso pasan alrededor de la joven. El sacerdote le da a ella a beber de una vasija un líquido desconocido. Luego las demás mujeres la despojan de sus ropas dejándola desnuda completamente, luego ella se recuesta en la plancha de piedra y enseguida el sacerdote se pone frente a la plancha, hace una especie de invocación; y de repente un viento frio aparece rodeando a todos, se cimbra el lugar por un ligero temblor y repentinamente toda llamarada se apaga, para nuevamente volverse a encender más intensamente, pero para sobresalto de los presentes junto con las llamas aparece Kamazor en el trono, observándolos plácidamente, en eso ella se asusta y se quiere mover, pero rápidamente las mujeres corren a sujetarla de sus brazos y piernas, ella comienza a forcejear mientras que el sacerdote saca una daga de obsidiana con mango de hueso, se aproxima a la asustada victima que impotente forcejea desesperada, el sacerdote con sus manos alza el cuchillo y diciendo unas palabras, lanza su golpe para clavar la daga en el pecho pero ella en un movimiento de desesperación, jala uno de sus brazos con tal fuerza que la mujer que la sujeta cae encima de ella la cual recibe el golpe del sacerdote que sin querer le clava la daga en la espalda, todo sucede en una fracción de segundos, pero eso provoca un gran alboroto en el lugar, Kamazor desde su trono gruñe molesto, mientras que ella en medio de la confusión se suelta, toma su capa del suelo para cubrirse y huye, escabulléndose de los guardias, y para evitar ser perseguida, tira varias vasijas de fuego tras de ella, y así los guardias no pueden alcanzarla y logra salir de la cueva, cuando del interior de ésta, se escucha la voz del señor vampiro que con su cavernosa voz le grita:

—¡Nicteeeeeeeeee!

Ella ya afuera, al escuchar su nombre solo voltea momentáneamente hacia la entrada, para enseguida volverse y continuar su huída internándose en la densa vegetación de la obscura selva, para perderse por completo, mientras un feroz rugido se escucha del interior de la cueva.

—¡GRRRUUUUUUUUUUUAAAAAARRRRRR!

Es Kamazor lleno de furia, y enseguida los gritos de las personas que quedaron dentro, pues son víctimas de su cólera como castigo por haber dejado escapar a Nicté, mientras ella se pierde en la espesura de la selva escapando del lugar. De repente todo se corta bruscamente, y Xóchitl solo ve la mano del ser retirarse de su frente, ella reacciona y sacude su cabeza y sorprendida dice:

—¡Yo era esa mujer! Pero… ¡Me iban a sacrificar! por eso escapé.

—No era un sacrificio —responde el ser con su gruesa y cavernosa voz—. Sino un matrimonio, aquella vez te habían elegido desde niña para ser mi esposa, pero como huiste, las cosas han cambiado, ahora tú como ellos, me servirán; debería destruirte Nicté, pero por haberme invocado y ofrendado tantos humanos, que ya necesitaba probar nuevamente la sangre humana, les he mostrado mi gratitud y generosidad otorgándoles la máxima recompensa y privilegio que yo puedo dar al convertirlos en Zotsajau.

—¿Entonces nosotros somos… vampiros de verdad?

Pregunta aún incrédulo Fermín a lo que el temible vampiro le dice:

—Ya lo he dicho, pero tienen que saber lo que es ser un Zotsajau, los más fuertes de todos los vampiros humanos, los reyes, los depredadores de los humanos, mucho más fuertes que ellos, la sangre y la carne humana desde hoy en adelante será su único alimento, y entre más sangre beban, mas fuertes serán. Poseen grandes armas naturales, colmillos filosos y fuertes para desgarrar cualquier carne, en sus manos sus uñas crecen a voluntad para convertirse en garras de pelea, más duras que cualquier metal y mas filosas que la obsidiana, podrán partir hasta la roca más dura, y como pueden ver, si juntan sus dedos, sus uñas al salir se comienzan a unir unas con las otras para formar una sola cuchilla tan

229

filosa que podrán cortar cabezas limpiamente de un solo tajo y cualquier otra cosa, y con sus ojos verán claramente de noche y a grandes distancias, con sus oídos escucharán hasta el latido del corazón de sus presas desde muy lejos…

Y así Kamazor les explica sus nuevas habilidades. Y después de unos minutos les dice:

—Les he dicho mucho pero aún ustedes descubrirán más en la acción.

—Señor —pregunta Stephanie—. ¿Nosotros poder volar?

A lo que el señor vampiro le responde:

—Eso es tan sencillo que solo tienen que alzar los brazos y desearlo.

En eso los tres se apartan, Fermín un poco desconcertado y vacilante trata de alzar los brazos pero no sucede nada, lo mismo Stephanie con el mismo resultado y Xóchitl al verles su actitud vacilante ella concluye:

—Déjenme intentarlo.

Y con decisión y sin temor, se aparta un poco más de ellos, mira hacia arriba y alza sus brazos con firmeza, con la convicción firme de volar, y para sorpresa de ella y sus compañeros, sorprendentemente se transforma en un enorme vampiro animal, con casi dos metros del altura y con las alas desplegadas, cuatro metros de envergadura, a lo que Fermín sorprendido expresa:

—¡Mierda! ¡Si es un vampiro gigante!

Xóchitl con los ojos muy abiertos, sorprendida se mira a sí misma en lo que se ha transformado, con sus garras se toca su pecho, su rostro y exclama:

—¡Esto es increíble! me he transformado en un vampiro prehistórico, parecido al "Desmodus Draculae" o al "Nosferatus Gigas" Es… ¡fascinante! jajajajajajaja ¡Gruuuuaarrrrrr!

Mientras su carcajada se convierte en un espeluznante rugido, alza el vuelo y comienza a revolotear alrededor de la cueva, Stephanie al verla lograrlo, vuelve a intentarlo, pero esta vez con la misma decisión que su compañera, y lo logra:

—Jajajajaja siiiiiii ahora yo ser espantosa jajajajajajaja.

Expresa la rubia una vez transformada, y vuela al igual que Xóchitl. En eso Fermín exclama:

—Si ellas poder… ¡AAAAAhhh!

Salta y alza sus brazos y su rostro, y en el aire logra transformarse, y mientras vuela dice:

—¡Esto es la ostia! ¡La ostia! Jajajajajaja ¡Me siento de puta madre! ¡Puedo volar! ¡Puedo volaaaaar! jaaajajajajajaja.

Los tres revolotean perversamente jubilosos alrededor de la cueva, mientras que Kamazor los observa con orgullo y con una sonrisa expresa:

—Ahora ya saben cómo volar.

Los nuevos Zotsajau descienden de su vuelo y cuando pisan el suelo se transforman nuevamente en humanos. Mientras que el temible señor vampiro mira todo su alrededor, y entonces dice:

—Así como ustedes mis Zotsajau han resurgido, también ya es tiempo de que mis dominios también... ¡Renazcan! ¡Gruuuuaaaaaaaaaarrrrrrrr!

Lanza un ensordecedor rugido que hace que todo su alrededor tiemble y comience a derrumbarse de una forma muy peculiar. Los Zotsajau desconcertados solo miran que la vieja capa que cubre los muros cae desmoronándose y dejando al descubierto muros de piedra como nuevos, el gran vampiro con varios rugidos provoca que todo su alrededor cambie, voltea a mirar a su trono y mientras alza su mano, con otro rugido hace que de los cadáveres de sus víctimas se desprendan sus huesos y cráneos, y como por arte de magia se mueven hasta colocarse en el trono incrustándose en todo su alrededor dándole un adorno macabro, y todos los recipientes de fuego se encienden iluminando por completo el templo, que ha quedado radiante, los Zotsajau miran sorprendidos y maravillados la obra, entonces se les ocurre ir hacia fuera del templo, y al salir se encuentra con una gran sorpresa, y boquiabiertos contemplan el impresionante fenómeno, al mismo tiempo que atrás de ellos surge Kamazor que con orgullo les dice:

—Así como ustedes, este lugar ha resurgido ¡Ahora conozcan mi nuevo templo! ¡Conozcan al nuevo!... ¡ZOTSNAJKÚ!

Al mismo tiempo que lo dice alzas sus manos hacia el frente en gesto de mostrar su obra, y los vampiros miran el camino y todo su alrededor totalmente limpio y despejado, el piso del camino, las figuras de piedra relucen en todo su esplendor como si hubiesen sido recién hechas, mostrando de forma detallada su intimidante forma y sus perversas expresiones, y a los lados de cada una de ellas lo que parecían las enormes estalagmitas, son realmente enormes columnas de piedra con los recipientes de fuego encendidos mejor que nunca, iluminando todo el camino y gran parte de su alrededor. Los murciélagos-vampiro que estaban descansando muy cerca de la entrada de la caverna, vuelan agitados por todo alrededor del interior debido a los inesperados cambios provocados por el gran vampiro. Para momentos después que se calma el alboroto vuelven casi todos a sus lugares,

Y mientras los vampiros contemplan maravillados el lugar, Kamazor le expresa:

—¡Zotsajau! ahora necesitan alimentarse y sé que ustedes desean... ¡vengarse! por eso he dejado vivos a aquellos que les hicieron daño ¡Vayan y encuéntrenlos! ¡Tomen su sangre! Y ¡Devoren sus corazones! jajajajajajaja, Jajajajajaja, JAAAAAJAJAJAJAJA.

—¡Voy a vengarme de aquellos que me hicieron daño y que por su culpa mis amigos murieron!

Expresa Xóchitl llena de furia y rencor a lo que Kamazor responde:

—¡Aguarda!

Y entonces levanta su mano y un pequeño murciélago entra del exterior y se dirige a él y se cuelga de unos de sus dedos, el vampiro lo acerca hacia su oído y el pequeño roedor parece que con casi imperceptibles chillidos le dice algo al oído, enseguida el perverso ser levanta su brazo haciendo que el animal se aleje volando, los demás atónitos solo lo observan, pero el mira a Xóchitl y le dice:

—Hay una noticia que debes de saber.

La joven de larga cabellera negra solo lo mira con curiosidad mientras escucha con atención:

—Tus amigos a los que creías muertos... realmente no lo están, sobrevivieron y están con sus demás enemigos.

Xóchitl abre más sus ojos y su boca por la sorpresa, no lo puede creer, y un sentimiento de alegría y esperanza surge en su interior, pero aún incrédula le pregunta:

—Pero ¿Cómo lo sabe?

—Yo tengo dominio sobre los animales de la noche, y esa pequeña criatura a mi pedido, me lo dijo. Y ustedes también podrán tener este mismo dominio sobre estos animales, es parte del poder que les he otorgado, y una vez que tengan más dominio sobre su nueva persona lo podrán hacer. Ahora ¡vayan y sacien su sed de sangre!

Ante la sugerencia, el nuevo trío vampírico se dirigen al exterior de la caverna, pero una vez atrás del marco de la entrada Xóchitl se detiene, se mira a sí misma, observa su ropa y dice:

—Hummm, necesito un cambio.

Y ante la mirada atónita de sus compañeros, se deshace de sus zapatos; luego con sus filosas garras comienza a hacer cortes en su largo vestido, transformándolo en unos instantes. Enseguida con un ligero movimiento de su cabeza deshace su enorme trenza, dejando al descubierto su negra, larga, sedosa y brillante cabellera, que una vez completamente suelta, cae sobre su espalda hasta llegar casi atrás de sus rodillas. Sus compañeros atónitos solo la miran de abajo a arriba, sus pies desnudos, pequeños y muy bellos. Su vestido que antes era amplio y cerrado hasta los tobillos, ahora tiene dos grandes y largas aberturas a los costados que se prolongan desde abajo hasta la cintura, dejando al descubierto la mitad externa de sus piernas firmes y muy bien torneadas, de piel muy tersa y lozana como la porcelana, y gracias a las pronunciadas aberturas descubre los costados de sus caderas desnudas, que poseen una hermosa curvatura que termina en una breve cintura que está cubierta con un delgado cinto de tela del mismo vestido, y arriba de éste y al frente comienza un pronunciado escote en forma de enorme "V" que deja al descubierto desde su pequeño ombligo y se extiende y abre progresivamente hasta descubrir la mitad interna de unos firmes y virginales senos a punto de mostrar sus pezones, pero que más arriba se une por detrás del cuello de la vampira, en su rostro, se nota su boca pequeña de labios carnosos enrojecidos y sugerentes, y ya sin sus anteojos descubren sus ojos grandes y negros, de pestañas crecidas y rizadas, enmarcados con unas cejas negras muy bien delineadas, y de sus pupilas despide un extraño brillo que le da un toque fascinante, sus compañeros boquiabiertos observan la radical transformación de Xóchitl que les dice:

—¿Qué? ¿Me veo rara?

—¡Glup! —Fermín traga saliva antes de responder—: N...no, nada de rara tú...

—Tú verte hermosa Xóchitl —responde Stephanie interrumpiendo—: Vaya pero que cambio ¿y yo como mirarme?

—También estas muy guapa Stephanie —responde su compañera—: ¿verdad Fermín?

—S... si, si —responde sorprendido por la belleza revelada por las dos vampiras.

—No perder más tiempo, tener algo muy importante que hacer.

Responde la rubia y todos ellos se dirigen a la salida de la cueva, y ya afuera, sin inmutarse por la tormenta que cae con furia, dan un enorme salto y en el aire se transforman en esos espeluznantes vampiros animal gigantes, y alzan el vuelo en medio de rayos, y truenos, que se mezclan con sus feroces rugidos, sobrevolando con rumbo desconocido.

Una nueva y terrible amenaza ha surgido, después de muchos siglos, han nacido los temibles… Zotsajau.

Capítulo 25: COMIENZA LA VENGANZA

Mientras que la tormenta continua cayendo inmisericorde, en el hotel John duermen profundamente dentro de su amplia y obscura habitación, solo se escucha la lluvia afuera caer tupida, y en momentos la ventana se ilumina con el resplandor de los relámpagos que retumban en el exterior, pero eso no interrumpe el plácido sueño de John. Pero de repente comienza a escucharse una extraña voz femenina, delgada y dulce pero con tono tétrico, de ultratumba, con eco, y que dice:

—Jooooohnnnnn, Jooooooohnnnnnn.

El anglosajón entre sueños se revuelve en la cama, pero de repente abre sus ojos, pensaba que estaba soñando, pero ahora la escucha más claramente.

—Joooooooohnnnnn, Jooooooohnnnnnn.

Desconcertado mira hacia todos lados, prende la luz de la pequeña lámpara del buró, toma la pistola que tiene debajo de la almohada y se incorpora, temeroso camina alrededor de la habitación, busca de donde proviene esa voz, repentinamente comienza a sentir un extraño escalofrió, se talla los brazos con sus manos para mitigar esa sensación helada.

—Joooooohnnnn, Jooooooohnnnnnnnnn

Vuelve a escucharla y esta vez parece reconocerla y desconcertado expresa:

—¿Stephanie? esa voz parecer la de ella.

La extraña expresión parece provenir de afuera de la ventana, se acerca a esta y en ese instante abre la cortina y mira algo que lo deja más helado aún:

—S… ¡Stephanie!

Ahí está ella, de pie afuera, a unos cuantos metros de la ventana, con un vestido largo de color azul obscuro, completamente mojada por la lluvia, sus rubios cabellos caen empapados en sus hombros y cubren brevemente parte de su cara, con los brazos cruzados por el frio, temblando en medio de la feroz tormenta, se mira tan indefensa y vulnerable como siempre, a lo que el desconcertado John le dice:

—P…pero tu estar… ¡muerta!

A lo que la rubia con su voz débil y frágil le dice:

—¡Claro que no! ¡Estoy viva! ¡Mirarme! por favor John, dejarme entrar, estar muy frio aquí afuera. Dejarme entrar "honey".

En eso un relámpago ilumina el lugar, dejando ver el rostro mojado y desamparado de la rubia. John se talla los ojos, no lo puede creer, su esposa está viva, pero un mal presentimiento le invade el corazón, le da la extraña sensación de peligro, de repente siente un profundo miedo que lo hace titubear y con voz temblorosa expresa:

—Nnnnnno, ¡no! E… esto no poder ser ci… cierto.

—Come on John! dejarme entrar, yo tener mucho frio, estarme mojando, vamos… dejarme entrar.

—N…no, ¡NOOOO! Tu estar muerta ¡muerta! ¡Largarte de aquí! —y con sus temblorosas manos alza su arma y le apunta mientras le ordena—: ¡largarte de aquí! ¡Ahora!

—Okay John ¡sniff!… si tú no querer dejarme entrar…

Stephanie llena de tristeza, cabizbaja se da la vuelta y se aleja perdiéndose en la obscuridad de la fría y lluviosa noche, un relámpago ilumina el área y para sorpresa y desconcierto de John, Stephanie ha desaparecido ante sus ojos. Mientras el estadounidense, con la respiración agitada, su corazón palpitando agresivamente y sudando frio, baja su arma y se aleja rumbo a su cama cuando… repentinamente de la más obscura esquina de la habitación, al lado de la ventana, surge la figura de Stephanie flotando en el aire, misteriosamente ha entrado por ahí, sus prendas y cabellos levitan al igual que ella, con mirada fuerte y penetrante se desplaza lentamente hacia él, abre la boca y muestra unos enormes colmillos de arriba y abajo, habla con un tono totalmente diferente, ahora se escucha furiosa, y amenazante le dice:

—¡yo no necesitar tu permiso para entrar John! Jaaaaaaajajajajajajajajaaaaaa.

El caucásico voltea sobresaltado hacia ella y por reflejo brinca hacia tras.

—Oh shit!

Y temblando levanta rápidamente su pistola, y encañonando a la rubia vampira le dice:

—¡A… alto! ¡N…no avanzar más o disparar!

—Come on John! tu no querer dispararle a tu "honey" ¿verdad?

—¡Alto! ¡ALTOOOOO!

Grita el anglosajón con energía y temor mientras la vampira sin dejar de flotar sigue expresando:

—Hummm pero yo recordar que tú si atreverte, siempre querer verme… muerta, verdad ¿"Honey"?

—Stephanie yo…

John temblando de terror balbucea, al mismo tiempo que baja un poco el arma, pero la rubia Zotsajau prosigue:

—¿Recordar que tu decir que tú nunca amarme? ¿Recordar que decir que solo usarme para venir? ¿Qué estar harto de mí? Hasta tú ser capaz de… ¡Pegarme!

Al momento de decir eso, se lleva la mano a su mejilla fingiendo sorpresa y desilusión, baja de su levitación y toca el suelo con sus desnudos pies; luego caminar lenta e intimidante hacia John, el cual con sus manos temblorosas vuelve a levantar su arma y le apunta al pecho y con voz desesperada le exclama:

—STOP! STOP! o ¡disparar!

—Tranquilo John…

Stephanie da un paso más hacia su todavía marido cuando…

—¡Altoooooooooo!

¡Bang! ¡bang! ¡bang!...!bang! ¡bang! ¡bang! Click, click, click…

John presa del pánico no puede más y dispara hasta vaciarle toda la carga. Al mismo tiempo en el lobby, la recepcionista escucha los disparos, se alarma y volteando hacia la dirección de la habitación de John, asustada toma el teléfono y hace una llamada:

—¡Hola! ¡Hola! ¡Vengan pronto! escuché unos disparos…

Mientras que en la habitación, John presa del pánico sigue jalando el gatillo de su arma, de la cual sólo se escucha un característico clic, evidenciando que ya se ha quedado sin balas.

—¡Aaaaahhh!

Stephanie estupefacta se toca su pecho y abdomen por la sensación que ha experimentado al sentir por primera vez en su vida balazos atravesar su cuerpo, y reponiéndose rápidamente de la sorpresa, ve que no le causaron daño alguno, y observa como las heridas cierran rápidamente, eso provoca que dentro de ella florezca un sentimiento de orgullo, se siente invulnerable, y con gran jactancia y una creciente furia le expresa:

—¡Tú dispararme! Jaaaaaaajajajajajajaja ¡estúpido! ¡Tú arma no servir de nada contra mí! ahora… ¡PAGARÁS MALDITOOOOO!

—¡No! ¡No! ¡Noooooooo!

—¡Gruuuuuuuuaaaaarrrrrrr!

La rubia vampira ruge ferozmente al momento que se lanza contra John, y con sus uñas que se han convertido en enormes, fuertes y filosas garras, lo ataca con salvajes zarpazos, primero en el brazo armado derribándole su pistola y cortándole un par de dedos, provocándole un intenso dolor.

—¡AAAAARRRRGGGhhh!

Para luego seguir atacándole el resto del cuerpo, provocándole profundas heridas en el rostro, brazos, pecho y espalda diciéndole:

—¡Esto ser por los golpes que tu darme!

—¡AAAARRGG! —grita de dolor John ante cada zarpazo, mientras la rubia le sigue atacando sin cesar.

—¡Esto… por usarme! ¡Esto… por engañarme! y por intentar asesinarme ¡maldito!

—AAAARRRGGHHH, AAAARRRGGGGHHH…

Aunque John trata de defenderse y esquivar los golpes de Stephanie, le resulta inútil; pues ella es muy rápida y fuerte, dejando a John con la ropa desgarrada y sangrando profusamente por tantos cortes en su cuerpo. La vampira al verlo bañado en sangre, se lanza sobre su cuello clavándole sus enormes colmillos, y para incrementarle más el sufrimiento le arranca lentamente un trozo de carne del cuello. John trata de defenderse lanzado golpes y manotazos a la vampira pero es inútil pues ella es demasiado fuerte para él, que se retuerce y grita horriblemente por el dolor que le provoca la enorme dentellada de Stephanie.

—¡AAAAAAAAAAAARRRGGHHH!

Que le desprende un enorme trozo de piel junto con partes de nervios, músculo y arteria del cuello del cual salen chorros de sangre. La vampira lo suelta dejándolo herido mortalmente, John instintivamente se tapa con su mano la enorme herida, tratando de alejarse tropieza con sus pies hasta caer torpemente de rodillas al suelo, y con la otra mano hace la señal de que se detenga, pero la vampira al ver los chorros de sangre emerger del cuello de su víctima, siente un repentino apetito voraz, un deseo incontrolable por tomarla, y con la mirada clavada en esa sangre que sale, se pasa la lengua por sus labios y súbitamente se lanza sobre John, pegándose en ese costado del cuello para succionar con frenesí ese preciado liquido rojo, su víctima desfalleciendo, ya sin fuerzas solo manotea débilmente, pero antes de que muera, la vampira le propina otro feroz mordisco que le rompe las cervicales y le corta la cabeza, provocándole la muerte definitiva, y así vengándose cruelmente del que fuera su traidora pareja y verdugo.

Al mismo tiempo la gerente y dos hombres que fungen como guardias del hotel, llegan hasta la puerta de la habitación, y al escuchar los gritos del estadounidense uno de los guardias expresa:

—¡Abre la puerta!

La mujer trata de hacerlo, pero alarmada responde:

—¡No abre! ¡No abre! ¡No entiendo, es la llave maestra!

—¡A un lado! ¡La tiraremos!

Exclama el otro guardia que es más alto y corpulento, y haciendo la señal a la mujer de quitarse de en medio, los dos hombres comienzan a darle violentos empujones a la puerta para tratar de abrirla o derribarla a como dé lugar, pero no cede, parece que una extraña fuerza la hiciera más resistente ante los fuertes impactos, hasta que con otro empellón.

—¡Crack!

Logran romper la cerradura, los guardias con arma en mano y tras de ellos la gerente, ingresan intempestivamente pero ya es demasiado tarde, y horrorizados observan la espantosa escena que descubren al entrar, un espectáculo por demás sanguinario: muebles tirados y rotos por todas partes, sangre por todos lados, y el cuerpo de John en el suelo ya sin vida, lleno de enormes rasguños, pero sin una sola gota de sangre y sin cabeza. La mujer al ver semejante escena se horroriza, cubre su cara y la voltea al no soporta mirar mientras grita llena de terror:

—¡AAAAAAAHHH!

—¡Madre mía! Qué muerte tan espantosa tuvo este gringo.

Exclama uno de los guardias mientras observa la dantesca escena.

—¡Entonces la leyenda de los vampiros de la zona maldita es real! ¡Y han vuelto! —Exclama horrorizado el otro guardia—. ¡Todos corremos peligro! ¡Yo me largo a la chingada!

Y sin dejar de mirar horrorizado la espeluznante escena, sale huyendo despavorido, a verlo salir el otro guardia, también lo sigue dejando a la mujer sola, que ha quedado paralizada por la escena, pero segundos después se repone de la impresión y al mirarse sola dice:

—E… ¡Esperen! ¡No me dejen solaaaaaaa!

Y sale corriendo detrás de sus acompañantes, dejando atrás al cuerpo mutilado de John, y abandonando de manera intempestiva el hotel.

Capítulo 26: VISITA INESPERADA

En una solitaria y enorme casona en medio del pequeño pueblo, donde se encuentran las calles solitarias debido a la feroz tormenta, llegan los Naguales junto con los gemelos.

—Esta casa era la del cantinero que seguro murió en la cueva.

Dice don José a lo que Germán expresa:

—Woaooooo está enorme, quien diría que ese tipo vivía bien.

—Aquí pasarán la noche —prosigue el anciano—. Mientras que Braulio y yo regresaremos al cerro del Nagual, necesito pedir ayuda. Y tú Xareni te quedarás con ellos y por si hay algún peligro podrás avisarme por telepatía.

Responde don José, mientras que su nieto hace un disimulado gesto de desagrado pues desearía quedarse cerca de Citlali, mientras que Xareni sonríe ilusionada por estar cerca de Germán, pero antes de irse el anciano saca un envoltorio cubierto de trapos, descubriendo un extraño báculo de madera que en la punta tiene una cabeza lobo de madera y sobre ésta un pequeño tecolote también de madera al momento que dice:

—Éste báculo les servirá de protección contra cualquier peligro, si esos vampiros llegan al pueblo este báculo evitará que se acerquen a ésta casa y les avisará del peligro —lo pone de forma vertical entre dos muebles en medio de la sala y dice—: ahora sí ya podrán dormir, pero manténganse alertas ¿eee Xareni?

—No te preocupes abuelo, yo me mantendré en vela.

Responde su nieta, y de esa manera don José se retira y Braulio lo sigue, no sin antes voltear a decirle a su hermana:

—Cuídense.

Y de manera fugaz mira a Citlali, antes de salir detrás de su abuelo cerrando la puerta detrás de él. Al mismo tiempo que Xareni y los gemelos suben por los elegantes escalones y escogen cada uno una habitación de las ocho que hay arriba. Sin preocuparse por la ubicación de cada una, muy confiados las escogen alejadas unos de los otros. Xareni aunque hubiera deseado escoger una al lado de Germán, para no ser mal interpretada por los gemelos, toma una a seis habitaciones lejos de la del tapatío, pero a un lado de la de Citlali, la gemela al entrar en la que escoge expresa:

—Esta parece que fue la de la hija consentida del dueño, esta divina ¡yupiiiiiiiii! Jejejeje.

Y feliz se lanza a la cama, mientras que Xareni en la suya no menos confortable ya esta recostada pensando en Germán, en su cautivadora sonrisa y en esa mirada varonil y franca que poco a poco la comienza a fascinar. Y piensa para sí misma: "es un hombre muy diferente, aparte de ser muy guapo, me encanta su mirada, y su sonrisa es encantadora, ¡Que hombre! ¡Qué hombre!"

Y con eso en mente se olvida de lo que había dicho de no dormirse y cuando menos lo espera, pernocta profundamente.

Mientras que Germán en su habitación, yace recostado en su cama con las luces apagadas, pero con los ojos abiertos mira por la ventana de su habitación el destello de los rayos y truenos de la tormenta, y con tristeza piensa: "Si ya murieron los mercenarios, no habría problema en ir por el cuerpo de Xóchitl… sniff, Xóchitl, mi Xóchitl, ¿Porqué? ¿Por qué tuviste que morir? sniff"

Y con esa idea se queda profundamente dormido al igual que su hermana y Xareni. Unos Momentos después, en medio de la tupida lluvia, por fuera de la casona, una misteriosa sombra se mueve con silencio y agilidad, pasa por las ventanas de cada una de las habitaciones sin que sus huéspedes se percaten ni lo más mínimo. Germán mientras duerme plácidamente, comienza a tener un extraño sueño:

El camina de la mano de Xóchitl, que porta un vestido blanco primaveral con estampado de pequeñas flores color pastel que le llega arriba de las rodillas, mientras él viste un pantalón de algodón blanco y una camisa del mismo material con manga corta de botones del mismo color. Y tomados de la mano, en una fresca y soleada mañana, corren sonrientes y felices a través de un hermoso y enorme campo de pasto verde que les llega arriba de la cintura, lleno de flores pequeñas de distintos colores, es un lugar hermoso y paradisiaco. Pero de repente el firmamento se comienza a llenar de nubes grises y negras, todo comienza a obscurecer, el bello campo floreado y de rico aroma, comienza a transformarse en un obscuro y pestilente pantano, de donde muchos muertos cobran vida y comienzan a surgir a la superficie mientras se descarnan, derramando sangre por sus bocas, ojos y oídos, y desprenden un desagradable olor pútrido y nauseabundo, lentamente se acercan a ellos en medio de tétricos quejidos de dolor. Germán trata de huir al mismo tiempo que jala consigo a Xóchitl de la mano, pero ella no avanza, se queda inmóvil mirando cómo se acercan los muertos hacia ellos dándole la espalda a Germán que desesperado le da un fuerte jalón para llevársela, pero como una enorme sorpresa ella voltea bruscamente con una expresión perversa y llena de furia, abre la boca y deja ver unos enormes colmillos de vampira escurriendo de sangre. Germán se asusta tanto que se sobresalta y despierta bruscamente, solo estaba soñando, pero acostado boca arriba se lleva una gran sorpresa al mirar sobre él a… ¡Xóchitl! que de manera inexplicable flota en el aire de forma horizontal a menos de un metro sobre él, sonriéndole y mirándolo seductoramente, su cuerpo levita como si no hubiera gravedad para ella, su larga cabellera negra y su ropa flotan por igual, y el gemelo sorprendido observa que ella porta un elegante, largo y vaporoso vestido rojo, con pronunciadas aberturas a los costados del vestido desde los tobillos hasta la cintura que muestran sus bellas, tersas y bien torneadas piernas, y los costados de sus hermosamente redondeadas y desnudas caderas, y más arriba un muy pronunciado escote que parte desde el ombligo hasta los hombros dejando al descubierto su firme y plano vientre y casi la mitad de sus turgentes y tersos senos, que casi dejan al descubierto sus pezones que solo se dibujan atrevidos bajo la delgada tela. Sus manos se mueven suave y rítmicamente al igual que el resto de su cuerpo que flotando lo mueve con extraña y sensual cadencia como imitando una sensual danza oriental, parece un espectro, pero es real, de carne y hueso.

Germán trata de moverse pero no puede, está inexplicablemente inmovilizado por completo por la mirada de la vampira, tampoco puede hablar, solo mirar y respirar; se agita cada vez más y comienza a sudar copiosamente por la angustia que siente al no poder moverse. Sorprendido y muy desconcertado, se encuentra con una creciente mezcla de emocione, pero entre más mira a la vampira, poco a poco deja de luchar y comienza a ceder a su influencia. Parece una visión, algo ilusorio, pero es real, una sexy y perversa visión pero real, autentica, y está ante él, o mejor dicho sobre él. Germán trata de articular alguna palabra pero sin éxito, mientras ella al verlo a su merced, y sintiéndose dueña de la situación, sonríe perversamente dejando ver sus enormes colmillos, y le habla con un tono lento y espectral, pero al mismo tiempo terriblemente sensual y seductor:

—Hoooolaaaa Geeeerrrmaaaannn, miiiiiraaaaameeeeeee, miiiiiiiraaaaaaaaameeeeeeee.

Al escucharla el gemelo deja de forcejear, ese tono de voz jamás se lo había escuchado a Xóchitl, pero lo ha sentido como una caricia para sus oídos y una provocación a su cuerpo, y sin que él lo comprenda, la vampira frota suave y sensualmente sus tersos y torneados muslos uno contra el otro, y con ese erótico movimiento, libera un extraño olor que impregna toda la habitación, un agradable aroma de mujer, de hembra, un aroma intensamente sensual, sexual y delicioso, algo indescriptible, pero completamente enloquecedor. Es tan delicioso y penetrante que nubla la razón por medio del enorme placer y la fuerte excitación que causa, no se parece a nada conocido. Germán al percibirlo no puede evitar que sus pupilas se dilaten, hace un gesto de sentir un extraño deleite y comienza a sentir una inevitable excitación sexual tan fuerte y arrolladora que le nubla la razón y comienza a olvidar su miedo. Xóchitl al ver esa expresión en Germán, sonríe orgullosa, y sin dejarlo de ver con esa mirada penetrante, con ese perverso brillo que lo mantiene paralizado y con un deseo intenso, le dice:

—Aaaaahoooooooraaaaaa miiiiiraaaaaameeeeeeee.

Y con un sensual movimiento de sus manos lentamente se abre el escote dejando al descubierto sus senos grandes, firmes y turgentes, que surgen imponentes como dos montañas invertidas, con los pezones hermosos y bien formados, como si fuesen dos delicados botones de rosa.

Mientras Citlali en su habitación duerme profundamente, pero comienza a tener una extraña pesadilla, pues sueña a Germán haciendo el amor apasionadamente con Xóchitl, pero que en cierto momento la tapatía abre su boca dejando ver unos enormes colmillos de vampira y le muerde el cuello al gemelo arrancándole un pedazo de piel con tejidos de musculo, venas y arterias, y lo decapita con salvajes mordidas para beber ávidamente la sangre que sale a borbotones del cuello cercenado, manchando su cara, cuello y pecho con el liquido vital de Germán.

Citlali ante tal pesadilla se revuelve en su lecho llena de angustia y desesperación, pero no puede despertar, como si una extraña fuerza se lo impidiera. Por otro lado Xareni en su habitación sigue inexplicablemente dormida profundamente.

Mientras que en la habitación de Germán, Xóchitl dueña de la situación sigue con sus acciones, y con una lasciva sonrisa, abre en su totalidad todo su flotante vestido, dejando al descubierto una sorprendente, firme y bien formada anatomía, un cuerpo curvilíneo, de cintura muy breve, abdomen plano, bello y firme, caderas redondeadas y piernas con muslos muy bien torneados, flotando y moviéndose de manera sensual y cadenciosa, Germán jamás hubiera imaginado que Xóchitl poseyera tal belleza corporal, y se moviera con tanta sensualidad. Enseguida ella se cierra el vestido y le pregunta a Germán:

—¿Te gusta lo que ves?

Ante tal pregunta, inexplicablemente el gemelo como respuesta con un casi imperceptible movimiento asienta la cabeza de forma afirmativa, al mismo tiempo que con su boca solo alcanza a expresar un sonido:

—Mmmjjjuuu.

—Jaaaaaajajajajajajaaaaaaa.

Xóchitl carcajea sintiéndose orgullosa, triunfante, y ante la reacción del gemelo, le sigue preguntando con voz insinuante y lasciva:

—¿Quieres tenerme entre tus brazos Germán?

Como respuesta el gemelo pasmado solo abre sus verdes ojos tanto que parecen platos sin saber que expresar.

Mientras que en la habitación de Citlali, ella se revuelve en su lecho con violencia en medio de gemidos de angustia y desesperación y respira agitadamente, hasta que con un movimiento, cae de la cama y logra despertar, abre con ansias sus ojos y expresa:

—¡Germán! ¡Germán está en peligro!

Mareada y muy aturdida, se levanta del suelo con torpeza, y con paso vacilante se dirige a la puerta y sale en dirección a la habitación de Germán, el cual se encuentra a seis habitaciones alejada de la suya, inexplicablemente se siente muy débil y somnolienta, y tambaleante avanza apoyándose en la pared para no caer, en cada puerta que pasa pega varias veces con su puño, pues no recuerda exactamente donde duerme Xareni, y con debilitada voz exclama:

—¡Xareniiii! ¡Xareniiiiii! ¡Despierta! ¡Despiertaaaaaa!

Pero no recibe respuesta, ella sigue su vacilante avance hacia la habitación de Germán, con una mano en la cabeza y con la otra apoyándose en la pared lanza débiles gritos que apenas se escuchan:

—Germán… ¡Germán… !

Mientras que en la habitación del gemelo, la vampira con su mano acaricia el rostro del joven; luego lo toma de la quijada y le voltea de lado el rostro descubriendo su cuello, que al verlo se da cuenta que puede escuchar la yugular palpitar, también percibe el olor de la sangre que corre por esa arteria. Y por instinto hace una inhalación para disfrutar ese aroma a sangre fresca, joven y fuerte; la cual repentinamente le provoca un fuerte deseo de probarla, hace que su saliva se desborde de su boca que fascinada abre mostrando sus enormes y filosos colmillos, para aproximar sus fauces peligrosamente a la yugular de Germán, que este al mirar de reojo los colmillos de la vampira, se llena de miedo, y trata inútilmente de protestar, su respiración se agita, pero de su boca solo surge una expresión:

—¡Nnnnnnn! ¡nnnnnnnnnn…!

Desesperado trata de moverse pero sin éxito, mientras el rostro de la vampira se acerca peligrosamente a su yugular, ya siente el aliento de la Zotsajau en su cuello, y en cuanto está a punto de encajarle los colmillos, de repente se abre la puerta:

—¡¡XÓCHITL!!

Es ¡Citlali! que se impacta al ver semejante escena. La vampira al verse descubierta, muestra sus colmillos y ruge con furia:

—¡GRUUUUUAAAAAARRRRRRR!

Bruscamente en el aire gira en sí misma y se transforma en el enorme vampiro animal, lo que toma por sorpresa y asusta a los gemelos, Citlali retrocede por la impresión y cae sentada en el suelo, mientras la vampira rugiendo de furia, sale por la ventana rompiéndola con una fuerza brutal. Citlali reponiéndose de la impresión, rápidamente se levanta y corre hacia la destrozada ventana solo para ver escapar a Xóchitl, que velozmente se aleja volando y perdiéndose entre la obscuridad de la lluviosa noche en medio de rayos y truenos, mientras profundamente desconcertada expresa:

—Xo… Xo… Xóchitl, e…era…Xóchitl, ¿s…se convirtió en

una... vam... vampira? —al decir eso sus ojos se humedecen sin dejar de ver el cielo, pero de repente recuerda a su hermano—: ¡Germán! ¡Germán!

Y corre hasta él para socorrerlo, el gemelo apenas comienza a moverse, pues se ha roto la influencia que tenia la vampira sobre él, y con la ayuda de su hermana se sienta en su lecho, al momento que ella dice:

—¿Estás bien?

—Aaaaahhh ufff —Germán sacude su cabeza reanimándose para contestarle —ssssí, creo... que sí, por fin me puedo mover ufffffff... no lo entiendo, estaba completamente paralizado, no podía moverme ni hablar nada, pero ya puedo hacerlo uffff ¡Que alivio!

En ese momento Citlali con su mirada humedecida ve a su hermano a los ojos, el cual también se contagia para después los dos abrazarse mientras Citlali suelta el llanto diciendo:

—¡Xóchitl! Xóchitl se convirtió en una vampira ¡EN UNA VAMPIRA! ¡buuuuuuaaaaaaa!

—Si, sniff, pero ahora sabemos que está viva ¡está viva!

—¡Pero... es una vampira! ¡buuuaaaaaaa!

—¡Desgraciadamente así es!

Repentinamente se escucha una voz, es don José que junto con Braulio acaban de llegar, y en seguida Xareni aparece aún sacudiendo su cabeza, su hermano al verla sostenerse con dificultad, corre a auxiliarla mientras el viejo Nagual continúa:

—Su amiga desgraciadamente ha sido una de las personas que se han convertido en los nuevos vampiros de Kamazor. Mientras yo estaba en trance allá en el cerro del Nagual, tuve la visión de que tanto su amiga, como la gringa y un español, se convertían en los temibles Zotsajau.

—¿Se refiere a... Stephanie y a Manuel?

Le pregunta Citlali desconcertada, a lo que el viejo Nagual responde:

—La rubia sí, pero al que se refieren no, es otro de ellos, uno que antes cojeaba.

—¡Ese no es otro que el maldito de Fermín¡ —expresa Germán—: ¡No puede ser!

A lo que el viejo Nagual expresa:

—Pues si lo es, pero en cuanto a la vampira que estuvo aquí, me pregunto... ¿Por qué no te mató?

El gemelo tratándose de tranquilizar le responde:

—L...la verdad n...no lo sé. Creo que ella trataba de... seducirme.

—¿Seducirte?

Pregunta Citlali desconcertada a lo que su hermano continua:

—Sí, pero... todo era tan extraño, tan repentino, y si no fuera por que entró Citlali...

—¿Quieres decir que no te iba a matar? —responde su hermana—. Sino a... ¿hacerte el amor? ¿O sea que les arruine la fiesta? Con razón me rugió furiosa al descubrirla.

—¿No como crees? —contesta molesto Germán—: estaba a punto de morderme el cuello cuando tu llegaste, ¡me salvaste! pero no obstante tengo que admitir que... —en eso baja la cabeza avergonzado y responde— ... me sentí seducido, excitado, sentí una mezcla de sensaciones, desde temor, sorpresa, deseo sexual...

—¿Deseo sexual?

—Si hermanita, lanzó un olor tan extraño pero a la vez tan terriblemente delicioso que todavía percibo sus residuos.

—Hummm pues yo también huelo un aroma extraño, y si huele bastante bien, pero no es para tanto, a mí solo me parece una fragancia tan extraña que nunca había conocido, pero yo no lo siento excitante ni nada por el estilo.

Contesta Citlali a lo que repentinamente se escucha una voz que exclama:

—Haber, haber, y yo quiero cerciorarme personalmente de ese aroma.

Responde Braulio, y queriendo confirmarlo entra a la habitación, se acerca a la cama y al momento de inhalar sorprendido expresa:

—Woaooooo es verdad huele...mmmm aaaaaahhh —hace una inspiración—. Delicioso.

Todos los demás lo miran seriamente a lo que este corrige:

—Ejem, ejem, digo, pues... huele a... ¿vampira?

—Ya veo que ese olor entusiasma a los hombres.

Declara Citlali al momento que con su Mirada le señala a Braulio su entrepierna, que este al momento baja la vista para verse a sí mismo y se da cuenta que tiene una enorme erección que alza su pantalón, y apenado se dobla y tapa con sus manos, al mismo tiempo Germán también se mira y le pasa lo mismo, hasta don José también se dobla y se cubre su zona. A lo que Citlali y Xareni viendo las reacciones, quedan sorprendidas y la gemela expresa:

—Creo que estos vampiros son mucho más peligrosos de lo que imaginé.

—Pero yo no huelo nada especial, solo un aroma extraño.

Dice la joven Xareni a lo que Citlali responde:

—Pues creo que como Xóchitl es una vampira HEMBRA, ese olor afecta solo a los varones.

—Creo que es de lo que nos advirtió usted.

Le expresa Germán a don José que exclama:

—Pos'… eso fue algo de lo que advirtieron los antiguos Naguales, pero jamás imaginé que esto sería tan poderoso, ese aroma es una arma terrible, con esa podrían influenciar, dominar y someter a lo humanos a su voluntad sin levantar un solo dedo. Esa la llamada Xóchitl y los demás Zotsajau son mucho más peligrosos de lo que imaginé.

—Y ella nos sumió en un extraño sueño profundo del cual no podíamos despertar.

Expresa Xareni mientras se mantiene sentada en una silla al lado de la puerta de la habitación y a su lado su hermano Braulio, a lo que el viejo Nagual responde:

—Hummm creo que ella quería asegurarse de no tener interferencia. Y el báculo no funcionó contra ella, eso significa que son mucho más fuertes de lo que imaginé —y volteando a ver a Citlali y Germán, sonríe discretamente expresando—: Pero no contó con la fuerte conexión que hay entre los gemelos.

Mientras los hermanos tapatíos los miran desconcertados, el viejo Nagual agrega:

—Tenemos que tomar precauciones contra eso, y debemos de estar alertas por si esos vampiros regresan.

Mientras tanto en la cueva, la primera que llega volando es Xóchitl, al aterrizar deja su forma de vampiro animal, da unos cuantos pasos y enfurecida lanza un feroz zarpazo a una estalagmita que esta frente a ella partiéndola por la mitad, y expresa:

—¡GRUAAAARRRRR! ¡Maldita sea! Si no fuera por esa "méndiga" de Citlali, Germán ya seria mío, ¡MIIIIIIOOOOO! yo no quería beber su sangre pero… al ver su cuello no me podía contener… pero en fin —y sonriendo expresa—: jejejejeeeee Germán ya vio que soy muchos más hermosa que cualquier mujer que jamás haya visto en su vida, lo vi claramente en sus ojos jajajajaaaaaaa.

Y llena de orgullo y vanidad, se mira a sí misma, contempla su figura y se acaricia con sus manos su cara y su curvilínea anatomía expresando:

—Mmmm mi rostro... mi cuerpo ¡Aaaaahhh! qué bien se siente ser tan hermosa. Pero al percibir el olor de su sangre... ¡la sangre! ¡AAAAHHH! —y acariciándose su boca y cuello exclama—: Sentí un deseo espantoso por ese líquido, la sangre, ¡la sangre! Que delicioso néctar, tan rojo, tan tibio, tan lleno de vida, siento como si fuera el manjar más suculento del mundo jamás probado.

—Yes! ser realmente delicioso.

Responde Stephanie que en ese instante llega a la cueva transformándose de enorme vampiro animal a vampira humana, y llevando en una de sus manos algo extraño.

—¿Qué traes allí?

Le pregunta curiosa Xóchitl a la rubia que trae bastante sangre alrededor de su boca, a lo que ella con tono de desdén le contesta:

—Aaaaahhh ¡mirar! ser John, bueno...lo que quedó de este maldito. Quise traer su cabeza de recuerdo, pero ahora que lo veo pensándolo bien, repugnarme hasta muerto.

Al momento que dice eso, le muestra la cabeza cercenada de su víctima, con las garras de su mano encajadas en el cráneo como si fuese una bola de boliche. La cabeza aún con los ojos abiertos y una expresión de dolor y pavor, pero la cadavérica mirada pronunciada hacia arriba, con las mejillas semi-destrozadas, la boca abierta como lanzando su último alarido, y aún goteando sangre de las venas que le sobresalen del cuello. De repente la arroja con desprecio al suelo y lejos de ella, donde los inmundos insectos de la cueva se arrojan a devorarla, mientras Stephanie dice:

—Yo tampoco jamás imaginar que la sangre ser manjar tan delicioso.

—Fui a ver a Germán y estuve a punto pero... no pude hacerlo.

Responde Xóchitl contrariada, a lo que la rubia vampira sorprendida expresa:

—¿Y por qué no?

—Porque... yo no pretendía beber su sangre.

—¿Queeeee? jajajajaja ¿tú estar loca? ¿Acaso todavía creer que ellos ser tus amigos?

—No es eso, es que yo… pretendía seducirlo y… casi lo consigo a no ser porque… Citlali me interrumpió.

—Aaaaaaaahhhh —la rubia lanza un suspiro antes de responder—: Xóchitl, Xóchitl… tú seguir pensando como la antigua tú, recordar lo que decir nuestro señor Kamazor.

—Sí, lo sé, pero….

—¡Pero nada! la próxima vez asegurarte de tomarle toda la sangre a Germán y a esa estúpida de su hermana, o si lo prefieres… lo haré yo.

—¡Noooooo! ¡Yo lo haré!

—Okay! okay! Tranquilizarte ¡Ufff! no entender porqué alterarte tanto, well… yo estar tan feliz que por fin vengarme de John mmmmm —cierra los ojos haciendo un gesto de satisfacción—, y su sangre tan deliciosa mmmmm… creo que regresaré al pueblo por más de ese delicioso liquido, ¡Vamos Xóchitl! ¡Animarte! recordar lo que decir nuestro señor Kamazor, tienes que alimentarte de sangre sino te debilitarás, Lets' go! que la noche es corta jaaaaaajajajajaja.

Y de un salto se convierte en vampiro animal, alza el vuelo y sale nuevamente de la cueva dejando a Xóchitl molesta, con una tormenta de pensamientos y sentimientos encontrados en su interior. Que después de unos instantes lanza un rugido de rabia:

—¡Gruuuuuuaaaaaarrrrrrr!

Levanta sus brazos y se transforma en vampiro animal, alza el vuelo y sale de la caverna con rumbo desconocido.

Capítulo 27: ESCAPE DESESPERADO

Mientras que en una de las calles del pueblo, en medio de la feroz tormenta, de repente aparece Javier recargado en una pared, avanza sigiloso hasta aproximarse hacia un automóvil, un jeep verde obscuro, que está estacionado al lado de la solitaria calle, y mirando todo a su alrededor para no ser descubierto, llega hasta el vehículo y rápidamente le mete una barra plana de acero entre la puerta y la ventana del vehículo, y después de unos movimientos lo logra abrir y se introduce rápidamente, luego une los cables del interruptor, lo enciende, y escapa en este, toma la única carretera que se dirige al suroeste y mientras conduce expresa:

—¡Pinche lluvia que no deja de caer chingado! Parece que se está cayendo el cielo. Humm lo bueno que ésta carretera conduce hasta la capital del estado, y al llegar ahí, tomaré un avión a Guadalajara, jejejeeeee gracias a mi astucia logré sobrevivir, mientras que los demás quedaron bien muertitos por pendejos, que gusto me dio que al estúpido galancito de mierda de Germán se lo haya tragado el cocodrilo, pero fue una lástima que no pude gozar de la sabrosota de Citlali, estaba tan buena la méndiga mmmmm, era un "bizcochazo" pero en fin, ni modo. En cambio esa méndiga cegatona de Xóchitl estaba más pinche fea que la chingada y…

En ese preciso momento, parece que mira a la mencionada parada en medio de la carretera frente a él, lo que lo toma por sorpresa y le hace perder el control del vehículo:

—Pero que… ¡Aaaahhh!

Por reflejo pisa el freno bruscamente al mismo tiempo que cierra los ojos, pero por lo mojado de la carretera el pesado vehículo no se detiene, y sus llantas producen ese desagradable chillido al patinar por la cinta de asfalto, se detiene unos metros más adelante, abre los ojos, pensó haber atropellado a alguien, pero no sintió el impacto de nada, desconcertado observa hacia todos lados, pero no encuentra a nadie, y entonces dice para sí mismo:

—¡Podría jurar que era la estúpida de Xóchitl! creo que son mis nervios.

En eso voltea a mirar hacia atrás, y para su sorpresa, gracias a los faros de su vehículo, a casi veinte metros de distancia ve una figura humana, toma su lámpara, saca el brazo y la cabeza por la ventanilla y mira:

—¡Xóchitl! ¡No puede ser! estoy alucinando.

—¡No! No estás alucinando Javier ¿y pretendías huir de aquí? ¡Maldito cobarde! ¡Pero no escaparás!

Responde la vampira de largo pelo negro que se mantiene inmóvil en medio de la carretera, a lo que Javier mete su cabeza y brazo de nuevo a su automóvil, sacude su testa y se dice a sí mismo:

—¡No! ¡No puede ser! ¡¡¡No es posible!!! Es la maldita de Xóchitl, pero se mira muy diferente sin sus pinches lentes, pero es ella ¡con una chingada es ella! ¡Pero si la vi bien muerta! ¡No puede ser!... no sé como chingados se salvó pero no importa, ahora me voy a asegurar de que quede hecha mierda.

Rápidamente mueve el jeep y lo voltea al sentido contrario, quedando de frente a la vampira que se mantiene inmóvil, sin importarle mojarse bajo la feroz tormenta mientras que Javier hace unos rápidos y furiosos cambios en la palanca de velocidades y expresa:

—Vas a ver pinche cegatona, ahora sí me aseguraré de dejarte... ¡bien pinche muerta!

Y presiona hasta el fondo el acelerador, haciendo derrapar las llantas del automóvil al principio, pero enseguida sale disparado a toda velocidad, mientras con mirada asesina grita:

—¡Muere maldita perraaaaaaa!

Y el auto se abalanza a toda velocidad sobre ella, pero cuando está a punto de impactarla, la vampira alza los brazos y da un enorme salto y cruza por arriba del veloz pero pesado vehículo, dejando desconcertado a Javier, que se pasa de largo, pero alcanza a frenar metros adelante.

—Pero... ¡¿Que chingados ... ?! Ya verás maldita, de ésta no te escaparás.

Y en eso trata de arrancar de nuevo el auto para volver a virar, pero algo sucede. Repentinamente el pesado jeep no avanza, Javier desconcertado pisa de nuevo el acelerador hundiéndolo hasta el fondo, haciendo que las llantas de nuevo patinen fuertemente, produciendo un fuerte chillido y bastante humo, pero no se mueve ni un solo milímetro, de repente siente que la parte de atrás del automóvil de manera inexplicable se comienza a elevar, desconcertado voltea hacia su espalda pero al mirar hacia atrás del vehículo, abre por completo sus ojos de la sorpresa al descubrir en la parte de atrás del auto a Xóchitl, que con una fuerza descomunal tiene agarrado al jeep por la defensa y lo está levantando, haciendo que las llantas giren en el aire impidiendo que avance, el malvado joven, enormemente impresionado y sintiendo un creciente miedo dice:

—¡¿P... pero cómo es posible?!

Xóchitl al ver que Javier trata de salir del coche, lanza un rugido de furia:

—¡Grrruuuuuuaaaaaarrrrrrrr!

Y con una gran fuerza, arroja el auto hacia su lado izquierdo con un giro, haciendo que dé una vuelta de forma horizontal.

—¡Aaaaaaahh!

Javier grita de pánico al volcarse su vehículo el cual después de un giro cae a un lado de la carretera de cabeza. Javier dentro de auto, sobrevive al impacto sacude su cabeza y luego se lleva la mano a la frente y se da cuenta que le sangra un poco, entonces trata de salir de ahí, ve que la pequeña guantera se ha abierto y se han escapado muchos papeles, pero entre ellos alcanza a distinguir una pistola, y rápidamente la toma, es un revolver calibre .45, rápidamente lo revisa, ve que tiene todas las balas. Entonces quejándose de dolor sale por una ventanilla rota, ya afuera, de pie y con pistola en mano, busca a Xóchitl y le grita:

—¡¿D...donde estas maldita perra cegatona?! ¡No sé cómo chingados hiciste eso! ¡Pero con ésta pistola te la voy a partir! ¡Muéstrateeeeeee!

Y al decir eso, a sus espaldas escucha la voz de Xóchitl:

—¡Infeliz gusano! ¡Tú no eres rival para mí! Y esta vez... ¡Me las vas a pagar todas juntas!

Voltea hacia tras y la mira a menos de 15 metros de él, alarmado torpemente se gira, y en ese mismo instante se da cuenta que está lastimado de una pierna, pero le apunta a la vampira con la pistola, entonces ella al ver que la amenaza con el arma, muestra sus colmillos sorprendiendo más a Javier, y levantando un poco sus brazos ella se eleva del suelo de la carreta levitando más de medio metro sobre el piso, su largo y negro cabello y su sensual vestido, inmediatamente comienzan a flotar, a levitar también y quedan secos en el acto, como si el agua no le mojara. Con una presencia espeluznante y sonriendo perversamente, la vampira flotando en el aire avanza lentamente hacia Javier mientras le dice:

—Jajajajajajaaaaaa ¿te sorprende verme así maldito traidor?

Javier no da crédito a lo que ve y queda paralizado de la impresión y balbuceando expresa:

—Ma… ma…¡Madre mía! Pppppppero… ¿qué chingados eres?

—Jajajajajaaaaa Soy Xóchitl… soy una Zotsajau, soy una… ¡REINA VAMPIRAAAAAAAAAA!

Javier aún más sorprendido y confuso, solo alza el revólver con su mano que le tiembla incontrolablemente, y le grita:

—No lo puedo creer… n…no puede ser… ¡No te me acerques maldita! ¡No te me acerques! O… disparo.

La vampira con su espeluznante sonrisa, muestra sus colmillos y sigue avanzando, mientras Javier sin dejarle de apuntar con la pistola, cojeando y sosteniéndose del auto retrocede y le vuelve a repetir:

—¡Que no te me acerques!

Y con mano temblorosa abre fuego: ¡Bang, bang, bang! !Bang, bang, bang!… click, click… Javier le dispara en el pecho hasta quedarse sin balas, las cuales pasan a través de ella como cuchillo en mantequilla pero sin hacerle el menor daño, al mismo tiempo su piel herida se regenera casi inmediatamente. Javier queda sorprendido y petrificado de terror con la mano de la pistola extendida. La vampira se acerca, y cuando llega frente a él, deja de levitar, pisa el suelo y le dice:

—Nos traicionaste gusano maldito, traicionaste a Germán que era tu mejor amigo, ¡Eres un pusilánime! ¡Una basura! y fuiste tan cobarde de pegarme en la cabeza, y todo por quedar bien con los mercenarios a los que te uniste, y todo para conseguir una miserable parte de un tesoro que jamás existió.

—¿Q…que dices? —pregunta Javier confuso—. ¿Jamás existió?

En ese momento le arrebata la pistola de la mano y la arroja lejos, e inmediatamente Xóchitl le propina una rápida bofetada que no alcanza a esquivar, y que lo arroja varios metros volando por el aire en medio de la lluviosa y solitaria carretera, el golpe casi lo hace perder el sentido, ya en el suelo, aturdido sacude su cabeza, entonces el joven recuerda que en su bolsillo de atrás de su pantalón trae una navaja, y discretamente la saca escondiendo su mano, para que no lo vea la vampira que avanza hacia él diciendo:

—Jajajajajajaaaaaa ¡Siiiiii estúpido! solo era una ilusión para comprobar lo miserable que eres, y ahora ¡PAGARÁS!

Javier acobardado expresa:

—N...no, Xóchitl, p...por favor... haré lo que quieras pero... no me mates.

A lo que ella contesta:

—¡Cobarde! ¡Me das asco!

En eso Javier tratando de tomarla por sorpresa, le lanza la navaja a la cara, pero Xóchitl con sus agudos reflejos, de manera magistral rápidamente la atrapa en el aire. Y furiosa dice:

—¡Ajáaaaaa! Sigues de traicionero.

Y en eso Javier se incorpora y le trata de dar un puñetazo en la cara, pero ella le atrapa su mano con su palma y le apresa fuertemente el puño, tanto que el joven aunque trata, no se puede zafar, ella aprieta más y más fuerte, al punto que la mano del tapatío le comienza a crujir, se la está fracturando, haciendo que Javier grite de intenso dolor:

—¡Ahhh....AAAAAAAAAAhhhh!   ¡Mi   manooooooo! ¡AAAAAAAARRRRGGGGGHHHH!

Para luego ella con su otra mano lo toma del cuello y lo levanta en vilo, Javier patalea y manotea tratando de librarse pero es inútil, la vampira es demasiado fuerte para él, ella le incrementa la presión al cuello, haciendo que no pueda respirar y poco a poco su pataleo se hace más débil, está a punto del desmayo, pero en eso Xóchitl lo arroja a varios metros en la carretera, se aproxima a él y le dice:

—Todavía no te mataré, necesitas sufrir mucho más maldito.

Javier trata de recuperarse de la asfixia, y llevándose la mano a la garganta tose fuertemente, no puede decir nada, solo levanta su única mano sana en señal de que se detenga, pero eso enardece más a la vampira que furiosa le lanza un zarpazo con sus garras y le corta los dedos y parte de la palma de la mano, dejando al descubierto hasta los pequeños huesos de las falanges, haciendo que se le escuche un alarido, para luego ella decir:

—¡Híncate maldito!

Dicho eso le da un fuerte pisotón en uno de sus tobillos pero tan fuerte y brutal que se lo fractura, escuchándose un espeluznante: "¡Crack!" Seguido del alarido de dolor de Javier:

—¡Aaaaaaarrrggggggghhhh!

Luego le toma el otro pie con sus manos y fácilmente se lo tuerce bruscamente al grado que se lo rompe, escuchando otro desagradable: "¡Craaaaack!" Al romperse los huesos del pie:

—¡AAAAAAAArrrrggggggghhh!

Un segundo alarido da el desafortunado de Javier, la fractura es tan fuerte que hasta el hueso se mira expuesto, rompiendo la piel, de la cual salen chorros de sangre, al mirarla que brota de las extremidades y boca de su víctima, Xóchitl siente un fuerte impulso de probarla, entonces lo toma de la otra pierna, y levitando lo lleva por los aires, ignorando los gritos de dolor de Javier, hasta llegar a un enorme árbol. Ve una enorme rama como a 6 metros de altura y con su increíble fuerza la parte con su mano libre, dejando la rama solo con una filosa y gran astilla sobresaliendo, y donde la despiadada vampira encaja las dos piernas de su víctima a la altura de la pantorrilla, atravesando la rama a través de la tibia y el peroné, Javier solo da un alarido más y se desmaya, es demasiado sufrimiento para él, que queda colgado de cabeza. Xóchitl se retira un poco para ver su obra, y enseguida le da un par de bofetadas para hacerlo volver en sí, a lo que este recupera la conciencia para decir:

—¡Ya mátame! ¡Mátame te lo ruego! ¡ya no soporto más este castigo!

A lo que la vampira feliz dice:

—Jaaaajajajajaja eso quería ¡que me rogaras que te matara! Aparte de traidor ¡cobarde! Pero mereces esto y más.

Pero ve que de las heridas del rostro de su víctima escurre la sangre que gotea, entonces pone su mano para que le caiga la sangre en su palma, al caer bastante se la lleva a la boca y la prueba, para su sorpresa un inmenso placer invade su paladar, siente un sabor tan delicioso, tan exquisito que cierra los ojos haciendo su cabeza hacia tras, disfrutando de un inmenso placer, para luego enderezar su cabeza y abrir los ojos con un deseo intenso por más, presa de su intensa sed de sangre se abalanza con salvaje voracidad sobre el cuello de Javier, el cual manotea débilmente, pero comienza a dar otro grito de dolor, pues Xóchitl comienza a morder su cuello con tal salvajismo que le arranca el pedazo de carne, haciendo que de su yugular salgan enormes chorros de sangre que le pegan en pleno rostro a Xóchitl que embelesada comienza a succionar con una voracidad inimaginable el vital néctar, en medio de los enloquecedores gritos de Javier que cada vez son más y más débiles:

—!AAAAAARRRRGGGGGHHH!   ¡AAAAARRRGGGHHH! ¡aaaaaaarrrrggghhh!

Ella succiona esa sangre con tanta fuerza, con tal frenesí, que no se da cuenta cuando se termina por completo, al sentir que ya no le extrae mas del suculento elixir escarlata y que su víctima no se queja ni se mueve más, se desprende del cuello despedazado, mira el rostro de su víctima que yace con los ojos abiertos pero ya sin vida, con una expresión de profundo sufrimiento. Entonces Xóchitl de repente lo suelta horrorizada al ver lo que ha hecho, se desprende de su víctima y se aleja, mientras desciende de su levitación, con los ojos completamente abiertos como platos, llena de horror mira a su víctima y luego sus manos llenas de sangre, jamás en su vida hubiera imaginado matar a alguien, y mucho menos con tanta crueldad, eso la horroriza y no lo puede creer, pero enseguida ese sentimiento comienza a cambiar, debido a un intenso placer y satisfacción que comienza a experimentar al sentir la sangre humana pasar por su esófago y llegar a su estomago, una sensación revitalizadora la comienza a llenar por completo, se comienza a sentir fuerte, poderosa, invencible; y una euforia nunca antes experimentada la invade. Enseguida cierra sus ojos, y echando su cabeza hacia atrás, acaricia su garganta por donde pasó el preciado líquido que bebió y embelesada expresa:

—Aaaaaaaahhh… ¡Que delicia! ¡Qué delicia!

Goza de un placer hasta ahora desconocido para ella, el que le proporciona el beber sangre humana. Desde ese momento ya nunca más será la misma, ya no podrá vivir sin beber sangre, la sensación que experimenta le agrada demasiado, es un placer orgásmico, sublime, un éxtasis; es una sensación que ningún mortal jamás podría sentir, desde ese momento ha dejado de ser la antigua Xóchitl humana, desde ahora se ha consolidado como una Zotsajau, como una verdadera…VAMPIRA.

Después de disfrutar de mil y una sensaciones de placer, ve que el cadáver de Javier se comienza a desprender de la rama, por mementos se había olvidado de él, pero enseguida ella se vuelve a elevar, llega hasta él, y con una de sus uñas le corta y abre el vientre, le hunde su mano y le extrae el intestino delgado y lo jala como si desenredara un rollo de soga, y con ese ata juntos los pies y manos de Javier, dejándolo firmemente amarrado al árbol, enseguida se aleja levitando lentamente sobre el aire, mira lo que ha hecho con Javier, ve como logró hacer su venganza, observa sus manos aún manchadas de sangre, y comienza a sentir un gran orgullo y satisfacción, y triunfante lanza una fuerte carcajada al mismo tiempo que un rayo cruza y retumba en el cielo, iluminando macabramente su silueta:

—Jajajajajaaaa, jajajajajajajaja, JAAAAJAJAJAJAJAAAAA.

Para enseguida transformarse en enorme vampiro animal, y alzar el vuelo en medio de sus perversas carcajadas. Dejando el espeluznante espectáculo del cadáver de Javier colgado del árbol con sus propios intestinos. Al haber traicionado a sus amigos, muy caro ha pagado en manos de la nueva… vampira.

Capítulo 28: LICOR Y SANGRE

Manuel buscando un lugar donde refugiarse de la lluvia, encuentra la solitaria cantina del pueblo, que se encuentra con las puertas abiertas de par en par, baja de su caballo, pero en cuanto se retira del equino, en el cielo se escucha un fuerte trueno que hace que el caballo atemorizado relinche y repare; y arranca corriendo a toda velocidad, Manuel trata de alcanzarlo pero es inútil, y lanzado maldiciones al animal deja de correr, se resigna y solo regresa para revisar la cantina, se asoma, está completamente obscuro, entonces entra y enciende las luces. Observa que han forzado el cerrojo, y descubre el estado de la cantina: muebles revueltos, algunas sillas de madera rotas, y algunas otras de metal dobladas, por todo el piso abundan restos de botellas quebradas, toma una de las sillas metálicas que no está tan dañada, y con esa cierra y atranca la puerta para resguardarse de la tormenta. Luego con paso cansado y triste avanza hacia la barra, en su caminar algunos vidrios crujen, son los restos de botellas rotas que pisa sin importarle, se percibe el olor de la mezcla de licores derramados por todo el suelo, Manuel busca alguna botella que haya quedado íntegra, y logra encontrar una de tequila, se sienta frente a la barra, la destapa, le da un trago, pero hace un gesto de desagrado expresando:

—¡Agggggghhh! Que tequila tan mas corriente, esto sabed a mierda, ya veo porque no habédsela llevado; en fin, no habed más.

Y continúa bebiendo. Conforme repite los tragos, se le va disminuyendo el mal sabor y dice:

—Pero que perra suerte ¡hic! tantos años buscando venid para descubrir ese tesoro... para nada ¡pero qué mierda!

Pero en ese momento, de repente las luces comienzan a parpadear de manera extraña, Manuel mira hacia el bombillo que tiene arriba de la barra. Enseguida se escuchan unos fuertes golpes en la puerta de entrada que alarman al español, que sintiendo ligeramente los primeros efectos del licor, grita retador:

—¡Ya no habed mas licor! ¡Todo se lo habéis robado!

En eso se oye otro par de golpes más, pero esta vez aún más fuertes, a lo que Manuel molesto responde:

—¡Tirarla si podéis! ¡Hijos de puta!

De repente dejan de golpear, a lo que Manuel expresa:

—No habed más que robar, todo se lo llevaron.

Y en cuanto va a darle otro trago a la botella, ¡CRASH! un brutal golpe rompe por completo la puerta derribándola en pedazos, el fuerte impacto toma por sorpresa a Manuel que cae abruptamente de la silla, la botella cae a su lado rompiéndose en el suelo, un poco mareado sacude su cabeza y observa hacia la entrada y con un relámpago que ilumina el cielo se distingue una sombra, una silueta humana, parece un hombre, a lo que con voz temblorosa Manuel pregunta:

—P... pero ¿que fue eso? ¿Y quién putas sois?

Y la sombra avanza entrando en la cantina, dejándose iluminar por la luz de los bombillos, Manuel al ver quién es, se sorprende enormemente:

—¿Fe...Fermín? N...no puede ser, pero... ¿Cómo?

—¿Te sorprende verme maldito traidor hijo de puta?

Manuel al verlo avanzar hacia él, arrastrándose retrocede y dice:

—¡P...pero si tu habéis muerto envenenado! ¡Todos te vimos!

—Jajajajajajaja —Fermín ríe burlonamente con una siniestra carcajada—. Al contrario "primito" estoy más vivo ¡que nunca! para cumplir que juré que te mataría.

—E...espera Fermín...yyyyyo no quería...

Y en ese momento toma el cuello roto de la botella y se lo lanza a Fermín, el cual fácilmente lo esquiva, Manuel rápidamente se incorpora y toma una silla de madera y se la lanza, pero Fermín le da un golpe con su puño que la despedaza en pleno vuelo por completo, Manuel queda sorprendido de la velocidad y fuerza de su primo, mientras retrocede lentamente buscando por donde huir y dice:

—Y...ya no cojeas, y esa fuerza... ¿pero qué putas te ha pasao?

—Jajajajajajaaaaaa ¿queréis saber lo que me ha pasado? —expresa Fermín mientras lentamente sigue avanzando hacia Manuel sin preocupación, sin prisa—. Me he convertido en algo mejor, en algo superior a cualquier ser humano, de hecho ahora soy su depredador, me he convertido en un vampiro ¿lo creéis capullo? Jejejejeeeee en un verdadero vampiro humano, o mejor dicho, en un rey vampiro, soy un… ¡Zotsajau! Jajajajajaja.

De los ojos de Fermín surge un extraño brillo de orgullo y perversidad, y mientras se carcajea, Manuel recuerda que en sus bolsillo lleva un encendedor, rápidamente lo saca, lo enciende y lo arroja al suelo que al estar mojado de licores, hace que se incendie todo bajo los pies de Fermín, el cual se sorprende un instante pero para sorpresa de Manuel, Fermín comienza a levitar, alzándose por encima de las llamas que comienzan a tomar fuerza y dice:

—¿Acaso pretendéis quemarme? Jajajajaaaaa recordad que la última vez que intentaste matarme, fue todo lo contrario, sois un capullo.

Manuel queda boquiabierto al ver a Fermín flotar en el aire con esa mirada intensa y sonrisa burlona. Lleno de pánico reacciona, sin detenerse en su retroceso toca la puerta de metal que da a la cocina de la cantina, rápidamente la abre y se introduce en ella y cierra poniéndole el seguro, enciende las luces, donde de un alto techo cuelgan unos focos con largo cable a más de un metro del techo. Rápidamente empuja una pesada mesa metálica, para atrancar la puerta, y enseguida toma un enorme cuchillo carnicero de la misma y retrocede gritando:

—¡Ahora si hijo deputa! ya no podéis entrar aquí.

Pero después que dice eso, de una de las obscuras esquinas cercana a la atrancada puerta, inesperadamente surge Fermín, ha entrado por ese ángulo, y se desplaza levitando para enseguida apearse.

—¡Madre mía! Pero… ¿Cómo…?

Exclama Manuel al ver lo ocurrido al mismo tiempo que con las piernas temblorosas retrocede, hasta chocar de espaldas con la pared opuesta, con el filoso cuchillo empuñado en mano, a lo que Fermín burlonamente le dice:

—Os dije que yo estoy mejor que nunca, ahora…

—¡Yiaaaaaaaa!

Sorpresivamente Manuel grita, al mismo tiempo que se arroja sobre su primo y le encaja el cuchillo en el abdomen, rápidamente da un paso hacia atrás dejándole la filosa daga dentro del cuerpo, pero se sorprende enormemente al ver que Fermín no hace gesto de dolor alguno, y le propina un fuerte golpe con el dorso de su mano que arroja a Manuel por los aires a varios metros lejos, golpeándose en la pared y cayendo al suelo. Enseguida Fermín toma el cuchillo por el mango y tranquilamente se lo extrae, lo observa detenidamente por unos instantes, y se da cuenta que ni siquiera la hoja se ha impregnado de sangre, y su herida cierra inmediatamente, pero mientras observa el cuchillo le dice a Manuel:

—Como lo veis gilipollas, no podéis matarme, ¡soy inmortal! Jajajaaaaaaa —tal respuesta desconcierta aún más a Manuel, mientras Fermín amenazante le sentencia—: Y ahora... ¡morirás!

Al momento de decir eso, con una velocidad sorprendente, se arroja sobre Manuel y lo toma del cuello con su mano derecha, lo eleva haciendo que deje de tocar el suelo con sus pies y lo vuelve a lanzar contra la pared con violencia, estrellándolo brutalmente, lo vuelve a tomar del cuello y nuevamente lo arroja, Manuel por los golpes se ha fracturado algunas costillas, tiene varios raspones y cortadas en su cuerpo, su boca sangra al igual que parte de su frente. Después del último impacto, el madrileño yace en el suelo y alza su mano inconscientemente como para decir que ya se detenga, a lo que Fermín furioso le toma la mano y se la aprieta tan fuerte que se la rompe, escuchándose el crujir de las falanges fracturándose, haciendo que Manuel grite de dolor:

—¡Aaaaaaarrrrgggggghhhhh!

—¡Sois un marica Manuel! ¡Gritáis como niña! jaaaajajajajajajaaaa.

Le dice Fermín mientras lo mira con burla y arrogancia, mientras que las llamas de la cantina comienzan a invadir más terreno, primero la puerta de la cocina y luego la habitación con relativa rapidez. Enseguida Fermín ve los focos y se le ocurre una idea, toma a Manuel de un pie, y lo arrastra hasta llegar debajo de uno de los bombillos. Y lo levanta haciendo caso omiso de las suplicas de piedad de su primo, para enseguida con el cable del foco le ata las piernas dejándolo colgado de cabeza, Manuel al borde del desmayo, con la cara ensangrentada, le suplica:

—Por favor Fermín... no...no me matéis... soy tu primo, por favor, por favor...

—Aaaaahhh ¿Ahora si os acordáis del parentesco? ¡Maldito hijo de puta! pero cuando tú me diste lo que creías veneno, no haberos importado nada ¡Sois un maldito traidor y cobarde!

Y sin decir más, mira la sangre que escurre de las lesiones de su cara y cuello, y de repente siente un fuerte apetito, un fuerte deseo por beberla, entonces lo toma de los cabellos y se abalanza sobre su primo abriendo sus fauces con sus largos y filosos colmillos, y le muerde brutalmente el cuello con esa fuerza descomunal que le arranca la piel y la carne, provocando que Manuel grite intensamente y se retuerza de dolor.

—¡Aaaaa! ¡Aaaaaaayyyy! —enseguida ese grito se comienza a ahogar por la sangre que comienza a invadir su garganta—. ¡Aaaaarrrrrrrrgggggggrrrrlllllhhhh!

Y Fermín con los ojos desorbitados succiona la sangre con salvaje voracidad, sosteniéndolo con fuerza con sus manos, no se desprende de su víctima hasta extraer la última gota, mientras que Manuel cada vez manotea mas débilmente, una vez que Fermín ya no puede extraer más sangre, se desprende de su víctima que ha fallecido con los ojos abiertos y sus brazos desmadejados que cuelgan como trapos viejos. El fuego a invadido todo el lugar, Fermín una vez saciado, sale del lugar a través de la ventana, que estaba protegida por fuertes barrotes, pero para Fermín son como de dulce, pues los rompe con facilidad, dejando que las llamas devoren todo a su alrededor, incluyendo al cuerpo del desafortunado Manuel, que ahí acabo su vida, la ambición por un tesoro fue su mayor perdición. En cambio su primo una vez fuera, donde la lluvia sigue cayendo sin cesar, se encuentra bajo de un árbol, aún saborea la sangre que le queda en el paladar, cierra los ojos y hace la cabeza hacia atrás experimentando un gran placer. Mientras que atrás de él, a unos escasos metros, la cantina arde enormemente, contrastando con la fuerte lluvia del exterior. En eso Fermín expresa:

—La sangre… es deliciosa, suculenta, ¡qué gran placer! —al ver sus palmas manchadas del liquido vital, una enorme y nueva emoción siente emerger de sus entrañas, de euforia, de triunfo; como cuando el lobo consigue cazar y devorar a su presa, como cuando el león ruge victorioso al matar a su víctima demostrando su poderío, lo que hace que suelte una fuerte y siniestras carcajada—: Jajajajajaja, jajajajajajajaja, JAAAAAJAJAJAJAJA quiero beber más ¡MÁAAAAAS!

Da un enorme salto y en el aire se transforma en vampiro animal para alzar el vuelo con rumbo desconocido, dejando a sus espaldas, la cantina ardiendo. Pero que no tardará en ser sofocada por la lluvia.

Capítulo 29: ATACAN LOS ZOTSAJAU

En la casona, los Naguales se mantienen en la habitación de Germán cuando:

—¡AAAAAAARRRRGGGGHHHH!

Se escucha un desgarrador grito femenino que proviene desde afuera, Xareni corre hacia la ventana rota, se asoma para ver entre la densa lluvia y haciendo una expresión de asombro les dice a los demás:

—¡Vengan! ¡Se escuchó por allá!

Don José preocupado expresa:

—¡Los pobladores son atacados por los Zotsajau! ¡Vamos!

Y cuando dice eso se quita su camisa y se comienza a transformar en jaguar, su nieta hace lo mismo, y de esa forma los dos felinos salen por la ventana saltando y corriendo por el tejaban de las casas hasta llegar al suelo de la calle, y le gritan a Braulio y a los gemelos:

—¡Apurenseeeee!

Germán asomándose por la ventana les grita:

—¡Espereeeeeen! ¡Nosotros no podemos transformarnos!

Y de repente encuentra una filosa daga abre-cartas de plata pura encima de una mesita, y sorprendido expresa:

—Hummm dicen que a los vampiros se les mata con plata.

Y sin pensarlo dos veces la toma con gran prisa y se dirige hacia las escaleras de la casa.

Mientras tanto, a varias cuadras de donde se encuentran los Naguales, en la recámara de una de las viviendas, una joven pareja duermen apaciblemente en su cama sin nada que los perturbe, la mujer yace recostada de lado dándole la espalda a su compañero, mientras que el varón pernocta boca abajo con su brazo colgando afuera de la cama que casi toca el suelo. De repente el clima comienza a cambiar misteriosamente, de ser cálido, se empieza a percibir un extraño frio que poco a poco inunda el lugar, una sensa-

266

ción desconocida. Y de repente de la esquina más obscura de la habitación, opuesta y frente a la cama, una misteriosa sombra emerge, es Xóchitl la vampira, que de forma vertical levita en el aire al igual que su vestido y su larga cabellera negra, y se desplaza lenta, silenciosa y siniestramente hasta llegar al lado de la cama donde duerme el varón, y con sus pies desnudos con lentitud y siniestra delicadeza desciende sobre el piso, y desde ahí observa en silencio y con mirada siniestra a la pareja que duerme apacible, pero el perro de la familia desde del patio comienza a ladrar desesperado, el sí ha sentido la presencia maligna que amenaza a sus dueños, entonces el joven varón al escuchar al animal despierta somnoliento y molesto, y con dificultad dice:

—¿Pos' qué chingados le pasa a ese pinche perro? Aaaaauuuugggn (bosteza).

Y somnoliento se sienta en la cama con la vista abajo buscando su calzado que no encuentra, se baja de la cama poniéndose de pie sobre el frio piso, entonces alza su mirada y de repente descubre frente a él a Xóchitl, la somnolencia se le esfuma de golpe, abre sus ojos y boca sorprendido al verle esa siniestra sonrisa que muestra sus enormes colmillos, se asusta y está a punto de gritar cuando la temible Zotsajau sin decir nada, le clava su mirada en los ojos y en el acto lo paraliza completamente al instante y sin habla, solo surgen unos casi imperceptibles pujidos de su garganta:

—Mmmjjj, mpjjjj, mpjjjj.

Pero únicamente abre sus ojos todo lo que puede con una expresión de angustia y desesperación. La vampira sin decir nada, solo lo contempla con perverso beneplácito por unos instantes y entonces con rapidez se abalanza sobre él y le muerde el cuello con brutalidad ante la mirada aterrada del individuo que solo alcanza a emitir unas cuantas respiraciones violentas de profundo dolor, mientras que le arranca un trozo de piel del costado de su cuello y enseguida le comienza a succionar los borbotones de sangre que escapan sin control de su yugular, su víctima solo comienza a morir poco a poco sin poder emitir ningún quejido solo su rostro, su mirada y su angustiada respiración, demuestran el profundo dolor y sufrimiento que experimenta, se le escapa un poco de sangre por su boca, al igual que la vida. Mientras que Xóchitl bebe ávidamente el preciado liquido, pero no se percata de que un chisguete salta del cuello de su víctima y salpica la cara de la aún dormida mujer, que al sentirlo despierta, pero al abrir sus ojos y ver la espeluznante escena de su esposo siendo víctima de la vampira se horroriza enormemente que no puede gritar, pero Xóchitl se da cuenta de ella por su angustiada respiración, y suelta el cuerpo de su víctima que cae sin vida, con la mirada perdida y sin vida, con la cabeza inclinada demasiado de lado con el cuello destrozado y el pecho cubierto de sangre, enseguida mira a la mujer, la cual la reconoce, y temblando de miedo logra decir algo en lengua maya:

—"N… no me hagas daño por favor"

A lo que Xóchitl mientras deja crecer las uñas de su mano derecha le responde en español:

—Yo no te entiendo ¡nada!

La mujer presintiendo lo inevitable, lanza un fuerte alarido de terror:

—¡AAAAAAAAAAA…!

¡TAJ! su grito es cortado de forma brutal con un feroz tajo que le cercena la cabeza que cae en la cama, rebota, pega en el suelo y rueda un poco, manchando de sangre todo a su alrededor, mientras que Xóchitl con sonrisa perversa, mira el cuerpo descabezado de la mujer que se derrumba lanzando chorros de sangre del cuello. Luego observa a sus víctimas que yacen sin vida, mira sus manos llenas de sangre y una gran emoción de fuerza y poderío se apodera de ella y sintiendo una tremenda euforia y gran orgullo, piensa para sí misma: "Que poder, ¡Qué gran poder!" ¡Jajajajaja! ¡jajajajajajaja! ¡JAAAAAJAJAJAJAJAAAAAAA!

El breve pero fuerte grito y su sonora carcajada, despiertan y alarman a los demás pobladores que desconcertados encienden las luces de sus casas, y enseguida se asoman por las ventanas. A varias cuadras de ahí, los Naguales también la escuchan, a lo que don José dice:

—¡Pronto! ¡Es por allá!

Y con rapidez se dirigen hacia donde surgió el sonido. Con velocidad y agilidad cruzan las calles hasta llegar al lugar, pero ya es demasiado tarde, y solo encuentran los cuerpos mutilados y ensangrentados de la joven pareja.

Por otro lado, a unas cuantas cuadras, un hombre de aproximadamente 40 años de edad, complexión regular y tez morena, sale apresurado de su casa colocándose su enorme sombrero de paja y un poncho de hule para protegerse de la lluvia, pues ha escuchado a su caballo relinchar con fuerza y desesperación, corre apresurado sosteniéndose el sombrero con una mano y con la otra el poncho, mientras recorre los 60 metros entre su casa y el establo, al aproximarse ve al equino relinchando y reparando muy nervioso, y dando patadas a la portezuela, al ver eso el hombre expresa:

—¿Po's qué le pasa a ese animal? Está muy nervioso.

Y cuando está a punto de llegar a su caballo, de repente éste relincha y se arroja con tal violencia a la puerta del pequeño establo que la tira y huye despavorido corriendo a toda velocidad. El señor corre tras él tratando inútilmente de alcanzarlo mientras le grita:

—¡Oooooohhh! ¡Ooooooohhh! ¡Caballo! ¡Caballooooooo! ¡Con una chingada! ¡Ya se "peló"!

Y deja de correr sintiendo frustración e impotencia, pero en ese preciso momento presiente algo, voltea hacia atrás y ve algo que lo aterra, abriendo por completo sus ojos descubre a un enorme vampiro animal que desde el lluvioso cielo se abalanza sobre su persona tan rápidamente que por la sorpresa y velocidad, no le da tiempo de gritar, solo una expresión de terror se refleja en sus ojos por una fracción de segundo ante tan espeluznante visión, que lo ataca golpeándolo con su cuerpo, y ambos se proyectan violentamente al interior del pequeño establo. Minutos después Fermín sale convertido en humano y lamiéndose con deleite la sangre alrededor de sus labios. Y así los Zotsajau comienzan a atacar a los pueblerinos uno a uno sin que puedan evitarlo.

Minutos después los Naguales guiados por sus oídos y olfato, llegan a ese lugar encontrando solo a la victima de Fermín, a lo que Braulio molesto afirma:

—¡Malditos vampiros! No los podemos agarrar, y están acabando con la gente.

No tardan mucho tiempo, cuando escuchan un enorme grito femenino, voltean y miran a una mujer de tez morena de aproximadamente unos 30 años de edad, que sale corriendo despavorida de una casa, y tras de ella, surge Stephanie que sorpresivamente de un enorme salto alcanza a la mujer, cayéndole de manera brutal con sus rodillas sobre su espalda, tirándola al suelo de bruces, la toma bruscamente de los cabellos y la levanta del suelo, la mujer solo se lleva las manos a la cabeza gritando de dolor y miedo:

—¡Noooooo! ¡Por favor! ¡Ayuda! ¡Ayudaaaaaaaa!

—¡Suéltala maldita vampira!

La rubia sorprendida de que alguien le hable con tal energía y firmeza, voltea a ver de dónde viene esa voz de un hombre mayor, pero se desconcierta al ver a los jaguares mientras uno de ellos (don José) le repite:

—Te he dicho que la sueltes.

La furiosa vampira se asombra al ver que ese jaguar le habla claramente como humano y sorprendida le pregunta:

—¿Unos animales que hablan? ¿Quiénes o que son ustedes?

Conforme pregunta, ve algo que la llena de confusión, son animales pero descubre una especie de alma humana dentro de los felinos, a lo que don José le responde:

—Somos Naguales, humanos que se transforman en animales, y es mejor que tú y los demás vampiros dejen a las personas en paz.

—¿Humanos en… animales? ¿Ustedes ser una especie de brujos o hechiceros? Jajajajajajaja pero tu voz conocerla…tu ser el anciano que visitarnos en el campamento. Ya recordar, vaya que pequeño ser el mundo.

—¡Suelta a esa mujer!

Le grita don José muy amenazante, a lo que la rubia Zotsajau le responde:

—Estar bien, ustedes decirlo.

Inmediatamente que dice eso, saca las garras de su mano derecha, y le propina un fuerte tajo en el cuello, decapitándola limpiamente ante la mirada atónita de los Naguales, que sin parpadear observan como el cuerpo de la desafortunada mujer cae desmadejado, ya sin cabeza ni vida, lanzando chorros de sangre, y la vampira con sonrisa cínica dice:

—Ustedes pedírmelo, yo obedecer.

Por otro lado, Fermín termina de alimentarse de su ultima victima pero en eso un trió de personas se han agrupado para combatirle y al verlo le comienzan a disparar, Fermín ha olvidado lo que le dijo Kamazor y creyendo que sería acribillado se cubre su cara con su antebrazo, los tres aldeanos le disparan con rifles de cacería y un revólver. Le descargan sus armas completamente, esos disparos son escuchados por los Naguales a lo que donde José dice:

—¡Vayan hacia allá, seguro esta el otro vampiro.

Mientras que los pueblerinos después de descargarle sus armas, quedan sorprendidos al ver que el Zotsajau sigue de pie, el cual toca su pecho y torso sorprendido que no le ha pasado nada, para enseguida sentir un profundo alivio y sonriendo expresa:

—Jajajajajajaja, sus armas son inútiles, jejejeje ahora me toca a mí.

En cuanto dice eso se abalanza sobre ellos. Solo se escuchan los enormes gritos de dolor y pavor de los desafortunados hombres. Y cuando Braulio y Xareni llegan, lo encuentra succionado la sangre de la última de sus víctimas, y desprendiéndose de ésta, los voltea a ver con la boca escurriendo del líquido vital.

Mientras a tres calles de allí. Don José jaguar, se abalanza sobre Stephanie mordiéndola de un brazo, la vampira grita de dolor y agita su extremidad, pero don José no la suelta, ella le lanza zarpazos para tratar de librarse pero el jaguar los esquiva, hasta que en un momento ella alza su brazo de donde está pegado el jaguar y lo estrella contra un bebedero para caballos de solido cemento, el golpe es tan brutal que hasta el bebedero se rompe dejando salir el agua que contiene, y el jaguar suelta a su presa aturdido por el impacto, al borde del desmayo. Con ese golpe un humano común y corriente hubiese muerto al instante, pero un Nagual en forma de animal es muy fuerte y resistió, pero el golpe lo aturde y lo mantiene al borde del desmayo, haciendo que el Nagual regrese a su forma humana, entonces la vampira se sorprende al ver el cambio, pero rápidamente aprovecha esa situación y se abalanza sobre él para decapitarlo, pero en eso se escucha una voz que le grita con fuerza:

—¡Detente Stephanie!

La vampira reconoce esa voz, alza su mirada y descubre a Citlali que va llegando, la vampira la mira estupefacta por unos instantes, en eso llega Germán corriendo con la pequeña daga de plata en la mano, don José tambaleante lo mira y le grita:

—¡La daga! ¡La daga!

Al escuchar eso Germán se la arroja, don José rápidamente la toma y se la lanza a la vampira, encajándosela en el pecho, la cual desconcertada primero grita asustada, pero después al ver que no le pasa nada, la toma de la empuñadura y se la saca limpiamente, la contempla unos instantes para enseguida dejarla caer sobre la tierra mojada, y sonríe aliviada ante la mirada atónita de sus enemigos.

Y al mismo tiempo, Fermín se enfrenta a Braulio y Xareni, que lo rodean buscando la forma de atacarlo, la jovencita en su forma de tecolote le hace una aproximación aérea para distraerlo y es cuando Braulio aprovecha y con el otro abre cartas de plata lo ataca tratando de clavarle la hoja en el pecho, pero Fermín reacciona y lo atrapa del antebrazo y de un fuerte jalón, lo arroja a la ventana de una tienda de abarrotes que s encuentra a su lado, cayendo dentro de esta, Xareni vuela en auxilio de su hermano el cual ante el impacto se desmaya y al entrar ella se transforma en humana para ayudar a Braulio a reanimarse, y Fermín arrogantemente les grita desde afuera:

—Jajajajajajajaaaaaa ¡aunque os convirtáis en animales! ¡Vosotros no sois rivales para miiiiiii!

Y se dirige con paso firme hacia el interior de la tienda para encontrar a los jóvenes Naguales, mientras que Xareni en forma humana arrastra a su hermano para esconderse en medio de costales de maíz y frijol. Fermín entra lanzando a los lados los muebles que le estorban al paso, Braulio por fin recobra el conocimiento, Xareni ha agotado su capacidad de transformarse, y Braulio ha perdido la daga aunque desconoce que eso no le servirá, por lo cual están vulnerables. Desesperados pero sin hacer ruido buscan con que defenderse, de pronto Xareni encuentra una botella que dice agua bendita, y Braulio toma unas trenzas de ajo, y con eso en manos, le salen a Fermín de improviso y Braulio le lanza los ajos a la cara, lo que Fermín solo se los quita escupiendo:

—¡Arrrggg! ¡Ajos! ¡Su olor es espantoso! ¡Dan nauseas!

Y aprovechando esa brevísima distracción Xareni le arroja agua bendita de la botella, rociándole la cara y el cuerpo, a lo que el vampiro solo se cubre creyendo que le dañará pero solo dice:

—¡Aaaaaarrrrgggggg! Esa agua arde ¡Ardeeeee! ¡Malditos! eso parece chile.

Su piel se mira irritada donde le ha caído el agua, pero no le causa más daño que eso y volviéndose más furioso los voltea a ver, los cuales atónitos miran que sus esfuerzos han sido en vano y asustados retroceden, entonces el vampiro reponiéndose de el débil ataque está a punto de atacarlos, cuando de repente se escucha el cantar de un gallo que anuncia el nuevo amanecer, la salida del sol. En eso Fermín recuerda lo que le dijo Kamazor y molesto expresa:

—¡Mierda! ¡El sol! ¡Gruuuaaaaaarrrrrrr!

Y sin decir más, se olvida de sus rivales, alza sus brazos y se transforma en vampiro animal, sale volando estrepitosamente por la puerta del lugar ante la mirada atónita de los jóvenes Naguales.

Por otro lado Stephanie antes de contraatacar a sus estupefactos enemigos, también escucha al gallo y observa el fin de la noche y el amanecer que surge amenazante, lo que hace que olvide a sus enemigos y alce el vuelo para huir ante las atónitas miradas de don José, y los gemelos.

Xóchitl que se ha mantenido escondida y silenciosa dentro de las casas devorando la sangre de sus víctimas, de manera silenciosa también observa por una ventana que el amanecer se aproxima, de igual manera se transforma y alza el vuelo huyendo hacia la cueva.

A la huida de los vampiros don José y su grupo de jóvenes se reúnen, ha dejado de llover, y los rayos del sol poco a poco comienzan a iluminar el lugar. Y miran a su alrededor cómo han quedado las calles: mojadas, charcos en todos lados, pero también casas con las ventanas y puertas rotas, comienza a salir gente que en medio de llantos y gritos de dolor van descubriendo a sus seres queridos brutalmente despedazados dentro de sus casas; de las víctimas no queda una viva. Entonces mientras los Naguales y los gemelos observan el espectáculo deprimente un tipo se les aproxima a los gemelos y les pregunta:

—¡"oigan"! ¿Con ustedes andaba un gringo?

—Ermmm s… si, si.

Responde Germán. A lo que el individuo les responde:

—Pos dicen que encontraron su cuerpo en el hotel.

Desconcertados los gemelos se miran uno al otro, y antes de que digan algo don José expresa:

—¡Vamos a verlo!

Y enseguida se dirigen primero al hotel. Cuando llegan, descubren y reconocen el cadáver sin cabeza de John pero Germán al tratar de aproximarse para verlo más de cerca, de repente del cuello cercenado comienzan a salir un montón de arañas viudas negras, lo que hace que el gemelo se retire de golpe al tiempo que expresa:

—P… pero ¿porque chingados le salen arañas?

—Según lo que decían los antiguos Naguales —responde don José—. Eso les pasa a las víctimas de los Zotsajau y… según decían que si fueron víctimas de una Zotsajau hembra surgen arañas, y si era Zotsajau varón surgirán gusanos y ciempiés.

El cadáver de John comienza a ser fumigado por paramédicos y uno de ellos les dice:

—En el pequeño anfiteatro de la clínica acaban de llevar dos cadáveres que también le salen insectos a uno lo encontraron quemado en la cantina y al otro colgado de un árbol en la carretera afueras del pueblo. El viejo Nagual le dice a su grupo:

—¡Vamos hacia allá! presiento que esos otros dos eran compañeros de ustedes.

Momentos después llegan a la clínica y piden ver los extraños cadáveres, pero cuando abren la bolsa donde está el cuerpo calcinado y decapitado de repente salen gusanos y ciempiés lo que sorprende a los presentes y mientras un paramédico se aproxima para volver a fumigar al cadáver, don José expresa:

—A éste sin duda lo asesinó un Zotsajau varón.

Al descubrir el último, los gemelos hacen una expresión de asombro y Citlali con sus manos se cubre la boca que abre por la sorpresa y voltea su cara refugiándose en su hermano el cual abre los ojos con sorpresa y exclama:

—¡Javier!

Es el cadáver del que fuese su virtual amigo, del cual salen tarántulas de todos tamaños, por la boca, nariz y oídos, a lo que los paramédicos presurosos comienzan a fumigar.

La joven Xareni le dice a su abuelo:

—¡Más arañas! Abuelo… ¿Eso quiere decir que lo mató una de las Zotsajau hembras?

—Sí, desgraciadamente sí.

—Pagó muy caro su traición cayendo en las garras de los vampiros.

Dice Germán con un tono de tristeza.

—¿C… crees que haya sido… Xóchitl?

Le pregunta Citlali a su hermano, que le responde:

—No lo sabemos pero… por lo que dice don José de seguro fue una de las dos.

—¡"Ámonos" de una vez al cerro del Nagual! —el anciano se dirige a su grupo—: tengo que prepararlos para que se conviertan en Naguales de una buena vez.

Y sin decir nada más, con pesar se alejan.

Mientras tanto en la cueva, la primera que ha llegado volando es Xóchitl, y dejando su forma de vampiro animal camina por el obscuro piso cerca de la salida, en eso se lleva las manos a la boca y recuerda lo acontecido:

—Mmmmmmm, la sangre es realmente deliciosa y muy vigorizante, que delicia ¡que delicia! Mmmmmmm jajajajajajajaja

—Yo tampoco jamás imaginar que la sangre ser tan delicioso manjar.

Escucha a sus espaldas la voz de Stephanie y voltea hacia ella mientras que le responde:

—Sí, sí, lo es, es increíblemente deliciosa, me he vengado del bastardo de Javier y por primera vez la probé, que deliciosa sabe la sangre de los traidores.

—También vengarme del malnacido de Manuel —Responde Fermín que en esos instantes va llegando—. Pero todo estaba de maravilla hasta que apareced esos malditos Naguales.

—¡OOOOOOOhhh! Yes! los Naguales —responde Stephanie—. Y Germán y Citlali están con ellos, de seguro también se convertirán en Naguales.

—¿Germán y Citlali Naguales?

Pregunta Xóchitl desconcertada, a lo que la rubia responde:

—Sí, tú no darte cuenta por andar entusiasmada bebiendo sangre, pero Fermín y yo nos enfrentamos a ellos, y son muy fuertes, pero no lo suficiente para vencernos.

—Pero esos malditos —responde Fermín—: habedme lanzado algo que me irritó la cara, desgraciadamente esos hijos de puta salvarse gracias al amanecer, pero ellos pagádmelas muy pronto.

—Oooaaaahhh —Stephanie bosteza—, Yo tener suficiente por hoy, casi terminamos con la mitad de los pobladores, estoy llena, mmmmmm —y cierra los ojos haciendo un gesto de satisfacción—, well…yo irme a dormir.

—Yo también, ya estar amaneciendo, es mejor dormir.

Responde Fermín que también sigue a la rubia dejando a Xóchitl pensativa, que se dice a sí misma en voz alta:

—Cuando vi a Citlali, sentí rabia, pero a la vez vergüenza, ¿y dicen que ellos se convertirán en Naguales? ¿Entonces… ellos se han convertido en… mis enemigos? ¿Soy enemiga de mis propios amigos? ¡En que me he convertido!

Dice eso mientras mira sus manos que cierra con fuerza.

—¡Te has convertido en un ser superior! —se escucha una conocida y cavernosa voz que la hace voltear desconcertada y se encuentra con el rostro de Kamazor que avanza tranquilamente hacia ella surgiendo de la penumbra, el cual le continúa diciendo—: los que tú has considerado tus "amigos" jamás lo fueron.

—Pero...

—¿Acaso ellos te ayudaron a superar tu timidez? ¿Tu miedo a los demás? ¡Jamás les importaste! ellos solo te amistaban solo para aprovecharse de ti, pero también de tu timidez e inseguridad, ellos jamás fueron tus amigos, al contrario, gente así son tus más crueles e hipócritas enemigos, ¡piensa! Ellos sin dudarlo se hicieron Naguales ¿para qué? Para que, junto con los demás Naguales poder acabar contigo de una vez ¡Abre los ojos Xóchitl! ellos jamás fueron tus amigos, y recuerda que un Zotsajau... ¡jamás perdona! y si te confías de ellos, te asesinarán sin piedad, ya no les importas porque ya no se pueden aprovechar de ti, porque ahora eres ¡FUERTE! Te dejo a tu elección: o los matas tú, o dejas que ellos te maten.

Y con eso último, el temible vampiro se retira, dejando a Xóchitl peor que antes, con un vuelco en su corazón, una tremenda confusión y un odio creciente. Y dice para sí misma:

—¿Mi señor tiene razón?... ¡Maldita sea! ¡Tiene razón! ellos solo me utilizaron todo este tiempo ¡Malditos! Pero ahora haré que se arrepientan ¡hasta de haber nacido! acabaré con ellos y con todos esos malditos Naguales. Y desde este momento juro que me vengaré de todos aquellos que me hicieron daño de una u otra manera ¡SIIIIIIII! Me vengaré, ¡me vengaré! ¡ME VENGAREEEEEEEEEEE! Ahora sabrán quien soy yo, seré la más sanguinaria, feroz, y despiadada de todos los Zotsajau. ¡Gruuuuaaaaarrrrrr!

Y furiosa solo gira volviéndose hacia el templo, para dirigirse hacia el interior a descansar, el perverso Kamazor había logrado su cometido, el sembrar la semilla de odio en el corazón de Xóchitl, mientras que afuera de la cueva los rayos del sol iluminan todo el lugar.

Capítulo 30: INICIACIÓN

Todo el día pasa en una aparente calma, ya no hay más lluvia, mientras que en la falda del cerro del Nagual, los gemelos y los Naguales aprovechan para curar sus heridas, hasta que aparentemente muy pronto llega la noche. Y en unas pequeñas chozas improvisadas de ramas y palos, se retiran a dormir, mientras que en el pequeño poblado, sus habitantes regresan del panteón después de que enterraran a sus seres queridos víctimas de los despiadados vampiros.

Mientras que en otra parte del mundo, exactamente en Barcelona, España, una mujer lee una tirada de cartas de adivinación y de repente abre sus ojos sorprendida y dice:

—¡Es en México! ¡Servando! ¡Tenemos que ir para allá en cuanto antes!

Y por otro lado en Oregon EE.UU. una pareja duerme plácidamente en su alcoba, cuando de repente la mujer despierta de sobresalto, se levanta de golpe quedando sentada en la cama con la respiración agitada, se lleva una mano al pecho pensando en lo que había soñado, por la acción el varón que duerme a su lado abre los ojos y le dice:

—¿Tener una pesadilla?

A lo que la mujer pasándose la mano por su larga cabellera color Castaño claro le responde:

—Tenemos que prepararnos para ir a México inmediatamente.

—What?

Contesta el varón desconcertado.

Transcurre la noche, cuando de nuevo en Chiapas, México, al amanecer, al cantar de los gallos y de las aves diurnas, los gemelos son despertados por don José, para después los cinco suben el cerro hasta llegar a la cima donde permanecen el resto del día recibiendo instrucciones del viejo Nagual hasta que nuevamente llega la noche, don José enciende una gran fogata donde todos se acomodan a su alrededor, entonces como ya se les había instruido, los gemelos se sientan a unos 7 metros frente de la fogata, cada uno en el lado opuesto, se despojan de sus ropas hasta quedar completamente desnudos, pero por un lado Braulio ayuda a Germán y Xareni a Citlali a cubrirlos a cada uno con solamente un enorme zarape blanco, el Nagual les pasa un recipiente de barro que arroja humo de incienso de copal, mezclado con otras hierbas, luego se pone a danzar y cantar rítmicamente en un extraño idioma que no es ni maya, ni náhuatl, ni ninguna otra lengua conocida, solo una frase se distingue de entre las demás:

—Nahuaaaaaaliiiii…Naaaaahuuuuuaaaaaliiiiiiii"

Al mismo tiempo que su nieta toca una flauta de madera y Braulio un rustico tambor de piel de venado rítmicamente. En momentos el Nagual toca un caracol que sostiene en sus manos. Los gemelos con los ojos cerrados solo escuchan lo que sucede a su alrededor y con los ritmos musicales y al Nagual danzando, se sienten adormecidos o tal vez están entrando en trance, a un estado mental especial. Don José los mira que lenta y relajadamente comienzan a girar sus cabezas, en señal que están alcanzando otro estado mental, y recita lo siguiente:

—¡Oooohhhh! grandes antepasados ¡Oooooohh! espíritus de los antiguos Naguales, les pedimos su asistencia, para que ayuden a estos nuevos discípulos a convertirse, ayúdenles a transformar su materia; a cambiar su carne, su piel y sus huesos, en el hermano animal que escogieron.

En eso don José coloca unos pequeños recipientes con una extraña bebida de hierbas, en el suelo frente a Citlali y otra frente a Germán y dice:

—¿Están listos? Tómense la bebida y agarren el pedazo de piel del animal, véanlo dentro de sus mente, sientan la energía de ese animal proveniente de ese pedazo.

Los gemelos lo hacen, y beben todo el contenido de los recipientes completamente, haciendo gestos de desagrado, parece que la bebida tiene mal sabor, enseguida dejan los recipientes, y enseguida sin abrir los ojos, se concentran en las imágenes que llegan a sus mentes, mientras la música del tambor y la flauta intensifican su ritmo y volumen, sienten que sus cabezas dan vueltas, en sus manos empuñan con más énfasis el pedazo de piel que escogieron:

Germán de un coyote y Citlali piel de jaguar.

Entonces comienzan a ver la imagen del animal que escogieron en sus mentes, tan real que parece que tiene vida propia, mientras escuchan más y más el sonidos del tambor y la flauta, y el viejo Nagual danza alrededor de ellos pronunciando canticos en un idioma desconocido, y cada vez que hace sonar su sonaja, parece que el fuego de la hoguera da saltos y se alza momentáneamente, mientras que don José se desplaza alrededor de cada uno de los gemelos, Germán lleva el pedazo de piel del coyote a su pecho, y ve en su mente claramente al coyote que camina hacia él, mientras que Citlali mientras sostiene empuñando con sus dos manos el pedazo de piel de jaguar, en su mente aparece el felino, que la observa y se aproxima a ella con aparente curiosidad, en eso don José como percibiendo lo que estan viendo en sus mentes, les dice:

—Si lo ves, ese es el espíritu del animal que escogieron, sientan su esencia, su poder, no le teman, y hagan amistad con él.

Germán siente que el mareo es más fuerte, de repente experimenta que el estomago le da vueltas al igual que su cabeza, en su mente de repente ve que el coyote lo mira fijamente, y el gemelo se alarma, enseguida el coyote en su mente corre hacia él y se arroja sobre su humanidad, pero Germán en eso comienza a gritar:

—¡No! ¡Noooooo!

Cae de su asiento y envuelto en el zarape se comienza a convulsionar en el suelo, como luchando en contra de algún ataque, a lo que el viejo Nagual alarmado, con voz autoritaria le grita:

—¡No pongas resistencia! ¡No le temas!

Pero Germán no le escucha y sigue convulsionándose, por otro lado su hermana no escucha y en su mente el jaguar se acerca ella y amenazante le ruge, pero ella mantiene el control, y sin asustarse ella se aproxima a él con una actitud firme y segura y gentil, el felino un poco desconfiado le ruge pero más débilmente a lo que Citlali al estar a lado del acaricia su lomo y enseguida el animal se tranquiliza y luego ella instintivamente se agacha como acostándose sobre el animal en el cual se funde en uno, entonces en ese instante la ojiverde siente un agudo dolor de estomago, tan fuerte que la tira al suelo convulsionándose de dolor y grita desesperada:

—¡Esto   quema!   ¡Quemaaaaa!   ¡AAAAAAAhhhhh! ¡AAAAAAAAhhhhh!

Braulio sin dejar de tocar el tambor le avisa a don José de la situación de Citlali, el cual corre a decirle lo mismo que a Germán, mientras que los dos hermanos, con las manos en el estomago, se retuercen en el suelo de dolor, el viejo Nagual no deja de darles instrucciones y para que les haga más efecto les habla en tono individual:

—¡Resiste! ¡No le temas! ¡Aprendan de él! ¡Vuélvete uno con el animal! ¡Concéntrate en la esencia del animal! ¡Conviértete en él! ¡Hazlo parte de ti y tu de él y… ¡Transfórmate! ¡Transfórmateeeeeeeeeeee!

Mientras el sonido de la música se acelera, los gemelos aún envueltos en sus zarapes siguen rodando de un lado a otro por el suelo y nuevamente comienzan a quejarse:

—Aaaaaahhhhh, aaaaaaaahhhhh.

Los quejidos de ellos parecen no terminar, a lo que Braulio preocupado exclama:

—¡S… se pueden morir!

—¡Cállate Braulio! ¡Y sigue tocando!

Le responde don José molesto y en eso de repente los gemelos dejan de moverse, el Nagual detiene su baile y hace una señal con su mano a sus nietos para detener la música, a lo que el viejo Nagual da la orden de detener la música, y dirigiéndose al gemelo dice:

—Germán, ¡Germán! ¡¿Estás bien?!

Pero no recibe contestación, está a punto de volverle a preguntar cuando:

—¡Aug! E… estoy bien, estoy bien… pero creo que… no pude convertirme.

—¡Ahhh! ¡Te dije que no tuvieras miedo! ¡Con una chingada!

Expresa don José molesto y lleno de frustración, enseguida trata de controlar su enojo respirando profundo para luego decir—: No te preocupes muchachito, otra vez será.

Entonces recuerda a la gemela, y rápidamente se dirige a donde esta ella.

—¡Citlali! ¡Citlali! ¡Contesta muchachita!

Pero no recibe respuesta alguna… y temiendo lo peor, se acerca con mucha precaución y lentamente extiende su mano para tomar el zarape pero cuando está a punto de levantarlo:

—Cr…creo que estoy bien.

Y don José retrocede para dejarla salir y le hace la indicación a su nieta para que la ayude, la cual se acerca, pero en eso la gemela sale y dice:

—Pero… me siento muy rara… gruuuaaaaaarrrrr.

Y para sorpresa de todos, lo que surge de debajo del zarape es… un jaguar, es Citlali que se ha transformado en el felino. Germán cubierto con su zarape asombrado se acerca y le dice a su hermana:

—¡Citlali! E… ¿Eres tú?

—¿Cómo que si soy yo…? Pues claro que so…

Voltea a ver sus manos, y se da cuenta que está transformada en jaguar, y queda sin habla mientras se contempla a sí misma.

—Sí muchachita, lo has logrado.

Expresa don José mientras se le dibuja en su cara una sonrisa de satisfacción.

—woaoooo me siento… extraña, más fuerte y ágil y más llena de vida ¡yajuuuuuuu! Grrruuuuuuaaaarrrrrrr.

Expresa Citlali mientras corre y salta en su nueva forma de jaguar. Y su hermano reponiéndose de la impresión aplaude y festeja el logro de su hermana al igual que los demás.

—Ahora cierra los ojos, relájate y solo deja a tu ser volver a tu forma natural a tu forma humana.

Le dice don José a lo que la jaguar lo hace y tan sorprendente como cuando se convirtió ahora regresa a su forma humana, y al verse desnuda se acurruca cubriéndose sus pechos y genitales, mientras que Braulio y Germán se voltean en señal de respeto mientras que Xareni rápidamente acude con el zarape a taparla, una vez cubierta la gemela se endereza y mira a su hermano con una sonrisa de alegría y emoción, pero en ese instante.

—¿Ella la nueva Naguala? Entonces solo una prenda y no dos como nos dijo señor Nagual.

Citlali voltea y descubre arriba de una piedra a un lado de don José a una especie de hombrecillo del tamaño de un dedo, lo que la alarma y le dice a Germán:

—¡Mira! ¡Un duende!

Mientras señala hacia la roca, pero su hermano responde:

—¿Duende? Yo no veo nada.

—Tu hermano no lo puede ver —responde don José— solo tú porque te has convertido en Naguala. Y claro nosotros también.

—Yo no soy duende —responde el diminuto hombrecillo—. Soy un kalankax, duendes diferentes a nosotros.

Ante la mirada confusa de Germán, Citlali se acerca para ver mejor al pequeño ser, el cual tiene toda la forma de un humano adulto pero del tamaño de su dedo medio, su color de piel es verde claro, su rostro es casi como el de un niño pero con nariz muy larga y afilada que termina en pico pero blanda, al igual que sus orejas que son muy largas y picudas, en su cabecita lleva una hoja enrollada en forma de cono un poco inclinado hacia delante, como sombrero. Su cuerpo está casi denudo, a excepción de llevar un taparrabo color café claro, del tono de la corteza de algunos árboles, y porta una especie de collar con una piedrita roja y verde, que tiene grabado un símbolo que no se distingue muy bien, sus brazos son delgados, pero sus manos muy grandes, sus piernas también delgadas pero sus pies tienen una forma peculiar, ya que sus dedos parecen pequeñas puntas de raíces de árbol.

—¿Que tanto tu me ves? —le pregunta molesto el recién aparecido kalankax a Citlali—. Yo no ser tan feo.

A lo que la gemela saliendo de su asombro dice:

—¡Oh! Es que… no lo puedo creer, ¡es real! Y hasta ¡habla!

—¿Quién habla? —pregunta su hermano aún desconcertado pero lleno de curiosidad.

—Está conociendo más al kalankax —le responde don José, y se dirige al pequeño hombrecillo—: Yerdiak, te pido que te hagas visible al hermano de la nueva Naguala, para que así te conozca.

—Tu saber Nagual, que no mostrarnos a los humanos comunes —responde el hombrecillo—, y no debiste de pronunciar mi nombre frente a él.

—No te preocupes Yerdiak, él es especial, es el gemelo de ella y aunque ahora no logró convertirse, ya está en el camino del Nagual y pronto lo logrará ¡ándale! no seas miedoso y muéstrate para que te vea.

—Hummm —el pequeño ser hace una mueca de duda por un momento, pero mirando a don José le responde—: está bien Nagual, nosotros confiamos mucho en ti.

Y de repente el llamado kalankax, se hace visible a Germán.

—¡Hay cabrón! ¡Sí que es un duende!

—¡Que no soy duende! ¿Humano no entiende? Soy un kalankax ¡kalankax!

—Es su reacción por la impresión, no te molestes.

Le responde el viejo Nagual.

282

—Y... ¡habla! —expresa el gemelo boquiabierto.

—Claro, kalankax conocemos idiomas humanos, pero humanos no conocen idioma kalankax. Yo Yerdiak, general de los kalankax.

Entonces don José le explica a los gemelos que esos seres son los espíritus guardianes de los bosques, y hay un kalankax por cada árbol que existe, si nace un árbol nace un kalankax, y si muere un árbol, uno de ellos muere, pero que aparte de ser los guardianes, a pedido de los Naguales, les confeccionan una ropa mágica que los protegen después de sus transformaciones, pues desaparece al transformarse en animales y aparece al volverse humanos. La manera y el material del que las confeccionan, son un secreto que solo los kalankax conocen y son prendas muy sencillas pues solo crean un taparrabo para los Naguales. Y de esa manera se mantiene conociendo a este nuevo ser y felicitar a Citlali por haber logrado convertirse en una Naguala, momentos después, el grupo se retira a dormir sin sospechar lo que les espera mañana.

Capítulo 31: ALIADOS

Al amanecer de siguiente día, los aldeanos en medio de llanto y dolor, velan y entierran a sus muertos; mientras que en el aeropuerto de palenque, un vuelo proveniente de España aterriza en la pista, momentos después los pasajeros recogen sus maletas, una pareja se dirige hacia el exterior del aeropuerto, y el varón le dice a la mujer:

—Más vale que estéis segura de que tus visiones habed sido ciertas ¡mirad que venid hasta México!

La mujer le contesta:

—Sabéis muy bien la importancia de mis visiones y sueños, y no debéis quejarte, solo observad el lugar ¡mira que belleza! Aaaaaahhh —hace una respiración profunda inhalando el aire puro de la selva—, y este es el lugar, tal y como lo soñé, ahora debemos encontrar al anciano que se comunicó conmigo en sueños.

—No es necesario que busque mucho.

Una voz hace voltear a ambos hacia su izquierda y para su sorpresa descubren a don José junto con los demás jóvenes. El español los mira desconcertado, pero la mujer trata de reconocerlo, esa cara le parece familiar, y sin decir nada, por unos instantes solo lo observa, pero enseguida con gran asombro expresa:

—!U...usted! ¡Usted es el hombre que se ha comunicado conmigo en sueños!

—Si señora, yo fuí, soy José Balam el Nagual, y ellos mi grupo.

—¡Vaya! ¡Vaya! así que por fin conozco a un Nagual en persona, digo... a varios.

—¿Nagual?

Pregunta desconcertado el varón a lo que la mujer responde.

—¡Oh! Disculpad, permitid presentadme: me llamo Lucrecia Gálvez, bruja y vidente; y él es mi esposo Servando Ortiz, venimos desde España acudiendo a la misión que nos atañe.

—Lo sé —responde don José—, aunque sabemos que no será una visita de placer, sean ustedes bien venidos, vengan con nosotros.

En eso un hombre de aproximadamente 35 años, blanco, de 1.85 metros de estatura y muy delgado, de ojos café obscuro y pelo rubio pero corto, con visible acento estadounidense se aproxima hacia don José y le pregunta:

—Excuse me... (Disculpe) escuchar que... ¿usted ser el Nagual?

El anciano voltea desconcertado, el varón se hace a un lado y detrás de él se asoma una mujer de casi 30 años, que le llega al caucásico a la altura de los hombros, con pelo castaño claro hasta los omóplatos, piel blanca, se quita sus gafas obscuras dejando ver sus grandes ojos azules, y con una expresión de sorpresa y con un marcado acento estadounidense expresa:

—¡Oh! ¡Esto ser increíble! usted ser el hombre que ver en mis sueños. Yo estar segura que ser real, por eso venir.

Don José al verla parece reconocerla y contesta:

—¡Vaya sorpresa! han venido el mismo día. Sí, yo fui el que se comunicó en astral con ustedes —los saluda de mano, y la estadounidense se presenta:

—Yo ser Selene Stewart, bruja sacerdotisa y venimos de Salem Oregon, E.U. Y él ser mi prometido Alexander Thomas.

—Es un gran gusto ver que han llegado a ayudarnos, pero ¡vamos! no hay tiempo que perder, en el camino les explicaré.

Responde don José, y de esa manera mientras se dirigen hacia la casa donde durmieron los gemelos y Xareni, don José los pone al tanto de los hechos. Ya una vez en la casa don les dice:

—...y eso es lo que hasta ahorita desgraciadamente ha sucedido.

—¡Yo lo sabia! —responde Lucrecia con tono de preocupación—. Desde que habed tenido aquel sueño, estaba segura de que algo muy malo se había descubierto. Y después de buscad la causa en mis cartas, usted apareció en mis sueños.

—Yo haber sabido lo mismo que usted decir —interrumpe Selene—, pero yo saberlo en una visión que llegarme en una sesión. Los espíritus revelarme que haberse liberado un peligro muy grande para la humanidad.

—Y la cosa puede ponerse peor.

Responde don José.

—¿Peor abuelo?

Le pregunta Xareni con un tono de visible preocupación, a lo que el viejo Nagual responde:

285

—Sí, porque como ya les dije, esos vampiros creados por Kamazor son diferentes a los conocidos anteriormente.

—¿Diferentes? ¿En qué forma?

Pregunta Alexander a lo que el viejo Nagual responde:

—Que son mucho más fuertes y poderosos, la noche que tuvimos nuestro primer enfrentamiento contra ellos, descubrimos que aparte de que ningún arma los daña, ni el ajo, ni la plata les afecta. Y tampoco hechizos de protección nos pudieron proteger de ellos.

—Pero… ¿Estáis hablando en serio? —responde Lucrecia preocupada—. Entonces ¿Cómo vamos a combatirlos?

—Pos' mis nietos descubrieron algo importante.

Expresa don José, a lo que Xareni se adelanta respondiendo:

—Cuando le lanzamos agua bendita al vampiro varón, creyó que le habíamos arrojado chile. Creo que le ardía o algo parecido.

—Y en cuanto empezó a amanecer, todos ellos huyeron, le temen a la luz del sol —agrega Braulio—. No sé si los daña o algo, pero huyen despavoridos de ella.

—Pero eso todavía no ser suficiente —Responde Selene—. Si no afectarles lo que mata a los vampiros comunes como la plata y el ajo ¿entonces como nosotros poder vencerlos?

—Ese es el problema —responde Citlali—. ¿Cómo vamos a vencerlos si nada de lo que conocemos los mata? Haber don José, usted ha sido el guardián de este lugar toda su vida, debería saber cómo podríamos vencerlos.

El anciano hace una pausa de unos segundos antes de responder, mientras muele unas hierbas en un "molcajete" para curarse, luego dice algo que los demás no esperaban:

—La verdad, no lo sé.

—¿Queeeeeeee? —exclama sorprendida Citlali—. Pero si usted ha sido el guardián toda su vida y... ¿no sabe cómo?

—Lo que pasa es que… ha pasado mucho, mucho tiempo, muchas generaciones de Naguales, desde la última vez que hubo el ultimo Zotsajau hace ya muchos siglos, y después de eso, nosotros solo nos dedicábamos a ahuyentar a los curiosos, y evitar que alguno lograra entrar a la cueva, contactar al vampiro y que lo convirtiera en uno, y lo logramos desde hace más de 500 años.

—Hasta ahora.

Responde el gemelo.

—Sí, hasta ahora —repite don José—. Por eso cuando reemplacé al último Nagual, jamás se me dijo como poder matar a los Zotsajau si algún día llegaran a surgir, siempre estuvimos seguros de que eso jamás volvería a suceder.

—Entonces—le pregunta la gemela preocupada—. ¿Qué hacemos? No podemos quedarnos así y dejar que sigan matando y destrozando gente, y después hasta a nosotros, tiene que haber una forma de detenerlos.

El viejo Nagual no responde en ese instante, se mantiene pensativo ante las miradas de preocupación que le lanzan los presentes, y repentinamente les dice:

—Hummm existe alguien que creo nos puede decir como vencer a los Zotsajau y a su amo Kamazor.

—¿Algún otro Nagual o brujo? ¡Pues vamos con él!

Expresa Citlali entusiasmada, pero el viejo Nagual no comparte la misma alegría y responde:

—No es tan fácil.

—¿Por qué dice eso?

—Es que ese ser… no es humano.

—¿Entonces es uno de esos "guardiancitos" del bosque?

—No, tampoco, ni es nada parecido.

—¿Entonces? ¡Vamos! Diga quién o qué es.

—Pos' al ser que me refiero es… una serpiente.

—¿Queeee? —expresa Germán desconcertado al igual que los demás—. Si no fuera porque ya vi con mis propios ojos que se transforman en animales y luego a los kalankax, pensaría que está bien drogado, pero a estas alturas, ya le creo cualquier cosa, y… ¿Qué serpiente es o qué?

—No es cualquier serpiente se trata de Kanbalkaan.

Los demás solo se mantienen desconcertados sin saber que quiere decir ese nombre, a lo que Braulio confuso le dice a su abuelo:

—Nunca nos hablaste de ese tal Kanbalkaan.

Xareni llena de curiosidad pregunta:

—¿Y acaso es una cobra, víbora de cascabel o… una anguila?

—Es el ser vivo más viejo y antiguo de este planeta, se le conoce como "el abuelo".

—¿Una serpiente abuelo? —expresa Germán—. Esto sí que es para locos.

—¡Escuchen con atención! —exclama don José con energía y autoridad—. Esa serpiente es el ser más antiguo de la tierra, sigue vivo desde la creación de los primeros hombres, por eso ha visto pasar muchas cosas, por eso es sabia, por ser tan vieja.

—Abuelo… —expresa Braulio—: ¿Y esa culebra nos va a decir como matar a los vampiros?

El viejo Nagual responde:

—Espero que sí, no tenemos otra alternativa.

—¿Y donde se encuentra? —pregunta su nieta con curiosidad.

—En "el pantano sin tiempo".

Germán al escuchar eso expresa:

—¿Pantano sin tiempo? ¡Qué mamadas!

—¡Cállate Germán! —Citlali regaña a su hermano—. ¡No seas insolente! Estas viendo la tempestad.

—Pero antes de ir —expresa el viejo Nagual—. Hay precauciones que debemos de tomar, y les voy a explicar lo que debemos de hacer.

Capítulo 32: LA SERPIENTE MISTERIOSA

Y horas después, los gemelos, Braulio y Xareni, siguen a don José por una ruta desconocida de la selva, donde descienden por una pendiente hasta llegar a una zona que todo parece cambiar radicalmente, la vegetación es cada vez más y más densa, excepto por la vereda por donde pasan, los arboles son enormes, muy frondosos y muy, muy viejos, su follaje cubre totalmente la entrada de la luz solar; por lo cual llevan unas antorchas. Llevan con ellos una pequeña carretilla donde cargan una enorme caja de madera con unos pequeños hoyos a su alrededor. Conforme se internan más, más escalofriante es el lugar, comienzan a ver vegetación muy rara:

—¡Mira Germán ésta planta! —expresa sorprendida Citlali—. Parece... de la época prehistórica, miles de años extinta ¿Cómo es que posible que aquí se encuentre como si nada?

Al escuchar eso el Nagual les dice:

—Ya estamos llegando al pantano sin tiempo, todo aquí jamás ha muerto.

Al continuar avanzando la vereda se convierte en una pequeña pendiente, que pasa sobre un enorme pantano, muy obscuro, frío, tétrico y silencioso, a lo que el viejo Nagual les advierte:

—¡Aquí esta! Éste es el pantano sin tiempo muchachitos, debo de comenzar el llamado para que Kaanbalkaan salga, por favor no quiero que se asusten ni se pongan nerviosos ¿me entienden?

—Sí, ya entendimos, no se preocupe don José.

Responde Germán con aplomo. En eso el viejo Nagual de su morral saca una especie de silbato artesanal de barro, con la forma de cabeza de serpiente y pintado del color de ese reptil, lo toma y comienza a soplar lanzando un sonido extraño:

—Sssssssssssh, sssssssss, sssssssssssss.

Se escucha como una serpiente pero, más definido. El Nagual continua con el llamado, cada vez más fuerte, pero después de unos momentos no pasa nada y dice:

—No hay señales de nada.

—Creo que, o esa serpiente de tan viejita ya se murió, o de perdis ya se jubiló jijiji.

Expresa Germán bromeando, a lo que Citlali agrega:

—O a lo mejor ya está muy sorda de tan viejita jijijiji.

—Si, jijijijiji.

También Braulio Xareni ríen, mientras que el viejo Nagual, baja deja de soplar por el extraño silbato, y con desánimo les dice:

—Creo que "el abuelo" ya no está, esto es inut….

De repente, interrumpiendo a don José, comienza a sentirse un extraño temblor que cimbra el camino donde están parados, entonces un extraño sonido se escucha proveniente de las obscuras y espesas aguas, interrumpiendo a don José.

—¿Q…que pasa? ¡Tiembla la tierra!

Expresa Braulio preocupado, a lo que Citlali alarmada dice:

—¡Huyamos antes de que sea demasiado tarde!

—¡No! ¡Esperen!

Les ordena don José, al mismo tiempo que alza su mano en señal de que se detengan, entonces de entre las negras aguas del pantano como a 15 metros alejado de ellos, algo extraño comienza a surgir, algo enorme, algo gigantesco, el grupo queda inmóvil, Citlali se abraza del brazo de su hermano, al igual que Xareni de su abuelo, el cual apunta su antorcha hacia ese lugar para preciar mejor lo que surge. Finalmente comienza a distinguirse, es una enorme cabeza de serpiente más grande que la de un elefante, que con lo ojos cerrados se yergue del fondo del pantano hasta llegar tres metros arriba que ellos, dejando ver su enorme cuerpo largo, y lleno de escamas, del grosor de un gran árbol de metro y medio de diámetro, los jóvenes solo la miran boquiabiertos, sin poder articular palabra alguna. En eso la cabeza abre sus ojos, mostrando una mirada firme, siniestra y fría, que despide un extraño brillo intimida al grupo, pero el viejo Nagual controlándose le habla:

—¡Oh! Grande y sabio kaanbalkaan, nosotros te saludamos.

Y para increíble sorpresa de todos, la serpiente sin dejar de mirarlos fijamente sacando su enorme lengua les responde:

—Sssssss ¿Quien ha osado llamarme? Humanos ineptos.

Xareni no resiste la impresión y se desmaya, los demás se apresuran a asistirla, pero don José se mantiene bajo control y le contesta al gigantesco reptil.

—Perdona interrumpir tu descanso, yo soy José Balam, Nagual guardián de la zona maldita, y ellos son mis pupilos, hemos venido a pedirte consejo.

—¿Consejo? sssssssss hace muuuuucho tiempo que ningún humano... había venido... a pedirme consejo, ya me había acossssstumbrado al olvido, pero veo que tus pupilosssssss no son muy fuertessssss.

—Perdona gran Kaanbalkaan, es una reacción normal.

—Lo sssssssé mejor que tú Nagual ssssss y... ¿porque he de darte mi conssssssssejo ingenuo humano? no tengo porque hacerlo.

—Una ofrenda por tu consejo.

—Haaaaaa ¿Un obssssssssssequio? Mmmmmm essssssso me agrada.

Y aproxima su enorme cabeza un poco a ellos, que nerviosos retroceden temerosos, a lo que la siniestra serpiente, sin dejar de sacar su lengua responde:

—¡Haaaaaaaaa! capto el olor de algo deliciossssssssso mmmmmm.

—Sí —le responde el viejo Nagual—. Es algo que sé te gusta mucho, y estamos dispuestos a dártelo si nos dices lo que queremos saber.

—Aaaaaaaaahhhh ¿me darasssssss eso que huelo? Ssssssss ¿Las dos cosas?

—¿Dos cosas? Traemos solo una.

—Sssssss ¿Cual pretendessssss darme?

Los visitantes llenos de confusión se miran uno al otro, a lo que el viejo Nagual, intuyendo problemas, discretamente se lleva su mano al morral que lleva al lado, y con desconfianza pregunta:

—¿A qué te refieres con que cual de las dos?

—Ssssssssiiiiiiii ¿A cuál de las dos me pretendes dar? tengo tiempo que no como un delicioso jabalí, ni tampoco a una deliciosa y joven virgen.

El Nagual confuso, por reflejo voltea a ver a sus compañeros, de los cuales las dos mujeres repentinamente retroceden sorprendidas y asustadas. Y en ese preciso instante, don José le responde con firmeza:

—Nosotros solo te podemos ofrendar el jabalí, ¡Jamás un humano!

—Sssssss essssssss una pena, ssssssssi me obsequian una virgen, les diré todos los secretosssssss de la humanidad ¡todosssss! secretos que nadie de su especie sabe, secretosssssss para que puedan obtener todo lo que deseen.

Todos sin dejar de proteger a las dos mujeres, se voltean a ver y el Nagual le responde.

—Te lo he dicho, solo te ofrendaremos el jabalí, y si no quieres nos iremos.

—Firme eres Nagual sssssssssss está bien, pregúntame ¿que quieressssss saber?

—Tú que has visto pasar varias humanidades y la nuestra desde el principio, dinos ¿cómo podemos matar a Kamazor y a sus Zotsajau?

—¿Kamazor? Sssssssss ¿EL señor y amo vampiro? ¿Matarlo? Jaaaaajajajajajajajaja humanos estúpidossssssss, ignorantesssssss, tontossssssss, ¡el es un dios! y a un dios ningún humano puede matar sssssssss y además el es demasiado poderoso para que le puedan hacer algo.

—Pero tiene que haber una forma de detenerlo, y han surgido nuevos Zotsajau, corremos el peligro de que Kamazor pueda liberarse y destruir a la humanidad, debemos evitarlo a como dé lugar.

El Nagual le responde desconfiado pero la enorme serpiente, solo los mira unos instantes y enseguida les dice:

—No pueden matar a Kamazor, es inmortal sssssss pero si una vez lo han podido detener, entoncessssssss, ssssssse pueden volver a hacerlo.

—¿Pero cómo? Ni a los Zotsajau les hemos podido dañar con ninguna de las armas más modernas, ni mis formulas mágicas han podido hacerles ningún daño.

—Como dije, no lo podrassssssssss matar, pero si detener, pero a los Zotsajau si puede haber algo que los destruya, solo piensen estúpidos humanossssssssss, tienen cerebro y no lo usan, es muy sencillo, ssssssssssolo piensen que Kamazor ha vivido en la obscuridad durante mucho, mucho tiempo, tanto que ssssssssse ha hecho parte de ella y ella de él ¿Que lo puede detener? ¿Qué lo puede vencer? Sssssssss ¿Que detiene y disipa a la obscuridad?

—Aaaaaaaa siiiiiiii ¡la luz! ¡La luz del día! ¿Pero con qué arma podemos atacarlo a él y a sus Zotsajau?

—Sencillo tonto Nagual, así como el sol vence a la obscuridad, todo lo que pertenece al sol, vencerá a los habitantes de la obscuridad. Sssssss tu pregunta ha sido respondida humano inepto ¡vamosssssssss! ¡Dame ese delicioso jabalí!

En eso los varones tratan de abrir la caja que lleva al animal dentro, pero el viejo Nagual los detiene con una señal de su mano.

—¡Esperen! aún no.

—¡Dámelo ya! —responde colérica la enorme serpiente —. ¡O los devoraré a todos!

—¡Alto!

Y en el momento que el viejo Nagual dice eso, saca de su morral otro silbato de barro de forma de águila, el cual rápidamente comienza a soplar produciendo un sonido imitando el chillido de esa ave, y provoca que la serpiente retroceda gritando y retorciéndose de dolor.

—¡Ese sonido! ¡Cállalo! ¡Cállalooooo!

—¡No! —responde categórico don José —. Hasta que hayamos salido, no trates de atacarnos, y… gracias por tu consejo.

En eso rápidamente les indica a los demás que le amarren una soga a la puerta de la caja, y se llevan una punta de esta, el viejo Nagual es el ultimo en retirarse y al último deja de silbar, desde lejos le jalan a la soga que abre la caja logrando que el jabalí salga. La serpiente deja de retorcerse, entonces rápidamente se abalanza sobre el animal devorándolo de un solo bocado. Para enseguida regresar al interior del pantano.

Mientras los humanos corren a toda velocidad sin detenerse hasta verse fuera de esos dominios, agitados por la veloz carrera viéndose ya a salvo, se detienen para recuperar el aliento, sudorosos y agitados y dando bocanadas de aire.

—Esto… no me lo va creer ni mi madre uffffff.

Responde Germán, tratando de recuperar el aliento, a lo que don José agrega:

—Tenemos que descifrar lo que nos dijo Kanbalkaan de cómo combatir a Kamazor y a sus Zotsajau.

Don jose y sus jovenes seguidores reanudan el regreso a su guarida.

Más tarde, ya dentro de la casona del pueblo, tratan de descifrar lo que les dijo la serpiente.

—El sol, el sol —repite don José—. Dijo que todo lo que pertenezca al sol…hummm ¿y qué es lo que pertenece al sol?

—Pues la luz solar.

Responde Xareni.

—Sí, pero no podemos sacar a Kamazor a que tome el sol, antes de intentarlo nos despedaza.

Contesta Braulio a lo que don José dice:

—¿Qué cosas son de sol? Hummm o mejor dicho… ¿serán las cosas que están consagradas al sol? ¡Espera! ¿Qué cosa decimos que brilla como el sol?

—No sé, hummm ¿El fuego?

Responde Xareni.

—¡Algo más! algo diferente.

—Que brilla como el sol…. el ORO.

Dice Citlali, a lo que don José jubiloso responde:

—¡Exacto! ¡el oro es el metal del sol!

A lo que Germán responde:

—Siiiiiiii, hasta su nombre científico lo dice: Aurum, que significa Aura, luz solar.

—¡Fabuloso! ¡El oro! ¡Qué bueno que se me ocurrió!

Expresa jubiloso don José, a lo que los gemelos y los nietos del Nagual, solo se miran uno al otro desconcertados, voltean a ver a don José y se disponen a reclamarle, cuando éste se adelanta diciendo:

—¡Pronto! tenemos que conseguir oro a como dé lugar, y fabricar nuestras armas para vencer a los vampiros.

—Pero ¿por qué no vamos en el día a esa cueva y ahí los matamos? A lo mejor los agarramos durmiendo.

Pregunta Servando, que junto con los demás recién llegados se había mantenido callado, a lo que don José les dice:

—No estamos seguros si los Zotsajau duerman de día como los demás vampiros, pero creo que sería muy peligroso ir, pos' dentro se encuentra su amo Kamazor, yo había pensado primero acabar con los Zotsajau para después agarrar solo a Kamazor. Sin sus soldados sería más fácil creo. Pero por lo pronto tenemos que ponernos manos a la obra, no hay tiempo que perder, ¡Braulio! Tú, Xareni y los gemelos busquen oro en el pueblo para hacer armas para los que no pueden transformarse, mientras yo llevaré a nuestros amigos al cerro del Nagual para enseñarlos.

Y así don José conduce a los extranjeros al cerro del Nagual, mientras que sus nietos y los gemelos se dispersan por el abandonado pueblo en busca de joyas de oro.

Pero Citlali tiene una idea y antes de que Xareni salga, le dice:

—¡Espera! primero debemos buscar en esta casa, presiento que aquí encontraremos algo.

Y comienzan a buscar en la casona, después de algunas horas Germán y Braulio regresan desanimados y con un pequeño puñado de joyas en sus mano, con molestia y desanimo Germán le llama a su hermana:

—¡Citlaliiiii!

Ella y Xareni acuden, y al momento la gemela le pregunta:

—¿Encontraron algo?

Por respuesta su hermano y Braulio les muestran un pequeño par de joyas, al mismo tiempo que Germán dice:

—Esto no será suficiente.

Pero las mujeres con una expresión de optimismo les muestran un enorme cofre de madera negra al cual le han roto la cerradura y sin decir nada solo lo abren y les muestran. Y para sorpresa de los varones, está lleno de joyas y monedas de oro a lo que la gemela responde:

—Les dije que de seguro aquí habría muchas, encontramos este cofre muy bien escondido en una de las habitaciones.

—¡Woaooooo! bueno, creo que esto será más que suficiente.

Responde Germán y así comienzan a manufacturar sus armas de manera artesanal. Al gemelo se le ocurre una idea, toma un trozo de madera, lo talla y le comienza a incrustar medallas de oro en los costados a lo que su hermana le dice:

—¿Que es lo que haces?

—Un macuahuitl como el de los aztecas; pero en vez de piedras de obsidiana, le estoy poniendo medallas de oro que después afilaré, perdón madrecita pero ahora nos ayudarás de esta manera.

Expresa Germán al momento que toma una medalla de oro que contiene grabada la virgen de Guadalupe, le da un beso antes de incrustarla en el costado del madero que parece una gruesa espada. Después Xareni saca del cofre un enorme carrete de hilo de oro y confusa expresa.

—¡Miren! hasta hilo de oro hay aquí ¿para que servirá?

—¡Oh! —con sorpresa Germán responde—: ese hilo es utilizado para bordar trajes de charro y hasta adornos en rebozos de las escaramuzas de Adelitas. ¡Ese me servirá! Miren encontré reatas de charrería.

Saca las sogas y comienza a introducirles dentro del tejido ese delgado alambre de oro. Y comienzan a forjar sus armas que les serán muy útiles.

Mientras en el cerro del Nagual, don José da instrucciones a las dos parejas, a lo que Lucrecia dice:

—Pues…yo sabed un poco del arte del cambio de forma, y me he podido transformar en un feroz lobo, digo… loba y… en buitre, pero solo en luna llena y por un corto periodo, como por media hora.

—Yo igual —responde Selene—, poderme transformar en halcón, una vez transformarme en puma, pero solo aguantar así por casi una hora y solo en luna llena.

—Entonces será más fácil para ustedes, yo les enseñaré como transformarse por más tiempo y en más formas, y los varones… no me han dicho si se han transformado o no.

A lo que Servando dice:

—Yo me he mantenido alejado de eso, Lucrecia es mi esposa claro, pero yo no ejerzo ningún arte mágico como ella.

—Yo si ser brujo también —responde Alexander—, pero no llegar al nivel de cambio de forma, me parece muy difícil y peligroso.

—Pos' les recomiendo que lo aprendan y lo intenten —responde don José—. Es necesario para poder combatir a los Zotsajau ¡vamos! les enseñaré.

Y mientras don José los adiestra en el arte del Nagual, transcurre el día. Ya por la tarde los gemelos, Braulio y Xareni llegan con ellos, y con las armas que han fabricado, las cuales les muestran a los demás. Sacan un arco y flechas y Alexander expresa:

—¡Oh! Yo practicar tiro con arco, no fallar, dejarme tenerlo.

Y de esa manera se lo proporcionan, Servando toma una larga lanza con la punta de oro a lo que dice:

—Yo habed sido picador en las corridas de toros, y con esta lanza atravesare a unos de esos vampiros, claro que sí.

—¿Y tu Germán? —le pregunta don José—. ¿Cuál arma hiciste para ti?

Como respuesta, el gemelo se mantiene callado y solo saca del costal lo que será su defensa y ataque, dejando a los demás boquiabiertos.

—Un… macuahuitl.

Dice Braulio con asombro y agrado al ver el arma de Germán, que blandiéndola un poco dice:

—¡Esta! es mi arma.

—Bien, pero falta una cosa —dice don José—. Necesitamos que esas armas sean purificadas y bendecidas con la energía solar del gran Kukulkán, necesito llevarlas a su pirámide, y serán más mortíferas contra los vampiros.

—Pero está muy lejos, hasta el estado de Yucatán.

Responde Xareni a lo que su abuelo le responde:

—Volando podré llevarlas y regresar a tiempo, no se preocupen, antes de que obscurezca, ya estaré aquí. Pero antes de eso, mientras es de día, tenemos que recibir la bendición del sol para que su energía solar nos fortalezca para la batalla contra los vampiros. Y cuando nos transformemos podamos hacerles un daño mortal.

Don José junto con sus nietos hacen que los demás se reúnan en círculo, el viejo Nagual hace una extraña ceremonia: en medio de todos ellos danza y toca una flauta de madera junto con su pequeño tambor, en eso con las instrucciones que les dio, los demás con la cara al sol pero los ojos cerrados, alzan sus manos y respiran profundo, de repente todos ellos comienzan a sentir un extraño calor que los cubre y luego penetra en sus pechos llenándolos de un extraño calor que de repente los desconcierta pero el Nagual les dice:

—No teman, que es la energía solar, dejen que ese calor los cubra y llene —experimentan algo muy extraño pero maravilloso, el viejo Nagual da por concluido el ritual, deja de tocar y dice—: Ahora abran sus ojos.

El grupo al hacer eso, se miran a sí mismos y a los demás como una especie de aura luminosa los rodea a cada uno de ellos para poco a poco disiparse, dejándolos llenos de energía, sintiéndose alegres, llenos de entusiasmo y valor. A lo que Germán le dice a su hermana:

—¿Lo sentiste? Esto es increíble.

—Siiiiiii —responde su gemela—. Y maravilloso.

—Esto ser puro poder solar.

Dice Selene mientras empuña sus manos con una sonrisa en su rostro.

—Como lo dijiste Selene, es poder solar, que les ayudará para combatir las sombras.

Después de responder eso, don José se transforma en águila real, con sus garras toma el costal con las armas y alza el vuelo ante las miradas de los demás.

Capítulo 33: ATAQUE A LA CAVERNA

Parece que el tiempo transcurre con mayor velocidad y cuando menos se cree, cae la noche. Los sobrevivientes de la pequeña ranchería se reúnen en la plaza, suman más de treinta personas, en su mayoría ancianos, mujeres, adolescentes y solo unos cuantos hombres adultos. La gran mayoría están armados con antiguos rifles de cacería, machetes, herramientas de trabajo, y algunas lámparas de distinto tipo. Un hombre de unos 38 años de edad, corpulento, piel morena, de mediana estatura, que porta un sombrero blanco llamado "texana", lleno de dolor y furia alza su machete y se dirige a los demás:

—¡No debemos de permitir que esos pinches vampiros regresen otra vez a matarnos! sé que todos tenemos miedo… pero si no hacemos nada, volverán y acabarán con los que quedamos. Ya sabemos donde se esconden, es en una cueva en la zona maldita, yo conseguí dinamita—. Al decir eso muestra un manojo de cartuchos de TNT—. Debemos de ir allá a volar esa cueva para deshacernos de ellos.

—¡Pero es en la zona maldita! Dicen que nadie regresa vivo de allá.

Expresa otro hombre, al que le responde:

—¿Acaso quieres quedarte aquí a esperar a que lleguen y te despedacen como a tus hermanos? Si nos quedamos aquí de todos modos nos matarán, regresarán y regresarán hasta no dejar uno solo vivo, pero si vamos, tal vez logremos derrumbar la cueva y así esos vampiros ya no podrán salir y morirán dentro ¿quién va conmigo?

Los pobladores llenos de indignación responden afirmativamente al unisonó, a lo que el hombre de la dinamita les dice:

—Entonces ¡vamooooooooos!

Y con esa declaración, el nutrido grupo de personas lanzando expresiones de odio contra los vampiros, avanzan a pie para internarse en la selva rumbo a la cueva. Xareni que va llegando al poblado por encargo de su abuelo, observa lo que está pasando y sorprendida expresa:

—¡No puede ser! tenemos que evitar que vayan a la cueva, sino los vampiros los atacarán —rápidamente corre hacia ellos y les grita—: ¡No vayan! ¡Serán presa fácil de los vampiros! ¡No vayan!

—¡Ustedes no sirven para nada! Mejor lárguense de aquí ¡vamos! no escuchen a la nieta del Nagual.

Y el grupo de pobladores siguen en su avance, hasta que en ese instante frente de ellos, aparece un jaguar, es Braulio, que cerrándoles el paso les habla amenazante:

—¡No vayan! quédense en sus casas, nosotros nos encargaremos de los vampiros.

Pero por respuesta recibe insultos y abucheos, y varios aldeanos comienzan a lanzarle objetos mientras exclaman:

—¡Quítate pinche Nagual bueno para nada!

—¡Siiiiiii! ¡Que se quite a la chingada! ¡No sirven para nada!

—Preferimos morir luchando que esperar a que nos maten encerrados en nuestras casas.

Braulio esquiva los objetos que le arrojan, y mejor opta por alejarse de ahí con agiles saltos y rugidos, para dejar el paso libre a los pueblerinos que no dejan de lanzar expresiones de furia, mientras con paso firme se dirigen hacia la cueva.

—¡Muerte a los vampiros! ¡Muerte a los vampiros! ¡Muerte a los vampiros!

—¡Tumbemos la cueva! ¡Tumbemos la cueva! ¡Tumbemos la cueva!

Mientras que Braulio en jaguar llega junto a su hermana y le dice:

—¡Maldita sea! ¡Gente necia! no los pude detener, ganas me dieron de atacarlos para que huyeran y no fueran.

—Recuerda lo que nos dijo mi abuelo, no debemos atacar a las personas, será mejor decirle de inmediato lo que aquí está sucediendo.

Se transforma en tecolote y alza el vuelo rumbo al cerro del Nagual seguida por su hermano.

Mientras en la cueva, los vampiros colgados de cabeza duermen plácidamente mientras Kamazor yace sentado en su trono. Pero de repente, un pequeño murciélago-vampiro entra en la cueva y se dirige al interior del templo, Kamazor que escucha su aleteo acercarse, levanta su rostro y descubre al pequeño mamífero que se aproxima hasta su oído y con su peculiar chillido le comunica algo que el gran vampiro entiende muy bien, a lo que expresa:

—Jajajajajajaaa… ¡Despierten Zotsajau! que tienen que actuar.

Los vampiros abren sus ojos y descolgándose del sombrío techo cavernoso, rápidamente acuden, a lo que Xóchitl pregunta:

—¿Qué es lo que pasa amo?

El temible vampiro con su cavernosa voz expresa:

—Los aldeanos vienen camino a la cueva, esos estúpidos humanos pretenden llegar para destruirla con lo que llaman dinamita y así sepultarnos, ellos no saben que vienen a su propia muerte ¡vayan! —con su brazo señala hacia la salida del templo—. ¡Y acaben con ellos! Que no quede uno solo vivo, que la comida viene a nosotros jaaaajajajajajajaja.

Los Zotsajau rápidamente se transforman en vampiros-animal y alzan el vuelo saliendo intempestivamente del templo y de la cueva.

Por otro lado, Xareni en tecolote llega al cerro del Nagual, rápidamente se transforma en humana y con voz agitada dice:

—¿No ha llegado mi abuelo?

—Aún no ¿y tú por qué vienes tan preocupada?

Le pregunta Germán mientras que en ese instante llega Braulio, a lo que Xareni expresa:

—Un gran grupo de gente del pueblo va camino hacia la cueva de los vampiros. Quieren volarla en pedazos con dinamita.

—Pero los Zotsajau no lo permitirán y los matarán a todos ellos, esa estúpida gente no piensa que contra esos vampiros van a una muerte segura.

Expresa preocupado Braulio, a lo que Germán repentinamente dice:

—¡Con una chingada! La gente en su desesperación no piensan bien, pero nosotros somos los culpables por no haberlos podido ayudar la primera vez.

—Por eso tenemos que ir a defenderlos.

Expresa Braulio, a lo que Germán responde:

—Pero tenemos que esperar a don José a que llegue, no podemos arriesgarnos a ir así.

Mientras que Xareni expresa:

—Le lanzaré un mensaje telepático a mi abuelo, para decirle lo que está sucediendo.

La jovencita se sienta en el suelo, cruza los pies, se lleva sus dedos índices de ambas manos a sus sienes y cerrando los ojos se concentran. Mientras que don José transformado en águila vuela rumbo al cerro del Nagual, llevando en sus garras la bolsa con las armas ya preparadas. En ese momento llega a su mente el mensaje de Xareni, se sorprende y alarmado exclama:

—¡Esa gente va a una muerte segura!

Y enseguida emite un chillido de águila y acelera el vuelo.

Mientras que en el cerro del Nagual, Xareni le dice a los demás:

—¡Ya recibió mi mensaje! ya venía en camino pero acelerará el vuelo, creo que en pocos minutos estará aquí.

A los demás llenos de desesperación, solo les queda esperar.

Mientras que en el camino a la cueva maldita, los aldeanos se sienten envalentonados reunidos en un gran grupo, mientras avanzan gritando al unísono:

—¡Muerte a los vampiros! ¡Muerte a los vampiros!

Al mismo tiempo que blanden sus antorchas, linternas y armas, mientras uno de ellos porta en su mano derecha los cartuchos de dinamita. El grupo es nutrido, y decididos caminan a lograr su cometido.

Pero no muy lejos de ahí, a casi un kilometro de los aldeanos, en la cúspide de un cerro con un precipicio de más de 300 metros de altura, iluminado por la luz de la luna roja que atemorizante se yergue en medio del cielo en toda su plenitud, se alcanzan a visualizar tres sombras de forma humanoide, ¡son los Zotsajau! que apacibles y en silencio, pero con mirada perversa observan el avance de los pueblerinos. Entonces uno de los aldeanos presiente que los observan, y con los binoculares de visión nocturna que lleva, mira hacia esa pendiente y se alarma al descubrir a los Zotsajau, por la sorpresa inconscientemente suelta los prismáticos que caen al frondoso suelo, mientras con su índice tembloroso, señala hacia ese lugar y grita con pánico:

—¡L...los vampiros! ¡ALLA ESTAN LOS VAMPIROOOOS!

Sus compañeros voltean hacia donde señala, y con la luz de la luna descubren a lo lejos las siluetas de los peligrosos Zotsajau, ante tal fenómeno se desconciertan y no saben qué hacer.

Pero en ese momento los vampiros, con sus agudos sentidos se dan cuenta que han sido descubiertos y Xóchitl con voz fuerte y amenazante expresa:

—Ya nos vieron esos imbéciles ¡Aldeanos estúpidos! ¡Han llegado a su muerte! Jaaaaaaajajajajajajajaja.

Stephanie con tono irónico y no menos perverso expresa:

—La comida ya llegar a nosotros jeeejejejeje.

Y Fermín agrega:

—Y también el postre mmmmmm.

—¡Que no quede uno solo vivoooooooo!

Grita Xóchitl al mismo tiempo que se arroja al vacío, los otros dos inmediatamente la siguen, y cuando van cayendo se transforman en los enormes y espantosos vampiros-animal y alzan el vuelo temerariamente sobre los arboles, la luna brilla en todo su esplendor con un rojo fulgor, parece complacida vaticinando una horrenda y cruel carnicería. Los aldeanos al verlos volar hacia ellos, el valor se les esfuma de golpe, saben de lo que son capaces esos vampiros y presienten su trágico final, uno de ellos lleno de miedo grita:

—¡Los vampiros nos atacan! ¡Huyaaaaaaaaaan!

El terror los invade hasta los huesos y cunde el pánico, el grupo de personas huyen despavoridas por salvar sus vidas. Los vampiros, rápidamente comienzan a sobrevolar la estampida de personas que, gritando aterradas corren hacia todos lados. Mientras gracias a la luna, los Zotsajau reflejan sus enormes sombras cubriendo momentáneamente a sus victimas, entonces descienden para pasar como bólidos sobre las cabezas de los aldeanos con tal fuerza que derriban a varios de ellos. Mientras que otros, con mano temblorosa les disparan con sus rifles, unos erran, otros dan en el blanco, pero a los feroces vampiros no les causa ni el menor daño, los más jóvenes corren con más velocidad, pero los más viejos por más que se esfuerzan se van quedando atrás, otros internándose en la vegetación de la selva tratan de escabullirse, pero para los agudos sentidos de los vampiros es inútil.

Entonces los enormes Zotsajua regresan, la gente se encuentra dispersada tratando de salvar sus vidas, buscan huir y esconderse de sus atacantes en la espesura de la vegetación. Xóchitl volando persigue al hombre que porta la dinamita, el cual al verla corre con todas sus fuerzas, pero de repente tropieza y cae pesadamente, y suelta los cartuchos de TNT que lleva en la mano. La vampira-animal desciende y se transforma en vampira humana, entonces con una siniestra sonrisa en su rostro, camina con lentitud hacia el individuo, el pobre hombre aún tirado en el suelo, aterrado solo mira como la temible vampira toma la dinamita, la contempla y dice:

—¿Y con esto pretendían derrumbar la cueva? y... ¿Creías que con esto lograrán detenernos? Pobres imbéciles jajajajajajajaja.

Le quita la mecha a los cartuchos y los arroja con tremenda fuerza por los cielos hasta que caen al rio que se encuentra a pocos metros de ahí, ante la mirada de miedo del individuo que difícilmente se levanta para seguir huyendo, pero comienza a cojear, pues sin esperarlo en la caida se ha lastimado una pierna. Y con una expresión de pánico voltea y la mira acercarse peligrosamente y con voz desesperada y temblorosa le grita:

—¡No te me acerques maldito demonio!

En medio de su desesperación recuerda algo y de entre sus ropas, con rapidez saca un revolver .38, y con su mano temblorosa le apunta, mientras que la vampira con cínica tranquilidad camina hacia él, el cual torpemente retrocede sin detenerse, ella de forma burlona le dice:

—Jajajajajaaaaa, no soy demonio, yo soy ¡VAMPIRA! soy ¡una ZOTSAJAU!

El tipo al ver que ella no detiene su avance, lleno de pánico se voltea y le dispara: ¡Bang! ¡Bang!

Las balas se estrellan en el pecho de la feroz vampira, que se sacude muy levemente ante los impactos, pero ya no le da importancia, solo sigue avanzando mientras que el atemorizado hombre sigue descargando su arma sin cesar, hasta que ella llega a su alcance y con ferocidad le ruge:

—GRUUUUUUAAAAAAAAARRRRRRRRR

Y enseguida se lanza sobre él, haciendo que el desafortunado hombre lance un enorme grito de dolor al sentir que le desgarra el cuello con fuertes mordidas.

—¡Aaaaaaaaaarrrrrggggggggggg!

Siendo lo último que exprese antes de perder la vida de manera tan cruel y dolorosa.

En la huida, un hombre de 30 años, mientras sostiene en su cabeza con una mano su sombrero de paja, voltea hacia arriba y observa uno de los enormes vampiros que se dirige hacia él, le apunta con su rifle pero cuando está a menos de quince metros de distancia, le dispara dándole en el pecho pero sin causarle daño alguno. A lo que este horrendo vampiro expresa:

—Jajajajajaja ¡estúpidos mortales! Todavía ustedes no aprender que sus armas ser inútiles contra nosotros.

Es la voz de la rubia, pero el individuo en medio de la desesperación sigue disparando, pero se ha quedado sin balas, solo un vacio clic se escucha al accionar el gatillo, desesperado suelta el rifle, y con mano temblorosa saca su machete y lanza varios tajos al aire junto con gritos de desesperación y angustia, frente a la vampira que la tiene solo a un par de metros, como para impedir que lo ataque, a lo que ella expresa:

—Tú ser un estúpido, ¡GRUUUUAAAAAARRR!

Y se lanza sobre el hombre con tal fuerza que lo embiste haciendo que suelte su machete y ruedan por el suelo, el individuo por el impacto pierde el sentido, Stephanie convertida en vampiro humana, termina sobre él, y sin miramientos le muerde varias veces la yugular de forma tan brutal que le destroza el cuello, prácticamente lo decapita, y enseguida bebe la sangre que sale a borbotones del cuerpo ya sin vida del desafortunado aldeano.

Mientras que por otro lado de la selva, una jovencita de 17 años, sollozando de pavor corre entre la densa vegetación, en la desbandada ha perdido a sus padres, voltea al cielo y mira a lo lejos la silueta de uno de los enormes vampiros animal (Fermín) tal parece que la sigue, ella llena de pánico corre a todo lo que puede, de repente se encuentra con un entrelazado de ramas que forman un enorme arbusto parecido a un techo de hojas, en el cual sin pensarlo dos veces, se arroja rápidamente y se introduce debajo de este, se mantiene sin moverse y contiene su respiración lo más que puede para evitar ser descubierta, aunque su corazón late tan fuerte que parece a punto de estallar, se esfuerza por no hacer ni el más mínimo ruido, y desde un pequeño hoyo de entre las ramas, mira como el temible vampiro, volando la pasa de largo sin lograr descubrirla, una vez que ella lo pierde de vista por completo, sale del enramado lo mas sigilosamente posible y sin dejar de mirar hacia donde perdió de vista al enorme vampiro, opta por escapar del lado contrario, y en cuanto se voltea para huir, grande es su sorpresa al ver frente a ella a Fermín en su forma humana, eso hace que se detenga bruscamente antes de impactarse contra él, se queda sin aliento, helada, inmóvil de miedo con los ojos muy abiertos solo lo mira, traga saliva, lentamente retrocede unos pasos, su labio inferior tiembla, mientras que Fermín en tono muy relajado pero irónico le expresa:

—¿Creéis que podéis esconderte? jajajajajajaaaa no podéis escapar de un vampiro, menos de uno como yo jejejeje.

—Nnnn... ¡noooooooooo!

La adolescente difícilmente logra reaccionar, grita y rápidamente se voltea para huir. Pero en ese preciso instante, de un rápido y largo salto el vampiro se lanza sobre ella y la atrapa por la espada, con una mano la toma del talle con brusquedad y con la otra le agarra de los cabellos que nacen de la parte de arriba de la frente y le jala los cabellos con brutalidad el deseo de Fermín se exalta al ver ese cuello joven y tierna, donde la yugular palpita vigorosamente, e ignorando los fuertes gritos de auxilio de su víctima, y que al mismo tiempo forcejea desesperada, pero ante la tremenda fuerza del vampiro es inútil, que lleno de lujuria sangrienta, abre sus fauces y le asesta una brutal dentellada en la zona de la yugular, y le arranca el trozo de tierna piel, que ávidamente engulle sin siquiera masticarlo, y enseguida se dispone a beber la sangre que sale a chorros del cuello de la jovencita que lanza gritos desgarradores de dolor, ella manotea y patalea inútilmente ante la descomunal fuerza del vampiro que sin detenerse succiona la tibia y joven sangre de su víctima. Los desgarradores gritos de dolor se van haciendo cada vez más y más débiles, hasta ya no escucharse completamente.

Momentos después, Fermín se chupa los dedos llenos de sangre al mismo tiempo que dice:

—Esta jovencita estaba deliciosa, mmmmm, jejejeeee.

Y después de decir eso, da un enorme salto para en el aire transformarse nuevamente en vampiro animal, alzando el vuelo en busca de más víctimas. Mientras en el suelo yace solamente la cabeza y los intestinos de la jovencita, pues la ha devorado por completo.

Y de esa manera, los pobres aldeanos uno a uno caen en las garras y colmillos de los sanguinarios vampiros que no escatiman en atacarlos a diestra y siniestra, los aldeanos no pueden esconderse de ellos, fácilmente los persiguen, los encuentran, y los atacan despiadadamente, para los sanguinarios vampiros ese momento es como una fiesta, y felices se dan un gran festín a placer.

En la selva solo se escuchan los terribles rugidos de los vampiros y los desgarradores alaridos de terror y dolor de los aldeanos que son victimados uno a uno y muy rápidamente.

Tales gritos llegan hasta los oídos de los Naguales que impacientes aún esperan a don José, Citlali desesperada y angustiada expresa:

—¡Están matando a los aldeanos! ¡Tenemos que hacer algo!

—Ya lo sé, pero debemos esperar a que llegue mi abuelo.

Le responde Xareni también visiblemente muy preocupada, y Lucrecia expresa:

—Pero os habéis dicho que en unos minutos estaría aquí, pero cuando llegue, esos vampiros habed acabado por completo con toda esa pobre gente.

En ese preciso instante se escucha una voz:

—No tan rápido muchachitos.

Es don José, que en ese instante lo ven llegar en su forma de águila, suelta el bolso que lleva, dejándolo caer al pie de sus pupilos, para enseguida aterrizar y pararse en un tronco frente a los demás, Braulio lleno de preocupación le expresa:

—¡Abuelo! ¡Los aldeanos están siendo masacrados por los Zotsajau!

—Sí, ya lo sé, esas personas presas de la desesperación se les han entregado en "charola de plata" a los vampiros, ¡pronto! por favor denme un poco de agua.

—¿No vas a volver a tu forma humana?

Le pregunta Braulio, mientras que Xareni le lleva agua en un recipiente de barro, don José antes de beberla responde:

—¡No hay tiempo! Y perdería energía para lograr mis tres oportunidades de transformarme por día. Tomen las armas y prepárense ¡rápido! Vamos a pelear contra los Zotsajau, pero esta vez... los vamos a vencer —en eso se dirige a los extranjeros y les dice—: Y otra ¡vez les digo que les agradezco infinitamente que hayan venido a arriesgar sus vidas por ayudarnos.

—Es un honor señor Nagual —le responde Lucrecia—. Y nuestro deber es hacer todo lo que podamos por impedir que esos vampiros atacasen a la humanidad.

—Para nosotros será la segunda vez que los enfrentemos —agrega el viejo Nagual en momentos que bebe el agua—, pero para ustedes será la primera, de una vez les repito: esos vampiros son muy diferentes a los que se ha conocido antes, tengan mucho cuidado, recuerden lo que les expliqué, y ahora… ¡prepárense!

Mientras Germán, Servando y Alexander que aún no pueden convertirse en animales, toman sus armas, el tapatío el macuahuitl, el español toma la punta de oro, la incrusta en una larga lanza de madera que ha hecho, y Alexander toma el arco y flechas. Citlali, Xareni y Braulio se transforman en jaguares pero la gemela con la particularidad de que elige ser una feroz pantera negra (jaguar), Selene usa su propio método, se desnuda completamente dándole la ropa a su esposo para ponerse de pie, alza la mirada y brazos hacia la luna y con una voz fuerte y firme exclama:

—¡Oh gran madre Luna! Yo, tu hija solicita tu ayuda para… ¡Transformarmeeeeeeehhh!

Sin bajar los brazos cierra sus ojos, su respiración se acelera, y de repente se inclina llevándose las manos al abdomen quejándose de un fuerte dolor, y no puede evitar gritar:

—¡Aaaaaaahhh!¡Aaaaarrrgggggghh!

Cae al suelo retorciéndose ante los atónitos ojos de los demás, Servando quiere decir algo pero Alexander les hace la señal de que se calmen, que todo está bien, mientras que Selene grita, se revuelca en el suelo con las manos en el estomago hasta que de repente su grito cambia de tono:

—¡AAAARRRGGGRRRRUUUUAAARRRR.

Transformándose en un feroz rugido felino, su cuerpo comienza a cambiar, todo su cuerpo se cubre de pelo café dorado, sus extremidades y su cabeza comienzan a cambiar de forma, y en pocos segundos, se convierte en una enorme puma que se incorpora y dice:

—¡Estar lista para esos vampiros! —abre sus ojos de sorpresa y expresa—: ¡Puedo hablar! Jajajajaja gracia a sus consejos don José, puedo hablar, nunca antes lo podía hacer en forma de animal

¡GRUUUAAAARRRRRR!

—Ahora seguid yo.

Exclama Lucrecia que también ya se ha desnudado por completo, mirando la luna llena, acelera su respiración y los latidos de su corazón, poniendo sus rodillas y palmas de las manos en el suelo comienza a aullar como lobo:

—¡Auuuuuuuuuhhh! ¡Auuuuuuu! ¡Au! ¡au! ¡auuuuuuuuu! ¡Auuuuuuuuuuu!

Y sorprendentemente como a Selene comienza a crecerle pelo en todo el cuerpo, pero de un color marrón y negro, y de mayor tamaño, y sorprendentemente, su aullido cambia al de un verdadero canino, su anatomía da lugar a la forma de una verdadera, enorme y temible loba. Y una vez en ese aspecto habla:

—¡Que esperamos!

Germán, Servando y Alexander reponiéndose de la impresión corren a montar sus caballos.

—¡Ahora sí! ¡Sobre los vampiros!

Expresa el gemelo, haciendo relinchar y reparar a su caballo mientras blande su macuahuitl. Don José en su todavía forma de águila, solo expresa:

—¡Se llego la hora de pelear muchachitos!

Y alza el vuelo lanzando los chillidos característicos del águila, y arrancan rumbo al encuentro de sus sanguinarios enemigos, los temibles Zotsajau.

Capítulo 34: BATALLA EN LA SELVA

Los vampiros continúan persiguiendo y cazando a los aterrados pobladores a diestra y siniestra, que en medio de gritos y sollozos huyen despavoridos, arrepintiéndose mil veces por haberse atrevido a desafiarlos, y uno a uno mueren de una forma muy cruel y salvaje bajo las fauces de los sanguinarios Zotsajau que con carcajadas perversas, los atacan sin piedad y sin cesar bajo la luz de la gran luna roja que en silencio contempla la sanguinaria y cruel carnicería. Del nutrido grupo que eran los aldeanos, en estos momentos solo restan alrededor de 15, entre adolescentes, adultos y ancianos; que corren despavoridos tratando de perderse de la vista de los perversos vampiros; pero los aterrados aldeanos en su afán de escapar no se dan cuenta que poco a poco los Zotsajau los van conduciendo hasta una larga orilla de un enorme barranco donde abajo se localiza el río, los pobladores al llegar ahí quedan acorralados; asustados y exhaustos se juntan entre sí en un solo grupo, miran hacia todos lados y descubren que ya no hay más paso adelante, en esos instantes se dan cuenta que han caído en una trampa, y al escuchar unas perversas carcajadas hacia sus espaldas asustados voltean:

—Jaaaaaajajajajajajaaaa.

Son los Zotsajau, que a unos veinticinco metros de distancia de ellos, descienden en su espeluznante forma de enorme vampiro-animal y cuando tocan tierra regresan a su forma humana, mientras uno de los pobladores lleno de terror expresa:

—¡Nos han acorralado! ¡Estamos perdidos!

Los temibles vampiros sabiéndose dueños de la situación avanzan lentamente hacia ellos con paso relajado, confiado y con una perversa sonrisa en sus labios que deja ver sus filosos colmillos aún escurriendo de sangre y gozando con el horror que causan en sus víctimas que gritan de pavor al verlos aproximarse, a lo que Xóchitl con mirada amenazante expresa:

—¿Con que pretendían derrumbar la cueva con dinamita?

—¡JAAAAAAAAJAJAJAJAJAJAJA!

Los tres vampiros ríen al unisonó, y Xóchitl prosigue:

—¡Estúpidos mortales! Ahora ¡MORIRAN!

—Y serán el postre de la noche jejeje.

Sentencia perversamente Fermín al tiempo que se pasa la lengua por los labios. Con tales respuestas, los vampiros se acercan cada vez más hacia sus víctimas que aterradas se abrazan entre ellas, no tienen escapatoria, saben que están perdidos, la mayoría lloran al sentir que morirán irremediablemente, mientras con miradas llenas de miedo observan como a los vampiros les crecen amenazantes las garras de sus manos al mismo tiempo que y abren sus fauces con feroz expresión, se disponen a atacar cuando de repente:

—¡GRUUUUUUAAAAAAAAARRRRRRRR!

—¡Iiiiiik! ¡Iiiiiiiiik!

—¡Arre! ¡árreeeeee! ¡ája! ¡ájaaaaaa!

A lo lejos se escucha un gran rugido de jaguar junto con extrañas exclamaciones, tanto los aldeanos como los vampiros, desconcertados voltean a mirar hacia la dirección de donde provienen, y para su sorpresa, a lo lejos de una loma despejada, miran surgir un grupo de siluetas, Stephanie con su aguda mirada los identifica y expresa:

—¡Los Naguales! ¡Son los malditos Naguales!

Al escuchar eso las personas del pueblo lanzan exclamaciones de júbilo:

—¡Los Naguales!

—¡Estamos salvados!

—¡Yajuuuuuuu!

En contraste con los vampiros que expresan rabia, y furiosos se alertan.

—¡Otra vez esos malnacidos! Pero esta vez ellos pagar muy cara su osadía de una vez por todas.

Expresa rabiosa Stephanie, mientras que los Naguales se acercan a gran velocidad en forma de dos jaguares, una pantera negra, una enorme águila real, una loba, una puma y tres caballos montados por Germán, Servando y Alexander. Don José el águila expresa:

—¡Ahí están! ¡Al ataqueeeeeeeee!

Los vampiros olvidándose de sus víctimas y llenos de furia, se preparan para recibirlos pero los tres dan un enorme salto de unos treinta metros hacia atrás y en eso los Naguales llegan cerca de los pueblerinos y tratan de alcanzar a los vampiros, pero en unos momentos Germán acercándose a los aldeanos les grita:

—¡Huyan de aquí! ¡Lárguenseeee!

Las personas libes del acoso de los vampiros, sin titubear escapan a toda velocidad. Mientras que en la batalla los tres vampiros dan otro salto y se separan para así dividir a los Naguales. Citlalipantera, su hermano y los jaguares Braulio y Xareni, enfrentan a Xóchitl, pero se contienen primero tratándola de rodear y Citlali le dice:

—¡Xóchitl! aún es tiempo de que recapacites, podemos ayudarte.

—¿Citlali? —la vampira repentinamente se desconcierta por un momento, pues reconoce la voz de la felina y convencida responde—: Entonces... ¡es verdad! ¡Ustedes se volvieron Naguales!... ¡Y para combatirme! ¡Malditos hipócritas! No necesito de su falsa ayuda.

Ante tal respuesta, Citlali le responde:

—Por favor amiga...

—¡No me digas amiga! ¡Jamás lo fueron! ¡Falsos! ¡Farsantes!

Los gemelos quedan desconcertados ante las declaraciones de Xóchitl, a lo que Germán lidiando con su caballo que actúa nervioso por la presencia de los vampiros, expresa:

—Por favor Xóchitl... recapacita.

Al escucharlo la vampira de repente voltea a mirarlo, pero al verlo a los ojos siente una mezcla de emociones que no alcanza a definir, solo experimenta una sensación rara en su estómago que por unos instantes la hacen titubear, a lo que Braulio indignado por la inercia y consideración que los gemelos muestran con la cruel vampira, molesto expresa:

—¡¿Pero qué les pasa?! ¡Es una vampira! ¡Ataqueeeeeen!

Y diciendo eso se arroja sobre Xóchitl con un enorme salto, ante los confusos gemelos que al unisonó gritan:

—¡Noooooo! ¡Braulio esperaaaaaaaaaaa!

Pero es demasiado tarde, en una fracción de segundo cae sobre Xóchitl con la intensión de morderle el cuello y rompérselo. Pero no contaba con los reflejos y la fuerza de la vampira que con su mano izquierda lo pesca del pescuezo deteniéndolo en seco, y mientras lo sostiene en el aire le comienza a apretar la garganta, el jaguar al sentir que se le bloquea la respiración le lanza zarpazos en medio de los gritos de los gemelos, que confundidos no saben cómo actuar, ni cómo intervenir, si a favor de uno o del otro, pero Xareni al ver a su hermano en peligro, ataca a Xóchitl.

—¡Suéltalo! ¡Suéltalo maldita!

La Zotsajau al verla arrojase sobre ella, con una velocidad relampagueante y llena de furia, le asesta un demoledor golpe con el dorso de su mano derecha arrojando a Xareni a varios metros lejos de ella dejándola sin sentido. Pero en ese momento de distracción Braulio le lanza un zarpazo que le alcanza la cara provocándole un enorme rasguño, Xóchitl voltea momentáneamente su fisonomía por el golpe, pero inmediatamente se vuelve al jaguar con mirada asesina y llena de rabia, Braulio le vuelve a lanzar otro zarpazo, pero Xóchitl más furiosa que nunca, le atrapa la mano con su derecha, la jala hacia ella con fuerza descomunal y le muerde el brazo a la altura del codo con tal fuerza y ferocidad, que desgarra la piel y ligamentos de forma bestial y se lo corta a la mitad por completo, Braulio lanza chorros de sangre por lo que era su codo, junto con enormes rugidos de intenso dolor:

—¡Grrruuuuuaaaaaaaaaaaaahhhhhh!

En ese instante Citlali grita:

—¡Noooooo! ¡Xóchitl nooooooo!

La vampira sin hacer caso de las suplicas, arroja lejos de ella el brazo cercenado del joven Nagual, que cuando cae al suelo recobra su forma humana. Y con otro movimiento brusco de su mano, arroja lejos a su víctima, que rápidamente regresa también a su forma original de hombre mientras sangra profusamente de lo que queda de su brazo. Grita de dolor mientras se lo aprieta con la otra mano para evitar seguirse desangrando. Pero la vampira al ver toda esa sangre salir a borbotones, abre completamente sus ojos y siente un deseo gigantesco de beberla y se abalanza sobre él para ultimarlo, pero Citlali-pantera ágilmente se interpone, y en ese momento Xóchitl le dice:

—¡Quítate de en medio Citlali! ¡Sino a ti también te destrozaré!

Y trata de avanzar hacia ellos dos cuando Germán repentinamente hace correr a su nervioso caballo interponiéndose entre las dos y diciéndole a la vampira:

—¡No Xóchitl! ¡Detente! ¡No lo hagas!

Pero el caballo al tener a la feroz vampira muy cerca se espanta y comienza a relinchar y a reparar, Germán sin poder controlarlo grita:

—¡Ooooooo caballo! ¡Ooooooooooohhh!

Pero el equino repara agitando sus patas delanteras muy cerca de Xóchitl, como tratando de defenderse de ella, y en un reparo del animal, ella velozmente salta, todo parece suceder en cámara lenta: ella con el impulso queda arriba del gemelo y su caballo que se para solo en sus dos patas traseras, mientras que Germán boquiabierto solo la mira elevarse sobre él, por un instante ve su boca abierta mostrando sus enormes colmillos y las filosas garras de sus manos alzadas sobre su cabeza, el gemelo en vez de tratar de defenderse con su macuahuitl, al ver el rostro de Xóchitl de cerca, no se atreve, y abriendo su mano lo deja caer al suelo, Citlali ve eso y aterrada grita y trata de ayudarlo, pero es demasiado tarde, Xóchitl al comenzar a descender mira fijamente a los ojos a Germán, nota que balbucea algo con sus labios, y con las garras de su mano derecha, en una fracción de segundo da un fuerte tajo descendente, ante el grito desesperado de Citlali:

—¡Noooooooooo!

Germán solo cierras sus verdes ojos, y siente que su vida ha terminado, pero en cuanto cae el fuerte golpe, se da cuenta que no ha recibido daño alguno, sino que es su caballo al que la vampira decapita completamente de forma limpia y certera, haciendo que el cuerpo del equino caiga estrepitosamente sin vida y lanzando enormes chorros de sangre del grueso pescuezo. Germán en una mezcla de sorpresa y alivio, horrorizado y confundido, cae junto con el animal quedando su pierna atorada, enganchada en la silla y bajo el cuerpo del cadáver del animal que no deja de lanzar chorros de sangre y su cuerpo patalea temblorosamente pues tarda en afectarse por completo por la muerte tan sorpresiva y veloz que ha tenido. Mientras que Citlali queda también paralizada y confundida ante la desconcertante acción de Xóchitl, que sin dejar de mostrar sus colmillos, al tocar tierra, mira a Germán en el suelo luchando por librar su pierna y se aproxima a él. Don José que se encuentra junto con los españoles tratando de enfrentar a Fermín, ha escuchado los gritos de Citlali y Braulio, voltea a verlos y observa a su nieto en una terrible situación y olvidándose del apoyo a los españoles vuela hacia sus nietos. Mientras que Citlali brinca ágilmente y se interpone entre Germán y Xóchitl rugiéndole a ésta última, la cual también le corresponde gruñéndole. Y en ese preciso instante don José-águila toma por sorpresa a Xóchitl y la ataca con sus garras, provocándole rasguños en el hombro y parte de la cabeza y furioso exclama:

—¡¿Que les has hecho maldita vampira?!

—¡Grrruuuaaaaaarrrrr! ¡Maldito vejete —exclama Xóchitl mientras se cubre con su brazo los ataques del viejo Nagual—. ¡Con que atacando por la espalda!

En eso el águila huye volando para que la vampira lo siga y poner a salvo a los jóvenes, ella cae en la treta y furiosa dice:

315

—¡Ahora huyes! ¡Maldito viejo cobarde! ¡Me las pagarás!

Y furiosa lanza un enorme salto, y en el aire se transforma en vampiro animal para perseguir al águila.

Xareni recupera el sentido, y al escuchar los quejidos de su hermano acude a auxiliarlo, mientras que Citlali-pantera, jala a Germán, tratando de ayudarlo a sacar su pierna de abajo del cadáver del caballo, mientras este le dice:

—Ya casi sale mi pierna… ¡Aaaaaahhh! —logra librar su extremidad por completo—. Menos mal que no se me rompió.

—Por poco Xóchitl te mata.

Le dice su hermana, a lo que el gemelo aún sin salir de su asombro le dice:

—Pudo haberme matado pero… ¡no lo hizo! —después de decir eso, busca algo en la silla del caballo y continua—: Ella no me quiso matar Citlali ¡no me quiso matar! eso quiere decir que dentro de ella… ¡sigue siendo nuestra Xóchitl!

Al momento que dice eso, saca de la silla la reata que había preparado, a lo que su hermana le pregunta:

—¿Que vas hacer con eso?

—¡Pronto! ¡Debemos de evitar que la maten! y atraparla con esto, para después poder ayudarla.

Xareni que angustiada atiende a su agonizante hermano, solo los mira correr hacia la dirección que ha volado la vampira tras el águila.

Mientras que Fermín enfrentando a los españoles les responde:

—Vaya, vaya, ¡mirad! Unos Naguales españoles ¡que ridiculez! jajajaja.

A lo que Lucrecia-loba le dice:

—Es más ridículo un torero fracasado, convertido en vampiro.

Tal respuesta llena de furia a Fermín y les dice:

—¡Insolentes capullos!¡No tendré piedad de vosotros!

Servando como respuesta alza su lanza, arranca su caballo y ataca.

—¡Ájaaaaaa!

Y se abalanza sobre Fermín que lo espera ansioso, pero al tenerlo al alcance, en una fracción de segundo, Servando le lanza una estocada, pero el vampiro la esquiva con mucha facilidad, y con rapidez relampagueante se desliza por debajo del equino, Servando desconcertado le grita:

—¡No te escondáis maldito hijo de puta!

Pero de forma increíble, el perverso Zotsajau con una fuerza descomunal levanta al caballo en vilo con todo y jinete, el cual desconcertado se afianza de la silla para evitar caer y expresa:

—¡Eeeyyyyy! Pero… ¿Que pasa…?

—¡Nooooooooo!

Lucrecia la loba grita intuyendo lo que sucederá, pero es demasiado tarde y con una fuerza sobrenatural Fermín lanza al equino y a su montura contra el tronco de un enorme y grueso árbol que se encuentra a 14 pasos de distancia, y se estrella de forma brutal que al equino se le rompe la columna y le estallan las vísceras haciendo que muera en el acto, el árbol aunque es muy grande y fuerte se sacude por el bestial impacto, dejando caer ramas y abundantes hojas. Al ver eso la loba, creyendo a su esposo muerto, se ciega de dolor y se arroja furiosa sobre Fermín y le atrapa un brazo con sus fauces, el vampiro grita de dolor al sentir los colmillos.

Al ver eso Alexander, con su arco le apunta a Fermín aprovechando que está distraído y le dispara una saeta a la cabeza, pero el vampiro sin mirar, solo con su fino oído escucha la flecha venir y la atrapa en pleno vuelo con su mano libre, y se la arroja a Alexander haciendo que éste se agache y la flecha se clave en el árbol que está detrás de él, mientras el vampiro sigue tratando de librarse de la presa de la fuerte loba. Pero el arquero no se da por vencido y sigue tratando de asestarle flechas a Fermín y a Stephanie.

Mientras que la rubia vampira enfrenta a Selene que en su forma de halcón, vuela veloz y cada vez sus ataques son más certeros contra la rubia.

Mientras que Xóchitl continúa persiguiendo a don José-águila, que en un instante decide enfrentarla, y se enfrascan en feroz batalla aérea. Pero después de varios ataques, la vampira se empieza a imponer, el viejo Nagual se da cuenta que ella es demasiado fuerte, y trata de escapar para salvar su vida, a lo que la vampira expresa:

—Jajajajaja ¿Ya te diste cuenta que soy demasiado fuerte para ti anciano decrépito? ¡Tú no eres rival para mi vejete! ¡No huyas maldito cobarde! ¡Acabaré contigo!

Y decidida a exterminarlo lo persigue, mientras que por tierra los gemelos continúan siguiéndolos; pero don José aunque vuela muy veloz, la vampira le comienza a dar alcance, en eso el viejo Nagual mira un par de enormes arboles muy juntos y se le ocurre una idea, vuela hacia ellos y la vampira tras de él, y cuando está a punto de cruzar entre los árboles, se detiene en el aire, y se lanza en picada hacia abajo, eso hace que esquive a la vampira que se estrella brutalmente contra los arboles produciendo un fuerte impacto y sacudida de los arboles, para quedar atorada, atrapada en medio de esos dos enormes troncos. Don José mientras baja en picada en una fracción de segundo voltea a mirar lo que le pasó a la vampira, pero al distraerse choca con una rama que se rompe al impacto y cae sin control golpeándose con más extensiones de los gigantescos arboles haciéndolo perder el sentido hasta llegar al suelo que ya desmayado regresa a su forma de hombre. Mientras que la vampira atrapada entre los dos enormes troncos también regresa a su forma humana. Citlali con su vista de jaguar ve lo sucedido, y desesperada le comunica a su angustiado hermano:

—¡Don José ha caído! ¡Y Xóchitl está atorada en la copa de esos árboles!

—¡Vamos! ¡De ahí no podrá escapar! ¡Es nuestra oportunidad de llegar a ella!

Responde Germán mientras prepara su soga. Mientras que la vampira furiosa forcejea tratándose de liberar, pero esos árboles son muy gruesos y grandes y no lo logra. Entonteces comienza a suceder algo inesperado, y es que comienza a amanecer. La vampira que ha quedado con la cara hacia el oriente, observa como los primeros rayos del sol, lentamente comienzan a surgir detrás de unas colinas, iluminando el cielo; ella abre mucho más los ojos de la sorpresa y se desespera, lucha con más fuerza y con más ferocidad, al mismo tiempo que lanza furiosos rugidos:

—¡Grrruuuuuaaaaaaarrrrrr! ¡El Sol! ¡El Sol! ¡Malditos troncos! ¡Grrruuuuuuaaaaaaarrrrrrr!

En ese momento, don José comienza a recuperar el sentido, se levanta, pero se duele del costado derecho, se ha roto varias costillas en la caída, lo que hace que se lleve una mano en ese lugar y no logre erguirse del todo inclinando su torso hacia ese lado, con dificultad mira hacia arriba y localiza a Xóchitl, entonces quejándose de dolor hace un esfuerzo por volver a transformarse, y logra convertirse en un mono aullador, pero dificultad logra trepar por uno de los árboles que tiene atrapada a la vampira, y sube lo más rápido que puede para llegar a ella y morderla para poder matarla. Pero el cansancio de la batalla y las costillas rotas, hacen que no pueda desplazarse con la velocidad que quisiera.

Los gemelos a lo lejos descubren al mono que sube por el árbol lenta y doliéndose de un costado, a lo que Citlali dice:

—¡Es don José en chango! ¡Quiere alcanzar a Xóchitl!

—¡Pronto! ¡La va a matar!

Responde preocupado Germán, y redoblan su carrera gritando:

—¡Don José! ¡No lo haga! ¡Noooooooo!

—¡Espereeeeeeeeee!

Grita Citlali por igual. La vampira los escucha, mira hacia abajo y ve que el mono va subiendo por el árbol, pero en eso, los primeros rayos solares comienzan a alcanzar parte de su rostro, y siente que esa parte se le debilita anunciándole que el sol neutralizará sus poderes vampíricos y dejándola a merced de sus adversarios. Se desespera y ruge de furia, y haciendo un excesivo esfuerzo, con una fuerza descomunal comienza a abrir sus brazos empujando los arboles que la apresan, y ésta vez de forma increíble comienzan a crujir y uno de ellos poco a poco comienza a ceder, curiosamente es por el árbol que don José-mono va subiendo hasta lograr llegar a la altura de ella, y posándose en una rama opuesta, le dice a la desesperada vampira:

—¡Ha llegado tu fin maldita engendro del mal!

—¡Gruuuuuuaaaarrrrr! ¡No te daré… el gusto... de vencerme… anciano decrépito!

Expresa Xóchitl con voz entrecortada por el esfuerzo descomunal que realiza, y los gemelos cada vez están más cerca. Mientras la vampira no deja de esforzarse, pues de ello le va la vida, y desesperada, con el sol casi a la mitad de su frente, y el Nagual a punto de llegar a ella, aplica un último esfuerzo al mismo tiempo que lanza un ensordecedor rugido:

—¡GRUUUUUUUAAAAAAAARRRRRRR!

Y los músculos de sus brazos se crispan al máximo, hasta las venas de su cuello se le exaltan por el brutal esfuerzo. Don José-mono logra acercarse a la vampira y cuando está a punto de morderla en la nuca, de repente un fuerte crujido de madera se escucha, y los arboles de manera increíble finalmente comienzan a ceder, y en el que se encuentra don José comienza a caer, pero en pleno desplome, desesperado don José-mono salta sobre otro árbol más pequeño pero más alejado para ponerse a salvo, mientras que el otro enorme cae pesadamente hasta llegar el suelo, provocando un estremecimiento de la tierra, don José salva la vida pero la vampira queda fuera de su alcance, la cual una vez libre se vuelve a transformar en vampiro animal y vuela por los aires a gran velocidad huyendo del sol del amanecer, y se dirige rumbo a la cueva. Mientras don José impotente grita:

—¡La vampira se escapa! ¡Se escapaaaaaaaaa! ¡Auch!

Se queja del dolor de su costado que se agudiza al gritar. Los gemelos que casi llegaban, observan a Xóchitl soltarse y escapar a lo que sorprendidos expresan:

—¡Xóchitl se ha soltado! ¡Rompió los enormes arboles! ¡Increíble! —expresa estupefacta Citlali y prosigue—. ¡Y va directo a la cueva!

A lo que su hermano contesta:

—¡Vamos hacia esos árboles que forman una especie de túnel! ¡Por ahí tendrá que pasar para protegerse del sol! ¡Y es ahí donde la atraparemos!

Y rápidamente corren hacia ese lugar, jubilosos observan que acertaron, pues Xóchitl precisamente toma ese rumbo para esconderse de los rayos solares, los gemelos por poco no la alcanzan pero Germán velozmente corre a encontrarse con la vampira girando su soga, ella cruza sobre él como un ventarrón, y le pasa a unos cuantos metros encima, el tapatío aprovecha y le lanza la soga, atrapándole una de sus patas, y aprovechando sus dotes de charro, rápidamente ata el extremo de la soga a un pequeño árbol, y en cuanto la soga se tensa, detiene abruptamente el vuelo de la vampira que se jalonea ferozmente, a lo que Germán dice:

—¡Ya te atrapé! ¡Y no podrás escapar!

Pero Germán habla demasiado pronto, pues Xóchitl en medio de su desesperación, jala tan fuerte que el pequeño árbol comienza a arrancarse de raíz, y rápidamente se desprende por completo del suelo, Germán al ver eso sin pensarlo salta sobre la soga y la atrapa con sus manos, pero es arrastrado y llevado por los aires por la vampira que vuela a gran velocidad. Citlali-pantera corre detrás de su hermano tratando de alcanzarlo y le grita:

—¡Germaaaaaaaannnn! ¡Suéltate! ¡Suéltate ya!

Pero el gemelo al verse como vuela por los aires y lo lejos que está del suelo, aterrorizado cierra sus ojos y se afianza con mucho más fuerza, pues le tiene fobia a las alturas. Mientras que Xóchitl se acerca donde están los otros dos vampiros peleando.

Lucrecia-loba trata de morder nuevamente a Fermín, Mientras que su esposo trata de salir de abajo del cuerpo del equino, afortunadamente en el lance, el caballo giró en el aire evitando que Servando se estrellara también contra el árbol, le amortiguó el impacto salvándole la vida, pero desafortunadamente su pierna quedó atorada debajo del animal, no puede escapar y nadie puede ayudarlo pues están enfrascados en la batalla.

Selene sigue peleando contra Stephanie con la ayuda de Alexander, y en eso como las dos esquivan muy bien los ataques de una y otra, Stephanie mira a lo lejos a Braulio con su brazo cortado y se le ocurre una gran idea y frente a Selene-puma baja su guardia, a lo que la felina se confía y salta sobre ella a su cuello, pero la vampira hábilmente se agacha hacia atrás y la puma se pasa de largo, pero en ese preciso instante pasa su cuerpo arriba de la vampira que ésta en una fracción de segundo le asesta un rápido tajo que le corta las patas traseras, Selene cae al suelo retorciéndose de dolor, y lanzando chorros de sangre por las patas que salpican el rostro de Stephanie que solo pasa su lengua por toda su cara deleitándose por el sabor del suculento liquido vital, inesperadamente en ese preciso instante, mientras ella se deleita, de golpe siente un agudo dolor que le atraviesa su costado, y descubre que ha recibido un flechazo de Alexander provocándole un enorme dolor, rápidamente se saca la flecha y llena de furia se abalanza sobre el arquero dando un enorme salto, el estadounidense cuando la ve en el aire, temblando de miedo y angustia trata de colocar otra flecha en el arco pero cuando lo estira para dispararle, la vampira cae sobre él asestándole un relampagueante tajo que parte el arco y a él, el arma rota cae al suelo, pero el desafortunado Alexander queda partido casi en dos, pues el tajo lo abrió en canal de forma vertical, desde la cabeza hasta el pecho, muriendo en el acto ante la mirada de Xareni que había acudido a atender a Selene.

Mientras que Fermín le alcanza a dar un fuerte golpe a Lucrecia la loba, y la arroja varios metros a la izquierda, para avanzar hacia Servando que todavía no puede soltarse y que aterrado le grita:

—¡Maldito hijo de puta! ¡Dejad que me libere y te vas a enterar!

A lo que Fermín le llega de frente con la lanza, y sonriendo le dice:

—¿Necesitáis esto? —y alzando la pica dice—: Morirás con tu propia arma ¡Pedazo de mierda!

Servando cierra los ojos esperando el golpe final mientras le dice:

—Vete al infierno maldito torero de perros callejeros.

Pero en eso Fermín recibe un ataque, y es Lucrecia que se recuperó y sigilosamente se lanzó sobre la espalda de Fermín pretendiendo morderle el cuello, pero el vampiro por reflejo la alcanza a esquivar pero le muerde el musculo trapecio cerca del hombro, el vampiro grita de dolor arrojando al suelo la lanza para luego tomar a la loba de las orejas y con fuerza brutal se la desprende y sin soltarla suspendiéndola en el aire le dice:

—Ya habedme cansado de jugar con vosotros, ¡Muere!

—¡Noooooooooooooo!

Servando grita, pero Fermín despiadadamente le lanza una estocada a Lucrecia, hundiendo sus filosas uñas en su pecho y... de manera bestial le arranca el corazón, provocándole la muerte de inmediato, ella de esa manera recobra la forma humana y Fermín sin soltarla de las orejas, le lanza un relampagueante tajo que le corta la cabeza ante los azorados gritos de Servando:

—¡Lucreciaaaaaaaaaaaa! ¡noooooooo!

En eso Xóchitl pasa volando a toda velocidad sobre todos ellos con Germán colgado de la soga, Stephanie y Fermín se dan cuenta que está amaneciendo y huyen, pero en el vuelo Servando le arroja la lanza a Fermín que se distrajo mirando hacia el sol que surge, y le da en un ojo, provocando que éste dé un rugido como grito de dolor y solamente con una mano se lo alcanza a quitar dejando su ojo destruido, mira a Servando momentáneamente de reojo, pero no se detiene y huye volando detrás de Stephanie. También Xareni mira que Germán va colgado y a Citlali que los persigue y le grita:

—¡Déjamelo a mí! ¡Yo los alcanzaré!

Y haciendo un esfuerzo, ésta vez se transforma en halcón peregrino, un ave mucho más rápida y alza el vuelo a toda velocidad, en medio minuto los feroces Zotsajau están a punto de llegar a la caverna, Xareni sin que Xóchitl se percate la alcanza, y trata de cortar la soga pero Xóchitl se da cuenta y con un movimiento de sus patas produce círculos con la soga haciendo que la halcón quede atrapada de una ala:

—¡Aaaaayyy! ¡Suéltame desgraciada!

Exclama Xareni pero la vampira no escucha y llega a la cueva en la que entra velozmente, llevando con ella a los dos jóvenes.

Citlali que no los ha dejado de perseguir está a punto de entrar cuando una voz le grita:

—¡No entres! ¡Es una trampa!

Voltea y ve a unos metros de ella a don José, que corre agitado en su forma humana con las manos en su costado del que se queja, y le dice:

—Si entras sola serás presa fácil, debemos esperar.

—¡Pero a mi hermano lo van a matar! ¡Y a Xareni también!

—Aún no lo harán, pero si tú entras sola, no serán dos sino tres los cautivos, debemos hacer un plan para rescatarlos. Pienso que ellos los mantendrán vivos para usarlos de carnada, primero tenemos que recuperarnos sobre todo Braulio y Selene que están muy mal heridos ¡ven! ¡Vamos con ellos!

Y llegan a socorrer a los heridos, Braulio se encuentra ya más controlado con un vendaje improvisado, pero a la que encuentran muy grave es a Selene que ya en su forma humana, sigue llorando de dolor por tener sus dos pies cercenados, la atienden y luego también ayudan a Servando a librarse de su presa debajo del caballo, que al verse libre pero con el tobillo luxado, toma un palo para usarlo como muleta y corre hacia el cadáver de su esposa, que yace sin vida, con la cabeza separada del cuerpo.

—¡Lucrecia! ¡Lucreciaaaa! —enloquecido de dolor toma la cabeza de ella y llega al cuerpo y sin pensar trata de unirla, mientras no puede contener su llanto—: ¡No puede ser! ¡noooooo! ¡Lucreciaaaaaaa! ¡Buaaaaaaaaaaaa!

Y se queda ahí hincado, llorando amargamente frente al cuerpo de lo que fuera su esposa por tanto tiempo, mientras que Selene también llora de intenso dolor mientras es atendida por el viejo Nagual y Citlali.

Con los rayos del amanecer se mira todo con mejor claridad el campo de batalla, ramas y troncos rotos por doquier, la tierra revuelta, y sangre por todos lados, los Naguales han sido vencidos por los Zotsajau y con la incertidumbre de que es lo que pasará con Germán y Xareni en manos de los vampiros.

Capítulo 35: EL PLAN DE RESCATE

Mientras que en la cueva, Xóchitl se transforma en humana y baja dejando caer a Germán y a Xareni que ya está transformada en mujer, los otros dos vampiros los rodean y dicen:

—Jejejejejejeeeeeee, ésta jovencita será un rico postre.

Expresa perversamente Fermín, mientras se aproxima hacia ella, la cual se quita la soga de su mano y se esconde detrás de Germán a lo que Stephanie agrega:

—Y yo beberé la sangre de este hombre que desde el principio me gustó.

Dicho eso ambos se van acercando amenazantes a ellos cuando se oye un grito:

—¡Alto! —es Xóchitl que grita autoritaria—. ¡Germán es mío! Me las pagará por haberme lazado con esa maldita y extraña reata que me ha quemado el tobillo, ¡A mí me toca vengarme de él! en cuanto a esa…—refiriéndose despectivamente a Xareni—. Se la pueden repartir entre los dos.

—¡Yo primero! Jejejejeeeeee.

Contesta Fermín malicioso, y se dispone a arrojarse sobre ella, la cual se esconde en las espaldas de Germán a lo que éste se dirige a Xóchitl.

—Xóchitl, tú no eres así, por favor recapacita, yo se que todavía queda dentro de ti, la verdadera Xóchitl la que es mi amiga.

—¡Cállate estúpido hipócrita!

Fermín se aproxima para darle una bofetada pero Xóchitl al verlo se adelanta y se interpone entre los dos, dándole ella el golpe a Germán mientras exclama:

—¡Siiiiii! ¡Es mejor que te calles! no sabes lo que dices estúpido, ¡esta soy yo! ¡La verdadera yo! y jamás me había sentido mejor.

—Pues empecemos por devorar a la joven Naguala.

Exclama desesperado Fermín, pero desde el fondo del templo se escucha una conocida voz para los vampiros que les dice:

—¡Deténganse! no los maten todavía.

Todos voltean hacia donde salió la voz y miran que de entre las sombras surge Kamazor. Caminando hacia ellos con sus enormes alas recogidas, ante tal presencia, Xareni y Germán que lo miran por primera vez, se espantan ante semejante ser.

—¡Aaaaayyy! ¡Madre mía! Pero… ¿qué es eso?

Pregunta profundamente impresionado Germán mientras retroce instintivamente, al momento que se abraza con Xareni que también no da crédito a lo que ve. A lo que Fermín les responde:

—¡Conozcan a nuestro amo y señor! ¡El temible! ¡El gran vampiro! conozcan a… ¡KAMAZOR!

—¡Glup! ¿E…él es…?

Pregunta Germán atónito, él y Xareni no pueden creer lo que ven. A lo que Stephanie expresa:

—Es el que darnos este increíble poder, el que darnos la inmortalidad jajajajajajajaja.

Xóchitl desviando la conversación le pregunta al gran vampiro:

—Amo… ¿Por qué dices que no los matemos todavía?

A lo que el ser, aproximándose más a ellos, con su cavernosa voz dice:

—Porque nos servirán de señuelos para atraer al resto de los Naguales.

—¿Creer que vendrán?

Pregunta la rubia con marcado escepticismo, a lo que Kamazor responde:

—Los Naguales jamás abandonan a sus compañeros, los conozco muy bien desde hace miles de años, en eso… se parecen a nosotros.

—Pero podemos matarlos —Fermín sugiere—. Y hacerles creer a los Naguales que todavía están vivos hasta que vengan.

—¡No imbécil! —responde molesto Kamazor—. Desgraciadamente los Naguales pueden sentir si sus compañeros están vivos o si los matamos, por eso debemos dejarlos vivos hasta que vengan a rescatarlos, aunque desearía beber la sangre de estos dos, pero esperaremos a que los demás entren en mis dominios y es cuando nosotros…. Jaaaaaaajajajajajajajaja. ¡Átenlos muy bien! Y prepárense para esperar a los demás.

Luego de dar esa orden se retira dirigiéndose de regreso a su templo, pero en ese instante Xóchitl lo alcanza y le dice:

—¡Mi señor! quiero decirle que pienso que en el caso de Germán, creo que sería mejor convertirlo en uno de nosotros.

—¿Qué estupidez dices? ¡Gruuuaaaaarrrrrrr ¡Él es un Nagual! A esos no los hacemos vampiros, a esos ¡LOS MATAMOS!

—Pero… el todavía no lo es.

—Hummmm pero tiene un enorme espíritu Nagual.

—Pero todavía es un humano común y corriente, y…

—¡Calla! Después que acabemos con los demás, decidiré la suerte de ese…humano. Y ya que los aten vengan a mi trono, que les quiero decir algo muy importante.

Y al decir eso se convierte en una sombra negra y se desvanece en la obscuridad. Dejando a Xóchitl intrigada, que regresa con sus compañeros para ayudar con la trampa.

Mientras tanto, don José y los demás Naguales, se encuentran en el cerro del Nagual preparando los cuerpos de sus compañeros caídos en batalla, que envueltos en sabanas blancas, son colocados en enormes camas de palos y hojas secas, listos para ser cremados. Don José les prende fuego, para luego ponerse a tocar con una flauta y un pequeño tamborcito la música fúnebre para la salvación y descanso de los fallecidos. Mientras Selene se encuentra sentada en el suelo y recargada en un tronco, con los tobillos envueltos en vendajes. Al igual Braulio con su brazo vendado, y Servando sosteniéndose con un palo, miran con tristeza y lágrimas en los ojos, como arden intensamente los cuerpos.

Después de terminar de tocar, don José tiene algo importante que decirles:

—Ahora lo que haremos es curarnos, y ustedes… —se dirige a los mutilados—. Tanto como yo, nos transformaremos en Axolotes.

—¿Para qué?

Pregunta Selene confusa, a lo que don José dice:

—Porque transformándonos en ese animal, podremos regenerar nuestros tejidos y recuperarnos por completo.

Todos quedan asombrados ante lo dicho por el viejo Nagual, a lo que Servando expresa:

—Pero yo todavía no soy Nagual, y no puedo transformarme.

—No te preocupes.

El viejo Nagual se acerca a él y le toma el tobillo mientras el español desconcertado exclama:

—¿Que me va a…

Don José de sorpresa le da un rápido jalón y giro al pie de Servando y provoca que se escuche un repentino "Crack" en el tobillo:

—¡Ay!¡M… mi tobillo! ¡Oh! … ya casi no me duele.

Responde desconcertado Servando mientras don José soltándole el pie le dice:

—Ya te dije que nomas estaba torcido, pero ya te lo compuse, nomás te pondré unas hierbas medicinales con las que te recuperarás de tu pie por completo y al igual que Citlali beberán un té que les hará recuperar fuerza.

—Gr…gracias, uffff enserio que ya lo siento mejor, pero veo que es de familia no contar hasta tres ¿verdad?

Don José le dice al resto de los demás:

—Vamos a un pequeño estanque natural aquí cerca, donde permaneceremos transformados en Axolotes y recuperarnos lo más pronto posible, para rescatar a Germán y a Xareni ¡vamos!

Minutos después a las faldas del cerro, dentro de un pequeño estanque natural, se encuentran tres Axolotes, y alrededor Citlali y Servando, que toman un té y minutos después quedan profundamente dormidos.

Mientras que en la cueva, los Zotsajau se encuentran reunidos frente a Kamazor, el cual sentado en su trono con su cavernosa voz de tono siniestro les expresa:

—Después de acabar con los Naguales, tienen una misión.

—¿Cual misión amo?

Le pregunta Fermín a o que el enorme vampiro les explica:

—Quiero liberarme de ésta prisión y poder salir al mundo del exterior para poder dominar y someter a los humanos.

—¿Quiere acabar con todos ellos como con los hombres de madera?

—No Xóchitl, esa vez fue porque seguí ordenes de los demás dioses, pero ésta vez, mi intensión no es exterminar a la humanidad, los necesitamos para alimentarnos de ellos, solo acabaré con los suficientes para tener dominados y sometidos al resto, serán nuestros esclavos y nuestro ganado, jaaaaaaajajajajajajajajajaaaaaaaaaaaa.

—Pero… y ¿cómo podrá hacerlo gran señor?

Le pregunta curiosa Stephanie a lo que el perverso ser le contesta:

—Dentro de poco se aproximará una fecha importante, un fenómeno que pasa cada 3000 años. Dentro de poco, será el mes Zotz (mes del vampiro en el calendario maya) y en su luna llena, habrá la alineación planetaria perfecta para poder romper esta prisión y liberarme.

—Woaoooooo.

Expresa Stephanie. Mientras el sanguinario Kamazor continúa:

—Pero necesito a 13 Zotsajau listos para ese gran día, y esa es la misión que les encomendaré; deberán de elegir a los candidatos más fuertes y leales, para traerlo aquí y convertirlos, además…

—mirándolos con atención les dice—… cada uno de ustedes construirá un formidable ejército de Zotswiiniik (vampiros humanos convertidos por los Zotsajau) que necesitarán para su ayuda, por si encuentran más Naguales u otro enemigo.

—Pero somos suficientemente fuertes, para vencer a cualquier mortal que nos enfrente. No necesitamos ejército.

Expresa Fermín empuñando su mano derecha con fuerza en gesto de poderío, a lo que el gran vampiro molesto sorpresivamente le lanza un golpe con sus garras que le corta limpiamente su oreja izquierda, haciéndolo lanzar un grito de dolor, tomando por sorpresa a las demás vampiras mientras Kamazor le responde:

—¡Tu estúpida arrogancia te puede perder! ¡Nuuuuunca! subestimen a ningún contrincante.

A lo que Fermín doliéndose con su mano en el oído, le responde inclinando la cabeza en un gesto de respeto y humildad:

—M…mil perdones señor.

Mientras que su oreja vuelve a regenerarse, primero se forma una masa de pura sangre, para enseguida endurecerse asumiendo la forma de oreja en pocos segundos, a lo que Kamazor agrega:

—Pero antes vamos esperar a los Naguales, y acabar con ellos de una vez por todas.

—Claro señor jejejejeje.

Responde Stephanie. Mientras que Xóchitl guarda silencio sumida en sus pensamientos, a lo que el gran vampiro la voltea a ver con su fuerte mirada de fuego y le pregunta:

—¿Y tú Xóchitl… que dices?

A lo que la joven vampira reaccionando a la pregunta, levanta su cabeza y expresa:

—Este… sí, síííííí quiero volver a enfrentarme a ese maldito anciano tramposo, pero si viene esta vez sí morirá.

—Todos ellos morirán, todos los Naguales —responde perversamente el gran vampiro—. Jaaaaaaajajajaja, JAAAAAJAJAAJA-JAJAAAAAA.

Los demás también unen sus carcajadas a las de su amo. Mientras fuera del templo, Germán con Xareni a un lado, se encuentran inmovilizados, fijados cada uno en lo alto de un muro, a unos 3 metros de altura, con una especie de grilletes de obsidiana y Germán le pregunta a Xareni:

—¿Les has escuchado lo que dijeron?

—Sí, deja te digo.

Responde preocupada la joven Naguala y le platica de lo que escuchó. A lo que Germán se inquieta y expresa:

—¡Van a ponerles una trampa! Pero ¿cómo avisarles? ¡Chingada madre!

—Tengo una idea Germán, puedo salir en astral para avisarles del peligro.

Dice Xareni, a lo que Germán le contesta:

—¿Pero si los vampiros se dan cuenta?

—No lo sé, pero es un riesgo que debo correr, lo intentaré.

—Ten cuidado.

—Sí.

En eso la jovencita cierra los ojos para concentrarse, comienza a hacer unas respiraciones profundas para relajarse y en unos minutos entra en una especie de profundo trance o sopor, y es cuando logra que su cuerpo astral salga de su organismo, Germán no puede verla en ese estado, pero siente una presencia invisible acercarse a él y le da un beso en la mejilla desconcertándolo por completo, luego se escucha una sonrisa coqueta, y entonces el gemelo exclama:

—Errrmmm T…ten cuidado.

Pero no contaban con que Stephanie iba saliendo del templo y con sus ojos de vampira puede ver al astral de la jovencita que flotando lentamente va directo a la salida, a lo que le avisa alarmada a Kamazor:

—¡Mi señor! ¡Mi señor! La Naguala se escapa en espíritu o algo así, en eso el temible vampiro rápidamente sale de su templo y parado afuera de la entrada de este, la localiza y solo le lanza un feroz rugido:

—GRUUUUUAAAAAAAARRRRRRR

Xareni está a punto de salir de la cueva, ya muy cerca de la salida cuando de repente siente una tremenda fuerza invisible que la jala hacia tras, es tan fuerte que no puede resistirse, voltea a mirar hacia donde es atraída, y ve que es Kamazor que con su mano extendida y la palma abierta es el que está generando ese extraño, fuerte y maligno poder magnético. Ella lucha y patalea desesperada tratando de librarse pero es inútil, cuando ya la tiene al alcance, con su mano la atrapa tomándola del cuello y le dice:

—De aquí no podrás escapar estúpida Naguala, ni siquiera de esa forma.

Y le comienza a apretar el cuello al cuerpo astral de Xareni, pero ese efecto lo comienza a sentir en su cuerpo de carne y hueso, que hace una reacción de asfixia, fenómeno que Germán ve atónito lo que le está sucediendo a su compañera:

—¿P…pero que te pasa Xareni? ¡Xareniiiiii! —y furioso le grita a Kamazor—: ¡Suéltala! ¡Suéltala maldito monstruo!

A lo que el despiadado vampiro, voltea a mirarlo y le dice:

—Puedo hacerlo fácilmente, pero la necesito viva para atraer a los demás, pero a ti… ¿te importaría que la mate?

Germán no responde nada, mientras observa al gran vampiro y al cuerpo de Xareni que se sigue asfixiando ya casi al borde de la muerte, y en eso Kamazor expresa:

—Pero aún no la mataré.

Y afloja la presión del cuello en el cuerpo astral de Xareni, y dice:

—Esto es una advertencia.

Y con la uña de su dedo índice le comienza a hacer una herida en la cara del astral de la jovencita, que se marca en el rostro de su cuerpo de carne. Después el vampiro arroja el astral con violencia hacia el cuerpo de Xareni, entrando bruscamente en este, y hace que la jovencita abra los ojos tomando enormes bocanadas de aire y comience a quejarse del dolor de la herida en su cara. Germán atónito nota también que unas marcas de dedos que se marcan en el cuello de la jovencita, a lo que el vampiro les advierte:

—¡De ninguna manera podrán escapar! ¡Aquí solo esperaran la muerte! ¡Jajajajajajaja!

Y riendo perversamente se transforma en una sombra negra y vuela hacia el interior del templo. Los demás vampiros lo siguen, para llegar y colgarse de cabeza en el techo para dormir, solo Xóchitl antes de retirarse mira a Germán unos instantes más, con una mirada que muestra mucha preocupación y a la vez resentimiento, luego mira a Xareni y su mirada cambia a un profundo odio, y sintiendo unos inmensos celos dice en voz baja:

—No esperaré a que Kamazor la mate, yo misma haré pedazos a esa maldita mosca muerta.

Al decir eso empuña su mano derecha frente a ella llena de rabia, y se retira dejando a los prisioneros solos.

El tiempo transcurre, en las faldas del cerro del Nagual, y a un lado del pequeño estanque natural de agua, Citlali que yace recostada de repente despierta, voltea a ver a Servando que todavía duerme u nos cuantos metros de ella y le habla:

—¡Hey! ¡Despierta! ¡Despierta! Parece que ya pasa del medio día. Hemos dormido unas 4 o 5 horas pero me siento descansada, recuperada y muy fuerte.

El español despierta, se sienta y lo primero que hace es revisar su pie.

—¡Ya no está hinchado! Es increíble —exclama feliz, enseguida se incorpora, pero al pisar—: ¡Ay! todavía me duele un poco.

Citlali mira dentro del estanque a los Axolotes, y se sorprende al observar que ya tienen sus extremidades completas. Y con una mano le da palmadas al agua para avisarles:

—¡Ya es hora de ir! ¡Vamos salgan!

Los anfibios comienzan a emerger del estanque, para comenzar a transformase en humanos. Citlali cubre con una manta de lana a cada uno, Selene y Braulio observan sorprendidos que las extremidades que habían perdido, se han regenerado y recuperado completamente, a lo que don José mirando sus rostros de sorpresa y asombro les dice:

—Ese es el poder del Axolote —y con satisfacción expresa—: ya estamos listos para rescatar a Xareni y a Germán, enfrentar nuevamente a los Zotsajau, y seguro tendremos que enfrentar a su amo.

Dirigiéndose a todos les dice con autoridad:

—¡Escúchenme con atención! ninguno de nosotros nunca ha enfrentado a Kamazor, solo sé que es mucho más fuerte y poderoso que los Zotsajau. Y de seguro mucho más sanguinario. Ustedes tienen demasiado poco siendo Naguales, aunque con el tiempo podrán incrementar su poder, ahora es demasiado pronto para que puedan combatir contra al temible señor vampiro. Solo nos concentraremos en rescatar a nuestros compañeros y escapar del lugar, después veremos cómo destruir al amo de los vampiros.

—¿Y si alguno de nosotros muere en la lucha?

Expresa Braulio, a lo que su abuelo le contesta:

—Ya no tendrán que preocuparse del siguiente día.

Los demás solo sueltan una ligera y nerviosa risa, a lo que don José prosigue:

—Estoy muy seguro que están esperando a que vayamos a rescatar a los nuestros, seguro nos han tendido una trampa, pero solo les digo: Nosotros somos naguales, somos guerreros, los guerreros más grandes y fuertes de la humanidad. Y aunque estamos muy desprestigiados por la gente porque en el pasado muchos Naguales seducidos por el poder y a obscuridad se convirtieron en enemigos y verdugos de la misma humanidad que debían de proteger. Lograron que fuéramos temidos, rechazados y odiados por la gente. Pero ahora es tiempo de demostrar lo contario, nuestra razón de ser es defender a la humanidad de sus depredadores, luchar por ella es nuestra responsabilidad y… nuestro honor.

Todos ustedes aunque tengo poco de conocerlos, y aunque son muy jóvenes, han enfrentado lo que ningún otro humano ni en sueños lo haría, aunque son muy jóvenes e inexpertos, han demostrado ser fuertes y valientes, algo que me ha sorprendido gratamente de ustedes, pero solo les digo que esta vez vamos a enfrentar algo que ni yo mismo se que tan peligroso vaya a ser, pero si algunos de ustedes deciden irse, éste es el momento y no los culparé.

—Nosotros seguiremos contigo abuelo hasta el final.

Responde Braulio mientras saca el pecho con valor y decisión.

—¡Yo ni pensarlo! ¡Voy a rescatar a mi hermano!

Responde Citlali.

—A estas alturas yo no poder echar marcha atrás, a esto venir y estar dispuesta a seguir en la lucha, y si morir, morir luchando.

Responde Selene, y por ultimo Servando dice:

—Pues yo aunque no soy Nagual, aunque no puedo transformarme en animal feroz, ¡coño! no soy un cobarde, estoy dispuesto a seguir.

El viejo Nagual conmovido por la valiente actitud de su grupo, y con los ojos humedecidos expresa:

—¿Saben qué? estoy muy orgulloso de ustedes. Así que... ¡Listos Naguales! ¡A luchaaaaaaar!

Capítulo 36: EL GRAN VAMPIRO

Llenos de valor se dirigen hacia la caverna, el sol brilla en todo su esplendor como sintiéndose orgulloso de los guerreros. Pero a unos cuantos metros de la entrada de la gruta el grupo de Naguales se detienen, y don José le dice a Servando:

—¡Toma! cuida de mi morral que muchas de estas cosas nos servirán.

Después el viejo Nagual, Braulio y Citlali se transforman en jaguares, mientras que Selene nuevamente en puma y de esa manera avanzan hacia el interior, y atrás de ellos los sigue Servando que además del morral, lleva el macuahuitl y las sogas de Germán, como también el arco y flechas del fallecido Alexander.

Avanzando con un paso lento y meticuloso ya dentro del lugar, miran hacia arriba y descubren a los distintos tipos de murciélago-vampiro animales que dormidos cuelgan del techo. A excepción de Citlali ninguno de ellos había visitado la cueva anteriormente, y en voz muy baja ella les dice:

—Más adelante se encuentra el espantoso templo.

Pero en ese momento descubren por todo el suelo un gran número de escorpiones, tarántulas, gusanos y ciempiés, y cientos de telarañas sujetas de varias estalagmitas donde merodean todo tipo de arañas. A lo que Don José en voz muy baja, casi imperceptible les dice:

—Estos insectos son la alarma, no los aplasten, ni toquen las telarañas, sino los vampiros nos descubrirán.

Dicho eso, avanzan con mucha precaución, para los Naguales es bastante fácil caminar con sigilo, pero no así para Servando que pasa muchos trabajos tratando de avanzar sin hacer ruido. Pero más adelante, agazapados detrás de una enorme estalagmita, Citlali-jaguar con su aguda mirada localiza el templo, y con un movimiento de su cabeza les indica que está a la vista, los demás se asoman por los costados, y don José al descubrirlo, con gran asombro exclama en voz muy baja:

—¡E… El legendario… Zotsnajkú! ¡El templo de Kamazor! —y se dirige a Citlali—: Ustedes tenían razón ¡es real! Pero los antiguos habían dicho que lo destruyeron.

En eso ve hacia la izquierda del templo y descubre algo que le llama la atención:

—¡Miren hacia allá!

Citlali alarmada expresa:

—¡Germán!

Inconscientemente alza la voz un poco, a lo que los demás le hacen la señal de que se calle preocupados por no alertar a los animales, pero afortunadamente su exclamación no fue suficientemente fuerte y no la alcanzaron a escuchar, solo los vampiros se mueven un poco para continuar en su aparente sueño. Servando atrás de ellos se mantiene en cuclillas, pero sin sospecharlo, por su bota un escorpión comienza a trepar, cuando el animal llega a la mitad de su calzado, el español mueve su pierna para ponerse en una posición más cómoda, y el mortífero insecto cae al suelo sin que nadie lo note, mientras que don José-jaguar en voz muy baja expresa:

—Tenemos que buscar la forma de llegar a ellos y rescatarlos sin que los Zotsajau nos descubran.

Mientras dice eso, el peligroso escorpión regresa nuevamente a subir por la bota de Servando, mientras que los Naguales escondidos detrás de las estalagmitas avanzan sigilosamente hacia los prisioneros, los cuales con los ojos cerrados sudan por el cansancio y dolor que les causa estar en la posición que los han dejado, solo gimen de dolor esporádicamente, pero eso evita que los Naguales sean escuchados por los vampiros que dentro del templo, afianzados por sus pies del techo, de cabeza duermen plácidamente, ignorando los lamentos de sus prisioneros; a excepción de Xóchitl que no puede sosegarse, pues le inquieta los lamentos de Germán. Mientras tanto los Naguales logran llegar exactamente debajo de los prisioneros, y enseguida les hacen una señal para que los vean, el gemelo presiente algo y mira hacia abajo, los descubre y abriendo completamente los ojos se alegra enormemente y le expresa a la joven morena:

—Psssss psss Xareni, xareniiiiii.

La jovencita voltea a verlo con rostro triste, cansado y agonizante, entonces el gemelo con la cabeza le indica que voltee hacia abajo, ella al hacerlo drásticamente le cambia el semblante por uno de alegría, y los dos sonríen aliviados. Don José les hace una señal para que sigan quejándose y no despertar sospechas.

—AAAhhh, uuuuhhh, aaahhh.

Xóchitl, al escuchar más fuertes los lamentos de Germán, se inquieta tanto que por más que se esfuerce por ignorarlo no puede, y preocupada despega sus pies del techo, y levitando de forma vertical se dirige hacia fuera del templo. Don José presiente y huele el aroma de la vampira que se aproxima, y alarmado les hace la señal a los demás de que se escondan detrás de las estalagmitas, y en cuanto lo hacen aparece Xóchitl saliendo del templo, sorprendidos desde su escondite miran como la Zotsajau se desplaza en el aire con naturalidad y como su vestido y largo cabello flotan siniestramente por igual, se acerca a los prisioneros a menos de medio metro, mira a Germán y le dice:

—¿Porque te quejas tanto? ¿Te duele estar ahí?

—¡No que va! —le responde el gemelo con ironía—. Estoy taaaaaan a gusto, que mis gemidos son de puuuuuro placer.

—Sobre todo… con estos grilletes jajajaja ¡Auch!

Exclama Xareni sarcásticamente, a lo que Xóchitl furiosa se dirige a ella dándole una bofetada:

—¡Cállate estúpida mosca muerta! Si no fuera por las órdenes de mi señor, en este mismo momento te arrancaría la cabeza; y en cuanto a ti Germán, podrías librarte de este sufrimiento y de morir, si aceptaras convertirte en vampiro.

Germán no le responde nada, pero en eso la vampira con su nariz detecta algo raro y dice:

—Ese olor… huele a… ¡Nagual!

Y comienza a mirar hacia todos lados, mientras los Naguales escondidos sudan frío, sus corazones comienzan a palpitar con fuerza y nerviosos se preparan para atacar si son descubiertos, a lo que Xareni alarmada inventa un pretexto para que no descubra a sus rescatadores:

—Pues prefiero oler a Nagual que a vampira podrida.

A lo que Xóchitl nuevamente se dirige a ella:

—¡Debí imaginarlo! tenía que ser una Naguala apestosa, y tú no tienes ni la más remota idea del delicioso y seductor aroma que yo tengo, sino pregúntale a Germán jajajajajaaaa ¡estúpida! tú como Naguala solo puedes llegar a oler como un animal, o sea algo así como a… ¿Perra? O a… ¿Zorra? Jaaaajajajajaaaaahhh pobre estúpida, no mereces ser devorada por el gran Kamazor, sino por los gusanos de ésta caverna.

—Xóchitl por favor —le dice Germán—. Sé que dentro de ti está la Xóchitl de antes, la verdadera, la joven tierna, buena y sencilla que conocí, por favor déjanos ayudarte.

La vampira furiosa se dirige a él y le dice:

—¡Sigues con tu estupidez! Yo no necesito tu auxilio ¡tú! eres el que necesitará de mí ayuda si quieres seguir viviendo, haber dime: ¿Por qué me quieres hacer cambiar? ¿Acaso te importa que yo sea así?

—Si Xóchitl.

—¿Por qué?

La vampira aproxima más su rostro al del gemelo, el cual está a punto de contestarle ante la mirada atónita de Xareni, a lo que mirando a los ojos de la que fuera su amiga le dice:

—Porque yo… te amo.

Dicha respuesta toma por sorpresa a Xóchitl que siente un vuelco en el estomago y su corazón se sobresalta de repente, boquiabierta retrocede desconcertada, no sabe que decir ni cómo reaccionar, a lo que Germán le repite:

—Si Xóchitl, estoy enamorado de ti, te amo y…

—¡Ay! ¡Ay! ¡Ay!

Abruptamente un grito de dolor los interrumpe, la Zotsajau saliendo de su asombro voltea a mirar hacia abajo al igual que los prisioneros, y descubre a Servando que brinca y grita de dolor al sentir el piquete del escorpión. Xóchitl se enfurece, y dirigiéndose a Germán ruge de rabia:

—¡Solo lo hiciste para distraerme! ¡Maldito hipócrita! ¡Grrrruuuuuuaaaaaaaaarrrrrrrr!

Y le da una bofetada a Germán que le corta la mejilla con las filosas uñas, pero en eso Servando con su arco le lanza una flecha, la cual fácilmente la vampira ve la trayectoria, y en una fracción de segundo, con una velocidad relampagueante con su mano la atrapa en el viento a escasos centímetros de su pecho. Pero con ese alboroto, los murciélago-vampiros se alarman y comienzan a revolotear por toda la cueva haciendo un gran escándalo, al mismo tiempo los demás Zotsajau que se mantenían aún durmiendo, de manera abrupta abren los ojos y sorprendidos vuelan hacia fuera del templo.

Los pequeños roedores alados atacan a los Naguales, mientras que Xóchitl con la flecha en la mano le dice a Servando:

—¿Con esta arma pretendías matarme? ¡Estúpido!

Al decir eso, le arroja la flecha con tal fuerza que le atraviesa el hombro provocando que el Español lance un fuerte alarido de dolor al mismo tiempo que cae de espaldas estrepitosamente. Mientras los demás Naguales se tratan de cubrir y defender de los roedores alados, del morral que trae cargando Servando, don José saca una especie de silbato en forma de cabeza de águila y lo comienza a soplar produciendo un sonido que es insoportable para los vampiros, hasta para Xóchitl que se cubre los oídos, al igual que los demás Zotsajau que apenas habían salido del templo y lanzan gritos de dolor. Mientras que los pequeños vampiros-animal huyen volando fuera de la cueva por el insoportable sonido. Hasta dentro del templo, en su vil trono Kamazor se cubre sus orejas.

Al ver tal efecto, don José-jaguar, sigue soplando en el silbato con más fuerza y sin cesar, haciendo que Xóchitl por estar más cercana, la tortura le sea mucho más feroz, y sin quitarse las manos de los oídos, va descendiendo de su levitación, mientras que Citlali deja su forma de jaguar y se trasforma en águila para volar hacia los prisioneros, a lo que Germán le grita:

—¡Los grilletes! ¡Son de obsidiana!

A lo que su hermana responde:

—¡Voy a romperlos! ¡Prepárate!

Y se aleja para regresar con una piedra en sus garras, y con ella golpea lo más fuerte que puede los grilletes, primero rompe los de Xareni haciendo que se proyecte al suelo, pero su caída es amortiguada por Selene-puma que ágilmente salta y con velocidad corre momentáneamente por la pared unos cuantos pasos para atraparla y bajar. Mientras que Germán mira angustiado como Xóchitl se retuerce de dolor en el suelo, por el insoportable sonido, y sin pensarlo más le grita a don José:

—¡Basta! ¡Don José basta! ¡También a mi me lastima los oídos! ¡Aaaaaaarrrrgggggghhh!

El viejo Nagual se desconcierta al escuchar eso y por un instante se detiene de soplar y confuso expresa:

—¿Queeeeeeee?

Ese momento es suficiente para que la vampira rápidamente dé un gran salto y del techo arranca una enorme estalactita y con furia se la arroja al viejo Nagual, que para esquivarla salta hacían un lado pero suelta el silbato de su hocico, que es pulverizado por la estalactita.

—¡Maldito vejete! ¡Ahora si te matareeeeeeeeee!

Grita furiosa Xóchitl y se lanza sobre don José. Stephanie y Fermín reponiéndose del castigo, se arrojan sobre Selene y Citlali respectivamente. Iniciando una persecución hay dentro de la cueva que es mucho más grande de lo que parecía. Mientras que la pequeña Xareni se levanta y corre hacia Servando para ayudarlo, y del morral saca una botella y rápidamente le da un trago, a lo que Servando agonizando por la herida le dice:

—¿Y qué es eso?

—Brebaje de hierbas para recuperar fuerza ¡toma! ¡Bébelo!

—Después de darle a beber unos cuantos tragos le dice—: Ahora debo de sacarte la flecha.

—Vale, vamos a contar hasta… ¡Aaaaarrrgggggghhh!

Sin decir más, Xareni de un jalón rápidamente le extrae la saeta, a lo que Servando furioso y doliéndose protesta:

—¡¿Pero qué te pasa tía?! ¡Aunque sea hubieses contado hasta tres! ¡Maldita sea!

—¡No hay tiempo! Y ya está fuera, ahora ¡escóndete! que voy a ayudarlos ¡Ah! Y ya no dispares mas flechas.

La jovencita sintiendo su fuerza recuperada, deja la camisa a un lado, corre unos cuantos pasos, da un salto, se transforma en halcón y rápidamente alza el vuelo. Mientras que los demás Naguales huyen y esquivan a los Zotsajau, que feroces los persiguen por toda la caverna que contiene enormes pasadizos y estalactitas que dificultan que los alcancen. A lo que Fermín les grita:

—¡Huyan! ¡Huyan! Jajajajajajaaaaaaaaa de todos modos estáis muertos jajajajajajajajaaaaaa.

Para continuar persiguiéndolos. Mientras Xareni-halcón llega con Germán sosteniendo con sus patas una roca, con la cual le pega al extraño grillete de su mano derecha y después de varios golpes logra romperlo; pero en eso Xóchitl de lejos la alcanza a ver, ruge enfurecida y dejando de perseguir a don José, se dirige a toda velocidad en contra de la pequeña Naguala, la cual al verla que se aproxima a ella huye dejando a Germán solo con una mano libre. En eso Servando desde abajo le grita:

—¡Germáaaaaaan!

Y le lanza el macuahuitl pero no lo alcanza, cayendo al suelo, Servando corre a recogerlo y nuevamente se lo arroja, esta vez Germán lo atrapa y con éste rápidamente comienza a golpear sus demás grilletes. Cerca de él, Servando doliéndose de su herida y agarrándose su codo con la otra mano, huye a esconderse. Germán logra romper los grilletes de sus tobillos, pero antes de romper el último que es el de su mano, le chifla fuertemente a su hermana:

—¡fiiiiiiiuuuuuuuuuu! ¡fiiiiiiiiiiiit!

La cual continúa huyendo y esquivando al vampiro, pero al escucharlo se desvía y se dirige hacia él, pero el Zotsajau sigue detrás de ella. Citlali hace una maniobra para dejarlo atrás pero no tiene éxito. Servando ve la persecución y para ayudar a la gemela trata de llamar la atención del perverso vampiro y le grita:

—¡Fermín hijo de puta! ¡Sois un torero fracasado! ¡Un pobre torero de mierda!

El Zotsajau, al escucharlo, en medio de su persecución voltea a mirarlo, y olvidándose de Citlali lleno de rabia le responde:

—¡Yo no soy un torero fracasado! ¡Ahora lo veréis malnacido! ¡Gruuuuuuaaaaaarrrrrrr!

Y rugiendo furioso se desvía y vuela directo a Servando, el cual al verlo ir sobre él, corre a esconderse detrás de unas estalagmitas. Fermín baja y se transforma en vampiro humano, y caminando tranquilamente se dispone a buscarlo:

—Sabéis que estáis perdido, yo fácilmente te puedo encontrar, y cuando te pille, juro que voy hacer que te arrepintáis de habedme dicho así, te haré tragar tus palabras junto con tu miserable lengua.

Mientras se mantiene hablando, Servando se mueve a través de las piedras y estalagmitas, evitando ser visto por Fermín, pero ignora que éste se guía por su fino oído y sabiendo donde se encuentra, decide jugar con él un poco, confiado no se apresura en atraparlo, solo continua atemorizándolo y diciéndole:

—Prometo darte una muerte muuuuuuuyyyyy dolorosa jejejejeee aseguro que gritaréis como cerdo en matadero, es inútil que te escondáis, daré contigo.

Servando lo escucha cada vez más y más cerca, su corazón se llena de angustia y desesperación, desea gritar por ayuda, pero piensa que el vampiro al escucharlo le atacará, mira no muy lejos la salida de la caverna, pero sabe que si corre hacia ella, será alcanzado por Fermín antes de lograr escapar, trata de controlar su agitada respiración para no ser escuchado, y siente que el corazón le sale por la boca, desesperado mira hacia todos lados sin saber qué hacer, y de pronto descubre un agujero debajo de unas estalagmitas, a un par de pasos a su lado, rápidamente se mete y se esconde dentro. Mientras que Fermín con una macabra sonrisa en sus labios, avanza lenta y confiadamente, diciéndole todo lo que le hará al atraparlo.

Mientras tanto, Citlali llega con su hermano que cuelga de un solo brazo, soporta el dolor que le provoca esa posición, pero en su semblante se mira su sufrimiento junto con el abundante sudor que cae de su rostro, pero al ver llegar a su hermana en águila, le dice:

—¡En cuanto rompa el grillete me atrapas!

A lo que ella le grita:

—¡Ahora Germán!

Este lo hace pero, solo hasta después de varios golpes el grillete se rompe y este cae, parece que su hermana no alcanzará a atraparlo, y Germán que cae boca abajo ve al suelo que se acerca muy rápidamente, y cerrando los ojos se cubre con sus brazos su cara esperando lo peor, pero solo medio metro antes de tocar el suelo se detiene, su hermana lo atrapa del cinturón de su pantalón, el gemelo solo queda suspendido unos instantes viendo muy de cerca el suelo, y recuperándose del susto le dice a su hermana:

—!Fiuuuu! Estuve a punto de quedar como sapo aplastado.

—Es que no sabía de dónde agarrarte.

Responde su hermana al momento que lo lleva hacia fuera del lugar, Germán desconcertado le pregunta:

—¿A… a donde me llevas?

—Te tengo que sacar de aquí —responde su gemela—. Sin poderte transformar eres presa fácil.

—¡Espera! Pero… ¡puedo pelear!

Pero Citlali no le hace caso y rápidamente lo saca, lo baja afuera de la cueva y regresa ella a la batalla. Germán protesta furioso mientras ve a su hermana alejarse volando, pero piensa:

—Tengo que encontrar una mejor manera de armarme, el macuahuitl no es suficiente porque son más rápidos que yo, pero si tuviera mi soga de charro.

Se queda pensando unos momentos, y luego se le ocurre una idea y dice:

—¡Servando! Si el traía el macuahuitl, ¡seguro también trae las sogas!

Y sin pensarlo más, corre hacia el interior de la caverna. Mientras tanto don José es perseguido por Xóchitl, y en un instante ella lo alcanza y con las garras de sus vampirescas patas lo atrapa encajándole las uñas en la espalda, haciendo que el ave lance un chillido de dolor, para luego ser arrojado con violencia contra una estalactita y caer al suelo. Y solo se escuchan las siniestras carcajadas de Xóchitl. Don José ya en el suelo vuelve a su forma humana, pero enseguida sin darse por vencido se levanta sacudiendo su cabeza y nuevamente se transforma en jaguar. Mira hacia todo su alrededor, pero ya no encuentra por ningún lado a Xóchitl y sigiloso avanza lentamente, cuidando de no ser sorprendido afina sus sentidos. Pero de repente, desde arriba la vampira cae sobre él, y le propina un peligroso tajo al cuello, el cual él esquiva con rapidez, pero aún así, le alcanza a herir en un costado de su cara haciéndolo rugir de dolor, a lo que Xóchitl le exclama perversamente:

—¡Esta vez sí morirás maldito vejete entrometido!

Don José le contesta:

—No cantes victoria todavía, aún no conocen todo mi poder.

Y en eso lanza un enorme rugido de jaguar, tan fuerte que retumba por toda la cueva.

Mientras que por otro lado, Fermín se acerca al agujero donde está Servando y repentinamente se asoma descubriendo a su presa y jubiloso le exclama:

—¡Loteríaaaaaa! Te encontré jejejejeje ahora preparaos a morir.

Pero en eso escucha el retumbante rugido de don José-jaguar, y voltea hacia dónde provino, y en ese preciso momento Servando le arroja el contenido de un frasco sobre la cara, haciendo que Fermín lance un grito de dolor:

—¡Aaaaaaarrrrgggghhh! ¡¿Que me habéis echado?! ¡Malditoooooo!

Era la combinación de cloruro de oro con agua bendita, Servando aprovecha la ocasión y huye despavorido dejando a Fermín revolcándose de dolor con las manos cubriéndose su cara.

Mientras que por otro lado Stephanie también escucha el rugido del Nagual y luego los lamentos de Fermín, se sorprende y dejando de perseguir a Selene va hacia allá.

En eso Xóchitl confusa mira a don José que dice:

—Ahora veras el gran poder del... ¡Naguaaaaaaaal!

Y con esas palabras se concentra en sí mismo respirando profundamente, y ante los ojos de las vampiras, el jaguar comienza a crecer de tamaño, hasta alcanzar como 1.80 metros de altura y como cuatro metros de largo, convirtiéndose en un jaguar gigante, luego de un rugido se lanza contra Xóchitl, que desconcertada solo alcanza a esquivar el primer zarpazo, pero no el segundo, siendo arrojada con una tremenda fuerza a varios metros contra unas estalagmitas que rompe al impacto. Stephanie vuela a atacarlo, pero también es golpeada por el enorme jaguar, y es arrojada varios metros hacia un lado, en eso Xóchitl resurge diciendo:

—¡Vaya! me sorprendes anciano, ahora tendré un rival casi a mi nivel.

Y en cuanto termina de decir eso, el feroz jaguar se arroja sobre ella, pero la vampira lo recibe sin oponer resistencia y tomando al animal de las garras y usando la misma fuerza del impulso del felino, lo arroja hacia tras de ella estrellándolo contra otras estalagmitas. Pero enseguida el feroz felino se incorpora para arrojarse contra ella nuevamente, pero ella retrocede hacia un obscuro rincón que se forma en unas enormes rocas, donde el jaguar estrella sus poderosas garras, pero para su sorpresa solo golpea las rocas, pues la vampira se esfumó en la obscura esquina, pero de repente aparece arriba de las piedras carcajeándose:

—Jaaaaajajajajaaaaa ¡Acá estoy estúpido anciano!

Y de un ágil salto el jaguar se arroja sobre ella, la cual lo atrapa de las muñecas de sus enormes patas delanteras, y se enfrentan con dureza empujando uno contra el otro, tratando de vencer por la fuerza a su contrincante, en un momento parece que el feroz y enorme jaguar se comienza a imponer, su enorme tamaño ha multiplicado su fuerza de forma incalculable, poniendo a la feroz Xóchitl en apuros, pues comienza a arquearse hacia tras, al momento que el jaguar acerca sus fauces a la vampira le dice:

—Soy más fuerte que tu... espantapájaros.

Esa palabra hace que Xóchitl tenga un recuerdo fugaz del pasado, cuando Javier la tenia sujeta y que le decía: "¡soy más fuerte que tu estúpida espantapájaros!"

Eso hace que le dé una profunda furia, tanta que de repente grita:

—¡AAAAAAAAAAhhh!

Y de forma increíble comienza revertir la situación imponiéndose al jaguar, apretando con mayor fuerza esas enormes garras con las que se sus pequeñas manos tiemblan del esfuerzo, y comienza a imponerse y a vencerlo, lo que desconcierta enormemente al gigantesco felino que ve que entre más se esfuerza es inútil, a lo que Xóchitl luego gira en circulo sin soltarlo de las garras, da varias vueltas sobre sí, para arrojarlo lejos de ella estrellándolo en un muro a mas de 30 metros de distancia. Xóchitl agotada por el enorme esfuerzo deja caer sus brazos, respirando fuertemente bañada en sudor, cansada por el sobrehumano esfuerzo, entonces ve venir a Xareni y a Selene que van a atacarla, ella ya está demasiado cansada y débil como para enfrentar a las Nagualas. Las cuales al momento de arrojarse sobre ella, surge un lazo que atrapa por detrás a la vampira y la jala hacia arriba, librándola del ataque de las Nagualas que desconcertadas miran lo que pasa. Es Germán que sostenido del cinturón por su hermana ha lazado a la vampira con su reata, a la cual la jala poniéndola a salvo de lo que pudo haber sido su fin, a lo que Xareni grita:

—¡¿Porque la salvan! ¡Ya estaba a nuestra merced! ¡de qué lado están ustedes!

A lo que Germán jalando a Xóchitl responde para confundirlas:

—¡No la estamos salvando! ¡la estamos atrapando para usarla de…rehén! ¡Si… de rehén!

Stephanie reponiéndose del golpe, resurge más furiosa que nunca y se va contra las Nagualas, aprovechando eso Citlali baja a su hermano y este se apresura a hacer el papel de amarrar a Xóchitl que aún debilitada solo le dice:

—¿Por qué me salvaste?

A lo que el gemelo mientras la amarra le dice algo que la estremece:

—Sé que no me crees, pero es por lo que te dije.

—¡Callate! Eso lo dijiste para distraerme mientras tus amigos me atacaban.

—No Xóchitl, te juro que no sabía que ellos reaccionarían así, pero ¡solo recuerda! ¡As Memoria! De lo que te dije un instante antes de que decapitaras a mi caballo.

A lo que ella al escuchar eso, recuerda el instante que estaba en el aire a punto de dar su golpe final, y pone atención al recuerdo en lo que miro a Germán que con sus labios le dijo, que fue un: "te amooooo".

Al darse cuenta de eso, su corazón comienza a latir fuertemente, pero luego reacciona y dice:

—¡Eso lo dijiste para que no te matara!

—No, en ese momento era solo la verdad, sino recuerda cuando caímos al rio ¿acaso no te diste cuenta de lo que yo te grité?

En eso Citlali le dice:

—Voy a ver qué sucedió con don José y tú fíjate que pasó con Servando.

Y con eso la gemela se va volando. Mientras Xóchitl nuevamente tienen el recuerdo fugaz cuando los gemelos van cayendo, que Citlali le grita: "¡Xochiiiiiiiiiiiitl!" Pero al enfocarse en el grito de Germán, pensó que solo fue un largo: …ooooooooooohhh, pero al esforzárse por recordar más detalladamente, se da cuenta de que era un: te amooooooooooooooo.

Al darse cuenta queda profundamente sorprendida, siente un enorme vuelco en su corazón, y una emoción en su estomago, queda sin habla por unos instantes, su labio inferior tiembla sin saber que decir, pero… en ese momento:

—¡Germán, Germán!

Es Servando que llega abruptamente, a lo que el tapatío le responde:

—¿Qué te pasa? Te dije que vigilaras al otro vampiro.

—No os preocupéis, que ya está bien atado, ese tío no se escapará, pero quiero que me prestéis tu arma para decapitar a ese hijo de puta, ¡oye! atrapaste a la más fuerte ¡Pronto decapitadla!

—¡NO! Tengo una mejor idea…

—¡GRUUUAAAAAAARRRRRR!

Inesperadamente se escucha un feroz rugido que estremece todo el lugar, desconcertados todos ellos voltean hacia el templo y se sorprenden al descubrir que de allí surge nada menos ni nada más que el temible Kamazor que con su cavernosa y perversa voz dice:

—Ya ha sido suficiente diversión para ustedes, yo también quiero jugar.

En otro lado de la caverna Xareni se encuentra ayudando a levantar a don José que ha vuelto a su forma humana, pero aún se está reponiendo del impacto. Mientras que cerca del templo Citlali que es la primera vez que mira a Kamazor asustada le pregunta a su hermano:

—¿E…ese es…?

A lo que Germán le responde.

—Sí, ese es.

El espeluznante vampiro, por respuesta abre sus enormes alas y expresa:

—¡Fuera de mi vistaaaaaaa!

Y con un enorme aleteo crea un ventarrón tan fuerte que hace volar a los naguales varios metros hacia tras. Después don José llega con Servando y ve al temible vampiro expresando:

—¿Ese es… Kamazor?

El temible vampiro lo escucha y le dice:

—Siiiiiii Nagual, yo soy el gran vampiro, el exterminador de la humanidad jaaaaaajajajajajajaja

Y enseguida mueve sus manos como cortando el aire, pero de esa manera de manera extraña esa energía cortante se desplaza mas allá de sus garras con la velocidad del rayo, y de esa manera lanza peligrosos tajos, los cuales cortan todo a su paso como un poderoso sable invisible, o una sierra fantasma que corta todo a su paso, hasta las rocas y estalagmitas, esos cortes pasan muy cerca de los Naguales que huyen y se esconden, poniendo al salvo por unos momentos fuera de la vista del vampiro, don José desesperado le dice a Servando:

—¡Dame la botella verde!

Al tenerla en sus temblorosas manos, se la toma completamente a lo que Citlali dice:

—¡Abuelo! ¡Es sólo un trago!

—Ésta vez será toda —responde el Nagual—. Para lo que voy hacer, voy a necesitar todas mis fuerzas.

A lo que Braulio preocupado expresa:

—Pero si ya tuviste tu tercera transformación, y nos has dicho que más de tres puede ser mortal.

A lo que don José voltea a ver a sus nietos con una mirada de tristeza y resignación y les dice:

—Lo sé Braulio, lo sé, pero no tenemos alternativa, debo arriesgarme o todos moriremos a manos de ese ser y el mundo estará perdido, pero tengo un plan.

Y en unos instantes les dice lo que tiene en mente, a lo que concluye:

—Y tú Xareni, comunícales el plan a los gemelos, y por último les quiero decir que…si me pasa lo peor, recuerden que estoy muy orgulloso de todos ustedes, y nunca se rindan, son Naguales.

Sus nietos ante tales palabras sienten un vuelco en el corazón, presienten que algo nefasto sucederá, pero se mantienen con entereza, aunque a Xareni sin poderlo evitar se le humedecen los ojos, pero se esfuerza por no llorar y se traga su llanto. Mientras que Germán junto con su hermana se mantiene agazapado, escondido, una extraña gota negra le cae en el brazo, desconcertado la mira y alza su mirada para ver de dónde le cayó, y solo mira el alto techo de estalagmitas, sin saber que pensar, toma la gota con sus dedos, la huele y lleno de curiosidad exclama:

—¿Pero qué es esto… Huele como a… ¿petróleo?

Entonces sacude la mano para deshacerse del liquido pero este cae sobre la antorcha y al momento hace una pequeña combustión intensificando la llama por un instante, lo que sorprende a Germán, entonces entusiasmado se dirige a su hermana que esta distraída vigilando y le dice:

—Citlali… la antorcha.

—Es inútil Germán, eso no sirve contra los vampiros.

—No me refiero a eso, he descubierto algo.

Y al decirle eso le señala el techo, pero ella desconcertada le pregunta:

—¿Que quieres decir con eso?

en eso otra gota le cae a ella en su antebrazo a lo que Germán antes de que ella reaccione la toma con su mano y teniendo la atención de su desconcertada hermana, sin decirle nada solo deja caer la gota sobre la antorcha originando la misma reacción de hace un momento, a lo que Citlali atónita pregunta:

—Es algo inflamable, pero…

en eso Germán señalándole con el dedo el techo le dice:

—¡Es petróleo! O… un derivado de éste, en el techo, y ya descubrimos que las estalactitas son de oro cubiertas con barro, eso quiere decir que alguien las puso ahí a propósito, y se me ha ocurrido una idea.

Se quita su camisa y la comienza a hacer tirones, tomas las flechas y…

—¿Pero qué haces?

Pregunta Citlali desconcertada, a lo que su hermano le responde:

347

—Ya verás.

Mientras por otro lado don José le dice a sus nietos:

—Bien… ya me siento recuperado, se llegó el momento.

Y en eso toma la ultima botella de cloruro de oro y se baña con ella su cabeza y cuerpo, para luego decirles:

—Es hora de desatar el gran poder del… ¡NAGUAAAAAL!

Y gritando eso, se pone en posición fetal y comienza a arder ante los ojos de sus nietos, los gemelos y Servando, que al ver semejante fenómeno expresa:

—¡Mierda! ¡Se está incendiando!

El cuerpo de don José se comienza a cubrir de llamas, hasta convertirse en una enorme bola de fuego, tan grande como un hombre erguido, Servando se talla los ojos, no puede creer lo que ve al igual que los gemelos, dicha bola se eleva del suelo para flotar por los aires, a lo lejos Kamazor al igual que los Zotsajau lo miran elevarse de su rocoso escondite, a lo que Fermín dice:

—Convertido en bola de fuego no nos intimida ¡Ataquémosle!

—Vaya que el anciano tiene más trucos. ¡Al ataqueeeeeeee!

Expresa Stephanie, y furiosos se lanzan en contra del viejo Nagual, y al mismo tiempo la enorme esfera incandescente retadora se abalanza directo a ellos, y con una fuerza brutal, como si fuese un toro de lidia, los embiste en el aire y los arroja brutalmente al suelo donde caen retorciéndose en medio de gritos de dolor por las quemaduras que recibieron en el impacto, luego de la enorme esfera llameante, surge la voz de don José con un tono de eco, que le dice al temible vampiro:

—¡Prepárate a ser vencido Kamazor!

—Jaaaaaaaajajajajajaja —el temible vampiro se burla de las amenazas y responde—: ¡Ningún mortal me puede vencer! disfrutaré acabar contigo y hacerte pedazos.

Y la bola flamígera se lanza sobre el vampiro a una velocidad extraordinaria, pero Kamazor es muy hábil y lo esquiva varias veces, pero en una lo alcanza a rozar del hombro provocándole quemaduras, haciendo que ruja de furia y dolor:

—¡Aaarrrgggghhh! ¡Maldito Nagual!

La esfera se detiene en el aire unos momentos y le dice:

—¡Eso no es nada! ahora verás.

Y la bola de fuego se vuelve a lanzar al ataque, pero esta vez Kamazor de forma inesperada abre sus fauces y vomita a gran potencia un enorme chorro de repugnante y pestilente pus, bañando a la esfera flamígera, proyectándola violentamente hacia tras por la presión del chorro, chocando contra unas estalactitas para luego caer pesadamente atrás de un grupo de estalagmitas, en seguida expresa Kamazor:

—¿Creías que así me vencerías? Jaaaaaaajajajajajaja ¡eres solo una cucaracha voladora para mí! Jajajajajajaja.

Mientras varios metros lejos de ellos, Germán descubre algo y le dice a los demás:

—¡Miren aquella estalactita!

Refiriéndose a la que al principio Xóchitl había arrancado y arrojado a don José, a lo que los demás de lejos la observan y dicen:

—Pero ¿qué tiene de raro?

—¡Fíjense! es algo brilloso que está cubierto con una capa.

Y la comienza a golpear con sus pies y con una piedra removiéndole el recubrimiento, dejando al descubierto algo que los sorprende enormemente, a lo que Citlali expresa:

—Esto es…ORO

—Si, lo que me sospechaba, son estalagmitas de oro cubiertas de barro o material de la cueva y puedo asegurar que están por todo el techo de la cueva.

—Eso quiere decir que alguien hace mucho, mucho tiempo, alguien las puso allí. —responde asombrada Citlali.

—¡Exacto! —dice Germán—. Y creo que también el petróleo en el techo también fue puesto por los mismos que pusieron las estalactitas de barro. Creo que fue como una trampa para Kamazor y sus vampiros por si salían. ¡Ya sé lo que haremos! éste es el plan.

Y Germán les explica rápidamente lo que tiene en mente, luego se acerca a Xóchitl que todavía la mantiene atada y le dice:

—Perdona que te tenga así, pero no te preocupes te vamos a ayudar.

—¡Suéltame! ¡Suéltame!

Sin hacerle caso, el gemelo junto con Citlali la garran y la esconden detrás de una roca de forma rectangular. Mientras que don José yace en el suelo, cubierto casi por completo por esa nauseabunda y pestilente pus, y con escasas llamaradas en varias partes de su cuerpo que amenazan con apagarse, sus nietos corren a auxiliarlo pero el solo les dice:

—¡Aléjense! Que ese maldito vampiro todavía no me ha vencido

—respira profundamente, hace un esfuerzo sobre humano y vuelve a arder por completo, y retoma su forma de bola de fuego, quemando la pestilente y nauseabunda pus que lo cubría y lleno de furia grita—: ¡AAAAAAAhhh!

Y nuevamente la esfera se eleva, Kamazor la ve y sonríe:

—Jajajajajaja veo que no tuviste suficiente Nagual, ¿quieres mas pelea? ¡Ven cucaracha! ¡Ven a tu muerte!

Y en eso la esfera flamígera se lanza al ataque, pero solo le pasa a un lado, lo que hace que el vampiro voltee, y en eso aparecen los gemelos, Citlali en forma de águila lleva sujeto a su hermano de un arnés improvisado con su cinturón, y el gemelo lleva en sus manos su soga, que dándole giros se prepara para lazar, vuelan alrededor del vampiro que desconcertado los mira, pero en ese momento de distracción, tomándolo por sorpresa la bola de fuego lo golpea en la cabeza, le quema el rostro y los ojos, el vampiro ruge de dolor y se lleva las manos a sus ojos, momento que Germán aprovecha y lo laza, atrapando sus manos con su tronco, luego bajan y Germán corre a atar el otro extremo de la soga en una gruesa columna, enseguida Xareni le entrega otra soga con la que también laza a la bestia de otro lado y ata el extremo a otra columna, como la anterior. El feroz vampiro solo ruge furioso, la parte de su cara al igual que sus ojos se comienzan a regenerar pero desconcertado se da cuenta que no puede escapar de esa soga, en eso don José provecha y se lanza de nuevo en contra del enorme vampiro, que recibe el impacto en el pecho, haciéndolo rugir de dolor, enseguida se acerca Xareni con el arco y flecha para dispararle, se aproxima muy cerca y le da en una pierna, haciendo que el ser caiga con esa rodilla en el suelo, ciega de furia se acerca más, pero el vampiro de manera sorprendente se jala con tal fuerza, que las sogas arrancan las columnas derrumbándolas, ve a Xareni frente a él y ya con sus ojos completamente regenerados, le lanza su mirada y rápidamente la paraliza por completo, la ingenua morena queda inmóvil como estatua sin remedio solo mirándolo aterrada, a lo que Braulio sin saber la causa de su inmovilidad angustiado le gritan:

—¡Xareniiiiiii! ¡Huye! ¡Huyeeeeee!

No sabe que la jovencita es presa de la mirada paralizante del sanguinario vampiro, y ella no puede moverse ni un milímetro, en eso Kamazor alza su mano para darle un golpe mortal, cuando don José todavía en bola de fuego se abalanza sobre él gritando:

—¡Nooooooooooooooo!

Y se lanza para salvarle la vida a su nieta, pero en cuanto embiste al vampiro, este en una fracción de segundo, lo esquiva y con la mano que se supone le pegaría a Xareni, con sus enormes garras, la entierra en medio de la esfera de fuego casi completamente, haciendo que se escuche un enorme grito de don José:

—¡AAAAAARRRRRRRGGGGGGGGHHH!

Al mismo tiempo los demás Naguales y los gemelos miran atónitos lo que ha sucedido, al mismo tiempo que el vampiro ruge de dolor al sentir las llamas quemar su mano y arroja rápidamente la esfera hacia un lado lejos de el.

Germán y Citlali volando rescatan a Xareni llevándosela lejos del temible vampiro que ruge de dolor, pues su mano está casi destruida, quemada por el fuego de oro, apretando con la otra mano su muñeca. Mientras que los Naguales corren a auxiliar a don José que yace en el suelo ya en su forma humana, caído de lado, con el cuerpo bañado en sudor y sangre que le sale del costado izquierdo de su cuerpo.

Los jóvenes alarmados llegan hasta él, Braulio visiblemente angustiado le grita:

—¡Abueloooooooo! ¡Abuelooooo!

Al voltearlo se sorprenden al verlo con una gran herida en el abdomen pero vivo, que con una voz entrecortada y moribunda les dice:

—E...estoy muy mal herido. N...no logré vencer al vampiro...

En eso escuchan rugir a Kamazor que lucha por librarse de la otra atadura a lo que Germán le dice a Servando:

—¡El morral! ¡El morral!

Y de este saca la botella de alcohol de caña de don José, y lo que queda de cloruro de oro, y las mezcla, luego y saca las dos flechas que trae con sus puntas envueltas con tiras de tela y las impregna con el líquido, en eso Xareni le dice a Selene:

—¡Ayúdame a Sacar a mi abuelo! ¡Pronto!

Y juntos lo llevan hasta fuera de la entrada de la cueva, mientras Kamazor da un fuerte jalón a la soga y rompe la segunda columna, lográndose liberar finalmente, pero en ese momento, Braulio hace un par de bombas molotov con las botellas y le lanza una, y ésta cae cerca de los pies del vampiro, luego le lanza la otra haciendo que el fuego lo rodee para que no pueda escapar, e vampiro ruge y se tapa el rostro ante las enormes llamas, pues el fuego está cargado con energía del oro. En eso Germán le dispara una flecha encendida con el mismo liquido a lo que el vampiro la atrapa en el viento, pero rápidamente la suelta al sentir el fuego que le lastima la mano, y en ese instante el gemelo carga la segunda flecha y se la lanza a lo que el vampiro al verla, no la trata de atrapar, sino que la golpea haciendo que rebote en su antebrazo hacia arriba, haciendo que la flecha se atore en el techo en unas estalactitas, enseguida el vampiro vomita chorros de sangre y pus por sus fauces, y comienza a apagar las llamas, los jóvenes se sorprenden y se angustian, sienten que no pueden detener al vampiro, se sienten perdidos, a lo que Kamazor les dice:

—No me pueden vencer Naguales, ahora acabaré con ustedes.

Pero en eso, como lo calculo Germán, el techo misteriosamente comienza a arder gracias al fuego de la flecha atorada en las estalactitas, el vampiro se desconcierta, fuego se comienza a extender rápidamente por todo el techo y en varias partes provoca pequeñas explosiones, y hace que la caverna comience a derrumbarse, el vampiro trata de atacarlos, pero varias estalactitas le caen encima, y al momento que lo impactan se les cae la capa de encima descubriendo que son de oro puro, una le cae en un pie lo cual le impide avanzar y atacar, otras mas le caen en un hombro, espalda, muslo, antebrazo, y ruge de furia y dolor, mientras la caverna se sigue derrumbando, a lo que Servando exclama:

—¡Esta mierda se está cayendo! ¡Pronto huyamos a la salida!

—¡Xóchitl! ¡Xoooooooochiiiiiitl!

Grita desesperado Germán que corre hacia la dirección donde la dejó, al mismo tiempo que su hermana lo sigue en medio de los gritos de sus compañeros:

—¡Germaaaaaan! ¡No vayan allá! ¡Morirán aplastados!

Les grita Braulio, pero los gemelos no escuchan, en ese instante una pequeña y delgada estalactita cae como lanza en la pierna de Citlali, atravesando su pantorrilla:

—¡Aaaaaaayyyyy!

Germán voltea a verla, se regresa y saca la estaca de oro de la pierna de Citlali pero esta ya no puede correr, a lo que llega Braulio y Germán le dice:

—¡Saca a mi hermana de aquí! ¡Rápido!

Para luego corre en busca de la vampira que dejó atada, pero en cuanto llega, ve que ella se encuentra forcejeando y le dice:

—¡Xóchitl! ¡No te preocupes! ¡Te sacaré de aquiiiiiiiii!

Pero en ese instante, de manera inesperada una piedra del tamaño del puño de su mano, le cae en la cabeza, el golpe lo marea un poco, su vista se le vuelve borrosa y se tambalea, siente que está a punto de perder el sentido, pero así mareado avanza como puede, llega con la vampira diciendo:

—Xo…Xóchitl, te… salvaré mi… amor.

Saca su cuchillo, lo mete bajo la soga y la rompe, pero en ese preciso instante le cae otra roca más grande en la cabeza, que lo hace perder el sentido. La vampira se retuerce furiosa para librarse, en ese preciso momento cae el resto de las rocas y estalactitas y se derrumba toda la cueva enterrándolos por completo. Mientras que Braulio sale de la gruta con Citlali en brazos, salvándose por un pelito de morir aplastados, pues justo detrás de ellos la cueva se termina de desplomar, levantando una nube de polvo, ella grita con todas sus fuerzas:

—¡Geeeeerrrrrmaaaaannnn! ¡Geeeeeerrrrrrrmaaaaaan!
¡Mi hermano! ¡noooooooooooo! ¡buaaaaaaaaaaaaaaa!

Y con inmenso dolor mira como la cueva se derrumba totalmente. Citlali bañada en llanto se suelta de Braulio y corre desesperada hacia la derrumbada cueva que la cubre una nube de polvo y trata inútilmente de quitar los escombros, los demás al verla así, tratan de consolarla, al mismo tiempo que Xareni también llora. Pero luego ven a don José, que todavía agoniza y corren hacia él.

—¡Abuelo! ¡Abuelo!

Expresa Braulio mientras llega:

—¡N…no te preocupes! ¡Te llevaremos a curar! ¡Rápido! ¡Preparemos una camilla de ramas!

—¡Coff! ¡Coff! —moribundo expresa el viejo Nagual—: Ya…no hay tiempo hijos míos.

—¡Abuelo no te mueras! Sniff todavía te necesitamos ¡No te mueras por favor!

Exclama Xareni sollozando.

—Y… ya es demasiado tarde, t…tendrán que seguir ustedes… solos.

—¡Pero te necesitamos! Y… ¡ya vencimos a Kamazor y a sus Zotsajau!

—No…se confíen, se ganó una batalla pero la guerra… apenas

comienza. Y... ¿los gemelos? ¿Dónde están?

Xareni sin dejar de llorar responde:

—Citlali solloza inconsolable en la entrada de la cueva porque... sniff, ¡Germán murió aplastado allá dentro! ¡Buaaaaaa!

—Hijos míos... busquen ayuda... busquen en Guadalajara al Nagual francisco Bosque... tiene que saber esto y les ayudará... sean... valientes, coff, coff, estoy... orgulloso de uste... deeeeesssss...

Con esas últimas palabras don José, el viejo Nagual, el fiel guardián de la zona maldita, cierra los ojos y expira... ha fallecido.

—¡Abueloooooo!   ¡Abueloooooooo!   ¡buaaaaaaaaaaa! ¡buaaaaaaaa!

—Xareni y Braulio lloran inconsolablemente sobre el cuerpo del que fuera su abuelo y su maestro. Y junto a ellos Selene con lágrimas en sus ojos y un nudo en la garganta pone sus manos sobre los hombros de los jóvenes Naguales. Por otro lado, Servando aún sosteniendo con su mano el codo de su brazo lesionado y con los ojos humedecidos, se dirige hacia Citlali que yace sentada en el suelo frente a la derrumbada cueva, y con las manos cubriendo su cara llora inconsolablemente por la muerte de su hermano gemelo. Servando con su mano sana, la toma del brazo y sin poderle decir nada por tener un nudo en su garganta, gentilmente la invita a levantarse, lo que ella hace y al momento de estar de pie se abraza de él para continuar llorando amargamente.

Un par de horas después, la tarde ha caído mostrando un rojo ocaso, el ambiente se siente triste, muy triste; y en el cerro del Nagual, frente a una pila de troncos y ramas secas, sobre la cual se encuentra envuelto con telas blancas el cadáver de don José. A unos cuantos pasos frente del cuerpo se encuentran Citlali, Selene, Servando, Braulio y Xareni, con los ojos húmedos y con la cara llena de tristeza y desolación.

Citlali es a la que más le cuesta mantenerse en pie, la repentina perdida, la ha destrozado por dentro más de lo que cualquiera pudiese imaginar.

Mientras Braulio y Xareni con antorchas en mano, prenden fuego a la pila de maderas. Braulio toma una pequeña flauta y Xareni con el pequeño tambor de cuero de venado tocan la tonada fúnebre, que poco antes su abuelo les había tocado a los anteriores. Y continúan sin parar por bastante tiempo. No se sabe, cuanto, pero la noche los ha sorprendido, los Naguales solo permanecen en sus lugares, sin importarles la hora, cerca de la gran llamarada que poco a poco va disminuyendo de tamaño e intensidad. La noche se respira triste y lúgubre, de la selva surgen aullidos de coyotes, de mono aulladores y chillidos de pájaros nocturnos. Tal parece que la selva también sintiera la pérdida de don José.

Después de que se extingue hasta la última llamarada, los jóvenes se retiran a tratar de dormir un poco, también los Kalankax se retiran tristes, minutos después, todos recostados tratando de conciliar el sueño, excepto Citlali que permanece con los ojos abiertos, llena de tristeza y pensando en su hermano, al no poder dormir se levanta y comienza a caminar, con dirección a la destruida gruta, y avanza con la vista perdida en medio de la jungla, con paso lento, y triste casi arrastrando sus pies, entonces Braulio despierta y la mira alejarse, entonces decide seguirla por su seguridad desde una distancia considerable.

Mientras que Citlali camina, comienza a pensar en Xóchitl y Germán, su mente se llena de recuerdos e imágenes de los momentos felices que pasó al lado de ellos, del rostro tímido de su amiga, y de su risa en la lucha de almohadas con ella; la risa y bromas de su hermano, cuando cantó, cuando le dijo que la cuidaría, entonces lágrimas comienzan a escurrir por sus mejillas, y comienza a acelerar el paso, pues esos recuerdos le causan un dolor insoportable en su corazón, y llena de rabia y dolor acelera el paso cada vez más y más hasta que sollozando de rabia y dolor comienza a correr con toda su fuerza a través de la frondosa y obscura jungla.

Mientras tanto, en lo que queda de la derrumbada gruta, donde solo se miran montones de piedra por todo alrededor, repentinamente unas pequeñas piedras se mueven y de entre ellas sale una mano, una mano femenina, que luego regresa bajo las piedras de nuevo, de inmediato varias de esas rocas saltan de golpe hacia afuera, dejando un hoyo de aproximadamente más de un metro de diámetro, del cual surge ¡Xóchitl! Con el rostro un poco cubierto de tierra, se asoma al exterior y observa todo a su alrededor, luego voltea hacia abajo de ella y ve a Germán que yace sin sentido, pero a salvo recostado bajo la vampira entonces mirando al gemelo piensa: " trató de salvarme, no le importó arriesgar su vida por mí, no sabía que con este derrumbe no puedo morir"

Mira su otra mano completamente deformada por múltiples fracturas provocadas por rocas en el derrumbe, presintiendo poder hacer algo, con la otra mano se la comienza a moldear como volviéndola a su forma original en medio de crujientes sonidos de sus huesos, pero que no le causan dolor alguno, hasta que su mano queda completamente arreglada, normal como antes, al ver que la puede volver a abrir y cerrar con naturalidad, sonríe discretamente. Luego voltea a mirar bajo de ella a Germán que con una herida en su cabeza, yace desmayado a sus pies, aunque sangró un poco, no es grave, esta inconsciente pero vivo, ella logró soltarse de la soga que Germán cortó, entonces con rapidez relampagueante tomó y sostuvo una enorme roca larga y plana que los cubrió a ambos protegiendo a Germán de morir aplastado, el tapatío tiene una herida de colmillos en su muñeca derecha, hecha por Xóchitl que le ha mordido para succionar un poco de su sangre para tener fuerza de quitar las rocas, pero contrario a su anterior brutalidad de desgarrar a sus víctimas, esta vez la mordida es casi imperceptible, muy sutil y pequeña, hecha con la precisión de un cirujano, y la herida apenas lo suficientemente grande para poder extraer de la vena un poco de sangre, muy poco, entonces ella se arranca una tira de tela de su vestido y le venda la muñeca. Enseguida ella lo toma entre sus brazos y se eleva sobre los escombros levitando, transportándose por los aires de la obscura noche, donde la luna roja es única testigo de lo que ocurre, flota por los aire suave y silenciosamente, y lleva a Germán hasta un verde pasto que se encuentra a unos metros alejado de los escombros de la caverna, ahí lo recuesta delicadamente, luego con su mano le acaricia su golpeado y enterregado rostro, entonces ella hace algo que no sabía que era capaz, solo por instinto abre su boca y de ella sale una especie de vapor, de humo blanquecino que se estrella sutilmente en la cara de Germán, haciendo con eso que comience a recuperar el sentido, pero todavía muy débil como para poder abrir los ojos, solo comienza a toser y se queja débilmente, aun aturdido y sin abrir sus ojos, ella se alegra y sonríe en silencio, entonces mira la cara de Germán, que aún con los ojos cerrados respira débilmente pero con normalidad, entonces aliviada de que el tapatío está a salvo, de repente ella mira sus labios y lentamente y con ternura comienza a acercar su rostro al de él con intención de besarlo pero…de repente titubea, ella nunca ha besado a nadie, y se siente insegura de cómo hacerlo, inclina la cabeza de distintas maneras, tratando de encontrar la manera idónea para besar a Germán, que permanece con los ojos cerrados semi-inconsciente, pero sus fallidos esfuerzos se ven interrumpidos al momento que escucha que alguien viene, voltea a ver a lo lejos, entre la vegetación a una silueta femenina que camina con rumbo a ellos, a lo que ella rápidamente desaparece dejando a Germán recostado en el suelo. Como a unos seiscientos metros se distingue que esa silueta es Citlali, que agitada ha dejado la forma de pantera y de correr, pero se acerca hasta la zona de la gruta, con la respiración agitada, solo se mantiene caminando con paso cansado, que sin pensarlo ve que se acerca hacia la cueva. Y cuando entra a la zona despejada, muy grande es su sorpresa al escuchar unos lejanos quejidos masculinos, sorprendida abre más sus ojos, y pone atención a esos sonidos, le parecen conocidos, a lo lejos, solo con la luz de la luna, distingue la silueta de una persona tirada cerca de la derrumbada cueva, el corazón le da un vuelco y se le comienza a acelerar, presiente algo, y con los ojos humedecidos por la esperanza dice:

—¿G…Germán?

Y llena de emoción comienza a correr hacia él:

—¡Germán! ¡Germáaaaaaan!

Lo ha reconocido y acelera su carrera limpiándose las lágrimas que le escurren de emoción por su rostro, mientras que el gemelo al escucharla, por fin logra abrir un poco los ojos y voltea hacia donde escucha los gritos, respondiendo:

—¿Ci…Citlali?

—¡Germán! ¡hermanooooo!

Y rápidamente llega con su gemelo, no lo puede creer y llorando y sonriendo al mismo tiempo, lo sienta para abrazarlo.

—¡Germán! Hermanito estas vivo ¡vivooooooo! Jajajajaja buuuuuaaaaaaaa.

—Ah s…si, si Citlali, aquí… estoy.

La gemela llorando de alegría ve que Braulio y Selene se aproximan, a lo que les grita:

—¡Germán está vivo! ¡vivoooooooo!

Y rápidamente ellos se voltean a ver uno al otro sorprendidos, para enseguida correr hacia ellos para auxiliar al gemelo.

Mientras que desde lejos, a más de 750 metros de distancia de ellos, detrás de las ramas de la copa de un árbol altísimo, de más de 100 metros de altura, Xóchitl se mantiene oculta mientras mira silenciosamente el acontecimiento, y con los ojos humedecidos lanza un suspiro de alivio mirando como los demás compañeros de los gemelos comienzan a llegar, los auxilian y se alejan del lugar llevando a Germán en una camilla que improvisan con ramas, mientras que el gemelo recostado, abre un poco sus ojos, y a lo lejos ve una sombra alada que sale volando desde la copas de los arboles con rumbo indefinido, los demás no se percatan por ser a sus espaldas, y cuando los Naguales se alejan por completo, Xóchitl regresa a los escombros de la cueva para pensar que hacer, se seca las lagrimas de sus mejillas. Pero en eso un ruido la sobresalta, el ruido de unas rocas que se comienzan a mover, y de esas rocas sale Fermín, enseguida se escuchan moverse otras rocas cerca de ellos, de donde también surge Stephanie, llena de tierra y con una pierna deforme, debido a las múltiples fracturas que tiene en su extremidad, Fermín con su mandíbula dislocada, y varias costilla rotas, Stephanie cuando ve su pierna rota protesta:

—¡Maldición! ¡Mi pierna!

—No te preocupes, puedes arreglártela, solo enderézala.

Le dice Xóchitl, a lo que la rubia con sus manos la mueve como masa y la acomoda en medio de crujidos, para luego estirarla y acabarla de arreglar, luego la mueve quedando como si nada le hubiera pasado y contenta dice:

—¡Woaooooooo! esto ser fabuloso jejejeje.

Al ver eso Fermín toma su quijada con sus manos y se la acomoda para luego moverla abriendo y cerrando su boca, y luego se lleva el dedo pulgar a la boca y sopla para hacer fuerza en sus pulmones y diafragma, haciendo que sus costillas salgan en medio de crujidos, y con la otra mano se las termina de acomodar, para sonriente decir:

—Esto es la ostia tía ¡La ostia! Jajajajajajaja ahora vamos por esos malditos Naguales.

Xóchitl está a punto de decir algo cuando de repente dentro de sus cabezas escuchan una voz que les dice: "¡Atención Zotsajau!"

Rápidamente la reconocen, es la voz del temible vampiro Kamazor, que extrañamente les habla a sus mentes: *"Recuerden que no pueden morir tan fácilmente, ya saben lo único que los puede matar. No es momento de atacar a los Naguales, háganles creer que han muerto, y así ustedes seguirán con la misión que les he encomendado, pero los planes han cambiado, diríjanse a la parte don-*

de quedó el templo sepultado"

Los Zotsajau camina en dirección sobre donde se supone que estuvo el templo, y una vez ahí su amo les vuelve a hablar a sus mentes: *"Ahora hagan un hoyo en medio, traten de no hacer ruido, y por ahí podrán ingresar al templo"*

Los vampiros lo hacen y efectivamente bajo de ellos ven una enorme bóveda, bajan por el hoyo que hicieron, y mientras descienden levitando, ven que están precisamente dentro del templo, el cual no se derrumbó del todo, pues dentro sigue el trono y el altar de Kamazor intactos, conforme bajan miran a Kamazor sentado apaciblemente en su trono, lo que hace que los vampiros sientan cierto alivio al ver su amo sano y salvo. Una vez que tocan con sus pies el piso del templo, mirando a Kamazor Fermín le dice:

—¡Mi señor! ¡Qué alivio verle de nuevo!

—¿Y ahora cuales ser los nuevos planes amo?

Le pregunta Stephanie, a lo que el señor vampiro sin responderles enseguida, se levanta de su trono y se dirige a la mesa del altar donde se encuentran tres recipientes de piedra negra que se asemejan a botellas y les dice:

—En estas botellas he depositado mi sangre, sangre que le darán a los humanos que elijan para convertirlos en Zotsajau, cuídenlas muy bien, que jamás les den los rayos del sol, sino la sangre desaparecerá y el recipiente se convertirá en polvo.

Y después de decirlo cierra las botellas con una hermosa tapa de obsidiana y entrega cada una a los Zotsajau, a lo que Fermín agrega:

—Tendremos cuidado mi señor, y llevaremos a cabo la misión que nos encomiendas.

Y Kamazor les dice:

—En silencio y en las sombras regresarán a sus lugares de origen, cada uno de ustedes creará un ejército de Zotswiiniik. Y lo principal: deben de llegar a ser 13 Zotsajau antes del mes Zotz, una vez logrado, regresarán aquí, para poder realizar el ritual y poder librarme de esta prisión.

—¿Y qué hacemos con lo Naguales mi señor?

Pregunta Stephanie preocupada, a lo que su amo le responde:

—Los Naguales creen que nos han vencido, y dejaremos que ellos sigan pensado eso un tiempo más, para que ustedes puedan actuar libremente y formen sus legiones de vampiros, ya saben cómo podrán tener contacto con migo, ahora váyanse.

Los vampiros se miran unos a otros desconcertados. Y Xóchitl expresa:

—¿Antes del mes Zotz…?

—Yo regresar a mi país, ahí yo saber cómo moverme jejejeje.

Contesta Stephanie, a lo que Fermín dice:

—Y yo regresaré a España, ya sé donde comenzaré mí impero jajajajajajajajaja ¿y tu Xóchitl?

—Yo obviamente regresaré a Guadalajara y ahí… comenzare mi tarea.

Responde un poco contrariada, a lo que Fermín sentencia:

—Entonces aquí nos veremos en menos de tres meses ¡vamos! Que no hay tiempo que perder jajajajajajaja

Mientras que el señor vampiro con su cavernosa voz expresa:

—Vayan en silencio y lleven a cabo su misión, la era de los vampiros ¡ha resurgidooooooooo! JAAAAAAJAJAJAJAJAAAA.

Con esa macabra carcajada resonando en el templo, los tres Zotsajau salen por el hoyo por donde entraron, para enseguida este como por arte de magia se cierra desapareciendo en el acto, bajo el cobijo de la lúgubre noche los tres se transforman en vampiros-animal, alzan el vuelo y cada uno toma rumbo distinto. Pero no se percataron que una pequeña ranita, escondida tras de un montón de grandes hojas los estaba espiando, y al ver que se alejan, sale de su escondite y se comienza a transformar, quedando al descubierto que es Yerdiak el kalankax, y preocupado expresa:

—¡Los Zotsajau no murieron! ¡Esto lo tienen que saber los Na-guales!

Y desaparece introduciéndose en un árbol.

Mientras que en el cerro del Nagual, Germán que ya se encuentra completamente consciente, sus compañeros le muestran lo que quedó del funeral de don José; al contemplar el lugar, baja la cabeza con profunda tristeza y dice:

—Es una gran tragedia su muerte, hemos perdido al líder de los Naguales, y yo… no pude lograr convertirme en uno.

Xareni se aproxima hacia él llevándole un poco de agua en un recipiente de barro, y para reconfortarlo le dice:

—No te preocupes, de todos modos ya no lo necesitarás, porque los vampiros murieron aplastados en la cueva.

—Lo que no entiendo es ¿como tú sobreviviste y saliste de ese lugar? —Pregunta Braulio.

—Créanme que… realmente no lo sé, la verdad que… no tengo explicación —responde el gemelo.

—Ya les dije —opina Citlali—. Seguro que por instinto salió como pudo, afortunadamente no fue aplastado, ha de haber quedado bajo una enorme roca que lo salvó y salió por un hueco.

—Pues es realmente increíble.

Dice Servando a lo que la gemela prosigue:

—Sea como sea, lo bueno es que mi hermanito se salvó.

Y diciendo eso lo abraza con una sonrisa en los labios. Y Xareni igual se aproxima diciendo:

—Sí, es bueno que haya sobrevivido.

Germán después de beber el agua les dice:

—Pero de todos modos yo quería aprender más con don José.

Todos los demás guardan silencio, y recuerdan con tristeza al viejo Nagual, pero de repente, de un árbol cercano surge el kalankax, que agitado les expresa:

—¡Los Zotsajau están vivos! ¡Están vivos!

Los demás se desconciertan, a lo que Braulio incrédulo pregunta:

—¿Queeeeeee? Pero… ¿Estás seguro de lo que dices Yerdiak?

—¡Siiiiii! Yo los vi salir de abajo de escombros de la cueva, no murieron aplastados.

Al escuchar eso, Germán y su hermana por igual sienten una especie de alivio, y por instinto se voltean a ver uno al otro con un semblante de alegría que tratan de disimular, pero repentinamente se ponen serios para que los demás no lo noten. Pero Xareni con preocupación le pregunta al pequeño ser:

—¡Malditos vampiros! ¿Cómo es posible? ¿Y viste que más hicieron? O… ¿supiste algo de ellos?

—Escuché que regresarán a sus tierras de origen para completar una misión y…dijeron algo de formar ejércitos de Zotswiiniik.

—¿Misión? ¿Cuál misión?

—No sé, no dijeron más. Yo estaba asustado, escondido con miedo a que me descubrieran, pero se fueron volando en distintas direcciones.

En eso Servando expresa:

—Eso significad que Fermín regresará a España. ¡Pero qué mierda! ¿Y qué es eso de Zotswiiniik?

—Quiere decir vampiros humanos convertidos por los Zotsajau.

Le contesta Braulio.

—Entonces, la otra maldita vampira regresar a los Estados Unidos.

Responde Selene preocupada, a lo que Germán concluye.

—Y lógicamente Xóchitl regresará a Guadalajara. Hummm pero… ¿cuál será esa misión?

—Sea la que sea, debemos de detenerlos —expresa preocupado Braulio—. Porque van a comenzar a convertir Zotswiiniiks y a sembrar el miedo en el mundo.

—Tenemos que detenerlos a como dé lugar antes de que esos malditos infestad al mundo con mas vampiros de mierda —expresa preocupado Servando, y con un profundo odio prosigue—. Yo iré tras Fermín, ese malnacido pagará la muerte de mi esposa.

—No te ciegues por la ira —le dice Braulio—: Tendrás que ser muy precavido, pero además necesitarás convertirte en Nagual; porque de otra manera la llevas de perder, ya sabes que son muy fuertes y crueles, recuerden lo que hicieron con los pobladores y con sus ex compañeros.

A tal respuesta Citlali expresa:

—Tal vez esté mal decirlo pero… en cuanto a Javier, Manuel y John, esos malditos lo tenían bien merecido, si yo los hubiera encontrado antes siendo Naguala, tal vez les hubiera hecho pagar igual.

—Tranquila Citlali —le responde Germán tratándola de calmar—, bien o mal, esos ya recibieron su merecido y pagaron muy caro lo que hicieron.

—Y tú hermanito —dice Citlali—. Ahora sí que necesitas transformarte de una vez por todas.

—Te prometo que lo haré, solo me falta intentarlo de nuevo.

—Mi abuelo antes de morir me dijo, que buscáramos ayuda —expresa Braulio —. Dijo que encontráramos a un tal francisco del bosque conocido como don panchito, que lo localizaremos en Guadalajara.

—¡Entonces iremos para allá!

Responde Citlali a lo que el joven moreno saca el silbato de jaguar y mientras los observa dice:

—Si es como dijo mi abuelo, él sabrá lo que significa.

—Entonces iremos todos.

Responde Xareni al momento que con una sonrisa mira a Germán, Braulio desconcertado la mira por unos instantes, a lo que dice:

—En ese caso… debemos de prepararnos rápidamente para irnos.

Mientras el Kalankax, que se ha mantenido solamente escuchándolos, opina:

—Nosotros también queremos ayudar.

—Pero es muy peligroso, ya se dieron cuenta de eso.

Exclama Braulio.

—Ya lo sabemos, pero nosotros podernos ayudar en mucho, yo puedo llamar a mi gente para poder ayudar a cada uno de ustedes.

—Gracias, toda ayuda es bienvenida.

—Errrmmm y nosotros podemos hacer más ropa mágica a los nuevo Naguales que recluten.

Xareni dice:

—Eso está muy bien, entonces manos a la obra.

El Kalankax guarda silencio, baja la cabeza unos instantes y dice para sí mismo: ¿ser bueno revelar lo de los Tajnojoch? pero no sé si podemos despertarlos y aún si lo lográramos, no sé si ellos querrán ayudar a los hombres de maíz, hummm mejor olvido eso.

Braulio por otro lado expresa:

—Con razón mi abuelo me dijo del tal don panchito, el presentía que los Zotsajau no morirían en la cueva ¡tenemos que encontrarlo! tal vez el ayude a que Germán y Servando logren convertirse en Naguales de una vez por todas.

—Pues no hay tiempo que perder —declara el gemelo—. Tenemos que irnos a Guadalajara en cuanto antes, para encontrar al tal don panchito y luego a los Zotsajau, para evitar que comiencen a formar su perverso ejército de vampiros.

Mientras ellos hablan, del aeropuerto de palenque un avión despega con rumbo a Guadalajara y dentro de este Xóchitl va sentada cerca de la ventanilla, una azafata se acerca a ella y le dice:

—¿Desea tomar algo señorita?

—Gracias pero no bebo —y en voz muy baja expresa—: a excepción de sangre.

Por otra parte, del aeropuerto de Cancún a esa misma hora, dentro de otro avión se escucha la voz del piloto diciendo:

—*Estimados pasajeros, favor de abrocharse los cinturones, que*

363

el vuelo a Madrid España es largo, esperemos lo disfruten.

En uno de los asientos va Fermín, y su lado una jovencita española que le dice:

—Esta habed sido la primera vez que yo venid a México y quedé ¡fascinada! y tú… ¿ya habéis venido antes?

Fermín sin mostrar sus dotes vampíricos la voltea a mirar fijamente, y en su rostro se le dibuja una sonrisa relajada pero con un ligero aire de perversidad y responde:

—Para mí también fue la primera vez, pero volveré muy pronto. Muy… pronto jejejejeje.

Entonces el avión despega, elevándose en el estrellado firmamento.

Minutos después, otro avión despega con rumbo a Estados Unidos, por una de las ventanillas se distingue a Stephanie con gafas obscuras, sentada, inmóvil y siniestramente callada.

Con los primeros rayos del sol del día siguiente, en el aeropuerto de palenque, un avión despega con rumbo hacia la ciudad de Guadalajara; llevando entre sus pasajeros a los jóvenes gemelos y a sus compañeros a una búsqueda incierta.

Un nuevo peligro ha surgido para el mundo: Los Zotsajau. Que gracias a su sanguinario amo Kamazor, después de muchos siglos vuelven a surgir, para llenar al mundo de terror, dolor y muerte. La humanidad no sospecha ni en lo más mínimo del nuevo y gran peligro que le acecha.

FIN

Del primer libro.

Acerca del autor

El Profesor R. Reyes es originario de Guadalajara, Jalisco, México. Fue un fenomenal practicante de artes marciales y ahora instructor, además de ser conocedor de la medicina tradicional mexicana e investigador de las leyendas y folklor mexicano.

www.ingramcontent.com/pod-product-compliance
Lightning Source LLC
Chambersburg PA
CBHW051444260626
47162CB00001B/242